대마왕과
도둑고양이

대마왕과 도둑고양이

초판 1쇄 찍은 날 § 2007년 10월 16일
초판 1쇄 펴낸 날 § 2007년 10월 26일

지은이 § 채현
펴낸이 § 서경석

편집장 § 문혜영
편집책임 § 이종민
편집 § 한지윤

펴낸곳 § 도서출판 청어람
등록번호 § 제1081-1-89호
등록일자 § 1999. 5. 31
어람번호 § 제5-0166호

주소 § 경기도 부천시 원미구 심곡1동 350-1 남성B/D 3F (우) 420-011
전화 § 032-656-4452   팩스 § 032-656-4453
http://www.chungeoram.com
E-mail § eoram99@chollian.net

ⓒ 채현, 2007

ISBN 978-89-251-0965-7 03810

대마왕과 도둑고양이

채현 지음

도서출판 청어람

목차

· 프롤로그 ·

비행기가 착륙하면서 기체가 쿵하고 흔들렸다. 그 바람에 졸다 깬 루리는 눈을 비비며 드디어 도착했나 싶어 동그란 창으로 밖을 내다보았다. 인천공항에는 활주로가 보이지 않을 정도로 새벽안개가 뒤덮고 있었다. 근 육 개월 만이었다. 네 시간밖에 비행기를 타지 않았는데도 온몸이 찌뿌듯한 듯해서 팔다리를 길게 뻗으며 기지개를 쭈욱 켰다.

시간이 시간인지라 입국하는 사람도 얼마 되지 않아, 공항을 빠져나와 공항버스 타는 데까지 한 시간도 걸리지 않았다. 하품을 늘어지게 하면서 공항버스를 기다렸다. 지고 있는 배낭 무게에 어깨가 자연스레 축 처졌다. 아직 쌀쌀하게만 느껴지는 새벽 공기에 얇은 점퍼만 걸친 몸이 으슬으슬 떨려왔다.

작년 11월에 속초에서 블라디보스톡까지 배를 타고 간 게 잘 실감이 나지 않았다. 말도 잘 안 통하는데 어떻게 시베리아 횡단 열차를 탄 건지, 자기가 생각해도 참 용감하다 싶었다. 러시아는 이상한 나라였다. 서양 같지도, 동양 같지도 않은 이국적인 문화 앞에서 자기가 참 좁게 살았구나 싶은 생각도 종종 느꼈다. 러시아를 벗어나 에스토니아로 가는 국경을 넘었을 때, 비로소 유럽에 돌아온 느낌이 들었다. 에스토니아에서 라트비아, 리투아니아, 폴란드, 슬로바키아, 헝가리, 루마니아, 불가리아까지 주욱 내려가 터키로 돌아갔다. 몇 년 전에 터키를 여행한 적이 있었다. 터키에서 그루지아, 아제르바이젠, 아르메니아를 갔다가 이스탄불로 돌아와 며칠 쉬고 돌아가는 비행기를 탔다. 경유지인 하노이에서 며칠 놀다가 막 한국에 도착한 참이었다. 약 육 개월의 길다면 길고, 짧다면 짧은 일정이었다.

온몸에 덕지덕지 달라붙은 피곤에, 집에 도착하면 제일 먼저 욕조에 물 받아놓고 거품 목욕이나 해야지 하는 생각밖에 들지 않았다. 단골이었던 아파트 앞 떡볶이 포장마차도 가고 싶고, 최근에 방영된 드라마도 보고 싶다. CSI 7시즌도 시작했다던데.

이런 생각을 하면서 공항버스에서 내려서 집까지 터덜터덜 걷기 시작했다. 토요일 아침이라 그런지 지나가는 차도 많지 않고, 사람도 별로 보이지 않는다. 나름 다행인 게 집채만한 배낭에, 너덜거리는 운동화가 '장기 여행객'이라고 써 붙은 듯한 차림인지라 아마 평일 낮 시간이었으면 지나가는 사람들이 다 쳐다볼 정도로 도시의 거리에서는 눈에 띄었다.

여행의 끝에는 언제나 착잡해진다. 공항에 내리는 순간 이미 삶의 무게가 덮쳐 온다. 온몸 가득 그 무게감에 비틀거리며 집으로 가는 내내 한 가지 생각만 했다. 이미 궤도에서 어긋난 인생은 어디로, 어떻게 달려가는 걸까. 내년 이맘때에는 어느 하늘 아래를 떠돌게 될까. 루리는 이런 생각을 하면서 평소보다 무겁게 눌러오는 배낭을 이고 터덜터덜 집으로 향했다.

아직 아홉 시가 안 된 시간, 동생들은 자고 있을 게 뻔했다. 이 집에 이사 온 지도 이 년이나 됐는데 그 뒤로 계속 왔다 갔다 해서인지 집에 올 때마다 낯설어지곤 했다. 오히려 전에 살던 작은 아파트로 가야 할 것 같은 생각이 들었다. 벌써 부모님이 돌아가신 지도 십 년이 훌쩍 지났는데 한국에 돌아올 때마다 생각나는 건 엄마랑 아빠였다. 이제는 희미해진 얼굴들. 생각하면 가슴 아프고 보고 싶고 그립고…… 루리는 기억을 지우려는 듯이 도리질을 쳤다.

이런 와중에 발걸음은 기계적으로 움직여서, 아직도 낯설게만 느껴지는 아파트 단지를 지나 집으로 들어서고 있었다. 엘리베이터를 타고 올라가는데 거울에 낯선 여자가 자기를 바라보고 있었다. 살짝 그을린 퉁해 보이는 여자. 언제 이렇게 나이를 먹은 걸까. 가끔 자기 나이가 안 믿겨질 때가 있었다. 서른 살,

이뤄놓은 것은 없고 앞으로 하고 싶은 것도 없었다. 엘리베이터의 건강한 사람도 아파 보일 정도로 창백한 조명 속의 이루리는 정말 막막해 보였다. 그때 엘리베이터가 땡 하는 소리와 함께 열렸다.

현관문의 비밀번호를 누르고 안으로 들어가자 아침의 적막한 공기가 무겁게 내려앉고 있었다. 역시 동생들은 토요일 오전의 느긋한 늦잠을 즐기고 있나 보다.

무거운 배낭을 소파 옆에 털썩 내려놓고 기지개를 쭉 켰다. 이대로 씻고 자기에는 좀 아쉬웠다. 나름 잘나가던 아이돌 그룹 가수에서 배우로 전업한 둘째 누리는 평소에도 이 시간이면 자고 있을 것이다. 일하다 들어온 애를 괴롭힐 수는 없지. 그렇다면 어제 새벽까지 술 푸고 들어오지 않은 이상 일어나 있는 게 정상일 막냉이, 우리를 괴롭히기로 했다.

슬금슬금 막내 방의 문을 열고 들어갔다. 두꺼운 커튼 덕에 해는 뜬 지 오래지만 방 안은 어두웠다. 침대 위로 이불을 푹 뒤집어쓰고 있는 커다란 형체가 어렴풋이 보인다. 그런데 벽을 향하고 있어서 얼굴은 보이지 않았다. 루리는 그대로 뛰어들어 그 커다란 물체를 덮친 뒤에 이불을 들추고 볼을 부비적거렸다.

"우리 막내, 누나 안 보고 싶어쪄?"

어린아이 대하듯 자고 있는 남자 빰에 부비적거리며 혀 짧은 소리로 낄낄거렸다. 밤새 자란 까끌까끌한 수염에 볼이 쓸려 꽤 따가웠다. 가녀리고 여리여리하던 몸이 육 개월 새에 운동이라

도 했는지 팔에 근육이 생긴 것도, 그리고 좀 컸는지 예전보다
더 길쭉해진 듯한 느낌이 들었다. 게다가 아직 아기 피부처럼
수염이 거의 없던 우리 뺨에 갑자기 웬 수염?

그래도 이 침대에서 자고 있는 건 막내 우리라고 루리는 철석
같이 믿었다. 그런데 이불에서 길쭉한 팔이 튀어나오더니만 갑
작스레 커다란 손이 루리의 팔목을 강하게 잡았다.

"아 씨, 시끄러워서 잠을 잘 수가 없네!"

낮은 허스키한 목소리에 루리는 눈을 동그랗게 뜨고 자기가
깔아뭉개고 있는 이불 속의 외계 생물체를 바라보았다. 그 순
간, 형세가 역전되어 루리는 그 이불 속 사람 밑에 깔렸다. 깜짝
놀란 루리가 헉 하고 입을 벌리는 순간, 입술을 덮치는 이 뜨거
운 것은…….

"야!"

라고 소리를 지르지도 못한 채 루리의 입은 뜨거운 것에 막혀
버렸다. 커다란 몸에 완전히 깔린 루리는 어안이 벙벙했다. 자
고 있는 동생을 덮쳤다가 이런 상황이 될 거라곤 꿈에도 생각을
못했던 것이다.

당연히 그는 이루리의 사랑스런 막내 동생 이우리가 아니었
다. 아직 잠에서 깨지 않았는지 신경질적으로 이맛살을 찌푸린
젊은 남자였다. 처음부터 키스는 격렬했다. 그대로 숨을 빨아들
일 것처럼 입술을 깨물고 핥고 빨아들인다. 나이 서른에 키스
한 번 못해봤을 리는 없는데 당황스러웠다. 심지어 그는 눈도

제대로 뜨고 있지 않았다.

더 충격적인 건 그 남자가 아는 얼굴이라는 것이었다. 지난 몇 달 동안 저 얼굴을 떨쳐 버리려고 그렇게 노력했는데 이렇게 동생 방에서 생각지도 못하게 만났으니 루리의 놀라움이 이만 저만이 아니었다.

새벽 다섯 시까지 달렸다. 마지막엔 으레 그렇듯이 이우리네 집이었다. 최근 들어 우리의 집에 모여서 노는 게 잦았다. 아무래도 누나와 형이 집을 자주 비우다 보니 우리가 외로운 모양인지 친구들을 집에 자주 끌어들였다. 어제도 워낙 오래 집을 비우고 있는 누나가 없는 것은 당연하고 그나마 집에 붙어 있는 형도 로케 가서 없다면서 자기네 집으로 가자고 했다. 넓은 거실에서 굴러다니면서 우리 형의 양주도 한 병 까고 나름 좋았지만 역시 그전에 마시고 들어온 감자탕과 소주로 인해 같은 아파트 단지의 바로 앞동인 집에 가는 것도 귀찮아졌다. 어차피 집에 가봤자 꼰대나 정 여사 모두 해외에 있는 터라 반겨주는 이 하나 없었다. 그래서 그냥 우리 방에서 뻗어버렸다.

한참 단잠을 자고 있는데 갑자기 인기척이 느껴지더니만 누군가 침대에 뛰어들었다. 그 뒤에 부드러운 볼을 밤 사이에 수염이 자라 거칠거칠할 게 분명한 자기 볼에 대고 부비적거리는 것이었다. 작으나 부드럽고 따뜻한 생명체. 기분은 좋았지만 꼼지락거리는 게 귀찮아서 그대로 깔아뭉개 버렸다. 그 뒤에 종알

대는 입을 막아버렸다.

어디선가 맡았던 그리운 향과 익숙한 그리운 목소리에 아무 생각 없이 그냥 몸이 움직이는 대로 움직였을 뿐이었다. 어차피 남자는 아침에 짐승이지 않은가. 그는 대마왕이었고, 대마왕의 아침잠을 깨운 이상 신상을 걱정해야 하는 게 당연했다.

부드러운 입술을 음미하며 오물거리는 작은 혀를 강하게 빨아들였다. 당연히 손도 부드러운 선을 따라서 가슴 위로 가려는 순간, 복부에 엄청난 압력이 가해졌다. 물론 이런 작고 무례한 따뜻한 몸에게 함부로 까불지 말란 뜻에서 키스한 건 잘못한 일이었다. 그렇다고 눈에 별이 보일 정도로 명치를 발로 가격한 건 좀 심하지 않았나. 그가 고통 때문에 잠시 방심한 사이 작은 몸은 순식간에 빠져나가면서 귀가 쟁쟁할 정도로 엄청난 비명을 질렀다.

순식간에 집 안 가득 하이 톤의 비명이 울려 퍼졌다. 그러자마자 방문이 열리면서 우리와 역시 어제 밤새 달리고 어딘가에 쓰러져 자고 있었을 친구 정욱이 뛰쳐 왔다. 우리는 막 샤워하고 나온 참인지 머리가 젖어 있고 티셔츠도 입지 않은 추리닝 바람이었다. 정욱 역시 막 자다 깼는지 평소에 심혈을 기울여 젤을 바르는—본인 주장에 따르면 스타일리쉬하다는—머리가 부스스한 게 마치 까치집과 같았다.

"무, 무슨 일이야! 아 씨."

정욱이 자다 깬 게 짜증이 났는지 신경질을 부리다 루리를 보

더니 눈이 튀어나올 것처럼 놀란 표정을 지었다. 그것은 옆에
서 있는 우리 역시 마찬가지였다.

"누나!"

루리를 발견하고 우리는 정말 놀랐다. 이제 슬슬 돌아올 때가
됐겠다 싶었으나 이렇게 뜬금없이 집에 와 있을 줄은 정말 몰랐
다. 하지만 언제는 이 사람이 떠나는 날, 돌아오는 날 제대로 말
했나. 가끔 이메일 보내는 거 외에는 평소 전화 한 통 안 하는
게 이루리였다. 갑자기 루리가 집에 온 건 놀랄 일이 전혀 아니
었지만 자기 방에서 비명과 함께 발견된 것은 충분히 놀랄 일이
었다. 갑작스런 여자 비명 소리에 샤워하고 나와서 티셔츠도 못
입고 뛰어왔더니만 돌아온지도 모르고 있던 루리를 봤으니 놀
라는 게 당연했다.

"너 왜 거기서 오는 거야?"

루리는 아주 당연하다는 듯이 우리에게 따졌다. 반 년 만에
만나는 동생에게 인사도 건너뛰었다. 그러나 우리는 침착하게
평소의 약간 느릿한 말투로 설명했다.

"아, 어제 친구들이랑 집에서 술 마시고 집에서 잤어. 도대체
무슨 일인데 소리를 지른 거야? 여행은 잘 다녀왔어?"

"넌 줄 알고 덮쳤는데 네가 아니잖아!"

루리는 동생의 인사는 받아주지도 않고 소리부터 버럭 질렀
다. 그제야 상황을 이해한 우리가 느긋하게 답했다.

"내 침대에선 재운이가 잤어. 나랑 정욱이는 형 방에서 자고."

한편 완전히 잠이 달아난 재운이 여전히 이마를 찌푸린 채, 꾸물꾸물 일어나 앉았다. 배가 아직도 얼얼한 걸 보면 꽤 세게 걷어찬 게 틀림없었다. 남자랑 레슬링 해도 절대 쉽게 질 것 같지 않은 재운에게 이건 꽤 충격적인 일이었다. 184㎝, 몸무게 75㎏. 좀 가는 편이긴 해도 어릴 때부터 한 수영과 조깅, 농구 덕에 근육이 꽤 잘 잡혀 있었다. 재운이 잠결이라 방심한 상태가 아니었다면 절대 때려눕힐 수가 없었을 것이다.

문제는 안경을 안 써서 잘 보이진 않지만 저 앞에 서 있는 형체가 익숙하다는 것이었다. 흘러내린 앞머리를 신경질적으로 쓸어 올렸다. 저 익숙한 목소리나 향, 자그마한 형체까지 누군가를 떠올리게 했다. 그 얼굴만 생각하면 가슴이 조금 떨리면서 분노로 주먹을 쥐게 되는 추억의 주인공이기도 했다.

상반신을 드러낸 채, 대충 이불로 아래만 가리고 있던 재운이 허스키한 목소리로 말했다.

"거기 내 옷 좀 던져 봐."

유재운은 몸에 열이 많아 더위를 많이 타는 편이었다. 그래서 평소에 잘 때 옷을 다 벗고 속옷 하나만 입고 자기 때문에 친구들이 아무래도 같이 자기 좀 꺼려해서 이 방에서 혼자 자고 있던 것이었다.

의자 위에 깔끔하게 각 잡아 얌전하게 개켜져 있던 재운의 옷을 정욱이 던져 주었다. 재운은 너무나 자연스럽게 티셔츠를 대충 뒤집어쓰고 일어나더니만 몸에 착 달라붙는 캘빈 클라인 검은색 트렁크 차림으로 바지를 태연스레 꿰어 입는 거였다.

보고 있던 루리의 입이 쩍 벌어졌다. 여행 다닐 때 호스텔이나 게스트하우스에서 낯선 남자들이랑 같은 방에서 잔 게 한두 번도 아니었고, 심지어 재운과 같이 외국에서 이틀을 지냈으나 이런 모습은 처음이었다. 아는 사이에 벗은 몸을 보는 게 더 민망해져 저절로 고개를 돌리게 됐다. 볼이 좀 붉어졌다.

아무렇지 않게 옷을 다 입은 재운은 책상에 놓아둔 안경까지 찾아 썼다. 그리곤 루리를 노려보다 싶을 정도의 날카로운 눈길로 바라봤다. 순간 시선이 마주치자 루리의 목구멍에서 침이 꼴깍 넘어갔다. 절대 다시 보고 싶지 않은 얼굴을 지옥문 앞에서 마주친 듯한 기분이었다. 눈을 딱 감고 〈하느님 맙소사〉를 마음속으로 수십 번 외치고 싶었다.

"누, 누나, 내 친구 재운이야."

어색한 분위기를 좀 무마하려는 듯 우리가 나서서 서로를 소개시켜 주었다. 어떤 상황인지 뻔히 알 만했다. 분명 자기인 줄 알고 누나가 으레 그렇듯이 덮쳤다가 아닌 거 알고서 으악! 했겠지. 그 상황에서 놀란 재운이 역시…… 음, 저 대마왕 심기가 무척 불편해 보이는군.

새벽까지 술을 마시고 가장 늦게 잔 데다가 원래 아침잠이 많은 재운이라 이렇게 이른 시간에 반강제로 깨워졌으니 결코 기분이 좋을 리 없다. 하지만 그렇다고 해도 생각과는 다른 좀 묘한 표정을 짓고 있는 듯도 싶었다. 마치 생선을 앞에 둔 고양이 같은 표정이랄까. 생각보다는 그렇게 나쁜 표정은 아니었다.

"재운아, 우리 누나."

우리가 재운의 불편한 표정이 걸려 눈치를 보며 루리를 소개했다. 근데 결코 사근사근한 성격이 아닌 재운이 갑자기 손을 내밀며 루리에게 악수를 청했다.

"안녕하세요, 유재운입니다. 우리 누님이시라고요? 말씀 많이 들었습니다, 이루리 씨."

루리는 멍하니 있다 얼떨결에 재운의 손을 잡았다. 그러곤 손을 놓으려고 했으나 재운의 뜨거운 손이 여전히 루리의 손을 강하게 잡고 있었다. 한 번은 놓쳤지만 두 번은 놓치지 않겠다는 굳은 각오 같은 게 느껴진달까.

"아, 안녕하세요?"

"아니, 저보다 위이신 듯한데 편하게 말 놓으세요."

"그, 그래도 동생 친구인데……."

이상하게 루리가 어색한 웃음을 지으며 당혹해하는 게 우리의 눈에 들어왔다. 우리가 아는 루리는 한참 아래인 자기 친구쯤은 껌으로 알 텐데 이상하게 재운은 좀 어려워하고 있었다. 역시 전에 재운에 대해서 대마왕이라고 말해준 것 때문일까. 누나가 좀 당황해하는 기색이었다.

"누나, 한참 어린데 편하게 말 놔. 정욱이한테는 말 편하게 하면서."

"어, 어…… 거야, 정욱이는 내 제자였으니까 그렇지. 그치,

정욱아?”

옆에서 정욱이가 고개를 열심히 끄덕거렸다. 중학교 때 날라리였던 정욱이 루리에게 과외를 꽤 오래 받았기 때문에 정욱과 루리는 나름 꽤 친밀한 관계였다. 그러나 정욱이 끼어들 틈새를 주지 않고 재운이 눈은 루리에게 맞춘 채 질문을 던졌다.

“근데 누님 연세가?”

“어, 우리 누나 서른 살. 동안이라 좀 어려 보이지?”

서른이라는 말에 재운의 이마가 살짝 구겨졌다 다시 활짝 펴졌다. 입은 웃고 있는데 눈은 냉혹했다. 이름 속여, 나이 속여, 안 속인 게 뭐였을까. 그때 만났던 여자가 자기가 알고 있는 친구 우리의 누나 이루리 씨라면 자기가 도둑고양이한테 당한 거나 마찬가지였다. 우리가 가끔 한탄을 하며 누나가 어디론가 말도 없이 사라져 버렸다고, 무슨 도둑고양이도 아니고 집에 좀 보인다 싶으면 사라졌다 나타난단 얘기를 했던 게 기억이 났다. 저 도둑고양이가 자기 마음을 할퀴고 도망을 갔으니 이제 대가를 치러야 할 터였다! 드디어 저 도둑고양이의 긴 꼬리를 잡았으니 이제 앞으로 어떻게 할지 잘 생각해 봐야 할 문제였다.

잠시 침묵이 흐르는 그때 정욱이 갑작스레 루리에게 달라붙었다.

“누나, 보고 싶었어요.”

거의 덤벼들듯이 안자 루리가 자기 키보다 머리 하나는 더 큰 정욱을 안고 아무렇지 않게 토닥토닥하는 것이었다. 외동아들인 정욱이 루리를 거의 친누나처럼, 우리와는 형제처럼 막연하게 지내고 있기 때문에 별로 놀랄 만한 행동도 아니었다.

정욱이 자기 첫사랑은 우리 누나 루리 씨라고 술 마시고 한두 번 얘기한 것도 아니고, 재운이 기억 못할 리가 없었다. 칠십 년대 신파소설 쓰냐고 그때마다 비웃어줬기 때문에 더 잘 기억할 수밖에 없었다. 그걸 보고 재운은 슬쩍 웃었다. 입 한쪽 꼬리를 슬며시 올린 채. 마치 오랫동안 쫓고 있던 먹이를 앞에 둔 맹수의 사나운 미소와도 같았다.

그걸 보고 있는 루리는 등골이 서늘해졌다. 그렇다고 여기서 도망도 갈 수 없는 게 우리에게 뭐라고 변명할 거리도 없잖은가. 그리고 누나 체면이 돼서 저놈이 자기에게 키스한 건 죽었다 깨도 말할 수 없었다. 더구나 전에 만났던 적이 있고 여행길에 만나서 키스하고 며칠 정도 사귄 남자가 동생 친구라는데 이 상황을 어떻게 설명한단 말인가. 게다가 저놈이 너 잘 만났다라는 기색으로 자기를 보고 웃었다는 더 무서웠다.

제 1 장

재운이 처음 루리와 만난 곳은 폴란드의 크라코프였다. 지하에 큰 성당이 있는 걸로 유명한 소금 광산과 아우슈비츠라고 알려진 2차 세계대전 때 유명한 유태인 수용소가 있는, 구시가지가 예쁜 제법 큰 도시였다. 2월 중순께의 폴란드에 여행객이 많을 리가 없었다. 한겨울에 눈 많이 오고 추운 나라에 놀러 가는 사람이 별로 없는 것은 당연한 일이다.

재운이 폴란드까지 가게 된 건 예정에 없는 일이었다. 원래 유럽에 간 목적은 독일의 작은 도시에서 하는 바이올린 마스터 클래스를 수강하기 위해서였다. 네 살 때 말도 제대로 하기 전에 제일 작은 바이올린을 잡았고, 유명 피아니스트인 아버지를 두고 있는 이상 소질도, 감각도 있었다. 하지만 십대 초반에 아버지의 피아노 연주를 듣는 순간 자신이 바이올린을 아무리 열심히 연습한다고 해도 도저히 아버지가 다다른 원숙한 경지에 도달할 수 없다는 걸 깨달았다. 분했지만 재운 자신의 능력으로는 아무리 열심히 해봤자 좋은 연주자 이상은 될 수 없었다. 그 뒤 과감하게 그만두고 진로를 바꿔 버렸다.

그렇다고 해서 손에서 바이올린을 완전히 뗄 수 있는 건 아니었다. 학기 중 일주일에 한 번 받는 레슨으로는 도저히 원하는 데까지 끌어올릴 수가 없었다. 그래서 방학 때 시간을 좀 내서 집중적으로 해볼 생각으로 겨울방학에 갈 만한 마스터 클래스를 알아보기 시작했다. 시간이 많은 것도 아닌지라 사 주 정도 되는 코스를 찾아보았다.

보통 마스터 클래스는 여름에 많이 열린다. 하지만 어찌 된 일인지 독일의 바이에른의 작은 도시에 은둔하다시피 한 바이올린의 거장이 마스터 클래스를 열었다. 기회를 놓치고 싶지 않았다. 그 유태계 바이올린 거장은 재운의 영웅이나 다름없었다. 이미 자리가 꼭 차기도 했고 대부분 프로 지망생만 모이는 그 클래스에 어머니를 조르고 아버지 압력까지 이용해서 자리를 마련했다. 그럴 정도로 재운은 거기에 꼭 참석하고 싶었다.

어머니 정 여사가 아들놈 취미 생활에도 큰돈 써야 하는 거냐고 엄청난 잔소리를 퍼부으면서, 돌아와서도 실력이 고대로면 알아서 하라고 으름장을 놓았다. 귓가에 못이 박힐 정도의 잔소리를 들으며 프랑크푸르트로 출발한 것까지도 좋았다.

마스터 클래스가 열리는 작은 도시에서 최종 연주회까지 마치고 나니, 갑자기 긴장도 좀 풀리면서 한국으로 그냥 돌아가기 왠지 아쉬워졌다. 그래서 독일 바로 옆에 있는 폴란드로 여행을 떠났다. 폴란드 국경에서 가까운 크라코프에서 쇼팽 박물관이 있는 바르샤바로 갈 계획이었다. 그렇게 해서 요한 바오로 2세가 추기경으로 있었다던 도시에 들렀다. 루리를 만난 곳은 그곳의 작은 호스텔에서였다.

폴란드에 예정에도 없던 여행을 가게 되니 당연히 정 여사가 전화로 투덜거리는 소리가 들렸다. 이미 용돈을 줄 만큼 줬으니 그 안에서 알아서 쓰라는 것이었다. 갖고 간 여행 가방은 호텔에 바이올린과 함께 맡기고 작은 가방만을 챙겨서 밤 기차를 타고 크라코프로 떠났다.

새벽에 도착한 재운은 일단 호스텔을 찾아 투숙한 뒤에 가방을 놓고 크라코프의 올드타운을 찾아 나섰다. 오래된 구시가지와 바벨 성 정도가 있는데 그 규모가 좀 실망스러웠다. 이미 어릴 때 아버지 콘서트를 따라 어지간한 서유럽 도시는 다 돈지라 이런 작은 도시에 왜 왔나 싶을 정도였다. 게다가 겨울이라 해도 일찍 져서 오후 네 시면 어두워지는지라 그다지 할 일도 없었다. 저녁을 먹고 숙소로 들어오니 저녁 여덟 시도 되지 않았다. 2월 중순의 폴란드에는 눈만 지겹게 올 뿐 할 일이 많을 리가 없었다.

호스텔의 거실에 앉아 하는 일 없이 인터넷이나 좀 쓰고, 텔레비전으로 오래된 영화를 멍하니 보고 있었다. 어차피 눈발이 심하게 날리고 있는 중이라 외출할 의지도 생기지 않았다. 그때 문이 열리고 자그마한 형체가 눈을 털며 들어왔다. 호스텔엔 손님도 없어서 거실에선 재운 혼자 위성방송을 보고 있는 상황이었다.

자그마한 여자였다. 등을 덮을 정도로 길게 흘러내린 머리 위에 빨간색 베레모를 앙증맞게 쓰고 있었다. 역시 빨간 체크의 긴 숄에 숄칼라의 검은색 코트를 입고 있었다. 잠시 후 벙어리장갑을 벗고 숄을 푼 뒤에 코트를 벗었다. 마치 무장을 해제하는 군인처럼. 코트 속엔 두꺼운 케이블 니트의 검은색 터틀넥 스웨터를 입고 있었다. 아래에는 무릎 아래까지 내려오는 체크무늬 스커트에 두꺼운 스타킹을 신고 있는 가느다란 다리가 눈에 들어왔다. 롱부츠를 신었다고 해도 꿩장히 가늘었다. 눈이 살짝 아래로 처진 게 귀여운 인상이었다. 아마도 재운 자신과 비슷한 또래일 듯했다.

여자는 소파 하나를 차지하곤 크로스백에서 책을 꺼내서 읽기 시작했다. 그다지 사교성이 없는 여자구나 싶었다. 아니면 영어를 잘 못하거나. 한데 책 표지에 익숙한 글자가 적혀 있었다. 이런 한겨울 추운 동네에 한국 여자라니, 반가운 맘에 별생각없이 말을 걸어봤다.

"혹시 한국인이세요?"

여자가 고개를 갸웃하더니 답했다.

"와, 여기를 겨울에 오는 사람이 나 말고 또 있었네. 한국인일 거라곤 정말 생각 못했어요."

생긋 웃는 얼굴에 보조개가 깊숙이 팬다. 아래로 처진 눈 아래에 작은 점이 묘하게 섹시하다 싶었다. 재운은 화제를 으레 그렇듯 날씨에 맞췄다.

"눈 많이 오죠, 밖에?"

"장난 아니게 오다가 지금은 좀 그쳤어요. 바람도 아까보단 덜 불어요. 폴란드 추위가 워낙 유명해서 좀 많이 껴입고 왔더니 그럭저럭 견딜 만하네요."

"그래요? 크라코프 전에 어디 계셨어요?"

"아, 브로츠워프요. 거기서 기차 타고 왔어요."

전혀 생전 처음 듣는 도시였다. 브로츠워프? 폴란드 지도에서 본 낯선 이름이 머릿속에 스쳐 갔다.

"폴란드는 빌뉴스에서 그단스크로 들어왔어요. 그단스크에서 토룬, 바르샤바, 포즈난, 브로츠워프 이 순서로 찍었어요. 그쪽은요?"

"저는 독일에서 왔어요."

"아, 그렇구나. 언제 왔어요?"

으레 여행객들이 하는 대화를 잠시 주고받았다.

"오늘 아침에 도착해서 잠깐 쉬었다가 올드타운 둘러보곤 해가 져서 들어와서 쉬던 차였어요."

"전 어제 와서 오늘 대충 좀 돌았어요. 어때요?"

여자는 이미 볼 거 다 본 모양이었다. 그렇다면 이 여자한테 뭔가 물어볼 게 있지 않을까. 크라코프가 꽤 유명해서 상당히 기대했는데 생각보다 별로여서 실망하던 차였다.

"생각보다 그냥 그런 거 같아요."

재운이 좀 실망해서 시큰둥하게 말했다. 잠시 침묵이 흐르고 여자가 먼저 말을 꺼냈다. 생긋 웃는 그 얼굴이 어디선가 본 듯한 인상이었다. 그때는 이 아가씨가 친구 이우리의 누나라는 걸 꿈에도 생각 못하던 때였다.

"별로 할 일도 없고 눈도 거의 그쳤는데 밖에 나가지 않을래요? 아까 들어오다가 바에 갈까 했는데 혼자 가기 뭐해 그냥 들어왔거든요. 가이드북 보니까 크라코프에 카지미에르즈라고 유태인 게토가 있는데 거기에 있는 클럽이나 바가 유명하대요. 그 중에 알케미아라고 하는 데가 유명하다는데 거기 어때요? 엑스트라 오디너리한 익스피어리언스를 할 거라고 나오던데."

재운 역시 심심했던지라 밖에 나가서 한잔 걸쳐도 괜찮을 것 같았다.

"아까 카지미에르즈 갔을 때 분위기가 꽤 재미있었는데 밤엔 어떨지 궁금하네요."

사실 좀 위험하진 않을까 걱정은 좀 됐지만 차마 자기보다 한참 키 작은 여자 앞에서 소심하게 그런 걸 물어볼 수는 없었다.

당장 코트를 찾아 입고 나갈 준비를 했다. 여자는 다시 중무

장을 하기 시작했다. 코트를 입고 숄을 두르고 모자를 쓰고 장갑까지 순서대로 걸치는 걸 멍하니 바라보았다. 밖에 나가자 거의 눈은 그쳐 있고 어느새 하늘이 개어 있었다. 신기하게도 그런 청명한 하늘엔 별도 보이고 있었다. 눈보라가 친 게 불과 한두 시간 전이건만.

여자랑 죽이 잘 맞았다. 올드타운 근처의 호스텔에서 유태인 게토인 카지미에르즈까지 이십 분 남짓이었다. 공원을 지나 올드타운을 통과해 바벨 성까지 눈이 쌓인 길을 여자는 별로 힘들지 않은지 가볍게 걷는다. 발목까지 푹푹 빠지는 눈을 여자는 그다지 신경 쓰지 않았다. 상대적으로 다리가 긴 재운은 제법 걸음도 빠른 편인데 키가 20㎝ 이상 작은 이 아가씨는 그다지 어렵지 않게 보조를 맞추고 있었다. 일단 걸음이 빠르고 징징거리지 않는 이 아가씨한테 호감이 갔다.

걸으면서 자연스레 여행 얘기가 나왔다.

"독일에선 어디어디 갔어요?"

"큰 도시에만 있었어요."

"프랑크푸르트?"

"프랑크푸르트로 독일로 왔죠. 더 작은 도시에 있었어요. 바이에른에 있는 작은 도시. 거기에서 할 일이 있었거든요."

"아, 그렇구나. 나도 오래전에 독일에 가을쯤에 간 적이 있는데 작은 도시들은 꽤 괜찮았어요. 의외로 물가도 싸고, 사람들도 친절하고."

"구 동독 쪽 가면 또 안 그렇다고 하더라구요. 스킨헤드가 많대요."

"아무래도 그렇겠죠. 근데 나 전에 동독 남자애 만난 적 있는데 걔한테 내가 실수했잖아요. 걔가 통일에 대해서 어떻게 생각하냐고 하는데 설명하기 귀찮아서 난 전혀 관심없고 통일 안 됐음 좋겠어, 라고 하니까 애가 정색을 하더라구요. 그래서 이유를 묻길래 북한 애들이 무서워라고 하니까 갑자기 〈그 사람들도 보통 사람들이야. 나를 봐, 나 동독 출신이지만 평범하잖아〉. 그러는데 미안해서 혼났어요. 사실 난 그런 거 잘 생각해 본 적이 없어서 대충 둘러댄 것뿐인데. 그 애한테 많은 걸 배웠어요."

아가씨 말을 푸는 게 상당히 재미있다. 서로 자기가 다녔던 나라나 도시 얘기를 하는 것도 재미있다.

"자기는 폴란드는 이번이 처음이에요?"

루리 말버릇 중 하나가 '자기'를 많이 쓰는 것이다. 동생들한테도 〈누리 자기야, 이것 좀 해주지 않을래?〉라고 하면 누리가 짜증을 내면서 그 소리를 듣기 싫어서 해줄 정도였다.

"예. 유럽에는 자주 왔는데 동유럽은 처음이에요."

그러나 재운은 표정 하나 변하지 않았다. 가끔 루리는 사람들 놀려먹는 재미로 일부러 자기, 자기 부르곤 했던 것이다. 하지만 재운은 그다지 표정 변화가 있다거나 한 게 아니어서 어떤 기분일지 잘 감이 오지 않았다.

루리는 슬그머니 옆에 서 있는 남자를 관찰했다. 이 젊은 총각은 좀 독특한 데가 있었다. 표정이 좀 딱딱하고 무표정하긴 해도 잘생긴 얼굴이었다. 일단 키가 크고 기다란 바디라인에 하얀 피부, 콧날이 꽤 날렵하고 홑꺼풀의 눈은 길고 큰 편이었다. 날카로운 턱 선, 좁은 얼굴. 어디 가서도 눈길을 확 끌 정도로 잘생긴 남자였다. 그리고 손이 아주 크고 날렵했다. 이제 이십 대 중반쯤 됐을 텐데, 그 나이 또래답지 않은 여유와 카리스마가 뿜어져 나오는 게 평범한 남자는 아니구나 싶었다. 또래일 우리는 아직도 소년 같은데 재운은 벌써 남자의 기운이 물씬 풍겨 나왔다.

검은색 캐시미어 코트를 박쥐 날개처럼 날리며 빠른 속도로 걷는 그는 목에 머플러 하나 정도 둘렀을 뿐이었다. 영하 10도 이하의 폭한에도 그다지 추워하는 듯싶지 않았다. 속에 검은색 두툼한 울 터틀넥 스웨터 정도 입었으려나. 분명 한국에서도 이 목을 많이 끌었을 듯싶은 그런 카리스마가 있는데 언제나 익숙하게 다른 사람의 시선을 받은 사람의 것이었다.

"폴란드는 동유럽이 아니에요. 중유럽이지. 여기랑 저쪽의 동유럽은 좀 달라요. 정말 동유럽을 느끼고 싶으면 불가리아나 마케도니아 이런 데를 가봐야 할 거예요."

"그렇군요."

아가씨는 꽤 여행을 자주 다녔는지 익숙하지 않은 나라 이름을 꺼냈다. 재운 역시 여자를 관찰했다. 정말 뼈밖에 없는 몸에 어울리지 않게 볼만 오동통해서 차가운 겨울 바람에 상기돼 있었다. 약간 처진 눈은 웃을 때마다 초승달처럼 가느다래졌다. 작게 있는 쌍꺼풀에 약간 처진 눈이 귀여운 인상이었다. 동그란 이마에, 작은 턱. 어리고 유약한 인상이다 싶었는데 막상 진지하게 앞을 바라보고 있을 때의 인상은 전혀 달랐다. 묘하게 눈빛이 강렬했고 세상 물정 모르는 순진한 아가씨가 아닌 세상 다 산 사람 같은 지친 표정을 지을 때도 있었다. 눈초리에 있는 작은 점이 왠지 순진해 보이는 인상에 악센트를 주는 듯싶었다.

"아 그러고 보니 이름도 안 물어봤네. 저는 유재운이라고 해요."

"아, 저는…… 이…… 정원이요."

루리는 순간적으로 엄마 이름을 대버렸다. 아무래도 낯선 사람을 만나게 되면 친해지고 나서 혹시 연락이라도 오든지 하는 경우를 대비해서 순간적으로 가명을 만들어 대는 게 루리한텐 잦았다. 혹시 나중에 한국에 돌아와서 만나게 되는 상황도 피하고 싶었고 여기선 이루리라는 사람 자체를 잊고 싶었기 때문이다. 여기까지 와서 이런 짓거리라니 본인이 한심했다. 하지만 이 젊은 남자애가 마음에 들었기 때문에 더욱 자신을 드러내고 싶지 않았다.

"저는 스물네 살인데 몇 살이세요?"

"몇 살로 보여요?"

루리가 미끼를 던졌다.

"흠, 글쎄. 저랑 비슷한 또래일 듯싶은데 맞춰보라고 하는 거 보니까 좀 더 나이가 있으신 듯? 흠 스물일곱 살?"

"네, 그 정도 됐어요."

이런 낯부끄러운 거짓말을 했더니만 볼이 빨개질 정도로 창피했다. 서른 살이나 돼서 나이 어리다고 봐주니 고맙긴 한데 이런 낯뜨거운 거짓말을 하고 있으려니 볼이 빨개질 정도로 창피해졌다. 하지만 다행히 가로등 불빛에 얼굴이 잘 보이지 않는 게 그나마 위안일까.

그때 올드타운 광장에 있는 직물회관의 뾰족한 지붕 옆에 달이 걸려 있는 게 보였다. 블루벨벳 같은 하늘을 배경으로. 초승달 옆으로 익숙한 겨울 별자리가 보였다.

"오리온 자리네요."

재운이 달 바로 옆에 걸려 있는 별 세 개가 조로록 있는 별자리에 대해 알려줬다. 한국에서도 당연히 겨울을 났는데도 이렇게 하늘을 올려다본 적이 없었다. 아니, 여유가 전혀 없었다. 하늘 한 번 쳐다볼 여유없이 살았다는 게 서글퍼져서 한참 바라보았다. 둘은 한참 아무 말 없이 밤하늘을 바라보다가 다시 발걸음을 떼었다.

아마 그 순간에 마법에 걸렸던 것 같다.

낮에도 왔지만 밤의 카지미에르즈는 전혀 다른 동네 같았다. 그로테스크하고 음침한 게토에 이런 클럽이 있다는 것도 나름 신기했다. 루리는 평소처럼 보드카 베이스의 칵테일을 주문했다. 이런 날씨에도 클럽 안엔 사람이 가득했다. 이런 기간엔 좀

처럼 찾아보기 어려운 동양인 둘은 꽤 신기한지 이목을 끌고 있었지만 재운은 전혀 신경 쓰는 눈치가 아니었다.

시끄러운 음악에 대화를 나누는 건 힘들었다. 재운이 라운지에서 춤을 추자고 했지만 루리는 그다지 춤추는 건 좋아하지 않기 때문에 그냥 술만 마시고 싶다고 했다. 그래서 근처의 좀 더 조용해 뵈는 다른 바로 움직였다. 거기서 시작해서 올드타운으로 돌아오면서 보이는 바마다 들러 칵테일이나 위스키를 한 잔씩 했다.

술과 함께 나누는 얘기의 양도 많아졌다. 좋아하는 것, 싫어하는 것에 대해서 얘기했다. 갔던 장소, 재밌던 일, 끔찍했던 일. 루리나 재운 둘 다 콩을 싫어했다.

"아버지가 무지 엄격하셔서 어릴 때 콩밥에서 콩을 골라내니까 다 먹어, 하면서 눈을 부릅뜨고 지켜보는 거예요."

사실 아버지가 엄격한 게 아니라 아들 괴롭히는 재미로 그런 거였지만 이런 것까진 얘기하고 싶지 않았다.

"어머, 너무하신다. 콩 같은 거 안 먹어도 세상에 먹을 게 얼마나 많은데!"

"그러게요. 그래서 콩을 마지막까지 다 골라낸 뒤에, 물 마시면서 알약 먹듯이 꼴깍꼴깍 삼켰죠. 그랬더니 다신 먹으란 말 안 하더라고."

그때도 옆에서 정 여사가 아동학대라고 난리를 쳐서 다시는 아들한테 콩 먹으란 소리를 못하게 만들어줬다. 재운이 킬킬거리면서 어릴 때 얘기를 늘어놓자 루리가 맞장구를 쳤다.

"나는 우리 엄마가 콩밥하면, 콩이 입 안에서 비겁하게 밥 사이에 숨어 있다가 지뢰처럼 터지는 게 기분 나쁘다고 투덜거렸거든요. 그랬더니 한참 웃으신 뒤에 내 밥에는 콩을 안 넣어주셨지. 근데 이젠 콩밥도 먹을 수 있어! 어른이거든."

재운이 루리의 어른이거든이란 말에 기가 막히다는 듯이 킬킬 웃었다.

"난 이제 어른이어서 콩밥 안 먹는데. 내가 먹기 싫음 안 먹는 거지, 왜 굳이 먹어."

루리가 잔을 부딪치며 외쳤다.

"자, Bean Hater를 위하여!"

둘은 한참 킬킬거리며 술을 마셨다. 그러다 지난 여정에 대한 얘기가 나왔다. 어쩌다 보니 자연스레 말꼬리가 짧아져 있었다.

"부다페스트 가봤어?"

그가 물었다.

"당연하지. 앞으로도 거기 거칠 것 같은데. 예전에 비엔나에 놀러갔다가 부다페스트만 들렀어. 거기 온천 하러 갔지?"

"어떻게 알았어?"

루리가 애늙은이 같은 재운을 놀려댔다.

"다들 온천에 가더라. 나는 온천 싫어해서 안 갔어. 가봤자 할아버지들이 체스판 띄워놓고 체스나 두는 데를 왜 가."

"난 그런 줄 몰랐지. 나, 거기서 성희롱당할 뻔했잖아."

재작년 겨울에 아버지의 유럽 투어를 쫓아다닐 때 혼자 부다페스트에 놀러갔다 봉변당할 뻔한 적이 있었다. 부모님한테는 차마 말 못하고 어머니가 왜 그 좋다는 온천에 안 가냐고 할 때 별말없이 그냥 어깨만 으쓱하고 말았던 일이었다.

"뭐? 아줌마들이 들러붙던?"

"아니, 자꾸 이상한 아저씨들이 말 걸고 룸 넘버 물어보잖아."

얘기가 이쯤 되자 루리가 재미있어 죽으려고 했다. 허리를 잡곤 눈초리에 붙은 눈물까지 닦아낼 정도였다.

"그래서?"

"오 분 만에 도망 나왔지. 나중에 사람 없을 때 다시 갔어."

그때 호텔의 온천에 혼자 내려갔다 할아버지와 아저씨들에게 잡혀서 난처해진 뒤로는 새벽에 잽싸게 갔다 오는 정도로만 온천을 이용했다.

"자기, 아무래도 아저씨들을 끌어들이는 페로몬이라도 있는 거 아니에요?"

눈가의 눈물을 닦아내면서 루리가 놀리자 재운이 아니라고 눈을 부릅떴다. 한국에 있는 친구들이 보면 유재운 성격 정말 많이 죽었다고 할 정도였다. 왜 이 작은 여자한테 이렇게 맘이 약해지는지는 잘 몰랐지만. 사실 이 얘기는 한국에 있는 친구들에겐 입도 뻥긋 못한 거였다. 대마왕 체면이 뭐가 되겠는가. 키가 크고 표정이 없고 눈매가 날카로워서 성격이 안 좋아 보이는 재운의 별명은 대마왕이었다. 아예 유재운이란 이름 대신 학교에선 그냥 대마왕이라고 부를 정도였다. 그런 대마왕의 이미지 관리 차원에서 절대 해선 안 되는 얘기였다.

"터키에선 말도 마. 나 이스탄불에서 당한 성희롱에 비하면 정말…… 거기 동양 여자만 보면 접근해서 수작 부리는 남자 천지야. 근데 이스탄불 좋다. 식도락의 천국이지. 집요하게 귀찮게 구는 것만 잘 떨구어내면 그냥저냥 다닐 만해. 이번에 다시 가서 무얼 먹을지 목록 만들어놨잖아."

루리가 이스탄불 얘기를 하면서 뭔가 먹을 것에 대해서 얘기를 주루룩 늘어놨다.

"누나, 크라코프에서 어디로 갈 건데?"

자연스레 루리에게 누나라고 부르고 있었다. 말도 잘 놓지 않는 재운으로서는 꽤 많은 발전이었다. 이 여자의 어딘가 익숙하고 낯익어서인지 재운도 쉽게 말을 놓을 수 있었다.

"음, 크라코프에서 슬로바키아로 갈 거야. 슬로바키아에서 주욱 내려가서 터키로 가서 거기서 코카서스 삼국까지 갔다가 귀국할 거야. 자긴?"

꽤 긴 여행 루트였다. 코카서스 삼국에는 어떤 나라가 있었더라. 유럽 지도가 대충 머릿속에 있긴 해도 터키에서 끊겼다.

"난 다시 독일로 돌아가서 거기서 귀국. 어떻게 여기서 누나를 만나게 됐을까?"

"글쎄, 내 말이."

기분 좋은 수다를 안주 삼아 몇 잔이나 마셨는지도 몰랐다. 그동안 한국어를 쓸 기회가 적었기 때문인지 들떠서 시간 가는 줄 몰랐다. 술자리를 마무리하며 자리에 일어났을 땐 어느덧 새벽이었다.

새벽 네 시가 넘어서 청량한 차가운 공기, 발에 뽀득뽀득 소리를 내며 밟히는 눈, 주변에 사람도 없었다. 적당히 오른 취기로 발그레해져서 기분이 좋아졌다. 루리가 얼음에 미끄러질 뻔하면서 재운의 팔을 잡았다. 커다란 손이 루리를 꼭 잡아주었다. 그러더니 조심하라는 듯이 머리를 쓰다듬어 주었다. 커다란 손이 머리를 쓰다듬어 주자 아주 어릴 때 아빠의 손을 기억나게 했다.

"잘 넘어지네."

몇 번 넘어질 뻔한 루리를 매번 재운이 잡아주었다.

"이상하네. 나 잘 안 넘어지는데."

술 마시고 난 뒤에도 절대 비틀거리지 않고 똑바로 걸어서 집에 오곤 했는데 아무래도 긴장이 풀린 것 같았다. 차가운 겨울 새벽에 웃느냐고 나오는 입김이 계속 퍼져 나갔다. 뭐가 이렇게 웃긴 건지 루리도 재운도 알지 못한 채 이상한 열기에 계속 웃고 있었다. 루리가 자꾸 넘어지려고 하자 자연스레 재운이 루리의 어깨를 안았다. 작은 공원을 지나는데 루리가 말했다.

"조금만 앉아서 쉬면 안 될까?"

"힘들어?"

"아니, 그런 건 아닌데 하고 싶은 게 있어서."

새벽안개에 싸인 크라코프 시내 곳곳에는 작은 공원이 참 많았다. 너무 환하지도 않고 적당한 밝기의 할로겐등에 앙상한 나뭇가지와 눈에 부드러운 음영이 드리워지고 있었다. 루리의 그 말에 재운이 벤치에 쌓인 눈을 털더니 자기의 검은색 긴 코트 자락을 펼쳐서 그 위에 앉으라고 제스처를 취했다. 루리가 재운의 코트 위에 앉자 자연스레 몸이 붙는다. 옆에 누군가 있어주는 게 이렇게 좋은 건지 몰랐다고 루리는 혼자 생각했다.

루리는 코트 주머니에서 작은 수첩과 크로키 연필을 꺼내더니 그림을 그리기 시작했다. 차가운 공기에 손이 얼어붙을 것처럼 시렸지만 그림은 그리고 싶었다. 언 손을 호호 녹이면서.

"아까 직물 회관 위에 초승달이랑 오리온 자리 걸려 있을 때 그렸어야 했는데. 밤하늘이 정말 블루벨벳 같았어. 그땐 아무 생각도 못해서 전혀 그림 그릴 생각을 못했거든. 아쉬우니 이거라도 그려야지 안 되겠다."

언제나 찰나의 순간엔 사진 생각이 전혀 나지 않았다. 그런 건 머릿속으로 마음속으로 간직해야만 하는 건가 보다.

재운은 익숙한 솜씨로 척척 선을 긋고 있는 루리의 손의 움직임을 바라보았다. 꽤 오래 걸릴 줄 알았는데 의외로 간단하게 완성했다.

"다 된 거예요?"

루리가 고개를 끄덕이고 그림을 들어 보여주었다. 그림에 날짜와 시간, Krakow(크라코프)라고 적었다. 그리곤 수첩과 연필을 다시 주머니에 집어넣었다.

마주 보고 웃는데 재운이 루리 뺨에 손을 대었다. 가로등 불빛 아래 찬바람에 상기된 볼과 반짝거리는 눈이 너무나 정겨웠다. 누군가와 이렇게 편한 시간을 가져본 게 언제인지 기억도 나지 않았다. 마치 백년을 안 친구와 같은 기분이 들었다. 가로등 불빛이 작은 얼굴에 부드럽게 음영을 드리우고 있었다. 별새 같이 작고 따뜻한 몸, 웃을 때마다 처지는 눈이 너무나 정겨웠다. 작은 새처럼 속삭이는 톤이 높은 목소리도.

"볼이 무척 차갑네."

자기도 모르게 루리의 볼에 손을 갖다 댄 것까진 좋았는데 순간 어색해져서 재운이 너스레를 떨었다.

"당연하지. 공기가 차가운데."

루리가 당연한 얘길 한다고 깔깔거리며 웃다 눈이 마주쳤다. 눈이 부딪치고 은밀한 시선이 와 닿는다. 루리가 그림을 그리느라고 차갑게 언 손으로 재운의 얼굴을 쓸었다. 재운의 손에 비교하면 무척 작았다. 하얗고 작은 손. 손톱에 매니큐어 하나 없고 바싹 깎여 있다.

"자기도 차가운 건 마찬가지면서."

무슨 생각이었는지, 아마도 술기운에 나온 용감무쌍한 행동이었겠지만 작게 속삭이면서 입술을 재운의 입술에 살짝 갖다 대었다. 재운은 절대 시선도 피하지 않았고 입술은 더더구나 피하지 않았다. 오히려 자기 입술에 살짝 와 닿는 차가운 작고 보드라운 입술을 빨아들였다. 팔로 강하게 안으면서, 작은 형체를 꼭 끌어안았다.

 저녁 먹고 나니 그다지 할 일이 있지도 않았다. 해가 져서 어둑어둑한 거리에 눈도 슬슬 그치는 게 보였다. 간단하게 저녁을 먹고 레스토랑을 나오니 이제 겨우 다섯 시 좀 넘었는데 해가 완전히 져 어둑어둑한 거리에 눈이 쌓이는 게 보였다. 루리는 그걸 보면서 커다란 눈송이가 마치 팝콘 같단 생각을 했다. 팝콘 생각을 하니 갑자기 영화가 보고 싶어졌다.
 별생각없이 극장에 가서 영화를 한 편 보았다. 그러고 나니 기분이 좋아졌다. 술 한잔했음 좋겠다 싶은데 동양인이 적다 보니 혼자서 밤에 바에 들어가기 좀 뭐하긴 했다. 게다가 바르샤바에서 밤에 바에 한잔하러 갔다가 추근거림 같은 걸 당하고 나니 그게 무섭다기보단 귀찮아서 가기가 싫었다. 방에서 혼자서 술을 마시자니 왠지 알코올 중독자 같은 기분마저 들어서 좀 꺼려지고 있었다. 그렇다고 서양애들이랑 어울리는 것도 내키지 않는 게 중국이냐 일본이냐 묻는 것도, 한국이 어디 붙어 있다고 설명하기도, 북한 문제 꺼내면 대답하기도 지겨울 정도였다. 술 마실 때만은 그냥 아무 생각 없이 농담이나 주고받아야 하는데, 머릿속에서 영작 하면서 머리 굴리기 싫었다.
 그냥 방으로 돌아가자니 으레 싸구려 호스텔이 그렇듯이 묵고 있는 호스텔의 침대가 이층이라는 게 생각이 났다. 이층 침대 아래 침대에선 책 읽기도 불편할 것 같아서 그대로 코트 입은 채로 호스텔 거실로 들어갔다. 일단 무장부터 해제하고 가방에서 책을 꺼냈다. 원래 여행 다닐 때 한국어로 된 책은 잘 갖고 다니지 않았다. 너무 금방 읽어버리고 부피가 무거워서. 이 책은 바르샤바에서 묵었던 호스텔에 굴러다니던 걸 챙긴 것이었다. 간만에 보는 한국 책이라 신기해서 챙겼다. 도대체 누가 여기까지 와서 이런 걸 읽고서 버리고 간 걸까. 책은 마르케스의 〈100년간의 고독〉이었다. 마치 루리 역시 100년간의 고독에 빠진 양 일반인과 유리돼 있단 생각을 하면서 소설을 읽었다.

그때 누군가 말을 걸었다. 들어올 때 보니 웬 키가 굉장히 큰 동양인 남자애가 앉아서 지나간 영화를 보는 걸 보았다. 방에는 단둘만 있을 뿐이었다. 새카만 머리에, 전체적으로 부리부리하게 잘생기고 깔끔한, 하지만 좀 무뚝뚝한 인상이었다. 일본애라고 하기엔 좀 터프한 인상이고, 중국계 미국인이 아닐까 싶었는데 한국어로 말을 걸어서 좀 놀랐다.

낮은 저음의 목소리가 듣기 좋았다. 보통 한국 남자애들을 만나면 반응이 두 가지였다. 첫째, 여자가 겁도 없이 혼자 돌아다닌다. 둘째, 어떻게든 엮어보려고 노력한다. 그런데 이 남자애는 그런 것도 아니고 진지하게 심심한지 열심히 말을 걸었다. 눈이 와서 밖에 나가도 걸어다니기도 힘들지, 그렇다고 안에 있으면 할 일은 없지 심심해 죽겠다는 인상이다. 일행이 생긴 김에 밖에 나가서 한잔하자는 말에 그 친구가 순순히 따라나섰다.

그냥 이 얘기 저 얘기 하면서 올드타운까지 느긋하게 걸었다. 눈도 완전히 그친 지 얼마나 됐다고 하늘이 이렇게 맑은지 신기했다. 올드타운의 뾰족한 지붕 위에 초승달이 걸려 있고 오리온자리가 보인다. 암청색 벨벳 같은 겨울밤을 배경으로. 회색빛이었던 지루했던 작은 도시가 오래된 영화의 한 장면처럼 가로등 불빛 아래 이지러지는 듯 느껴졌다. 그때 뭔가 요정 대모의 마법 같은 게 시작된 듯했다. 술에 취한 건지, 분위기에 취한 건지 왜 그렇게 웃음이 나오는지. 뭔지 알 수 없는 것에 이끌려 루리는 계속 시시덕거렸고 옆에서 재운도 마찬가지였다.

벤치에 앉아 잠시 그림을 그렸다. 재운은 가정교육을 잘 받았는지 한국 남자답지 않게 벤치의 눈도 털어주고, 심지어 자기 코트 자락도 빌려줬다. 이런 대접을 받은 게 언제인지 잘 기억도 나질 않았다. 누군가 자길 생각해 준다는 게 기뻤다. 따뜻하게 붙어서 바람을 막아주는 커다란 몸도, 얼굴에 와 닿는 따뜻한 길쭉한 손도, 소년같이 해맑게 웃는 저 길쭉한 눈도 모든 게 다 좋았다.

차가운 볼에 닿는 따뜻하고 커다란 손. 뭔가 눈물이 왈칵 쏟아질 것같이 다정했다. 그래서 루리는 자기도 모르게 키스해 버렸다. 다정다감한 키스였던 듯한데 어느 사이엔가 키스는 좀 더 깊어져 있었다. 그는 양손으로 그녀의 얼굴을 감싼 채 작게 속삭였다.

"보드카 맛 나요."

그녀는 마치 덫에 갇힌 새처럼 떨었다. 그리고 입술이 다시 다가왔다. 키스가 점점 더 격렬해졌다. 그의 양손이 그녀의 어깨와 등을 쓸면서 더욱 가까이 끌어당겼다. 방금까지 처음 만나서 이렇게 해도 되는 걸까 하는 주저가 있었다면 이제 그게 잘못된 것인지 아닌지조차 판단하기 어려웠다.

먼저 입술을 뗀 것은 그였다. 이마를 루리의 이마에 대고서 눈을 바라보았다. 루리의 입김이 그의 안경에 가 닿았다.

"우리 그만 돌아가요."

그가 그녀의 입술에 대고 중얼거렸다. 그런 다음 그녀를 놓아주고 손을 잡았다. 그녀는 넋이 나간 사람처럼 멍하니 그의 손을 잡고 따라갔다. 그들은 가로등과 새벽안개가 자욱한 길을 따라 새벽 트램이 다니는 길을 건너 호스텔로 걸어갔다.

호스텔 오피스에 지키는 사람 하나만 있을 뿐, 투숙객이라곤 단둘밖에 없었다. 어쩌다 보니 이층 침대의 아래 위층을 나눠 쓰고 있었다. 방에 들어가자마자 재운이 다시 루리를 안았다. 엉겁결에 어두운 방에서 안긴 것까진 좋았는데 재운이 다시 얼굴을 내렸다. 아까의 감미로운 키스와는 전혀 다른 키스였다. 뚜렷하게 욕망이 드러나는 열정적인 키스에 다리가 후들거렸다. 마치 통째로 빨아들일 것 같은 강한 흡입에 정신까지 멍해졌다. 비틀거리는 루리를 재운이 어깨를 잡아 자신의 몸 쪽으로 끌어당겨 안았다.

겨우 얼굴을 떼나 싶은 차에 그대로 강하게 안겼다. 루리는 숨을 가다듬느냐고 한동안 참았던 숨을 쉬었다. 재운 역시 그런지 안고 있는 넓은 가슴이 거칠게 움직이는 게 느껴졌다.

정신 좀 가다듬었을까 할 찰나에,

"같이 자지 않을래요?"

재운이 루리를 안고 어두운 방에서 속삭였다. 루리가 움찔하면서 몸을 떼려고 하자 재운이 안고 있는 어깨에 힘을 주어 움직이지 못하게 했다. 그리곤 낮게 웃는 목소리로 말했다.

"그냥 잠만 같이 자자고요. 응? 누워서 같이 자면 안 돼요? 아무 짓도 안 할게."

재운 자신도 왜 그러고 싶은지 잘 이해가 안 갔다. 하지만 떨어지고 싶지 않았다. 이 작은 몸과 꼭 몸을 부비고 있고 싶었다.

"잠은 사생활이야. 따로 자야지."

"그냥 안고만 있을게요. 네?"

간절한 열망이 담긴 눈길에 루리는 고개를 끄덕일 수밖에 없었다. 어차피 처음 만난 사이에 키스도 한 마당에 안고만 잔다는데 한번 믿어볼까 하는 속삭임에 굴복한 것이었다. 왜 이렇게 이 친구에겐 마음이 흔들리는 걸까. 미친년 널뛰듯 날뛰는 마음을 다잡고 싶은데 그럴 수가 없었다. 그냥 곁에만 있어도 이미 박자가 엇나간 심장은 마구 뛴다.

대충 욕실에서 이를 닦고 옷을 갈아입은 뒤에 좁은 베드에 나란히 누웠다. 키가 큰 재운의 품에 자그마한 루리가 쏙 들어갔다. 바로 옆에 누운 재운의 가슴에서 심장 뛰는 소리가 들렸다. 얼마 전까지만 해도 이러고 자는 서양애들을 비웃었는데 나이 먹어서 이게 뭐 하는 짓인가 하는 생각마저 들었다.

자연스레 머리가 위에 가 있는 재운이 말을 걸었다. 어둠 속에서 다정하게 등을 안고 있는 커다란 손의 온기만이 묘하게 존재감이 있었다. 등을 쓰다듬는 그 온기에 몽롱해진 상태였다.

"내일 뭐 할 거예요?"

"소금 광산이란 데 다녀오려고. 거기 가봤어?"

루리가 내일 일정을 잠시 고민하다 말했다. 슬슬 기분 좋게 잠이 오려 하고 있었다.

"아니. 나도 갈 건데 같이 갈래?"

재운도 역시 루리에게 편하게 말을 놓는다. 가끔 얼굴 여기저기에 와 닿는 쪼는 듯한 키스가 기분이 좋아서 루리는 어느새 잠이 들어버렸다. 어릴 적에 엄마가 머리를 쓰다듬어 주던 것처럼 기다란 손가락이 머리를 쓰다듬었다.

다음날 아침에 일어났을 때, 루리는 놀랐다. 생각보다 너무 편하게 누군가의 품에서 잤다는 게 잘 믿겨지지 않았다. 재운이 피곤한 얼굴로 한쪽 팔로 고개를 받치고 그런 루리를 바라보고 있었다. 얇은 커튼 사이로 햇살이 내리쬐고 있었다. 오늘은 날이 좋은 모양이었다.

"잘 잤어요?"

입술을 살짝 부비작거리면서 허스키한 목소리로 재운이 물어왔다. 루리는 그냥 웃어주었다. 재운이 좀 더 깊은 키스를 하려고 하자 루리가 고개를 돌려 버렸다.

"안 돼?"

재운이 섭섭하다는 듯이 물었다.

"이 안 닦아서 안 돼. 냄새 나잖아."

"모닝키스는 건강에 좋아. 의대생인 내 말을 믿으라고."

"면허 없으면 나나 자기나 야매인 건 똑같지."

낄낄거리면서 루리가 받아치고는 재운의 뺨에 키스를 해줬다. 재운은 섭섭한 표정이었지만 루리가 잽싸게 일어나서 갈아 입을 옷이랑 샤워 도구를 들고 씻으러 가자 닭 쫓던 개가 돼 입맛만 다실 뿐이었다.

샤워 후에 아침을 먹고 같이 역 근처로 나갔다. 그 근방에서 다닌다는 셔틀버스를 타고 소금광산이 있다는 근처의 작은 도시를 갔다. 역 근처를 지나는데 재운이 멈춰 섰다. 재운의 시선이 머문 데에는 아줌마가 유리로 된 작은 케이스 안에서 뭔가 도넛같이 생긴 깨 같은 걸 뿌린 빵을 팔고 있었다.

"왜?"

"저것 좀 사가자."

"저게 뭔데?"

"폴란드 베이글인데 무지 유명하대. 몇 개만 사가자."

양귀비 씨앗, 깨 등을 뿌린 꽈배기처럼 만든 빵을 몇 개 사서 챙겨든 재운이 루리 손을 잡고 힘차게 걸었다. 재운은 루리를 누나야라고 불렀다. 누나라고 부르는 게 억울하기라도 한 듯. 루리는 익숙한 듯이 자기야라고 불렀다. 둘은 손을 꼭 잡고 약이라도 먹은 사람들처럼 시종 낄낄거리면서 여기저기 누볐다.

걸을 때도, 밥 먹을 때도 절대 손을 놓지 않으려고 했다. 걷다가 벤치에 앉으면 어느새 입술을 뺨에 대고 눌렀다. 걷다가도 갑자기 이마에 뽀뽀를 쪽 하고는 아무렇지 않은 듯 걸어갔다. 루리는 이렇게 자기에게 좋다는 기색을 있는 대로 다 내고 있는 이 젊은 청년이 부러웠다. 아니, 젊음이 부러웠다. 그 솔직한 감정이 더욱.

소금광산에 갔더니 이미 영어 가이드 팀은 막 내려간지라 그냥 폴란드 가이드 팀에 따라붙었다. 무슨 말하는지 전혀 모르겠지만 가끔 재운이 떠듬거리는 독일어로 가이드에게 뭔가 물어본 뒤에 루리에게 통역해 주었다. 둘은 그냥 뒤에서 따라다니면서 사진이나 좀 찍고 연애 놀음에 바빴다. 남들이 쳐다보든 말든.

다녀오니 벌써 저녁을 먹을 시간이었다. 오후 네 시면 이미 어둑어둑해진 거리를 깔깔거리면서 재운의 코트 주머니에 손 두 개를 넣고 걸었다. 이 작은 손바닥에서 뿜어져 나오는 온기가 재운은 굉장히 좋았다. 왜 이 여자가 마음에 든 건지 자기도 잘 이해가 안 갔다. 적극적으로 다가오는 듯하면서도 어느 순간 꼬리를 탁 감추고 자기 신상에 대해서는 별로 얘기하려고 들지 않는 게 마음에 좀 걸렸다. 고양이같이 귀엽다가 너무 다가온다 싶으면 발톱을 내밀거나 털을 세우다가 또 어느샌가 와서 발에 부비적거리는.

처음 보는 순간부터 이상하게 눈길이 쏠렸다. 아마 루리가 밖에 나가서 한잔하자고 제안하지 않았더라도 자기가 뭔가 말을 꺼냈을 거란 확신이 있었다. 그동안 여자를 안 만나본 것도 아닌데 이상하게 그녀와 함께 있으면 기분이 좋아졌다. 왜 그런지는 몰랐지만.

폴란드에 왔으니 피에로기를 먹어야 한다는 루리 주장에 같이 폴란드 전통 음식점에 가서 앉았다. 루리는 체구에 비해 정말 잘 먹는 편이었다. 너무 말라서 사실 라인이 그다지 있지 않을 정도로 밋밋한데도 먹는 양은 엄청났다. 한데 놀라운 건 고기를 먹지 않는다는 점이었다.

"고기 진짜 안 먹어요?"

재운이 고개를 갸웃거리며 물었다. 처음엔 채식주의자인가 싶었는데 그런 것 같진 않았다.

"못 먹어."

루리가 어깨를 으쓱거리며 짧게 답했다.

"왜요?"

"단백질 알레르기 있어."

"정말요?"

재운이 고개를 갸웃했지만 루리는 심각하게 알레르기가 있다고 거절하고 버섯이 든 피에로기를 먹을 뿐이었다. 뭔가 좀 이상했다. 전혀 단백질 섭취를 못한다고 하지만 소나 닭 국물로 된 건 조금 먹는 듯했지만 뭔가 묻기가 꺼림칙해서 더 이상 먹을 수가 없었다.

"누나, 대학에서 그림 공부하신 거예요?"

피로기를 자르던 루리가 잠시 멈칫하더니 고개를 끄덕였다. 그러고 보니 둘은 많은 얘기를 했으면서도 본인에 대해서는 실제로 많은 얘기를 하지 않았다. 이상하게 재운 역시 마찬가지였다.

"응."

왜 이런 거짓말이 이렇게 술술 잘 나오는 걸까. 루리는 재운에게 원래 역사교육학과를 나왔다는 얘기는 하고 싶지가 않았다.

"자기는?"

이제 이런 얘기가 나왔으니 루리도 재운에게 물어봐야겠지.

"전 이제 본과 3학년 올라가요."

"자기, 의대생?"

루리가 놀란 듯 눈을 동그랗게 떴다. 전혀 의대생 같지 않았는데. 그러고 보니 아침에 의대생인 자기 말을 믿으라고 할 때 별생각없이 지나간 게 생각났다. 바이올린을 한다고 해서 당연히 음악하는 사람인 줄 알았는데. 순식간에 머릿속에 검은 구름이 몰려오는 듯했다.

“네.”

재운이 덤덤하게 대답했다. 뭔가 생각하는 듯한 루리 표정이 께름칙했다.

‘어, 설마 우리 녀석이랑 같은 학교 다니는 거 아냐? 설마…… 아니겠지?’

“할 일도 없는데 바(bar)나 갈래요?”

재운이 루리가 멍해 있던 사이에 잽싸게 계산한 뒤에 일어섰다. 루리가 지갑을 꺼내자 손을 휘휘 저었다.

“술이나 사요.”

이른 시간이라 사람도 얼마 없었다. 처음에 지비에츠(Zywice)라는 이름의 유명한 폴란드 맥주로 가볍게 시작했다. 그러다 보니 폴란드 보드카도 유명하다더라 하면서 보드카를 병째 사서 마시기 시작했다. 원래 깡만 남은 루리는 술에 잘 취하지 않는지라 호기로 마시기 시작했는데 아무래도 덩치가 좋은 재운은 전혀 취한 기색이 안 보이고, 오히려 루리가 더 취할 것 같았다. 비틀거리면서 호스텔로 돌아오는데 그런 루리가 웃긴지 루리를 안고 있던 재운이 제안했다.

“누나야, 내가 업어줄까?”

그 말에 루리는 잠시 고민하다가 눈에 푹푹 파묻히는 발도 귀찮고 해서 고개를 끄덕이고 말았다. 그 말이 끝나자 살짝 몸을 숙인 재운의 목에 매달리자 재운이 그대로 영차 하더니 엎어버렸다.

"보기보다 덩치 좀 있다?"

그 말에 루리가 재운의 목을 꽉 졸라 버렸다.

"어쭈, 해보시겠다?"

그러더니만 갑자기 재운이 루리를 잡고 막 내달렸다. 재운에게 매달린 루리가 꺄악 비명을 질렀고 지나가던 사람들이 웬 동양인 남녀의 연애놀음에 낄낄거리며 볼 뿐이었다.

기분 좋게 업혀서 졸고 있는데 재운이 일부러 눈이 쌓인 나무 아래에서 나뭇가지를 흔들어 눈을 떨어뜨렸다. 졸다가 차가운 눈에 정신이 번쩍 뜬 루리가 원망하듯이 재운의 목을 졸랐다.

"자기 대마왕 같아! 심술대마왕!"

그 말에 재운이 껄껄 웃었다.

"내가 대마왕인 거 어떻게 알았어?"

"어?"

잠시 그 말에 루리가 멍해졌다.

"내 별명. 내 친구들이 대마왕이라고 불러."

순간 머릿속에 전구가 번쩍이는 듯했다. 우리가 종종 친구들에 대해서 얘기를 해주곤 했는데 그중에 대마왕이라고 부르는 친구가 있어서 이유를 물었던 적이 있었다. 유재운이란 이름을 어디서 들은 듯싶다고 느꼈던 이유를 알았다. 우리가 종종 얘기하던 같은 아파트 단지에 산다는 친구였다! 재운의 목을 안고 있던 팔에 어느 순간 힘이 들어갔는지 재운이 투덜거렸다.

"그만 좀 졸라라."

그러자 루리가 아차 싶어 팔에 힘을 풀며 사실 확인을 해볼 겸해서 물었다.

"대마왕?"

"응, 친구들이 왜 그 만화영화에 나오는 대마왕 같다고 대마왕이라고 불러. 왜?"

"아니, 진짜 대마왕 같아서. 별명 잘 지었네."

라고 대답하는 루리 목소리엔 힘이 빠져 있었다. 재운도 뭔가 이상하다 싶었지만 더 묻지는 않았다.

대마왕이란 별명이 붙은 것은 새터에서였다. 새내기들에게 조를 짜서 촌극을 시켰는데 그때 같은 조에 있던 게 재운, 우리, 정욱, 미나였던 것이다. 만화영화를 주제로 한 촌극의 제비뽑기에서 〈이상한 나라의 폴〉을 하라고 하는데 역할 분담을 하다 보니 홍일점인 미나가 당연히 니나가 됐다. 그러고 나서 고지식한 미소년인 우리가 폴, 버섯돌이와 대마왕을 두고 정욱과 재운이 첨예한 대립을 벌였다. 그때 정욱이 자긴 버섯돌이를 할 수 없노라고 강하게 버티는데 재운이 한마디 했다.

"그럼 내가 버섯돌이 하리?"

그 말에 그냥 찌그러들어서 정욱이 버섯돌이를 했으니. 재운의 시니컬하고 고집 센 성격에 대마왕이 딱 맞았고 우리는 이상하게 그 고지식함이 폴과 비슷했다. 게다가 버섯돌이같이 촐랑거리는 정욱도 그렇고. 다만 미나가 이름만 니나와 비슷할 뿐.

이런 얘기는 이미 동생 우리에게 들은 터였다. 정욱이야 중학교 때부터 과외를 했으니 잘 알 수밖에 없었다. 하지만 우리가 대학에 들어간 이후 계속 왔다 갔다 했으니 재운이란 친구는 본 적이 없었는데 여기서 딱 마주칠 줄이야.

순간 심장을 누가 쥐었다 놓는 것처럼 온몸에 소름이 좍 돋았다. 이십사 시간이 아니라 몇 년을 안 사이처럼 다정하게 붙어 있던 남자가 동생의 친구여서가 아니었다. 두려움 때문이었다. 그냥 스쳐 간 남자는 많았지만 이렇게 처음 보는 순간부터 마음속 깊이 들어온 사람은 처음이었다. 그래서 더욱 두려웠다. 지금까지는 아슬아슬하게 선을 유지했지만 어느 순간 거리가 좁혀진다면 그때부터 자기는 무방비가 돼버린다. 세상이 얼마나 아슬아슬하고 불안정한지는 이미 겪었다. 더 이상 아프고 싶지도, 울고 싶지도, 걱정하고 싶지도 않았다. 지금 갖고 있는 것만으로도 충분히 세상은 무서운데 여기서 뭔가 더 쥐고 싶지 않았다.

머리는 삼십육계 줄행랑을 강조하고 있지만 마음은 전혀 달랐다. 도망가기 싫었다. 잡고 있는 손을 놓고 싶지 않았다. 순간 머리가 지끈 아파왔다. 습관처럼 달고 다니던 편두통이 오는 징조가 보였다. 루리가 이마를 짚으면서 얼굴을 찡그리자 옆에서 재운이 걱정되는 듯이 물어왔다.

"어디 아파요?"

열이 있는지 확인이라도 해보려는지 이마에 손을 대보기까지 했다.

"아니, 그냥 편두통. 약 먹으면 돼."

루리가 가방에서 주섬주섬 약을 꺼냈다.

"이거 먹고 잘래. 오늘은 좀 피곤하니까 혼자 잘게."

재운이 좀 못마땅하긴 했지만 아프다니까 별 답을 못했다. 어제 새벽에 자고 아침에 좀 일찍 일어났더니 사실 좀 피곤하긴 했다. 재운이 못내 아쉬운 듯해 보였다.

얼마나 누워 있었을까. 재운이 자는 걸 기다리던 루리는 슬그머니 일어나 짐을 싸고 방 밖에 있던 라커에 넣어놨던 배낭에 물건을 쑤셔 박았다. 어차피 갖고 다니는 소지품이 다른 사람들에 비해 현저히 적은—도마뱀처럼 꼬리 자르고 도망가기가 특기인 이루리답게—루리는 짐 꾸리는 데도 오래 걸리지 않았다. 옷도 갈아입고 쪽지 하나 없이 그대로 체크아웃을 한 뒤에 기차역으로 갔다. 원래 예정대로 슬로바키아의 코시체라는 도시에 갈 예정이었다. 기차 시간은 며칠 전에 확인해 둔 터라 그냥 가서 티켓만 사서 타고 가면 될 것 같았다.

왠지 그냥 가려니 뭔가 아쉬워져서 마치 뭔가 두고 온 것처럼 발걸음이 떨어지질 않았다. 사실 이렇게 도망가기 싫었다. 하지만 무서웠다. 동생의 친구라는 상황도 부담스러웠고. 더 복잡해지기 전에 도망가는 게 편할 것 같았다. 언제나 이런 게 무서웠다. 머릿속으론 어서 기차역으로 가라는데 이상하게 발걸음이 떠나질 않았다. 살그머니 재운이 자고 있는 침대를 들여다보았다. 역시 재운도 잠을 제대로 못 자서 피곤했는지 쌕쌕거리며 잘 자고 있었다. 살그머니 재운의 입술에 키스를 하고 도둑고양이처럼 살금살금 걸어서 방을 나갔다. 뒤를 돌아보면 롯의 아내처럼 그 자리에 소금기둥으로 변해서 영영 못 떠날 것 같았다.

그게 그들의 마지막이었다.

다음날 아침, 일어난 재운은 아래 침대를 보는 순간 잠이 확 달아났다. 침대 주변에 있던 루리 소지품은 찾아볼 수도 없고 루리도 보이지 않았다. 처음엔 어디 잠깐 나갔나 싶었지만 루리의 흔적은 어디에도 없었다. 그제야 루리가 밤새 도망갔다는 것을 알았다. 혹시 꽃뱀일까 싶었지만 자기 소지품은 전혀 없어진 것도 없었고, 루리가 그를 심하게 뜯어먹은 것도 아니었다. 그렇다면 그 여자는 뭐였던 걸까? 그냥 지나가다 좀 괜찮은 총각 찔러보고 사라진 것? 그게 재운의 고민이었다.

카운터에 물어보니 새벽에 체크아웃하고 나갔단다. 왜 그걸 자기네한테 묻냐고 했다. 어이가 없어진 재운도 그대로 기분이 나빠져서 바로 독일로 돌아가는 기차를 예약한 뒤에 체크아웃 해 버렸다. 이렇게 버림받은 도시에서 더 이상 있고 싶지가 않았다.

그제야 루리의 이상한 행동이 기억났다. 루리는 사진 찍히기를 무척 싫어하고, 본인도 남들 다 갖고 다니는 디카 같은 게 전혀 없었다. 대신 폴라로이드 카메라를 갖고 다닐 뿐이었다. 심지어 자기가 한 장 찍어도 되냐고 해도 절대 안 돼라고만 대답할 뿐이었다. 선물이라고 올드타운에 서 있는 재운을 도촬한 사진 한 장을 주었을 뿐이었다.

　재운은 그다지 사교성이 좋거나 사회적인 사람이 아니었다. 그래서 이렇게 사람과 만나서 교류하고 친해진 뒤에 버림받는 일에 익숙할 리가 없었다. 재운은 루리를 믿었고 좋아했기 때문에 당연히 상처를 받았다. 루리가 어떤 연락처도 대지 않고 이 정원이란 이름 하나만 남기고 도망간 이상 여기서 재운이 할 수 있는 일은 많지 않았다. 가슴의 상처였고 여행의 좋은 추억이자 마음 아픈 추억이었다. 그리고 재운에겐 첫사랑이나 다름없었다.

　참 이상한 일이었다. 나이 서른에 당연히 키스 한 번 못해봤을 리 없다. 잘생기고 매너 좋은 서양 머스마들하고 가끔 분위기에 취해 키스해 놓고 줄행랑 친 게 한두 번인가. 근데 머리에 피 마른 지 얼마 되지도 않은 막내 친구와의 접촉 사고는 왜 이리 기억에서 지워지질 않는지. 게다가 그놈 자기 보는 앞에서 태연하게 옷 입던 거 보면 보통 놈이 아니었다.

　크라코프에서의 일은 분명 실수였다. 혹시나 싶어 엄마 이름을 대고 나이도 속였건만 이렇게 다시 만나게 될 거라곤 꿈에도 생각한 적이 없었다. 누나가 된 도리가 있는데 어떻게 동생 친구를 덮치리. 처음에는 설마 아니겠지 싶었다. 하지만 점점 동생에게 얘기 듣던 유재운이란 친구라는 게 확실해지자 그냥 있을 수가 없었다. 그래서 슬쩍 도망간 건데 이렇게 마주칠 줄이야!

  그렇다고 재운 역시 루리와의 만남이 당혹스러운 것은 마찬
가지였다. 일단 안경을 찾아 쓴 재운은 자기를 덮쳤던 부드러운
것의 정체, 우리의 누나라는 여자를 보는 순간 몇 달 전의 분노
와 좌절감, 애증 등의 복잡한 감정이 다시 솟구치는 듯싶었다.
그리고 그녀의 존재가 다시 자기 눈앞에 있다는 것도 마치 꿈결
같이 느껴졌다. 한동안은 루리가 마치 환상의 여인이라도 된 듯
싶단 생각마저 한 적도 있었다. 그런 여자가 자기 앞에 마치 하
늘에서 뚝 떨어지듯 다시 나타났으니 얼마나 신기한 노릇이란
말인가. 하지만 역시 가장 큰 감정은 분노에도 불구하고 반가움
이었다.
  쪽지 한 장 없이 버림받았다는 것을 알았을 때 자존심에 도저
히 견딜 수가 없어 그대로 독일로 돌아가 귀국 비행기를 앞당겨
타고 한국으로 돌아와 버렸다. 하지만 머릿속에선 도저히 그녀
를 잊을 수가 없었다. 다른 여자와 사귀기도 했지만 언제나 머
릿속에 맴도는 것은 루리였다. 자그마한 체구에 하얗고 통통한
볼. 아까 저 볼로 자신의 볼에 부비적거렸지. 도톰한 입술 감촉
이 아직 남아 있는 듯했다.
  그가 루리를 머리부터 발끝까지 훑었다. 그런 그의 불순한 눈
길을 느꼈는지 루리가 매서운 눈길로 노려봤다. 입으로는 〈우리
한테 말하면 죽어!〉라고 말하는 걸 보고 그만 히죽 웃고 말았다.
그러자 루리가 더욱 무서운 눈길로 거의 불을 뿜을 것 같았다.
  대마왕답게 웃음은 꽝장히 삐딱했다. 사람들이 흔히 말하는

썩소에 가까웠다. 지금은 가만히 있지만 이제 네 정체를 알았으니 두고 보자, 그런 듯해서 루리는 등골이 오싹했다. 하지만 실상은 재운이 루리를 만나니 반가운데 그렇다고 반갑게 웃을 수도 없는 노릇이라 억지로 웃음을 잡아 누르다 보니 그런 표정이 나오게 된 것뿐이었다. 다만 제 발 저린 루리가 보기에만 그랬을 뿐.

"누님도 돌아오셨고 남매끼리 간만의 해후도 해야 할 듯하니 이 몸은 그만 사라져 주지."

재운이 거만하게 씩 웃으며 말했다. 그리곤 정욱을 끌고 대충 소지품을 챙겨 사라져 버리자 루리는 그제야 안도의 한숨이 작게 나왔다. 과거의 망령을 여기서 만났으니 속이 편할 리가 없었던 것이다.

• 제 2 장 •

• 제 2 장 •

여행에서 돌아오면 늘 그렇듯이 힘이 빠진다. 하늘에서 잘 날다가 다시 땅에 추락한 듯싶다. 인간은 중력에 잡혀 있는 존재인데 왜 항상 하늘을 그리워하게 되는 걸까. 게다가 그 몇 달 자리 비운 사이의 단절감이란 것이 한 번에 닥치는데 그것도 상당히 우울한 일이었다. 하지만 통장의 빈 잔고를 생각하면 이 대로 주저앉아 우울해 우울해 타령을 할 수도 없었다.

이제 돈도 떨어졌겠다 다시 일자리를 구해야 할 타이밍이었 다. 바쁘게 살면 어느 정도 잊겠지 싶었다. 가슴에 바위를 얹어 놓은 것처럼 묵직하게 갈구하고 있는 그 존재감을 잊고 싶다는 게 정확하겠지. 머리를 쓰다듬던 그 커다란 손도.

언제나처럼 전에 일하던 학원에 연락했다. 계속 일하다 불쑥 나갔다 돌아오는 자기가 뭐가 예쁘다고 그 원장은 돌아오면 연락하라고 하는지 잘 모르겠다 싶을 때도 있었다. 하지만 예전부터 일하던 데가 편하기도 하고 낯선 사람과 부딪치는 것보단 나을 듯싶었다.

"예, 저 이루리인데요. 원장 선생님, 잘 지내셨어요?"

그 학원은 루리가 처음으로 취직했던 입시 학원이기도 했다. 원장이 뜬금없는 전화에도 반가워했다.

[이 선생 전화 올 때 됐다 싶었어. 한국엔 언제 들어왔어?]

사십대 중후반의 여 원장은 작은 보습학원에서 시작해서 나름 적당한 규모로 잘 키웠다. 사람이 야무지고, 돈 관계 철저하고, 선생들을 잘 챙기고, 학부모 상담을 잘해서인지 학원가에선 내실 있다는 소문이 있었다.

"며칠 전예요."

[쯧쯧. 이번엔 입시 끝날 때까지 붙어 있어. 중간에 튀면 재미없는 거 알지?]

지난번에 수능 끝나자마자 그만두고 나간 게 불만이었던 모양이다. 말은 이렇게 해도 목소리는 상냥했다.

"네."

속으로는 다른 생각은 해도 일단 자리는 잡아야 하니 능숙하게 거짓말을 했다.

[마침 사탐 선생 하나 구하고 있었는데 잘됐네. 언제부터 나

올래? 난 빠름 빠를수록 좋은데.]

그렇게 해서 다시 루리는 입시학원 거리로 돌아갔다. 원래 학원 선생이라는 게 여간 바쁘고 힘든 게 아니었다. 오후에는 재수생 강의, 저녁에는 고등학생 강의, 한밤중엔 불법인 과외까지 뛰는 일이 허다했다. 게다가 루리는 경력도 오래돼 한 학원에서만 뛰는 게 아니라 여러 학원을 뛰게 된다. 계속해서 오는 전화를 받으면서 수험생 인생 상담까지 해줘야 했다. 가끔 너네나 나나 같은 양계장에서 키워져서 비슷비슷한 대학에 가서 비슷비슷한 인생을 살게 된다고 진실을 말해주고 싶었다.

이렇게 돈을 모으면 또 해외로 나가게 되겠지. 이번엔 어디로 가야 하는 걸까, 이런 고민을 하면서 하루하루 버티며 루리는 오전에 집을 나가 한밤중에 돌아오곤 했다. 하지만 한편 재운에 대해 궁금해지는 마음도 있었다. 왜 재운이 자기에게 연락을 하지 않는지.

그렇게 집과 학원을 반복한 지 한 달 정도 됐을까. 그동안 루리는 재운에게 언제 연락 올지 몰라 전전긍긍하는 나날을 보냈다. 우리 입에서 〈재운〉 혹은 〈대마왕〉 이름만 나와도 벌벌 떨 정도로. 성질이 장난 아니라는데 이놈이 우리한테 불면 그대로 누나 체면이고 뭐고 다 날아가는 것이다. 그리고 이렇게 다시 만날 줄 알았으면 그때 어떻게든 입막음이라도 해놓고 도망을 가는 건데. 사실 우리가 그 일을 알게 되는 것보다 그냥 이대로 묻어두기에 그때 가졌던 잠깐의 감정이 꽤 깊다는 게 문제였다.

그냥 잊을 수 있는, 아무것도 아닌 일이 아니었다.

그래서 연락이 올 때쯤이 되었어도 전혀 연락도 없이 날만 잘 가자, 루리도 슬슬 안심도 했지만 마음 한편 허전하고 섭섭한 마음도 들었다. 도망간 사람이 먼저 연락할 수도 없었다. 그때 기차역까지 가면서도 수십 번 고민했다. 돌아가서 그 편안한 침대에, 재운의 옆에 누워서 모든 걸 털어놓고 싶은 마음이 49.99%였다면 도망가야 한다는 절박한 심정이 50.01%였다. 원래 인생은 선택의 연속이고 한 번 선택한 걸 뒤돌아서 후회하는 건 루리의 인생 모토가 아니었지만 이때만은 내내 후회했다. 대체 무엇에 떠밀려 도망가듯 떠난 것일까? 재운한테 사실대로 털어놓고 같이 있었다면 어떻게 됐을지, 하는 생각이 자꾸 들었다.

그날도 한밤중에 평소처럼 터덜터덜 아파트 입구에 들어서고 있었다. 어느덧 계절도 바뀌어서 여름으로 넘어가고 있었다. 늦봄에 한국에 들어왔는데 아, 봄이구나 하기도 전에 여름이 와버려서 조금 억울하기까지 했다. 시원한 밤바람을 맞으며 집으로 오는 길은 참 길게만 느껴졌다. 학원에서 진을 있는 대로 다 빼고 나면 너무 피곤해서 걷는 것조차 힘들었다. 차를 다시 사야 하나, 수업을 여기서 더 줄이는 방법은 없나 나름 고민을 하면서 걸었다. 사대에 갈 때엔 분명 목표가 있었다. 당연히 선생님이 되겠다는 것. 사대에 간 것 자체가 선생님이 특별히 되고 싶어서라기보다 동생들 학비를 벌 수 있는 나름 전문직으로 찾다 보니 수능 성적에 맞춰 간 것이었다. 그것은 고등학교 때 부모님이 돌아가시고, 소녀가장이 된 이루리가 나름 고민해서 선택한 진로였다. 그녀로서는 정말 절박한 이유였고, 그 선택에 후회는 없다. 하지만 오늘같이 피곤한 날에는 자기가 잘못된 선택을 한 게 아닐까 고민이 아니 될 수 없었다.

이 시간엔 다니는 사람도 적고 아파트 단지 자체가 조용한 편이었다. 그때 누군가의 목소리가 위에서 들리는 바람에 흠칫 놀랐다.

"아줌마, 피곤해 보인다."

순간 루리가 이마를 찌푸리며 일부러 시선을 아래로 내렸다. 속으로 투덜거렸다. 얘는 얘가 왜 발소리도 안 내고 다니는 거야.

"잠깐 얘기라도 하지? 우리 할 얘기 있지 않아?"

원래 사람이 피곤할 때 본심이 잘 드러난다. 루리는 고개를 들지 않았다. 아니, 들 수 없었다. 너무 반가워서 눈물이 날지도 몰라 아닌 척했다. 루리가 전혀 돌아볼 기색이 없자 옆에 와 있던 사람이 루리의 팔을 강하게 잡았다. 루리는 누가 말을 걸었는지 익히 잘 안다는 듯 별말을 하지 않았고 그냥 작은 한숨을 살짝 내쉬었다. 하지만 갑자기 팔이 잡히자 흠칫 놀랐다. 슬그머니 옆눈으로 보니 재운은 슈퍼에 다녀오는지 봉지에 1000㎖짜리 우유가 손에 대롱대롱 매달려 있었다. 그러고 보면 같이 지낼 때도 우유를 참 많이 마셨던 것 같다. 우유를 많이 마셔서 저렇게 키가 컸나 싶기도 했다.

루리가 별로 귀담아 듣는 기색이 없자 재운이 팔을 강하게 잡고 끌었다. 그제야 루리가 입을 열었다. 귀찮다는 듯이.

"아파, 놔."

"얘기 좀 하자니까."

"난 할 얘기 없어."

루리가 계속 고개를 숙인 채 외면했지만 재운이 그렇다고 놔줄 리가 없었다. 손끝에 와닿는 이 가녀린 팔을 드디어 잡았는데 쉽게 놔줄 수는 없었다.

"내가 있어. 곱게 따라갈래, 아니면 지금이라도 우리한테 전화해서 다 말해 버릴까?"

우리 이름이 나오자, 루리가 시무룩하게 재운을 노려보더니만 고개를 끄덕였다. 입이 댓발은 나온 게 현 상황이 마음에 들지 않는 모양이었지만 그렇다고 재운이 놔줄 리도 없었다. 재운이 루리네가 사는 아파트 바로 앞동으로 팔을 꼭 잡고 끌고 갔다.

재운은 원래 루리가 몇 시쯤 오는지 지난 한 달 남짓 나름의 관찰 결과로 알고 있었다. 올 시간에 맞춰서 우유를 사러 나간 것부터가 계획이었다. 대충 우리에게 들은 얘기에 따르면 루리가 부담스런 남자에게 도망간다고 했다. 그래서 도망가기 전에 잡아서 얘기를 좀 하려고 한 달이나 기다려서 기회를 잡은 거니 재운도 참을 만큼 참은 것이었다.

"어디 가는 거야?"

루리는 아마도 아파트 놀이터 정도로 끌고 가려니 했는데 뜬금없이 아파트로 끌고 가니 좀 놀란 기색이었다.

"우리 집."

"거긴 왜?"

"할 얘기 있다고 했잖아."

복도에서 엘리베이터가 내려오는 걸 기다리면서 재운이 무뚝뚝하게 말했다.

"이 시간에 식구들 있을 거 아냐."

"우리 꼰대랑 정 여사 집에 없어. 걱정 마."

아마 아버지와 어머니를 평소에 저렇게 부르는 모양이었다.

'부모님한테 저렇게 부르는 거 보니 성격 나온다. 이거 완전 캐싸가지네.'

아무래도 학원에서 십대 애들하고 어울리다 보니 자연스레 쓰는 용어 자체가 십대 수준에 맞춰지게 된 학원강사 이루리(여, 30)였다. 엘리베이터가 내려와 멈추자 재운이 루리의 팔을 도망 못 가게 꼭 잡고 타버렸다. 엘리베이터에 끌려오자 좀 식은땀도 나고 긴장도 됐다. 살짝 고개를 올려 보자 정면을 응시하는 재운의 잘생긴 얼굴이 들어왔다. 선이 분명하고 또렷하다. 염색 안 한 머리는 깔끔하게 정리돼 있고 두꺼운 전혀 유행과는 거리가 먼 검은색 금속 프레임 안경에, 깔끔하게 면도한 날카로운 턱 선이나 뭔가 생각하는지 이마를 살짝 찌푸리고 있었다. 여전히 참 잘생겨 보였다. 십사층에 엘리베이터가 멈추자 재운은 역시 루리의 팔을 잡고 내렸다. 오는 내내 루리를 거의 안듯이 꼭 잡고 있었다.

열쇠로 문을 열고 들어갔다. 재운의 어머니 취향이 좋은지 돈 냄새 나는 벼락부자 취미도 아니고 적당히 모던한 그림 몇 장과 커다란 그랜드 피아노와 소파 정도만 있지 깔끔한 거실이었다.

"앉아."

"어? 어."

멍하니 넋 놓고 있던 루리가 재운에게 떠밀려 커다란 소파에 깊이 파묻혔다. 재운은 그런 루리를 보고서 갈증이 난다는 듯 비닐봉지의 우유를 꺼내더니만 뜯어서 쭈욱 들이켰다. 입가에 묻은 우유를 혀로 핥아버리는 재운을 보자 루리 역시 갈증이 돋는 듯했다. 저 따뜻한 혀가 자신의 입에 닿았던 걸 생각하자 귓불이 뜨거워지는 듯한 느낌이었다. 저 커다란 손이 머리를 쓰다듬어 주던 것도 생각났다. 청사진처럼 기억은 고스란히 남아 있는데 전혀 다른 시각, 전혀 다른 장소에서 이렇게 만나다니, 이 것도 참 운명이다 싶었다.

"누나야가 할 얘기 많지 않아?"

가만히 루리를 바라보던 재운이 입을 열었다.

"뭔 얘기?"

루리는 끝까지 시치미를 떼기로 했지만 재운은 틈을 주려 하지 않았다.

"그때 왜 그랬어?"

"뭐가?"

루리는 아무 일 없었다는 듯 여전히 시치미를 뗄 뿐이었다. 재운은 그런 루리가 얄미운지 날카로운 눈으로 바라봤다.

"왜 아무 말도 없이 갔냐고."

"뭐 이유가 있어. 그냥 그랬지. 오가다 만나서 키스 좀 하고 사귀다가 간 거지."

루리의 능청이 마음에 들지 않는지 재운의 얼굴 표정이 점점 험악해졌다.

"누나야는 장난이었어? 그게?"

재운이 무섭게 노려보자 루리는 조금 무서웠지만 누나 체면에 아니라고 할 수도 없었다. 여기서 물러서면 도망갈 데도 없다.

"응. 나 자주 그래. 내 동생이 얘기 안 해? 내 별명? 런어웨이 브라이드."

들은 기억도 났다. 하지만 자기가 그렇게 당했으니 기분이 좋을 리가 없었다. 얘기만 들을 땐 웃기다고 생각했지만 막상 당하면 기분이 당연히 나빴다. 그리고 그게 다가 아니라는 걸 가슴으로 알고 있었다. 분명 자기가 누리 친구인 걸 알고 나서 태도가 급변해서 도망간 게 분명했다.

"그건 변명도 아닌 거 같은데. 왜 그랬어?"

"그냥."

별로 할 말이 많은 상황이 아니었다. 변명하는 것조차가 입이 떨어지지 않았다. 만일 재운이 정말 루리에게도 가벼운 상대였다면 분명 어떻게든 둘러댈 수 있을 터였다. 하지만 그렇지가 않았다는 게 문제였다. 저 얼굴이 여행 내내 달라붙어 떨어지질 않았다. 루리에게도 익숙한 경험이 아니었던 것이다. 메마른 입술에 혀로 축이고 입을 힘들게 떼었다.

"너는 우리 친구고 나는 우리 누나잖아."

"그래서?"

재운은 전혀 비킬 태세가 없었다.

"동생 친구랑 사귀면 누나 체면이 뭐가 돼. 그리고 자기야는 이제 겨우 스물네 살인데 나는 서른 살이잖아. 아줌마가 앞길 창창한 사람 막으면 안 되지."

루리가 나름 조곤조곤 설득해 보려고 했지만 팔짱을 낀 채 듣고 있는 재운을 슬쩍 보니 그다지 먹히는 기색이 없었다.

"내 생각 해주는 척하지 말고 본심이나 털어놓으시지?"

"너랑 그렇게 된 건 실수였어. 그때 그 일은 미안해."

루리가 순순히 사과했지만 재운의 이마엔 주름만 깊어질 뿐이었다. 오히려 더 짜증만 돋우는 듯했다. 지금 이 여자가 그때 아주 짧은 기간이었지만 꽤 깊었던 감정적 교류 자체를 부정하는 말을 하고 있으니 재운의 기분이 좋을 리가 없었다. 재운은 그녀에 대해서 애증의 감정을 품고 있긴 하지만 그 기억 자체는 나름 소중하게 생각하고 있었다. 그런 만큼 그녀의 말에 화가 났다. 그러나 그 화를 꾹꾹 누르면서 취조를 계속했다.

"내가 우리 친구인 거 언제 알았어?"

"네 별명 말해줬을 때. 네 이름 들었을 때까지만 해도 전혀 생각도 못했어. 의대생이라고 했을 때도 혹시나 했지."

그때 루리는 머릿속이 새하얗게 표백되는 기분이었다. 정말 정말, 마음에 잘 맞는 친한 사람이 생겼다 싶은데 그게 하필 여섯 살 연하의 남동생의 친구라니. 정말 놀라지 않을 수 없었다. 여기까지 와서 기껏 만난 남자가! 그래서 그날 밤에 짐을 싸서 새벽에 도망가 버렸다.

"난 이제 슬슬 결혼을 생각할 나이고 너는 이제 겨우 스물네 살이야. 창창한 네 앞길 가로막고 싶지도 않고, 나 동생 친구랑 사귈 정도로 뻔뻔하지도 않아. 그러니까 우리 잊자. 앞으로 별일없었던 걸로 생각하자."

재운이 무서운 눈길로 노려봤다. 누나야는 쉽게 그럴 수 있을진 몰라도 재운은 그럴 수가 없었다. 처음이었다. 그런 마법과 같은 순간이 인생에 다시 올 것 같지 않았다. 언제나 선택에 후회해 본 적 없었다. 그때 루리한테 말을 건 것도, 루리와 나가기로 한 것도 절대 후회하지 않았다. 그때 루리가 먼저 덮치지 않았어도 자기가 덮쳤을 것이다. 그 부드럽고 차가웠던 작은 입술에 대한 추억이 머릿속엔 아직 생생한데 다 잊으라 하고 있었다. 어떻게 잊을 수 있단 말인가, 절대 절대 재운은 그게 과거의 일도 아니었고 머릿속엔 계속 리플레이되는 현재였다.

루리는 재운이 아무 말도 없이 자기를 바라만 보자 점점 초급
해졌다.

"이런 생각 해봤어. 만일 우리에게 여섯 살 연상의 여자 친구
가 생기면 나는 어떻게 행동할까. 싫을 거 같더라. 내가 싫음 남
도 싫은 것 아닐까."

하지만 지금 이 여자는 자기한테 절대 넘어올 것 같지가 않
다. 거짓말을 하고 도망가 버린 여자, 이런 여자라면 더욱 사냥
이 재미있어질 것이다. 온몸이 짜릿했다. 언제든 기회는 있다.
당분간 한국에 있을 거라고 우리가 그러지 않았던가. 아직은 때
가 아니었다. 지금 이대로 다가가면 더 도망갈 게 분명했다. 계
속 기회를 호시탐탐 노리고 있다가 언제라도 덮치든지 해야겠
다고 굳게 다짐했다. 그러다 갑자기 좋은 생각이 났다. 이렇게
순순히 보낼 수는 없다. 가기 전에 한 번 더 찔러라도 봐야겠다.

"마지막으로 키스 한 번만 해보고 결정하는 거 어때요? 그때
처럼 짜릿하면 사귀는 거고 아님 마는 거고."

재운이 기묘하게 눈을 빛내며 제안을 하자 루리가 화들짝 놀
라 얼굴이 빨개졌다.

"그게 말이나 되냐? 넌 그럼 다 직접 해보고 결정해?"

"이미 한 번 한 거 두 번 한다고 뭐 어떻게 돼요?"

계속 고개를 절레절레 흔드는 루리를 재운이 설득하고 나섰
다.

"난 싫어."

루리가 완강하게 고집을 부리자 재운이 입가에 삐딱한 미소를 지은 채 약점을 찔러 버렸다.

"우리한테 이른다."

"너 툭하면 우리 얘기 꺼낸다."

우리 얘기가 나오자 루리가 발끈해 버렸다. 그렇다고 까딱할 재운도 아니었다.

"우리한테 얘기 아직 안 했거든요."

그 말에 결국 루리가 항복하고 말았다.

"그렇게 안 봤는데 자기 아주 치사해."

루리가 투덜거려 봤지만 씨알도 먹히지 않았다. 그대로 팔짱을 낀 채 내려다보던 재운이 한 걸음에 성큼 다가와 앞에 섰다. 그림자가 드리워지자 루리가 놀라서 흠칫하며 물러서려 했지만 재운이 더 빨랐다.

"그래도 말도 없이 도망가는 여자보단 나요."

이 말을 하더니만 어깨를 턱 잡아왔다. 어깨에 닿는 커다란 손. 이 손을 얼마나 그리워했던가. 하얗고 길고 마디가 굵은.

"그래서 할 거예요, 말 거예요?"

에이, 모르겠다 싶었다. 루리는 눈을 꼭 감았다. 어서 하라는 의사 표시였다. 그냥 대충 한 번 해주고 끝낸 뒤에 별 느낌 없었어, 라고 거짓말하는 게 쉬울 것 같았다. 사실 어깨를 잡고 있는 손에 다시 심장이 제 박자를 잃고 엇나가는 느낌이었다.

"그래, 좋아좋아. 그런데 자기, 약속은 지키기다."

갑자기 루리가 눈을 번쩍 뜨고 재운을 바라보며 으름장을 놓았다. 하지만 재운의 눈이 형형하게 빛나는 걸 보는 순간 잠시 후회했다. 괜히 늑대 피하려다 호랑이 굴이 뛰어든 게 아닐까 싶었다. 온몸에 힘을 잔뜩 집어넣고 고슴도치처럼 털을 곤두세웠다. 긴장한 듯한 루리에게 재운이 몸을 조금 더 붙이려는 듯이 다가섰다. 정면에 재운의 목이 보인다.

살짝 고개를 아래로 내려 비스듬하게 루리의 입술에 입을 맞추었다. 깜짝 놀란 루리가 흠칫했지만 어느새 등을 강하게 잡고 있는 손이 도망 못 가게 막고 있었다. 잠시 입가에 머물러 있던 입술이 떨어져 나갔다.

"입을 벌려야 키스를 하든 말든 할 거 아니에요. 그렇게 싫어요?"

약속은 약속이나 루리가 그만 하자고 말을 하려고 했지만 입술이 떨어지기 무섭게 매처럼 재운이 낚아챘다. 뜨겁게 다가온 입술은 조금의 틈도 없이 바싹 루리의 몸을 밀어붙였다.

강한 손아귀에 잡혀 옴짝달싹못한 채, 재운의 뜨거운 입술을 받았다. 입속에 부드러운 것이 들어와서 자신의 혀와 뒤엉킨 순간 정신이 나가는 것 같았다. 무덤덤한 척해야지 싶었던 처음의 각오는 어디로 가버린 걸까. 잠시 다른 생각을 하려고 했지만 격렬하기 얽혀드는 혀가 그 자체를 부정하려 했다.

루리가 움찔하자 격렬하던 혀의 움직임이 부드러워졌다. 유혹하듯이 부드럽게 움직이는 뜨거운 것이 루리의 작은 혀를 살짝살짝 건드렸다.

그와 혀가 닿자 온몸에 전율이 올랐다. 루리는 한숨을 쉬듯 입술을 더 벌렸다. 재운은 입 안쪽으로 더 깊이 혀를 밀어 넣었다. 살며시 턱을 당겨 조금씩 입을 더 벌리게 하면서 그녀를 달래듯 조심스럽게 혀를 움직였다. 루리는 그의 움직임에 저도 모르게 끌려갔다. 깊이 파고들어 온 그의 혀를 훑으며 살짝살짝 건드렸다.

등 뒤에 와 닿는 뜨겁고 커다란 손이 몸을 좀 더 바싹 끌어당겨서 흥분한 그의 단단한 몸에 부딪쳤다. 순간 움찔했지만 그는 전혀 놓아주려 하지 않았다.

꼭 감고 있는 눈가에 그림자를 드리운 속눈썹이 바르르 떨렸다. 혀끝에 살짝 와 부딪치는 이 작은 혀. 그때도 참 작은 몸이다 싶었는데 지금 안아보니 훨씬 작다는 생각이 들었다. 너무 작고 여려 보여 감싸주고 싶단 생각이 들 정도로.

헐떡거리는 루리의 가쁜 숨을 보니까 여기서 그만둬야 할 것 같았다. 이 바보 같은 여자는 키스할 때 어떻게 숨 쉬는지도 잘 모르는 게 아닐까. 재운이 살며시 입을 떼었다. 루리는 긴 속눈썹을 드리운 채 눈을 꼭 감고 있었다.

마침내 재운이 고개를 들었다. 루리는 얼얼해진 입술을 핥아 보았다. 온몸이 화끈거렸다. 얼마나 정신없이 심취해 있었던지 숨 쉬는 것조차 잊고 있었다. 지금 그녀가 깨어 있는 것인지 아니면 꿈속에 있는 것인지조차 알 수가 없었다.

입가에 묻은 침을 살짝 닦아주는 그 손가락의 열기에 멍했던 정신이 번쩍 드는 듯했다. 루리는 잽싸게 표정 관리를 했다. 새침하게 눈을 내리깔고 아무렇지 않은 척했다.

"어땠어요?"

"어, 좋았어. 그런데……."

곁눈질로 슬그머니 재운의 얼굴을 살피니 재운의 눈이 좀 더 빛났다.

"어."

재운의 목울대가 꿀꺽하는 게 보였다. 판결을 앞에 둔 사람처럼 긴장하고 있는 듯했다.

"별 느낌은 없구나, 안타깝게."

그 말에 재운의 어깨에 힘이 빠졌다. 하지만 생각보다 침착한 반응이었다. 억지를 쓰면 어쩌나 고민했는데. 재운은 처음부터 알았다. 이 여자가 절대 자기 말에 솔직하게 대답하지 않을 걸. 그래서 크게 실망하지는 않았다. 원래 너구리를 잡으려면 굴 여기저기에 연기를 피워서 제풀에 뛰쳐나오게 만들면 된다. 이렇게 계속 연기를 피워대다 보면 저 여자도 자기 본심을 인정하거나 항복하고 뛰쳐나올 것이다.

"누나가 그렇다니까 알았어요. 그런데……."

"그런데?"

재운이 말을 늘어뜨리고 입을 다물자 루리가 조급증에 애가 달아서 말을 받았다.

"만약에 내가 우리 친구가 아니었으면 정말 나랑 사귈 거였
나요?"

그 말에 루리는 갑자기 입을 닫고 말았다. 자신만만하게 나
원래 이런 사람이야, 라고 뻔뻔하게 내세우던 그게 사라졌다.
재운의 날카로운 시선에 할 말을 잃어버렸다. 거짓은 용서하지
않겠다는 듯이 재운이 매서운 눈길로 바라보았다. 입이 잘 떨어
지지 않았다.

"만약이니까 너무 신경 쓰지 마세요. 피곤하시겠어요. 바래다
드릴게요."

갑자기 재운의 말이 정중해졌다. 진짜 친구 누나를 대하는 것
처럼. 갑자기 루리는 섭섭함을 느꼈다. 생각보다 너무 쉽게 재
운이 떨어져 나간 게 이상하게 섭섭했다. 만약에 정말 재운이
우리 친구가 아니었다면 그때 도망가지 않았을까? 도망가지 않
았다면? 그게 루리 머릿속에 계속 맴돈 지 벌써 몇 개월이 지났
다는 걸 루리는 재운에게 사실대로 고백할 수가 없었다.

밖에 나오자 환한 달이다. 보름인 모양이었다. 문득 크라코프
에서 봤던 하늘이 생각났다. 블루벨벳 같던 그 밤하늘에 떠 있
던 오리온 자리와 초승달. 다른 시공간을 떠돌던 두 사람이 이
렇게 다시 만나게 되는 것도 인연인 것 같은데.

둘은 별말없이 아주 짧은 거리를 걸었다.

"이제 크라코프도 여름으로 넘어가고 있겠지."

루리가 그립다는 듯이 말을 꺼냈다.

"유럽은 5월이랑 6월이 제일 좋아요."

"응. 체리도 많이 나고 좋아."

루리가 뜬금없이 체리 얘기를 꺼내서 재운이 히죽 웃었다. 둘은 별말없이 걷다 갑자기 재운이 뭔가 생각난 듯이 멈춰 섰다. 그 바람에 루리도 따라서 멈췄다.

"어디로 갔어요?"

"응?"

"크라코프에서 어디로 갔냐고요."

그걸 물어보는 재운의 표정은 씁쓸해 보였다. 내가 마지막까지 망설인 걸 너는 알까? 이런 생각을 하면서 답했다. 사실 은근히 쫓아와 주길 바랐는지도 몰랐다.

"슬로바키아, 코시체."

재운은 아무 말도 하지 않았다. 사실 맘만 먹으면 저 여자가 어디로 갔는지 알아내는 게 어려울 리가 없었다. 기차역에 가서 그 시간에 다니는 열차 시각 대충 알아내서 창구에 물어보면 어느 정도 답이 나올 것이다. 맘 같아선 쫓아갈까 싶기도 했다. 하지만 쫓아가서 도망간 여자한테 뭐라고 한단 말인가? 도망간 부인 잡으러 가는 남편도 아니고, 자기는 그녀에게 그냥 지나가다 만난 같은 나라 남자일 뿐이지 않을까. 이런 생각 때문에 도저히 쫓아갈 수가 없었다. 그래서 다시 혹시 만나게 되면 뭔가의 관계를 반드시 만들겠단 결심을 했던 터였다. 그런 재운에게 하늘이 다시 기회를 준 것이나 마찬가지였다.

그냥 멍하니 앞만 쳐다보며 다시 걸을 뿐. 집으로 올라가는 계단 바로 앞까지 아주 짧기도 하고 길기도 한 그 길을 다 걷고 나자 왠지 이대로 헤어지기 아쉬워져 버렸다.

"아, 한잔하고 싶네."

루리가 혼잣말을 하자 마주 걷던 재운이 걸음을 멈췄다.

"한잔하러 갈래요? 이 근처에 괜찮은 바 있는데."

"그럴까?"

방금까지 왜 도망갔냐고 닦달하더니만 갑자기 키스를 하고, 그리고 아무 사이도 아닌 걸로 돌아가 이렇게 걷다가 또 술을 마시러 가고. 루리는 재운이 정말 이해가 되질 않았다. 애는 무슨 생각을 하는 걸까. 저 나이에, 스물네 살에 자기는 뭐 하고 있었더라? 그 순간 재운의 젊음이 미친 듯이 부러웠다. 자기는 가져보지 못한 그 청춘이 진심으로 부러웠다. 순수한 열정을 가질 수 있다는 것 자체가.

재운이 종종 간다는 단골 바로 안내했다. 바는 의외로 아파트 단지 근처에 있는 가게치고 꽤 괜찮았다. 재운이 종종 오는지 바텐더와 간단하게 인사를 주고받았다.

"갓 마더?"

"어."

언제나처럼 루리는 주로 보드카 베이스의 칵테일을 마시는데 재운이 기억하고 있었나 보다. 하기야, 미친 듯이 자리 옮겨가면서 이틀 동안 술만 마셨는데. 잔을 들고 맛을 보는 루리를 쳐다보았다. 작고 붉은 혀가 살짝 입가를 닦는다.

"맛있네."

활짝 웃는 그 작은 얼굴이 얄미우면서도 사랑스러웠다. 웃을 때마다 눈가에 지는 잔주름마저도 사랑스럽고 눈꼬리에 콕 찍혀 있는 그 작은 점이 너무나 섹시해 보이기까지 한다. 보조개는 어찌나 귀여운지. 도대체 자기 눈에 뭐가 씌었기에 저 고양이처럼 털을 잔뜩 곤두세운 작은 여자가 이렇게 예뻐 보이는 걸까? 절로 한숨이 나왔다.

루리는 역시 재운을 보면서 한숨을 푹 쉬었다.

'너 도대체 뭘 믿고 그렇게 잘생긴 거니?'

이런 걸 물어보고 싶었다. 왜 하필 내 취향으로 생긴 거니. 재운이 커다란 손으로 술잔을 잡고 빙글빙글 돌리는 게 보였다. 기다란 한 손으로 턱을 괴고 있었다. 저 손이 자신을 안았고, 저 턱에 얼굴을 대었지. 이런 생각을 하자 얼굴이 빨개질 것 같았다.

가쁜 숨을 내쉬고 팔에 얼굴을 묻는데, 커다란 손이 이마에 와 닿았다. 루리는 깜짝 놀라 황망히 몸을 빼며 도망쳤다.

"누나, 열 있어요?"

"아니야. 곧 괜찮아질 거야. 술 마셔서 그래."

루리는 아무렇지 않게 거짓말을 했다. 술 마셔도 별로 빨개지지 않는 걸 재운이 모를까.

화들짝 놀라는 루리를 보면서 재운이 싱긋 웃었다. 재운과 같이 있다 보면 알게 된 거지만 재운이 표정이 없는 게 아니었다. 표정이 없다기보다는 표정이 작은 것에 가깝다고나 할까. 기분 좋을 때의 풀어진 표정이나, 기분 나쁠 때의 표정이 조금씩 달랐다. 특히 길쭉하게 찢어진 눈만 봐도 감이 왔다.

'우리의 친군데…… 우리의 친군데…….'

아무리 속으로 되뇌어도 재운이 마음에 드는 건 어쩔 수가 없었다. 그렇게 잊고 싶었는데 왜 잊지도 못하고 이렇게 마주쳐 버린 건지. 운명의 얄궂은 장난같이 느껴졌다. 아무렇지 않게 옆에 앉아 블랙 러시안을 마시고 있는 이 스물네 살 된 총각에게 필이 꽂힌 처음으로 돌아간다고 해도 다시 선택할 것 같았다.

갑자기 머리 위에서 재운의 목소리가 울렸다.

"누나, 핸드폰 번호 알려줘요."

"내 번호?"

루리가 화들짝 놀라서 눈을 동그랗게 떴다. 갑자기 핸드폰 번호 알려달라니 수상한 생각마저 들었다.

"가끔 술친구 필요하면 부르게."

그런 루리 생각을 날려 버리기라도 하듯 재운이 무심하게 답했다.

"야, 내가 자기 친구야? 그래야 하는 이유가 있어?"

루리가 발끈해 버리자 재운이 실실 웃었다.

"당연히 누나야는 나한테 빚이 있거든."

그 말에 아무 말도 못하고 건네는 핸드폰에 버튼을 꾹꾹 눌러 번호를 입력시키는 수밖에 없었다. 번호를 입력한 뒤에 바로 확인사살까지 했다. 루리의 핸드폰에 전화를 걸어 벨이 울리는 것까지 확인한 뒤에 재운은 씩 웃었다. 그 소년 같은 웃음에 가슴이 다시 설레었다. 십대 소녀 봄바람 만난 것처럼. 아까 재운의 제안을 거절한 게 못내 아쉬웠지만 가슴속으로 〈우리 친구, 우리 친구〉를 생각하면서 마음을 다독거려야 했다.

"내 번호 저장해 둬요."

아무 말도 못하고 시키는 대로 저장을 하는 손가락이 괜히 떨리는 듯했다. 이름을 뭐로 할까 생각하다 재운의 이니셜도 괜히 멋쩍어서 그냥 KR을 넣었다. 크라코프의 앞자를 따서. 그날 자기 전까지 머릿속을 맴돈 건 기다란 눈이 갸름해질 정도로 활짝 웃는 재운의 얼굴이었다.

그렇게 술집에서 핸드폰 번호를 사이좋게 서로 입력하고 헤어진 뒤에, 가끔 가다 재운에게 날아오는 문자 메시지만 있을 뿐 만날 기회는 없었다. 루리도 계속 수업이 늘어서 저녁에 바빠지기 시작했고, 재운도 실습에 쪼들렸기 때문이다. 요즘 우리도 병원에 실습 나가 있기 때문에 대충 재운의 생활도 보였다. 수업 끝내고 허덕거리며 집에 올 때쯤, 신기하게도 때맞춰 루리의 퇴근 시간에 맞춰 날아오는 문자 메시지나 전화 통화가 다였다. 매일같이 오는 것도 아니고 요즘 좀 뜸하네 싶으면 날아오는 문자 메시지와 전화에 조바심을 치는 건 루리였다. 가끔 루리는 재운이 자기를 어떻게 생각하는지 정말 궁금할 때가 있었다. 그냥 친한 친구 누나? 아니면 관심있는 여자? 아니면 아는 아줌마?

게다가 뜬금없이 보내는 문자 내용도 황당할 정도였다.

〈그때 우리 같이 먹었던 술 이름 기억나?〉

이런 문자에 〈Zywice?〉라고 답문을 보내면 〈그거 진짜 맛있었는데〉 이런 답이 오는 것이었다. 이런 식으로 문자 몇 개 주고받고 그러다 전화 통화 오 분 정도 하고 이런 패턴이었다. 그냥 이렇게 일이 흘러가나 싶으면서도 재운의 문자나 전화에 가슴 떨림이 느껴질 때마다 루리는 당황했다. 가끔은 재운이 보고 싶고 먼저 문자를 보내고 싶을 때도 있었다. 재운의 문자가 오면 왠지 기분이 좋아졌다. 하지만 이미 〈안 돼〉라고 답한 이상 먼저 다가갈 수는 없었다.

막차를 타고 오는 버스에서 유리창에 기대 MP3 플레이어로 음악을 들으면서 멍하니 비가 오는 밖을 바라볼 때 주머니에서 핸드폰 진동이 느껴졌다. 오늘은 원장이 부탁해서 하는 그룹 과외가 있는 날이었다. 어지간해서 많이 뛰지 않는 루리에게 원장이 억지로 들이민 수업이었다.

예전처럼 아르바이트로 하는 강의라면 오히려 맘이 더 편할지도 몰랐다. 하지만 〈이루리〉 이름 석 자를 걸고 하는 수업이고 그런 만큼 성실하지 않으면 안 됐다. 최근 수능 동향이나 잘 나가는 선생, 입시 정책에 대해서 계속 연구해야 했다. 그리고 올해 수능에는 누가 출제 위원이 될 것인가도. 학생만 입시와 전쟁을 치르는 게 아니었다. 일개 학원강사인 루리 역시 마찬가지였다. 고등학교 1학년부터 3학년까지 고등학교 역사 교과서 전 과정을 줄줄 외울 정도였다.

가뜩이나 지쳐 있어서 그런지 핸드폰 확인조차 하고 싶지 않았다. 또 학생이 궁금한 거나 이래저래 고민 상담인가 싶어서 모른 척 씹으려다 혹시나 싶어 꺼내서 확인해 보니 재운이었다.

〈어디삼?〉

이런 문자를 보면 아직 우리랑 같은 또래구나 느껴지곤 했다. 워낙 침착하고 진중한 성격이라서 평소엔 거의 나이 차를 못 느꼈다. 어떻게 이런 어린애를 상대로 연애 감정을 느낀 걸까 자신도 신기할 정도였다.

답문을 보내자 바로 또 답이 왔다. 핸드폰 문자 보내는 속도도 빠른 게 역시 젊다.

〈집에 가는 길. 자긴?〉
〈누나네 집. 누나는?〉

〈난 버스 안. 우리 집에서 뭐 해?〉

흔들거리는 버스 안에서 힘들게 답신을 보내자마자 다시 핸드폰에 진동이 좌르르르 울렸다.

〈술 마셔. 내일 저녁에 뭐 해?〉
〈글쎄, 집에서 쉴 거야.〉

그 문자를 보내기 무섭게 전화가 걸려왔다. 받자마자 별다른 인사도 없이 대뜸 하는 말이 이랬다.

[누나야, 내일 같이 오페라 보러 가자.]

"갑자기 자다가 웬 봉창 두들기는 소리야."

의자에 멍하니 기대서 전화를 받던 루리는 정말 깜짝 놀랐다. 요즘 계속 우리가 투덜거리면서 실습 나가는 것 때문에 괴로워하는 걸 본지라 재운이라고 다를 바 없다고 생각했다.

[아, 오페라 티켓이 있는데 같이 갈 사람이 없어서. 같이 가자? 내가 저녁 사줄게.]

뜬금없이 전화해서 한다는 소리도 놀랍지만 미끄럽시고 저녁 사준다는 말에 절로 웃음이 나왔다.

"병원에 실습 나가지 않아?"

말은 이렇게 해도 머릿속으로는 내일 저녁 스케줄을 체크하고 있었다. 다행히 토요일이라서 학원은 쉬었다. 무슨 일 있어도 토요일 저녁에는 일을 안 하겠다고 결심하고 비워두길 잘했다 싶었다. 그때 내려야 할 정류장 근처까지 버스가 온 걸 알고서 후다닥 움직이기 시작했다.

"잠깐만! 나 내려야 하거든."

겨우 버스에서 굴러 떨어지듯 내려 목과 귀로 간신히 핸드폰을 받치고는 우산을 폈다. 보슬비라서 빗발이 그다지 세지는 않지만 눅눅한 건 싫었다.

"나 내렸어."

허겁지겁 내렸는지 숨이 흐트러진 게 전화로 느껴질 정도였다. 재운이 낮은 웃음소리를 잠깐 냈다.

[실습 오늘 끝났다 뭐.]

"오호라, 그래서 미리 놀 예약 하는 거구나."

[음, 꼭 그런 건 아니지만…… 그래서 갈 거야?]

재운이 루리가 계속 오페라를 보러 가자고 꼬드겼다. 정류장에서 아파트 단지까지 멀지도 않은데 말벗이라도 해주듯이.

"오페라 뭔데?"

[투란도트.]

순간 서울시 전역 여기저기 붙어 있던 포스터가 기억났다. 티켓이 꽤 비쌌던 것 같은데. 워낙 저녁에 시간 내기가 어려워서 콘서트에 다닌 지도 오래됐다.

"근데 너 우리 집에서 뭐 해?"

[누리 형 술 창고 습격! 지금 베란다. 누나 걸어오는 거 보인다.]

위를 올려다보니 베란다에서 누군가 손을 흔드는 게 보였다. 저절로 마주 손을 흔들어주었다. 전에 엄마가 빨래 널다 말고 돌아오는 루리에게 '루리야' 하고 이름을 부르면서 손을 흔들어주었던 기억이 떠올랐다. 아직도 엄마를 생각하면 가슴이 울컥해 흔들던 손을 금세 내렸다. 비가 오는 날 저녁에는 반드시 머리가 아프고 가끔 토할 것 같을 때도 있었다. 많은 기억들, 많은 상념들, 뒤에 두고 온 기억들, 앞으로 가고 싶지만 발걸음이 왜 이리 떨어지질 않는 걸까.

"어서 들어가."

루리는 끝까지 대답하지 않았지만 재운은 대충 답을 아는 듯했다.

[그럴 거야. 빨리 들어와. 그럼 같이 가는 걸로 알게.]

그러더니 전화가 뚝 끊어졌다. 베란다에서의 재운도 사라졌다. 재운의 기다란 그림자가 사라지자 왠지 조금 아쉬워지는 기분이 들었다. 우울한 장마, 혼자 걸어오는 내내 안 좋은 기억이 날까 무서웠는데 재운 덕에 괜찮았다. 그래, 이런 친절을 베풀어줬는데 내일 저녁에 시간 내서 같이 오페라 보는 것도 나쁘지 않겠지.

지루하고 힘들었던 실습도 끝나고 그동안 못 보던 얼굴도 볼 겸해서 우리네 집에서 모여서 술을 마시기로 했다. 사실 우리네가 이사 오기 전에는 보통 재운네 집에 모여서 놀았지만 우리가 넓은 집으로 이사 오고 거의 혼자 살다시피 하자, 이것저것 먹을 게 많이 챙겨져 있는 우리네로 하우스가 바뀐 것이었다. 그날따라 재운네 부모님이 귀국했다고 해서 우리네 집에 모이게 됐다. 누리야 어차피 거의 집에 없는 바쁜 몸이시니 얼굴 볼 일이 없지만 오전부터 한밤중까지 계속 바쁜 루리 역시 집에서 잠만 자고 나가는 형편이었다.

열쇠로 문을 열고 들어오자, 집 안 가득 퍼지는 기름 냄새가 루리를 반겼다. 아까 베란다의 재운을 보고 짐작했듯이 우리가 친구들을 모아놓고 술판을 벌이고 있었다. 김치전을 안주 삼아. 정욱과 미나가 사이좋게 주거니 받거니 하고 있었고 옆에서 우리가 땀을 뻘뻘 흘리면서 김치전을 부치고 있다가 루리를 보고 활짝 웃었다. 세 남매가 어릴 때 비가 오면 엄마를 졸라 김치전을 해먹었지. 어릴 때부터 유독 우리가 요리를 잘해서 엄마가 집 비우고 나면 우리가 뭔가 하길 기다렸다가 그걸 뺏어먹곤 했다.

"누나, 지금 와?"

우리가 휴대용 가스레인지 앞에서 주걱을 들고서 인사를 했다.

"어."

"김치전 했는데 먹을래? 누나 건 오징어 안 넣고 부쳐 줄게."

상냥한 막냉이가 누나 생각해서 저런 말을 할 때마다 십 년도 더 전에 주먹으로 흘러내리는 눈물을 닦던 어린 소년의 모습이 머리를 스칠 때가 있었다. 그저 착하고 여려서 마음의 상처도 많이 받았을 텐데 참 바르게 잘 커줘서 얼마나 고마운지 모른다.

비가 와서 그런지 자꾸 과거의 악몽이 머릿속에서 되살아나고 있었다.

"나 먼저 씻고 올게. 아, 몸이 땀 범벅이야. 아직 여름도 안 됐는데 왜 이렇게 덥냐."

슬쩍 보니 재운이 보이질 않았다. 아직 베란다에 있는 걸까.

간단하게 샤워를 하려고 방에서 반바지에 짧은 티셔츠로 갈아입고 속옷을 챙겨서 욕실로 갔다. 욕실 문을 잡으려는 순간 갑자기 욕실 문이 벌컥 열리면서 재운이 위에 티셔츠도 걸치지 않고 나왔다. 그 바람에 바로 앞에 서 있던 루리와 거의 부딪칠 뻔했다. 둘 다 깜짝 놀란 건 마찬가지였다.

원래 열이 많은 재운은 하루에도 서너 번 샤워를 하는데 보통 오 분을 넘지 않았다. 루리가 아파트 현관으로 들어오는 걸 지켜본 뒤에 바로 욕실로 들어가서 간단하게 땀을 씻고 나오던 차였다. 아무리 에어컨 틀어놓고 김치전을 부쳤다지만 눅눅한 공기 때문인지 기분이 나빠서 그냥 들어가서 간단하게 찬물을 뒤집어썼다. 아마 지금쯤 밖에선 루리가 들어와 있겠지. 그런 생각을 하면서 급하게 물기를 닦고 옷도 제대로 안 입고 밖으로 나오다 부딪친 것이었다.

순간 루리가 균형을 잃고 넘어지려 하는 게 보였다. 잽싸게 재운이 팔을 뻗어 루리의 어깨를 안았다. 힘이 좀 과했는지 그 힘에 루리가 밀려서 재운의 벗은 상체에 가 부딪쳤다. 루리는 놀라서 그만 재운의 팔을 잡아버렸다. 루리의 뜨거운 입김이 찬물에 막 샤워하고 나온 재운의 차가운 살결에 닿았다.

재운이 길쭉하고 쏘는 듯한 날카로운 시선으로 루리를 바라보자 덫에 걸린 동물처럼 그 시선에서 피할 수가 없었다. 잠시 그들의 시선은 허공에 멈춰 있었지만 재운이 좀 당황스러운지 눈길을 다른 데로 돌리면서 자연스레 루리의 시선을 놓아주었다.

"누나, 괜찮으세요?"

"아, 응."

벌써 몇 달이 지났는데 아직도 루리는 그에게 반응하는 자신이 두려웠다. 안경을 벗은 재운은 평소와 달라 보였다. 더 날카롭고 부리부리한 눈이 루리를 바라보자 그녀는 조금 부끄러운 생각도 들었다. 분명 땀 범벅에 화장이 다 지워져 모공까지 다 보일 텐데.

"내일 약속 잊지 마요."

다행히 이 말만 한 재운이 알 수 없는 미소를 뿌리면서 거실로 가버렸다.

욕실에 들어와 문을 잠그고 거울을 바라보았다. 이상하게 볼이 발그레해진 자신이 보였다. 찬물로 샤워를 했는지 욕실의 공기가 청량했다. 그가 방금 전까지 샤워한 곳이다. 그곳에서 옷을 벗으니 기분이 묘했다. 머리를 흔들어 밀려드는 상념을 떨치고 샤워부스 안으로 들어갔다.

재운 역시 루리가 욕실로 들어가자마자 복도에서 한숨을 쉬면서 들고 있던 티셔츠를 훌렁 입었다. 방금까지 맞닿아 있던 곳에서 흘러나오는 열기에 신체 한 곳이 단단해지려 하고 있었다. 겨우 입김이 맨가슴에 닿았을 뿐인데도. 친구 누나인데라고 생각하려 해도 잘되지 않았다. 분명 기회가 있을 거란 생각을 했다. 기다려서라도 낚아채고 싶었다. 분명 루리가 자기한테 관심이 없는 게 아니란 걸 알고 있었다. 다만 저쪽의 가드가 강하다 보니 잠시 여유있는 척, 지켜보고 있을 뿐이었다.

그런 기다림이 갈수록 조급해졌다. 빨리 낚아채야 하는데 그의 보물을 누군가 탐내할까, 혹은 다시 나가 버릴까 걱정이 안 되는 것도 아니었다. 하지만 아직 기회가 오지 않았다. 이대로 조금만, 조금만 기다릴 생각이었다. 금방이라도 파닥거리며 날아갈 것 같은 그 작은 새를 손아귀에 움켜쥐고 싶은 조급증을 꾹 누르면서.

"어이, 거기 서서 뭐 해?"

정욱이 멀뚱거리며 서 있는 재운이 이상했는지 불러댔다.

"와서 술이나 한 잔 더 받지? 그거 먹고 떨어지면 대마왕이 아니지. 미나 씨가 너 오기만 기다리고 있대."

미나가 그 말이 나오기 무섭게 술잔을 들면서 어서 오라고 손짓을 했다. 이 넷 중에서 술이 제일 센 건 미나였다. 평소에 소주 다섯 병 마시고도 거뜬한 미나를 상대하려면 정욱 혼자로는 역부족이었다.

샤워하고 나오자마자 루리가 그들 사이에 끼어 앉았다. 루리가 나오길 기다렸다는 듯이 우리가 오징어를 섞지 않은 김치전을 새로 부치기 시작했다. 이미 잔뜩 부쳐 놓은 김치전을 먹으며 정욱이 말했다.

"역시 이우리의 김치전이 최고야, 최고!"

"우리가 요리는 잘하지."

옆에서 미나가 고개를 끄덕거렸다.

"MT 가면 선배들이 우리한테 시키잖아요. 우리는 특급 대우 받아요."

미나가 우리를 추켜세웠다.

"우리 누나도 요리 잘해."

우리가 겸손하게 헤헤거리며 말했다. 재운이 귀를 쫑긋 세웠다. 우리가 지나가면서 하는 루리 얘기를 하나하나 다 모아둬야 했다.

"그러고 보니 루리 누나 요리 얻어먹은 지 좀 됐네."

정욱이 옆에서 부추겼다. 워낙 드나든 지 오래돼 그런지 스스럼이 없었다. 재운은 정욱을 잠시 질투했다. 전에 지나가면서 정욱이 말하길, 중학교 때 만날 수업 빼먹고 나이트 드나들던 날라리였던 자신이 여기까지 오게 된 가장 큰 공은 루리나 다름 없다고 했다. 심지어 정욱이 대학에 가자, 정욱 어머니가 루리에게 홍콩에 여행 갔다 오라며 에어텔 패키지를 사줬을 정도였다나. 저놈도 디펜스의 대상이었다.

"예전엔 자주 해주더니만 요즘엔 통 안 하네."

우리가 고개를 갸웃하며 말했다.

"내가 부엌에 들어갈 시간이 있어야 하지."

"루리 누나는 뭐 잘 만드는데요?"

옆에서 술만 들이켜던 재운이 끼었다.

"누나야 찜닭 이런 닭 요리 잘하잖아."

"닭은 피 빼서 주거든."

루리가 보드카를 찔끔거리면서 아무렇지 않게 한마디 했다. 루리용 보드카를 어느새 잽싸게 냉동실에 잔에 따라 넣어놨던지 재운이 꺼내다 주었던 것이다. 이런 거 보면 눈치도 빨랐다.

"누나 예전엔 칵테일도 잘 만들어주더니만 요즘엔 통 안 만드네?"

"이노무 선생질 하다 다 까먹었네."

"그러게. 누나 예전에 바 차려도 될 정도로 잘하더니만."

"빨리 학원 관두고 누리한테 돈 타서 바나 차려야지."

루리가 아무렇지 않게 농담을 하고 있었다. 누리가 스폰서 해주면 바 차리고, 우리가 병원 내면 리셉션 보겠다는 게 루리의 농담처럼 말하는 노후 계획이었던 것이다. 그런 말을 하면서 루리는 멍하니 유리창을 바라보았다. 비가 오는 날에 종종 이렇게 되곤 했다. 계속해서 반복해서 떠오르는 기억들로 머리가 부하를 일으켜서 다운되기 직전으로 가는 것이다. 기억은 자꾸 십 년도 더 전의 그 비가 오던 날로 돌아가려 한다. 아픈 상처는 새살이 돋아도, 아픈 기억에는 새살도 돋지 않고 여전히 아프기만 하다.

부모님이 돌아가신 것은 고등학교 2학년 1학기 기말고사가 끝난 직후였다. 빗길에 마주 오던 차가 미끄러지면서 부모님이 타고 계신 차를 박아버렸다. 그때 루리는 뒷좌석 의자에 길게 누워 졸고 있었다. 평소엔 미술학원 봉고가 집에 실어 나르는데 〈우리 큰딸 비도 오는데 마중 나가야지〉 하시면서 간만에 부모님이 데리러 오신 것이었다.

갑자기 뭔가가 엄청난 속도로 달려와 타고 있던 차에서 부딪치면서 잠시 정신을 잃었다. 정신을 차리고 이마에서 흘러내리는 뜨거운 액체를 무의식중에 닦았을 때 그게 깨진 유리창 파편에 찢어진 이마의 상처에서 흐르는 피라는 것을 알았다. 그런데 시야에 온통 가득 피로 가득했다. 이것은 이루리 이마에서 나온 피라고 보기엔 엄청난 양이었다. 그러고 보니 차의 운전석과 조수석이 밀려 루리가 누워 자던 뒷좌석까지 밀려와 있는 게 보였다. 앞에 앉아 계시던 부모님 쪽으로 얼굴조차 돌릴 수가 없었다. 곧 앰뷸런스와 경찰차가 도착하고 구급요원이 루리를 사고 차량에서 끄집어냈다. 이마를 제외하곤 다친 데가 아무것도 없는 게 이상할 정도였다.

비 오는 날 차선이 흐릿해진 데다가 마주 오던 차가 음주운전을 하다 차선을 넘어서 덮친 것이었다. 운전하던 아버지뿐만 아니라 조수석에 앉아 있던 어머니의 몰골은 그 자리에서 즉사한 게 어쩌면 다행인지 모른다 싶을 정도로 처참했다. 사고 현장은 더욱 그러했다. 본네트가 완전히 찌그러져 운전석까지 들어와 있을 정도였으니까. 루리가 다치지 않았던 것은 뒷좌석에 누워 자고 있었기 때문이다.

응급실에 실려가 이마의 상처를 꿰매려고 마취제를 놓는데도 정신이 멍했다. 옆에서 경찰이 보호자 이름을 대라고 닦달하는데 머릿속에서 멍했다. 아무 생각도 나지 않았다. 결국 루리의 가방을 뒤진 경찰들이 수첩을 찾아서 알아서 연락했는지 이모가 달려오셨고 그 뒤부터는 이모가 처리해서 루리는 그냥 멍하니 있었다.

절대 루리네 남매한테는 부모님 사체를 보여주지 않았다. 너무 처참해서 보면 더 상처받으니 보지 말라고 이모가 그랬다. 하지만 이미 루리는 모든 걸 본 뒤였다. 뒤에서 저 집 딸 태우고 오다가 사고가 났다나 봐, 이런 얘기가 들려왔지만 루리는 눈물을 안 보이려고 눈을 꼭 감았다. 옆에 어린 동생들이 옹기종기 앉아 있으니 울 수 없었다. 너무나 비현실적인 이야기에 눈물조차 나지 않았다. 하늘이 무너진다는 게 이런 것이던가.

과거의 기억에 잠긴 루리를 재운은 곁눈질로 보면서 비가 오는 유리창 너머로 멀리 무언가 보고 있는 건지 궁금했다. 이 여자는 무슨 생각을 하며 사는 걸까. 무슨 생각을 하길래 저렇게 괴로운 표정을 짓는 걸까.

재운은 루리의 그런 표정이 마음에 안 들어서 아무 질문이나 휙 던져 버렸다.

"그런데 누나는 고기 안 먹어요?"

"나, 고기 못 먹어."

"왜요?"

재운이 집요하게 물었다. 우리의 표정이 그다지 좋지가 않았다. 정욱도 순간 굳었다. 말리려고 했지만 그보다 아무렇지 않게 루리의 답변이 이어졌다.

"피 범벅이 된 차에서 기절했다 깨어나면 너도 못 먹게 될 거야."

루리가 아무렇지 않게 말했지만 우리는 이미 표정이 좋지 못했다. 이럴 때 무슨 말을 해야 할지 아무리 뻔뻔한 재운이라고 해도 할 말이 많지 않았다. 잠시 찡그리고 있던 우리가 활짝 웃으면서 애교를 부렸다.

"누나, 나 블랙 러시안 한 잔만 만들어주라. 간만에 누나표 칵테일이나 한 잔 얻어먹자."

"칼루아는 있어?"

루리가 아무렇지 않게 싹 표정을 바꾸었다. 재운만 머쓱해졌을 뿐.

“어.”

　우리가 잽싸게 일어나서 재료와 도구를 챙겨다 루리 앞에 놔 주었다. 싱글 웃으며 루리가 쉐이커에 보드카와 칼루아, 얼음 간 것을 넣고 잘 섞기 시작했다. 잠시 흔들더니만 블랙 러시안을 잔뜩 만들어 모두에게 나눠 줬다.

　나이 서른 살. 고기를 전혀 못 먹고, 피를 무서워하고, 잘나가는 학원 선생. 취미는 여행이고 특기는 그림이다. 집 여기저기에 그림이 걸려 있었다. 술을 아주 좋아하고 술을 마실 때 종종 담배를 피운다는 것, 이게 재운이 아는 루리에 대한 모든 것이었다. 왜 이 여자는 손에 잡힐 듯 말듯 빠져나가는 걸까. 저런 슬픈 표정을 짓고 있는 루리를 볼 때마다 심장 한가운데에 얼음 조각이 박히는 것 같았다. 자기가 전혀 모르는 저런 표정을 지켜보는 건 괴로운 일이었다. 재운은 인정을 안 할래야 안 할 수가 없었다. 아직 자기가 루리를 좋아하는 건 확실했다. 인생에서 처음으로 찾아온 이 낯선 감정에 당황하고 있었다.

　한참 이래저래 시험 얘기, 교수가 뒷북 친 얘기 등을 늘어놓으면서 잡담과 농담을 하고 루리는 계속 술을 마시면서 들었다. 피곤한지 눈밑에 다크서클이 진하게 내려와 있는 루리는 크라코프에서 만났던 그 발랄한 아가씨와 전혀 다른 사람 같았다.

　말없이 술만 마시던 루리가 먼저 자겠다고 자리를 일어났다.

　“난 좀 피곤해서 일찍 잘게. 신경 쓰지 말고 술 재미있게 마셔.”

이 말을 한 루리가 화장실에 가서 이를 닦고는 방에 들어가
버렸다. 루리가 방에 들어가자마자 우리가 재운에게 작은 소리
로 말을 걸었다.

"재운아, 미안한데 다신 그런 얘기 꺼내지 마."

"뭐가?"

재운은 일부러 정색을 했다. 뭔가 뒷얘기가 있는 것 같은데
자기만 모르고 있는게 심술이 났다.

"왜 고기 못 먹냐고 물어보지 마. 사고에 대해선 일절 얘기도
꺼내지 마. 아직도 괴로워하고 있으니까."

"무슨 소리야?"

재운은 정말 우리가 무슨 소리를 하는지 전혀 몰랐다.

"우리 부모님 말이야. 교통사고 났을 때 누나가 차 뒤에 타고
있었어. 대형사고라 시신 수습도 힘들 정도였대. 그런데 누나가
다 봤나 봐. 그 뒤로 고기는 먹지도 못하고 날고기는 보는 것도
힘들어해. 그게 트라우마로 남은 것 같아. 우리 누나 계속 고생
만 했어, 나랑 형 키운다고. 나 중고등학교 학비 누나가 학원에
나가서 번 거고, 지금도 내 학비랑 용돈은 누나가 대주는 거야.
내가 누나처럼 힘들게 공부하는 거 싫다고 아르바이트 하는 것
도 안 좋아해. 그걸로 용돈에 보태라고만 하고 용돈도 따로 줘.
난 누나한테 자꾸 미안해지기만 하는데 누나는 그게 당연한 거
래, 누나니까. 그래서 누나가 학원 일로 힘들어하는 거 나한테
보임 내가 더 부담 가질까 봐 말도 안 해."

그때서야 재운은 자기가 엄청난 실수를 한 것을 알았다. 심지어 자기가 알던 그 무책임하고 도마뱀 꼬리처럼 꼬리만 남겨놓고 도망간 그 여자가 동일 인물일까 하는 고민마저 들었다. 우리는 그런 누나가 안됐기만 했는지 조심해 달라고 부탁한다. 이런 따뜻한 형제애에 눈물이 날 정도로 감동스럽다.

옆에서 루리가 만들어준 칼루아를 바닥까지 핥아 먹던 미나가 혀를 끌끌 찼다.

"야, 쟤가 괜히 대마왕이겠냐. 저 피도 눈물도 없는 놈."

"내가 왜?"

재운이 평소와는 다르게 발끈했다.

"허우대만 멀쩡해서. 우리한테 좀 배워."

"너나 배우셔, 미나 씨."

"난 잘 배우고 있으니까 걱정 놓으셔. 넌 어찌 된 애가 그렇게 눈치도 없니? 그 뭐냐, 사람이 정공법 말고 돌아서 치는 것도 좀 해봐. 아무튼 단순하긴…… 남자란, 쯧쯧."

또 미나의 남자론이 나올 것 같자 가만히 있던 정욱이 닭다리를 들어 미나 입에 넣어버렸다. 아무렇지 않게 미나는 입에 처박힌 닭다리를 꺼내더니 뜯기 시작했다. 한편 우리는 어떻게 재운이 누나가 고기를 안 먹는 걸 안 걸까 라고 잠시 의아하게 생각했다.

토요일, 느지막이 일어난 루리는 기지개를 쭈욱 켠 뒤에 샤워를 하고 학원에 출강할 준비를 했다. 오후에 주말 강의가 잡혀 있었는데 그것만 하고 집에 오면 자유의 몸이었다. 아무래도 학원에 나갈 때 복장으로 오페라를 보러 가는 건 아닌 듯해서 집에 돌아와서 옷을 갈아입고 나갈 참이었다. 지옥에 끌려가는 기분으로 출근 준비를 하던 여느 때와는 달리 오늘은 왠지 몸이 좀 가벼웠다.

강의를 마치고 헐레벌떡 집에 돌아오니 생각했던 것보다 시간이 꽤 지나 있었다. 토요일 오후라 강남 일대 도로들이 다 꽉 막혀 있던 탓이었다. 게다가 오 분 뛰었더니 온몸에 땀이 또 나서 샤워라도 해야지 안 될 것 같았다. 잽싸게 욕실에 들어가 샤워하고 나와서 한숨 돌리는 찰나, 핸드폰 진동이 울렸다. 재운이었다.

[누나, 뭐 해요?]

"샤워하고 막 나왔어."

그러자 낮은 웃음소리가 들렸다. 애는 왜 듣는 아줌마 심란하게 이렇게 매력적으로 웃는지 잘 모르겠다.

[오늘 여덟 시에 시작하니까 내가 다섯 시쯤 태우러 갈게요.]

"왜?"

너무 이른 시각이었다.

[저녁 먹어야죠.]

맞다. 저녁 사준다고 했지.

"그래. 전화하면 내가 내려갈게."

그 말에 기분 좋은 웃음이 들렸다. 귓가에는 아직도 청량한 겨울 하늘에 울려 퍼지던 낮은 웃음소리가 남아 있는 듯싶었다.

[그럼 그때까지 준비하고 기다려요.]

"그래, 알았어."

간만에 원피스를 찾아 입었다. 건물 안이라 추울지도 몰라서 얇은 파시미나도 하나 꺼냈다. 전에 누리가 사준 건데 거의 할 기회가 없었다. 가끔 누리는 루리에게 뭔가 고가의 물건을 사서 건네곤 했다. 스퀘어넥의 소매 없는 검은색 원피스는 무릎까지 내려오는 얌전한 디자인이었다. 태프타 천의 반짝거리는 질감이 앵그르 그림 같아서 마음에 든다고 나름 꽤 비싼 돈을 주고 사서 거의 못 입었다. 잘록한 허리에는 리본으로 된 장식 벨트가 있고 조금만 움직여도 스커트가 활짝 핀 꽃처럼 펼쳐졌다. 거기에 진주 목걸이와 진주 귀걸이를 걸쳤다. 긴 머리는 하나로 단정하게 땋았다. 같은 천의 작은 그립백을 들고 연하늘색으로 그라데이션이 된 파시미나를 챙겼다. 에어컨 때문에 건물 안에선 추워서 늘 겉옷을 챙기는 습관이 있었다.

그러고 났을 때 현관 벨이 울렸다. 이 시간에 누구인가 싶어 종종걸음으로 나가봤다.

"누구세요?"

"나."

재운이었다.

"전화하지. 그럼 내가 내려가잖아."

　문을 열어주면서 루리가 가볍게 타박해도 재운은 그저 웃을 뿐이었다. 단순한 반팔 하얀 셔츠에, 검은색 정장 바지를 입고 검은색 넥타이를 맨 재운은 머리를 깔끔하게 젤로 정리했다. 그래서인지 안경 속의 그 기다란 눈이 더 길어 보이는 듯했다.

　"잠깐만."

　루리가 평소 신던 납작한 샌들 대신, 신발장에서 박스를 하나 꺼냈다. 역시 누리가 전에 사다 준 굽이 좀 있는 샌들을 꺼냈다. 한 번도 신고 나간 적이 없는데 이참에 신게 됐다. 7㎝ 정도 되는 굽의 검은색 가죽 샌들에 작은 발이 쏙 들어갔다. 이 년 전에 누리가 큰맘먹고 생일 선물이라고 사준 것이었다.

　"누나, 발이 작네."

　"응. 그래서 신발 사기 넘 어려워. 키에 비해 너무 작으니까 힘들더라고."

　햇빛 한 번 보지 않은 하얀 발은 아기발처럼 보얗고 보송보송해 보였다. 발톱엔 매니큐어조차 칠하지 않았다. 그렇게 많이 걸어다녔는데도 발바닥에 굳은살 하나 박혀 있지 않았다. 그러고 보면 몸도 자그마해서 그다지 곡선이 없다 보니 더 어려 보이는 건지도 모른다. 볼에만 살이 있을 뿐. 하얗고 작은 어깨가 너무 가냘파서 보듬어주고 싶었다. 자꾸 가냘픈 어깨로 올라가려는 손을 어쩔 줄 몰라 하다 결국 머리를 긁적였다.

　"머리 안 감았어? 왜 그렇게 긁어?"

　남의 속도 모르는 루리가 엉뚱하게 묻자 재운은 더욱 멋쩍어졌다.

어깨를 으쓱하고는 내려와서 아파트 바로 앞에 대놓았던 차로 루리를 안내했다. 그러고 보니 재운과 함께 술을 마신 적은 있어도 재운과 뭔가 다른 데 이동해 본 기억은 없었다. 재운의 차는 까만색 중형차였다.

"차 좋네."

"엄마 거야."

그러고 보면 재운에 대해 아는 일반적인 게 참 적구나 하는 생각을 했다. 루리 자신의 무심한 성격 탓이기도 했지만 일부러 알려 하지 않았다. 알고 싶지 않았던 게 더 정확하겠지만.

재운은 무뚝뚝하게 받고는 조수석 문을 열어 루리를 태웠다. 미리 에어컨을 틀어놨는지 차 안은 시원했다. 운전석에 탄 재운은 아무 말 없이 예술의 전당 쪽으로 운전하기 시작했다.

"근처 레스토랑에 예약해 놨어요. 먹고서 차 대고 들어가면 될 것 같아요."

"응."

"이 시간엔 차가 막히니 좀 서두를게요."

말 그대로 예술의 전당 쪽 길은 엄청나게 막혔지만 간신히 저녁 먹고 들어갈 수 있는 시간에 도착할 수 있었다.

레스토랑에 들어서자 서버가 자리를 안내했다. 루리가 앉기 전에 재운이 잽싸게 의자를 빼주었다. 생각해 보면 집에서 이런 식의 가정교육은 무척 잘 받았는지 의자를 빼주거나 문을 열어

주는 기본 매너는 언제나 철저했다.

"내 멋대로 정했는데 괜찮죠?"

꽤 유명한 이태리 레스토랑이었다. 한국에 있을 땐 그다지 외출이라고는 일하러 가는 게 다인 루리가 알 정도면 꽤 유명한 곳이다 싶었다.

"난 상관없어."

아무래도 고기를 못 먹는 루리를 위해서 골랐나 보다. 루리는 평소처럼 파스타를 골랐고 재운 역시 스테이크 같은 고기 요리 대신 파스타를 골랐다.

"나 생각하지 말고 자기 먹고 싶은 거 먹어."

"날이 더워서 고기 생각 안 나요. 하우스 와인이라도 마실래요?"

"좋지."

"날도 더운데 샴페인으로 할까?"

루리가 웃으며 고개를 끄덕여 주었다. 루리는 재운이 왜 이런 데이트 코스로 자기를 불러냈는지 이제 슬슬 궁금해졌다. 괜찮은 레스토랑에서 샴페인을 마시고 오페라를 보러 간다고? 이건 아무리 생각해도 데이트 코스였다. 다행히 재운이 심각한 얘기를 꺼내지도 않았고 물 흐르듯 편안한 주제로 얘기한 덕에 식사는 나름 유쾌했다.

식사를 마친 뒤에 디저트를 즐기기엔 시간이 좀 빠듯해서 다시 차를 빼서 예술의 전당 안으로 들어가야 했다. 지하 주차장에 주차를 한 뒤에 서둘러 안으로 들어가는데 누군가 재운의 이름을 불렀다.

"재운 오빠!"

재운 옆에 서 있던 루리 역시 같이 돌아보았다. 저쪽에서 한 아가씨가 손짓을 했다. 서구적으로 이목구비가 뚜렷해서 크고 쌍꺼풀이 진한 눈에, 높다란 코의 화려한 인상이었다. 굵게 만 머리가 어깨까지 늘어져 있고 완벽한 화장에, 티파니의 실버 액세서리 세트, 살짝 노출이 있는 초록색 원피스가 시원했다.

"아."

재운은 누군가 했다가 그 여자를 보았으나 그다지 반갑다거나 별 내색을 보이지 않았다. 왜냐하면 루리와 다시 만나기 직전에 헤어진 전 여자 친구이자 과후배인 정유미였기 때문이다.

"간만이네. 오페라 보러 온 거야?"

여자는 그에게 격의없이 반말을 했다. 재운의 눈썹이 기분이 약간 별로인지 찡긋 위로 올라갔다. 분명 자기보다는 옆에 있는 루리를 보고 접근한 게 분명했을 터였다. 유미에게 루리를 소개시켜 주기도 싫었고 루리가 아는 것도 좀 꺼림칙했다.

"어."

재운의 대답은 짧을 수밖에 없었다. 루리는 흘깃 재운의 얼굴 표정을 살펴보았다. 여자가 싫다기보다 왠지 좀 부담이 가는지 안색에 좀 긴장한 티가 묻어났다.

"부모님은 잘 계셔? 얼마 전에 한국 들어오시지 않았어?"

재운의 집안과도 잘 아는지 부모님 안부를 여자가 물었다. 루리는 누구길래 재운이 이렇게 긴장하나 좀 궁금해졌다.

"부모님은 잘 계시고 다시 나갔어."

재운은 별로 말을 길게 하고 싶지 않은지 대답만 간단하게 할 뿐이었다. 아가씨 역시 루리를 살펴보기 바빴다. 위아래로 죽 훑는 시선이 매서웠다.

"옆에 있는 사람 누구……?"

그러나 역시 싸가지 대마왕답게 더 이상 얘기가 듣고 싶지 않은지 그 순간 말을 끊어버렸다.

"나 들어가 봐야 해. 나중에 얘기하자."

"그, 그래."

상대 역시 재운의 기세에 눌렸는지 순순히 뒤로 물러섰다. 재운이 루리의 팔을 잡고서 안으로 이끌었다. 팔을 잡고 있는 손에 생각보다 힘이 들어가 있었다.

"재운아."

결국 참다못한 루리가 재운을 불렀다.

"왜요?"

"손에 힘 좀 풀지?"

그제야 깜짝 놀라서 재운이 팔을 잡고 있던 손을 풀었다.

"아파요?"

"어, 좀."

"미안."

"아니까 됐어."

루리는 아까 그 여자의 시선 때문인지 좀 불편했다. 누군지 모르지만 루리에게 소개를 시켜주고 싶어하지 않아했다. 전 여자 친구라도 되는 걸까. 아님 자기랑 있는 걸 남에게 알리기 싫은 걸까.

입구에 서 있던 안내하는 아가씨가 안내한 자리는 생각보다 좋은 곳이었다.

"이거 비싼 자리 아니야?"

"아버지한테 들어온 티켓이라서 돈 쓴 거 아니에요. 그러니까 신경 쓰지 마요."

재운이 말을 저렇게 해도 루리가 신경이 안 쓰일 리가 없었다.

"어."

잠시 침묵이 흐르고 루리가 추운지 파시미나를 어깨에 둘렀다.

"내가 괜히 오자고 한 거 아니에요? 누나 피곤한데."

"아니야. 나 오페라 좋아해."

루리가 말이 좀 없는 게 재운은 걸렸다. 우리한테 원래 공연을 좋아하는데 잘 못 보러 간다는 정보를 얻은 것까지도 좋았다. 게다가 토요일 저녁에 일을 안 한다는 것까지도 알아냈다.

토요일을 D—Day로 정해서 좋아할 만한 게 뭔지까지 심사숙고해서 골랐다. 원래대로라면 좀 더 일찍 연락했어야 하는데 망설이다가 결국 금요일 밤에나 연락했던 것이다. 의외로 순순히 데이트 약속을 얻어낸 것까진 진짜 좋았건만! 저 눈치없는 후배만 만나지 않았어도 좋았으련만. 재운은 유미가 불편하다거나 한 건 아니었다. 하지만 유미가 없는 것도 만들어내는 엄청난 상상력에 그에 버금가는 가벼운 입의 소유자라는 게 걸렸을 뿐이다. 재운은 이미 유미와 헤어지면서 욕이란 욕은 다 먹은 터였지만 루리가 걸린 일이라 아무래도 신경이 쓰였다.

잠시 후 막이 올라가고 오케스트라가 연주를 시작했다. 루리는 슬그머니 옆에 앉아 있는 재운을 바라봤다. 재운은 오케스트라 연주에 정신없이 빠져 있었다. 처음 만났을 때 음대생인 줄 알았는데 알고 보니 의대생이었다. 하기야 재운은 자기가 미대 나왔다고 생각하지 않았던가. 옆모습을 흘긋 보다 재운과 눈이 마주쳤다. 싱긋 웃어주고 다시 무대로 시선을 돌리는 재운 때문에 루리의 심장이 콩닥거렸다.

막간이 되자 재운이 루리를 끌고 나왔다.

"물이라도 드실래요?"

"어."

"여기서 기다리세요."

재운이 잽싸게 사람들을 헤치고 가서 물을 한 병 사 왔다.

"페리에네."

"탄산수 좋아하잖아요."

크라코프에서 만났을 때 계속 탄산수만 마셨던 것을 기억하나 보다. 정작 재운은 그다지 좋아하지도 않았던 것 같은데. 이런 세심한 보살핌은 부담스러웠다. 자꾸 기대하게 돼서. 루리가 저절로 인상을 찌푸렸는지 재운 역시 표정이 그다지 밝지 못했다.

"들어가자."

"네."

그러고 보면 재운네 집에서 담판을 짓고 난 이후로 재운은 깍듯하게 존대를 하고 있었다. 이게 가끔은 부담스럽고 싫을 때가 있었다. 전에 친구에게 말하듯 다정한 반말이 그리웠다.

돌아오는 길에 재운이 드라이브라도 하자고 했지만 루리가 부담스러운지 됐다고 거절을 했다. 주차장에 차를 세우고 먼저 잽싸게 나간 뒤 차 문을 열어준 재운이 루리네 동까지 같이 걸었다. 아파트 복도에서 엘리베이터를 기다리는데 왠지 루리는 이게 머쓱했다. 엘리베이터가 내려오자 이 어색한 순간을 벗어날 수 있겠다 싶어서 다행이다 싶었다.

"들어갈게."

"바래다 드릴게요."

"아냐, 괜찮아. 그냥 가."

그 말만 하고 잽싸게 루리가 일층에 내려온 엘리베이터를 타고 올라갔다. 재운은 그런 루리를 바라보며 싱긋 웃었다. 몸 사리는 게 보이고 있었다. 이대로 토끼몰이를 잘하면 곧 덫에 걸려들 듯도 했다. 이번에도 어디 도망가 봐라, 죽을 때까지 쫓아가 주겠다고 다짐하면서 휘파람으로 오늘 들었던 투란도트의 〈공주는 잠 못 이루고〉를 불면서 집으로 돌아갔다.

엘리베이터가 집 앞에 멈춰 서자 루리는 후다닥 내렸다. 발에서 불이 나는 듯했다. 우리가 문을 열어주자마자 뛰쳐 들어가서 잽싸게 신발을 벗었다. 간만에 성장한 루리를 보고 우리와 누리 둘 다 놀란 기색이었다.

"누나가 웬일이유?"

"그러게, 어디 갔다 와? 그거 데이트 다녀오는 차림도 아닌 것 같은데."

루리가 데이트할 때 저러고 나갈 리 없다는 거 동생들도 누구보다 잘 알고 있었다. 학원에 강의 갔다 온다고 하기엔 너무 성장이었다. 정상적인 여자라면 데이트를 의심하겠지만 학원 갈 때 정장을 입고 다니는지라 데이트 때는 일부러 가벼운 차림으로 나가는 걸 잘 알고 있었다.

"어, 내가 이 년 전에 생일선물로 사준 구두 이제야 신은 거야?"

검은색 하이힐을 보고 누리가 반갑다는 듯이 말했다. 그간 박스에 고이 보관만 하고 신을 생각도 안 하는 누이가 못내 원망스러웠는데 신은 걸 보니 반가웠다.

"야, 저 신발 때문에 발에 물집이 잡혀서 지금 아파 죽겠
어."

루리가 투덜거리면서 발을 들어 보여줬다. 발 여기저기에 작
은 물집이 서너 개가 잡혀 있었다. 평소에 편한 신발만 신고 다
니던 루리가 절대 처음 신은 신발이 편할 리가 없었다. 루리는
신발 불평만 늘어놓을 뿐 어디서 뭘 하다 왔는지는 얘기하려 하
지 않았다. 다만 동생들만 눈짓을 주고받을 뿐. 궁금한지 결국
우리가 물어봤다.

"누나, 좋은 데 갔다 왔어? 간만에 예쁘게 입었네. 평소에도
그러고 다녀봐."

"하루에 몇 시간이나 서 있는데 저런 발 고문도구를 어떻게
신고 다녀!"

루리가 오히려 엉뚱한 소리를 해댔지만 우리는 집요했다.

"공연이라도 보러 갔다 왔어? 그런 데 안 가면 누나 원피스
잘 안 입잖아."

나름 우리가 머리를 굴린 모양이었다.

"어. 투란도트 보고 왔어."

그러고 보니 누나가 예전엔 종종 오페라나 뮤지컬을 보러 다
니고 전시회도 곧잘 다녔던 것 같다. 가끔 우리를 끌고 다니기
도 했다.

"누구랑 보고 왔는데?"

그러자 루리는 아무 말 없이 웃기만 했다. 두 형제는 뭔가 감

춘 듯한 웃음에 아무 말도 못하고 또 시선만 주고받을 뿐이었
다.

〈삐뽀삐뽀, 경보 발령. 이루리 연애질 시작하다. 반년 안에
나간다에 한 표!〉

• 제 3 장 •

여름의 중턱으로 들어서자마자, 누리는 중국에서 영화 촬영을 해서 가게 됐다면서 짐을 잔뜩 싸더니만 투덜거렸다.

"내 이놈의 무협 영화 다신 찍나 봐라."

"왜, 돈 많이 주면 다 한다면서? 입금하면 살도 찌울 수 있고, 살도 뺄 수 있다면서? 이번에 좀 챙겼드만."

지난번에 어딘가에 나와서 한 누리 농담을 두고 루리가 비아냥거렸지만 누리는 들은 척도 안 했다. 사실 돈 문제는 이제 누리가 알아서 하기 때문에 신문 보고 아는 게 대부분일 정도였다. 가끔 시나리오 들고 와서 의견을 물어보는 정도이려나. 누리가 미성년일 때 데뷔한지라 그때는 루리가 이런저런 것들에 신경을 많이 썼지만 누리가 성인이 되고 슬슬 자기 자리 찾아가기 시작하면서 손을 떼어버렸다. 그 뒤로는 가급적이면 조언 정도나 하지, 참견을 많이 하려고 하지 않았다. 게다가 누리가 경제서를 열심히 읽고 신문이나 이런저런 걸 열심히 체크하고는 투자의 귀재가 된 이후론 오히려 누리한테 돈을 맡기는 게 루리가 갖고 있는 것보다 나은 경우가 많았다.

"어, 그걸로 러시아 펀드에 투자했어. 누나, 거기 가면 인터넷 하기 어려우니까 펀드 상황 좀 정리해 뒀다가 가끔 전화하면 말해주라."

"공짜로?"

"에이, 우리 사이에."

키가 180cm가 넘는 누리가 눈웃음을 살살 치면서 애교를 부렸지만 루리가 눈 하나 깜짝할 리 없었다. 이십 년 넘게 봐온 남동생한테 약해질 루리가 아니었다.

"그런 애교는 네 팬들한테나 가서 해. 아무튼 선물 안 사 오면 짤없어."

"그러는 누님은 언제 사 왔냐?"

다시 평소 같은 표정으로 돌아온 누리가 투덜거렸다. 이제 이십대 후반이 된 누리는 군대도 다녀오고 성인 남자의 냄새가 풀풀 풍겼다. 가끔 어쩌다 누군가랑 사귄다는 등의 가십을 들을 때도 있었다. 집에서 추리닝 차림으로 굴러다니는 애가 밖에선 꽤 멋진 남자라는 게 가끔 신기하기도 했다.

‘얘는 언제 이런 남자가 된 거야.’

그런 누리를 바라보는 루리 마음은 조금 착잡하기까지 했다. 처음에 길거리에서 캐스팅당했다면서 가수 되겠다는 동생을 만류도 해봤지만 결코 고집을 꺾을 수 없었다.

“어차피 난 공부도 못하고 제대로 된 거라곤 허우대 멀쩡한 것밖에 없잖아!”

라고 소리치는 동생을 말릴 수가 없었다. 대신 성적 안 떨어지게 하는 것과 대학 제대로 갈 것을 약속 받고 원하던 대로 하게 해줬다. 그게 근 십 년쯤 전 일이었다. 처음엔 아이돌 댄스 그룹 가수로 데뷔해서 춤추고 노래하던 동생이 낯설었다. 그러나 착실하고 성실하게 자리 잡더니만 원하던 대로 배우가 된 동생이 어떻게 보면 루리 자신보다 더 성공한 인생인 듯했다.

“나 그만 내려가 볼게. 나오지 마. 날도 더운데 그냥 집에 있어. 아, 가기 진짜 싫다.”

투덜거리면서 누리가 아래층에 차가 왔다면서 나갔다. 날도 더운데 나오지 말라는 누리 말에 배웅은 생략했다. 우리 역시 방학 시작하자마자 정욱과 미나와 함께 유럽으로 놀러간지라 간만에 집에 혼자 남게 됐다.

토요일 오후 집에서 혼자 굴러다니려니 우울했다. 연일 계속되는 폭서(暴暑)에 밖에 나갈 엄두도 못 내고 에어컨만 세게 틀어놓고 만화나 비디오를 보면서 소파에서 뒹굴거렸다. 그러고 있자니 목에 시원하게 넘어가는 맥주가 마시고 싶었다. 집에는

누리가 열심히 사다가 채워놓는 위스키나 와인 정도라 차갑게
마실 만한 맥주는 없었다.

투덜거리면서 집을 나오자마자 오후의 작렬하는 햇살이 따가
울 정도로 눈을 찔렀다. 선글라스 안 갖고 나온 자신에게 원망
하며 수퍼에서 맥주 몇 캔 사들고 터덜터덜 걸어오는데 기다란
그림자가 앞에 드리워졌다. 재운 역시 편의점에서 나오는 길이
었는지 비닐봉지에 뭔가 들고 있었다. 지난번에 만났을 때도 뭔
가 사들고 있더니만.

"안녕하세요?"

헐렁한 트레이닝팬츠에 검은색 티셔츠를 입고 있었다. 헐렁
한 하얀 원피스를 입고 있는 루리를 보며 재운이 물었다. 긴 머
리는 나무로 된 비녀로 대충 틀어올렸고, 소매 없는 통짜로 된
하얀 린넨 원피스 사이로 평생 햇빛 본 적 없을 것 같은 가느다
랗고 하얀 팔다리가 튀어나와 있었다. 겨울에 봤을 때도 참 말
랐다 싶었지만 이렇게 보니 더 가느다래 보였다. 너무 말라서
그런지 서른 살이라는 게 그다지 믿겨지지 않을 정도였다. 오히
려 몸만 보면 아직도 덜 자란 십대 소녀 같을 정도였다.

"낮부터 술이에요?"

안경 속의 눈이 가느다랗게 웃고 있었다.

"남이사."

입을 비죽 내미는 루리를 보면서 낮은 소리로 웃었다.

"덥죠?"

고개만 끄덕거린다. 이마에 달라붙어 있는 솜털. 올려다보는
그 얼굴이 더위로 살짝 달아올라 있었다. 그 통통한 볼에 자신
의 수염도 안 깎은 볼을 부비고 싶었다. 그날 아침처럼.

"나도 맥주 사러 나왔는데 같이 마실래요?"

왠지 이런 날 혼자 술 마시면 더욱 우울하다. 그런데 크라코
프에서도 술 마시고 키스한 건데 또 같이 술 마셔도 될까. 하지
만 요즘 들어 자주 부딪쳐도 정중한 재운을 보면 그다지 위험할
것 같지도 않았고 또 요즘 들어 다른 생각이 들고 있었다.

친구 동생이라고 하지만 동생들 모르게 만났더라면? 생각해
보니 루리 자신이 그렇게 열렬하게 연애를 해본 경험도 없었다.
물론 가벼운 연애야 많았지만 키스 좀 하다가 중간에 흐지부지
됐다. 물론 좀 잘될 뻔한 적도 있긴 했다. 하지만 그런 생각은
하고 싶지 않았다. 이대로 가면 대충 연애 좀 하는 척하다가 또
도망가고 하면서 평생 처녀로 늙어 죽는 걸까? 결혼은 자기 인
생에서 너무나 멀어 보였다. 동생들도 집에 없고 휴가인데 가벼
운 일탈 정도는 용납되지 않을까? 이미 사고 한 번 친 거 두 번
치면 안 되는 걸까? 이런 생각이 꼬리를 물었고 결국 마음속의
악마에 지고 말았다.

"뭐, 그러든지."

"안주는 뭐 줄 거예요?"

"글쎄, 배부르잖아. 그냥 술로 배 채우면 안 돼?"

그 말에 재운이 낮게 웃었다. 그리곤 루리 옆에 붙어서 루리

네 집 쪽으로 걷기 시작했다. 루리는 슬그머니 곁눈질로 재운을
바라봤다. 재운은 정말 더운지 땀을 뻘뻘 흘리고 있었다. 집에
들어가자마자 자기네 집에 온 것처럼 욕실에 샤워하러 가버리
는 재운을 보며 혀를 루리는 혀를 끌끌 차고는 사 온 맥주를 차
곡차곡 냉동실에 넣었다.

재운이 나오자마자 루리가 그새 준비해 둔 간단한 안주로 맥
주를 마시기 시작했다. 이십 분 정도 냉동실에 넣어두어 급냉한
맥주를 둘은 오후 두 시부터 마시기 시작했다. 맥주가 떨어지자
나중에는 누리의 술 창고를 기습해서 스카치위스키를 마시기
시작했다. 어느덧 해가 뉘엿뉘엿 지고 있었다.

둘은 계속 떠들면서 영화를 봤다. 누리가 DVD를 참 많이도
모아놓은 덕에 레퍼토리는 절대 떨어지지 않았다. 할리우드 블
록버스터에서부터 인디 영화, 제3세계 영화까지 몇백 장을 참
잘 모아뒀다. 소파에 뒤굴거리기도 하고 누워 있기도 하고.

술기운이 좀 돌자 루리가 약간 풀린 눈으로 재운을 봤다. 재
운은 한창 나오는 영화 〈화양연화〉를 들여다보고 있었다.

"왜 저러고 사나 몰라. 좋으면 좋다고 말하지. 쯧쯧."

역시 젊은애다 싶어서 루리가 킬킬거렸다. 아무리 둘이 사랑
한다고 해도 사랑만으로 모든 게 해결될 수는 없다.

"그러니까 아련한 거야, 소년."

그러나 재운은 영화 속의 그들이 잘 이해가 안 가는지 연신
짜증을 부렸다. 루리는 소파에 기댄 재운의 어깨를 바라봤다.

왠지 재운의 어깨가 듬직해 보인다. 누군가에게 기대본 적이 없었다. 한 번 기대게 되면 계속 기대게 될 것 같아서.

"너, 팔에 근육 좀 있는 게 푹신할 것 같다."

그런 루리를 보며 재운이 피식거렸다. 역시 애도 약간 술에 취했는지 평소보다 말이 거칠다.

"기대고 싶으면 기대고 싶다고 말로 하쇼."

"자식."

루리가 재운의 팔에 기댔다. 어깨가 높아서인지 확실히 기대기 편했다.

"키가 몇이야?"

예전에 봤을 때도 참 키가 크다 싶었는데 그때 왜 확인할 생각을 못했을까.

"나 184. 아줌마는?"

"야! 내가 왜 아줌마야!"

재운의 도발에 루리가 소리를 버럭 질러 버렸다. 아무리 루리라고 해도 나이가 걸리지 않는 게 아니었다.

"나이가 아줌마 나이잖아. 머리 높이로 봐선 160은 돼?"

가뜩이나 나이 때문에 스트레스를 받고 있는 루리가 소리를 지르더니만 재운의 팔을 앙 물어버렸다. 졸지에 팔을 물린 재운이 깜짝 놀라서 루리를 떼어내려고 엎치락뒤치락하더니만 재운이 루리의 양 어깨를 꽉 잡아버렸다. 루리가 바동거려 봤지만 온몸이 나른해서 힘을 쓸 수가 없었다.

갑자기 루리 온몸에 힘이 빠지면서 비틀거리더니만 재운의 품으로 떨어졌다. 재운은 긴장한 듯이 가만히 있었다. 루리가 고개를 들어 재운과 눈을 마주 보더니 속삭였다. 술에 취한 것도 같았지만 의외로 머릿속은 말짱했다.

"오늘 집에 들어가지 마."

"집에 안 들어가면?"

그 말이 끝나기 무섭게 보드랍고 따뜻한 것이 입에 와 부딪쳤다. 크라코프의 기억이 플래쉬백하는 듯했다. 그때는 참 감미로웠지만 그 뒤의 쓴맛이 혀 뒤에 달라붙어 있는 듯해서 재운은 그대로 키스할 수가 없었다. 부드러운 몸을 반 강제로 떼어놓고 눈을 마주 보고 뱉었다.

"까불지 마요, 우리 누나 루리 씨. 멀쩡한 청년 도발해서 좋은 꼴 볼 거 없수다."

일부러 우리 이름을 들먹거렸다. 하지만 루리가 살포시 웃었다. 눈밑의 점이 또 이상하게 섹시해 보여 저기에 입 맞추고 싶어 온몸이 들썩였다. 왜 저런 위치에 점이 있는 거야, 이 여자는?

"좋은 꼴 못 보는 건 또 뭐야?"

루리가 고개를 갸웃했다. 초승달처럼 휘어진 저 눈이 너무나 사랑스러웠다.

"지난번처럼 도망갈 거면 여기서 멈추는 게 어떨까, 누나야?"

이번엔 정말 확인하고 싶었다. 또 도망가면 그땐 정말 잡을 때까지 쫓아가서 확 물어버리고 싶었다.

"정말 싫으면 그만두지, 소년."

루리가 이 말을 하고 재운의 목에 두른 팔에 힘을 주어 더 강하게 꼭 안았다. 그 순간 강하게 붙잡힌 어깨에 그대로 푹신한 소파에 밀려 눕혀졌다. 이런 도발에 그냥 넘어가면 남자가 아니었다. 여기저기에 불을 피운 보람이 있었는지 드디어 여우가 굴에서 나왔다! 재운이 작은 몸에 체중을 싣고 무섭게 달려들었다. 이글거리는 눈이 위에서 내려다보고 있었다. 열을 품은 목소리가 내뱉었다.

"여기서 그만두면 그냥 덮쳐 버릴 거야! 안 봐줄 거니까."

그 말에 루리의 도톰한 입술이 유혹하듯 벌어지며 미소를 그리고 그대로 재운의 얼굴 위에 있는 안경을 벗겨 옆으로 던져 버렸다. 그 순간 집에 아무도 없는 마당에 둘이 체면이고 나발이고 다 집어 던졌다. 거칠게 와서 부딪치는 입술이 뜨겁다. 온몸에 실어지는 뜨거운 열기. 와 닿는 그 육중함이 오히려 더 반가웠다. 천을 사이에 두고 단단한 몸이 와서 붙는다. 루리는 재운의 몸에 최대한 달라붙었다.

육식동물이 토끼를 잡아채듯 강한 손아귀가 어깨를 꼭 잡았다. 강한 손이 턱을 잡고 입을 향해 다가왔다. 숨을 쉴 수도 없을 정도로 거칠게 들어오는 열기에 입을 크게 벌렸다. 강하게 밀고 들어오는 혀가 루리의 혀를 휘어잡고 루리는 그에 반응하듯 재운의 머리를 감싸 안았다.

재운은 노골적인 사나운 욕망을 감출 생각도 하지 않았고 그런 만큼 집요했다. 숨도 쉴 수 없게 온 입을 휘젓는 입맞춤에 헐떡거리는 건 루리였다. 머릿속이 새하얘질 정도로 산소 부족이었지만 재운이 놔줄 생각을 하지 않았다. 지치지도 않고 집요하게 입을 구하더니 어느새 목선으로 내려갔다. 하얀 목에 재운의 뜨거운 숨결이 닿자 저절로 입이 벌어지면서 달큼한 한숨을 내쉬었다. 그 와중에 바빠진 재운의 큰손이 어느새 루리의 원피스 안으로 들어와 허벅지를 만진다. 다른 한 손은 가슴께에서 브래지어 위를 가만히 어루만지고 있었다. 등에 있는 지퍼를 내리더니만 결국은 벗겨 버렸다.

하얀 브래지어와 하얀 팬티. 가느다랗고 앙상한 몸은 아직 십 대 소녀 같았다. 왜 이런 몸에 욕정하는 걸까. 커다랗고 그을린 자신의 손에 하얀 루리의 가슴께가 대조된다. 루리가 자기만 벗고 있는 게 민망했던지 재운의 티셔츠를 위로 올려 버렸다. 마른 편이지만 몸에 붙어 있는 근육은 탄탄했다. 드러나는 복근에 침을 꿀꺽 삼켰다. 신기한 듯 배를 어루만졌다. 배꼽 아래에서 시작되는 고슬거리는 털을 고양이 털 쓰다듬듯 결을 따라 움직였다.

아까부터 허벅지에 와 부딪치던 경도를 달리하던 물건이 루리의 작은 손짓에 점점 더 존재감을 띠어갔다. 루리의 손이 아래로 내려가 트레이닝 팬츠 속으로 사라졌다. 예전에 다시 만났던 아침에 입고 있던 몸에 달라붙는 트렁크를 입고 있는 모양이었다. 주저하듯 머뭇거리다 천 위로 이제 모양을 잡기 시작한 것을 만지작거렸다. 곧 루리의 작은 손짓에 그것은 완전히 형체가 잡혀 옷을 뚫고 빠져나올 것처럼 단단해졌다.

신기해하면서 만지작거리다 과감하게 손이 옷 속으로 들어갔다. 뜨거운 남성을 만지는 차가운 작은 손에 재운은 작은 한숨을 내뱉었다. 안타깝게 작은 손이 주저주저하면 할수록 한숨이 더 잦아지는 듯싶었다.

결국 견딜 수가 없어진 재운은 브래지어를 풀어버린 뒤에 가슴을 맛보았다. 최대한 크게 베어 문 뒤 작은 살 덩어리를 힘차게 빨았다.

“아.”

루리가 가냘픈 신음을 흘렸다. 작은 손은 마법을 일으키는지 아까보다 더 단단하게 굳어지는 자신이 느껴졌다. 한쪽 손은 루리의 자그마한 팬티 밖을 쓸어보았다. 어느새 나온 액으로 팬티는 투명할 정도로 젖어 있다. 창백한 하얀 피부에 고슬거리는 숲이 살짝 내비춘다. 그러고 보니 몸에 털이라곤 거의 없는 듯싶었다. 어린아이처럼 하얗다. 재운은 이제 더 참을 수 없는 듯 거친 손길로 그대로 팬티를 잡아 내렸다.

숲을 헤치는 커다란 손이 느껴졌다. 워낙 체구가 작고 말랐다 보니 그간 만났던 남자들 대부분이 루리를 좀 어리게만 봤는지 이렇게까지 깊은 관계가 된 적이 없었다. 귀엽기만 한 이루리, 더 깊은 사이가 되려고 하면 잽싸게 도망만 가는 이루리여서 이렇게 진한 애무는 받아본 적이 없었다. 그래서 루리는 기뻤다. 재운이 자기를 어린 여자애가 아니라 여자로 봐준다는 것이.

"누나야는 몸에 체모도 적구나."

그 말에 가뜩이나 빨개져 있던 루리 얼굴이 더욱 빨개졌다. 몸 안쪽을 슬그머니 만져 보았다. 촉촉하게 습기를 머금은 곳은 벨벳처럼 보드랍다.

"부드러워."

재운이 감탄을 내뱉기 무섭게 루리가 갑자기 재운의 남성을 강하게 비틀었다. 재운은 헉하고 숨을 들이키더니만 복수라도 하듯 루리의 작은 수풀림 한가운데의 작은 진주를 건드렸다. 그러자 작은 몸이 깜짝 놀란 듯 경련했다.

"민감하네."

재운이 약을 올리자 루리가 그의 남성은 강하게 쥐었다 놓았다. 이제 더 이상 입고 있기 불편한 트레이닝 팬츠와 팬티를 통째로 벗어 던졌다. 그의 것이 그대로 허공에 차가운 에어컨 바람에 나왔다. 뜨거운 몸에 차가운 공기가 와 닿았지만 기세를 죽이지는 못했다.

재운은 뜨거운 액이 흘러나오는 입구에 가운뎃손가락을 대고 문지르다 살며시 열고 들어갔다. 뜨겁게 조이는 그 부드러운 몸.

작고 부드럽고 뜨겁다. 왜 이 몸은 이리도 작고 부드러울 수 있는 걸까.

뜨겁게 조이는 작은 몸을 음미하며 부드럽게 움직여 보았다. 그의 움직임에 맞춰 작은 몸이 꿈틀거렸다. 익숙해진 듯싶자 손가락 개수를 늘려보았다.

"그, 그만."

이라고 루리가 말했지만 재운이 무거운 몸으로 누르기만 할 뿐 절대 들어주지 않았다. 오히려 더 움직임이 빨라질 뿐이었다. 그 움직임에 맞춰서 머릿속에 별이 반짝일 정도로 아찔한 듯 높은 곳까지 솟구쳐 올랐다. 잦은 숨을 헐떡거리자 재운이 그 한숨까지 가져가 버렸다. 그 작은 한숨조차 아깝다는 듯이.

온몸이 열기로 느슨하게 풀어지자 재운이 루리의 작은 입구에 자신의 것을 대고 들어가려다 아차 한 듯이 몸을 뺐다.

"왜?"

루리가 숨찬 소리로 칭얼거렸다.

"아, 콘돔이 없어."

재운이 난처한 듯이 주저했다.

"나 가임기 아냐. 괜찮아."

재운은 여전히 망설였다. 혹시나 루리가 임신이라도 한다면 당연히 책임은 지겠지만 그럴 위험은 무릅쓰고 싶지 않았다. 루리를 위해서라도. 하지만 몸에서 터질 것 같은 욕망도 괴롭긴 매한가지였다. 어떻게 할지 망설이는데 루리가 그의 것을 잡고 자신의 입구로 인도했다. 뜨거운 것이 와 닿는 것은 참 묘하다. 그의 몸은 크고 강하고, 자신은 작고 약하다. 여태 어떤 남자도 자신을 이렇게 암컷으로 느끼게 한 적이 없었다.

"정말 괜찮겠어?"

허스키하고 떨리는 목소리였다.

"며칠 뒤에 생리 시작할 거야."

그렇게 답하는 루리 역시 마찬가지였다. 그의 감정이 얼마나 격렬한지 눈이 알려줬다. 그녀를 내려다보는 눈에선 불길이 일 정도로 격렬한 욕망으로 번뜩거렸다. 그대로 안으로 밀고 들어 갔다. 콘돔 없이 여자랑 해본 적은 처음이었다. 부드러운 몸 속…… 좁고 뜨겁다. 부드러운 주름 하나하나가 맞아주는 듯했 다. 하지만 루리는 아픈지 이마를 찡그렸다. 땀에 이마의 솜털 이 달라붙어 있는 게 보였다. 커다란 손으로 이마의 땀을 닦아 주었다. 저 이마의 작은 주름까지도 사랑스럽다.

재운이 조금 거칠게 들어갔는지 루리가 작은 신음을 흘렸다.

"아파?"

루리는 가만히 미동도 않고 있었다. 어떻게 해야 할지 몰랐 다. 재운 역시 당혹스럽긴 마찬가지였다. 처음일 거라곤 생각하 지 않았기 때문이다. 아무 생각 없었던 자기가 바보였다.

"조금만 참아요."

그렇게 빼지도 앞으로 나아가지도 못한 채 가만있었다. 루리 는 옆을 바라보았다. 머리 양옆으로 짚고 있는 팔에 근육이 울 퉁불퉁하다. 재운은 눈을 크게 뜨고 자신을 바라보고 있었다. 이마에서 땀이 떨어진다. 얼굴은 붉어져 있고. 루리는 손을 들어 그의 땀을 닦아주었다. 그리고 힙을 위로 들어 올려 그를 맞이했다.

순간적으로 재운은 루리의 몸속 깊이 들어갔다. 뜨겁고 보드라운 것이 자신을 감싼다. 순간 그대로 갈 뻔했다. 루리는 아픈지 가느다란 신음을 흘렸지만 재운은 '미안'이라고 말한 뒤에 낮은 신음을 흘리며 성급하면서도 약간은 거친 동작으로 몸을 움직이기 시작했다. 가느다란 신음 소리마저 곧바로 덮친 재운의 입에 막혀 사라져 버렸다.

분명 아프지 않은 것은 아니었다. 처음에 들어올 때는 생살이 찢어지는 것처럼 고통스러웠지만 움직이기 시작하면서 뭔가 뜨겁고 짜릿한 것이 재운의 몸 움직임을 따라 만들어지고 있었다. 전에는 전혀 모르던 뜨겁고 낯설면서 짜릿한 느낌이었다. 몸속의 고통은 감미롭기까지 했다.

갑자기 재운이 움직임을 멈추고 속삭였다.

"누나, 키스해 줘요."

재운이 입을 구해오자 그나마 붙들고 있던 이성은 온데간데없어지고 꿈인지 생시인지 모를 정도로 혼몽해졌다. 재운의 움직임이 점점 피치를 올리기 시작했고 루리는 재운의 몸이 가져다준 새로운 감각을 온몸으로 느끼며 눈을 꼭 감았다. 하지만 재운이 몸을 갑자기 빼더니 거친 소리를 내고는 옆으로 드러누워 버렸다. 루리가 피임하지 않아도 된다고 했어도 걸렸는지 결국 체외 사정을 한 때문이었다. 배에 와 닿는 끈적하고 미적지

근한 감촉에 루리가 인상을 찌푸려 버렸다.

"미안."

재운이 쉰 목소리로 말하더니 휴지로 루리의 배에 뿌린 자기의 씨앗을 닦은 뒤에 마저 루리의 여성을 닦아주었다. 쓰라린지 루리가 인상을 썼다.

"괜찮아?"

피가 좀 나긴 했지만 생각만큼 그렇게 아프진 않았다. 그러나 그건 루리의 생각일 뿐 재운은 별로 그렇지 않은 모양이었다. 잠시 후, 재운이 뜨거운 물로 적신 수건을 갖고 와서 닦아주었다.

"그렇게까지 안 해도 돼."

민망했지만 손가락 하나 들 힘조차 없어서 힘들게 입을 뗐다. 하지만 재운은 묵묵히 계속 할 일을 할 뿐이었다.

"보지 마, 창피하잖아."

힘도 안 들어가는 다리를 억지로 오므렸다. 재운은 지치지도 않는지 온몸을 닦아주었다. 나른한 기운에 에어컨 바람을 맞으며 소파에 널브러져 있던 루리는 왠지 창피해져서 옆에 있던 옷을 주워 몸을 가렸다. 옆에서 머리를 쓰다듬어 주던 재운이 물었다.

"추워?"

"응, 약간."

"방에 들어갈래?"

몽롱한 기운에 눈도 못 뜬 채 루리가 고개를 끄덕거렸다. 재운이 가볍게 루리를 안고선 방에 들어가 침대에 눕혔다. 그리곤 자기도 옆에 누웠다. 좁은 침대에 맞닿아 있는 뜨거운 몸에 분명 한여름인데도 기분이 좋다. 에어컨 바람에 차가워진 침대 시트, 옆에 있는 뜨거운 커다란 몸이 자기를 감싼다. 등 뒤에서 느껴지는 심장 박동에 졸음이 절로 오는 듯싶었다. 뜨거운 몸이 어깨를 감싸안고 부드럽게 가슴을 만지고 어깨에 키스를 했다.

재운은 눈을 찌푸렸다. 몸 아래에 따뜻한 것이 움직인다. 가만히 가슴께에서 등을 돌리고 자고 있는 작은 몸을 보았다, 새벽의 기억이 돌아오면서 얼굴이 절로 붉어졌다. 그리고 자연스레 몸에도 반응이 나타났다. 가만히 아직 자고 있는 루리의 얼굴로 흘러내린 머리카락을 귀 뒤로 넘겨줬다.

처음 보는 순간부터 이 여자가 좋았다. 처음에 만나서 술 마시고 얘기할 때부터 마음에 들었고 갑자기 도망갔을 땐 상처받았다. 다시 만났을 때 두 번째 기회가 주어졌단 생각에 기회만 노리고 있었는데 여자가 먼저 손을 내밀었다. 자기는 후회하지 않지만 루리는 어떤 생각일까? 친구 동생, 여섯 살 연하인 재운 자신에 대해서 이 여자는 어떻게 생각할까? 그냥 지나가는 하룻밤 상대? 어쩌면 깨어나서 화를 낼지도 모른단 생각도 들었다.

처음일 거라고 전혀 생각 못했다. 작은 이마를 찌푸리며 자고 있는 루리를 보자 묘한 기분이 들었다. 전에 사귀던 여자 친구들 생각도 났다. 생각해 보면 한두 살 이상의 연상 여자들이 주로 접근했다. 중학교 3학년 겨울방학 때 친구들 따라 간 나이트클럽에서 만났던 여고생을 시작으로 여태 만났던 여자들 모두 먼저 접근했고, 당연히 같이 자고, 그리고 떠났다. 그게 끝이었다. 떠난 이유는 재운이 너무 차갑다는 것. 그는 여자를 너무 외롭게 하는 남자라는 소리까지 했다.

이 작은 여자는 꼭 잡고 싶었다. 자기 거였다. 절대 놓치고 싶지 않았다. 수단과 방법을 가리지 않고 잡아채서 방에 가둬두고 싶었다. 그런 광포하고 흉포한 욕망이 무서웠다. 자는 여자까지도 꼭 안고 있는 무서운 소유욕이 두려웠다. 한 번은 놓쳤지만 두 번은 절대 아니었다.

무거운 것이 몸을 꼭 껴안고 있다. 좁은 침대에서 자다 보니 아무래도 덩치 큰 재운이 루리 몸을 안고 잔 모양이다. 어제 처음 하고 나서 침대에 와서 한 번 더 했다. 아팠지만 기분이 좋았다. 열에 들뜬 뜨거운 몸이나 손을 꼭 쥐는 강한 손아귀나 커다랗고 길쭉한 몸이 체중이 실어지는 것도, 뜨거운 입술도. 그 대가로 온몸은 물에 젖은 솜처럼 무거웠지만.

까슬까슬하게 나기 시작한 수염이 목께를 간질이면서 점점 내려갔다. 자기 것인 양 가슴을 찾은 그것은 또 힘차게 빤다. 가슴에 커다란 자국이 나 있을 게 분명했다. 입에서 가느다란 소리가 새어나가자 가슴에서 입을 뗀 재운이 웃는 얼굴로 쳐다봤다.

두꺼운 커튼을 쳐놓은 어두운 방에 안경을 벗고 가느다랗게
눈을 뜬 재운이 어슴프레 보인다.

"일어났어요?"

여행하다 보면 본의 아니게 싸구려 숙소에서 남자랑 한 방을
쓰게 될 경우도 있었다. 그러다 보니 옷 갈아입는 장면을 본 적
이 한두 번이 아니었다. 심지어는 트렁크만 입고 있는 남자애들
이랑 둘러앉아 얘기하다가 자신이 남자애들의 등짝을 때린 것
도 한두 번이 아니었고. 그런데 괜히 창피해졌다. 어제는 술기
운에 재운의 알몸을 봤다지만 이렇게 아침에 맨정신으로 보고
있자니 좀 민망하기까지 했다.

재운은 지치지도 않은지 어젯밤 내내 괴롭혔던 가슴에 또 입
을 내렸다. 다른 가슴 한쪽에도 강하게 소유권을 주장하고 있었
다.

"너 내 가슴 맡겨뒀니?"

재운을 밀치면서 루리가 살짝 짜증을 부렸다. 역시 젊은 애라
지치지도 않나. 재운이 루리의 가슴에서 입도 안 떼고 웅얼거렸
다.

"응. 내 거야."

가슴에 뜨거운 숨이 와 닿는 게 느껴졌다.

"누가 네 거래?"

"내 거니까 내 거라고 하지. 멀쩡한 총각 꼬셔서 잤으면 책임
을 져야지, 누나야."

무섭게 으름장을 놓는다. 이글이글한 눈이 루리를 또렷하게 바라봤다. 절대 거짓말을 할 수 없을 정도로 맑고 열정적이다. 이게 무서웠던 거다. 이렇게 직시할 수 있는 이 눈이 정말 무섭고 부러웠다.

"이런 상황에서 그 말은 내가 자기야한테 할 말 아니니?"

"누나야가 멀쩡한 총각 꼬드겨서 잤잖아."

"근데 말이야, 난 처녀였고 자긴 아니었잖아. 그러니까 자기야가 날 책임져야지."

루리가 능청스럽게 물고 늘어졌다. 재운의 반응이 궁금했던 것이다.

"책임질 거야."

너무 직선적인 시선이라 루리는 그 눈에서 얼굴을 돌리고 싶어 딴청을 부렸다. 이런 게 무서운 거다. 애는 어떻게 된 애가 돌아서 가는 법이 없다.

"근데 말이야."

"너 내 얼굴 보이긴 하니?"

루리가 딴전을 피듯이 일부러 다른 얘기를 하자 바로 재운의 입술이 루리 입술로 내려와 가볍게 베이비키스를 했다. 그러더니 바로 입에 대고 속삭였다.

"이 쓸데없는 소리나 하는 입 막아버려야지."

그대로 루리 입으로 돌진해서는 코를 꽉 쥐고 캑캑거릴 때까지 집요하게 키스했다. 루리가 숨을 헐떡거리는 걸 보면서 킬킬거렸다. 그 어린애 같은 짓궂음에 루리가 파닥거리며 화를 낼 뿐이었다. 그 와중에 재운은 루리를 놔줄 생각이 전혀 없는지 다시 몸 위에 올라와 자리를 잡았다. 얼굴이 빨개진 루리를 가만히 들여다봤다. 헐떡거리는 숨을 다잡은 뒤에 이상한 시선에 위를 올려다본 루리는 그 맑은 눈빛을 받자 조금 창피해졌다.

"이루리, 이루리, 이루리."

"왜, 왜, 왜?"

"그냥 불러봤어."

"가만있어 봐. 한참 어린 게 누님 이름이나 막 부르고. 너 중학교 들어갔을 땐 난 이미 대학생이었어."

루리가 갑자기 생각난 듯이 나이가 어린 재운을 구박했다.

"그게 뭐가 중요하냐. 누나야는 지금 침대에서 내 밑에 깔려 있는데."

뻔뻔하게 재운이 웃었다. 그리곤 한쪽 가슴에 손을 가져가며 말했다.

"게다가 나이가 많으면 뭐 해. 발육은 요즘 중딩만도 못하구만."

"죽고 잡냐?"

루리가 발끈했지만 재운은 그다지 신경 쓰는 눈치가 아니었다.

"누구누구 씨는 왜 발육상태 나쁜 아줌마랑 놀고 있나 몰라."

"그거야 내가 취향이 나쁘니까 그렇지."

기가 찬 루리가 허탈해했다. 재운이 확인사살까지 해버렸다.

"그건 누나야도 마찬가지고."

"무거워! 비켜!"

루리가 칭얼거리자 재운이 꼭 안은 채 몸을 돌려 자기가 누워 버렸다. 졸지에 재운을 타고 앉게 된 루리가 어이없어했다. 그러나 재운은 손을 들어 루리의 가슴을 만지작거리면서 좋아했다.

"이것도 나름 좋네. 가슴 만질 수도 있고."

재운의 탄탄한 다리에 루리의 하얀 허벅지가 비교된다. 엉덩이에도 살이 없는지 뼈끼리 부딪치면 꽤 아플 듯싶었다. 뼈가 드러날 것같이 가느다란 다리가 허리를 조이자 순간 다시 지치지도 않는지 몸에 자극이 왔다.

"무슨 여자가 엉덩이랑 허벅지에도 살이 없냐? 원시시대 때부터 여자는 엉덩이랑 허벅지에 지방을 축적했다던데."

재운이 혼잣말을 하듯 허벅지 안쪽에 손을 가져가며 중얼거렸다.

"내 몸에 살을 붙이는 데 무슨 기여라도 했어?"

그 말에 루리가 진짜 발끈해 버렸다.

"술 사줬잖아요. 크라코프에서 밥도 한 번 사줬다."

"그거 한 번으로 몸에 살이 잘도 붙겠다."

"가만, 전에 오페라 보러 가서도 파스타 사줬다."

"밥 몇 번으로 살이 붙어?"

루리가 절대 지지 않았다. 하지만 재운은 장단을 맞춰주면서 손을 슬슬 딴짓을 하고 있었다. 부드럽게 가슴을 만지작거리다 어느새 앞으로 내려와 루리의 몸 안쪽으로 손가락을 들이밀고 있었다. 루리는 아직도 조금 쓰라린지 이마를 찌푸렸지만 반항을 하지는 않았다.

"무슨 사람이 뼈밖에 없어요? 살 좀 찌워야지 안 되겠네. 이러니까 아직도 덜 컸지."

재운이 혀를 끌끌 차면서 루리를 도발했다. 가느다란 팔다리가 안쓰러워 못 봐줄 것 같았다. 그러자 루리가 짜증이 난 모양인지 재운의 입을 자신의 입으로 막아버렸다. 작은 파닥거리는 혀가 와서 부딪친다. 뜨거운 작은 것이 요리조리 자기 입 안에서 도망을 가려고 하자 재운은 뒤쫓아가 휘감아 버렸다. 루리가 고개를 빼려고 하자 잽싸게 두 손으로 뒤통수를 잡아 움직이지 못하게 고정해 버렸다. 혹 떼려다 붙인 격이 된 루리도 재운의 키스에 어느새 말려들었다.

결국 재운은 못 참고 그대로 뒹굴어 버렸다. 그리곤 루리의 힙을 강하게 잡았다. 이렇게 거칠게 굴면 안 된다는 것도 이성은 잘 알고 있었다. 하지만 아직 모자랐다. 이 갈증, 루리만이 풀 수 있었다. 루리도 그의 행위에 동조하듯 힙을 들어주었다. 거칠지 않으려고 노력하지만 조급증이 자꾸 치민다. 안이 젖은 걸 확인하고 상처를 염려하면서 최대한 천천히 안으로 들어간다.

부드러운 것이 또 조여든다. 몇 번을 했는데도 여전히 좋기만 했다. 하루 종일 이 부드러운 것 안에 잠겨 있고 싶었다. 다시 재운은 빠른 속도로 허리를 움직이기 시작했다. 잠을 잘 때도 놓고 싶지 않은 이 작은 몸에 대한 갈증으로 온몸이 들썩였다.

"나 배고파."

루리가 칭얼거리듯 재운의 품속에서 말했다. 밖은 한여름인데 둘은 커튼을 꽁꽁 치고 세상이랑 숨어 있었다. 창문을 닫고 에어컨을 틀어놓은 공간에서, 차가운 시트, 따뜻한 살갗이 주는 온기에 둘은 침대 밖도 거의 나가질 않고 있었다. 루리가 고양이 기지개를 켜듯 어깨를 쭈욱 펴면서 일어났다. 그 바람에 재운도 일어나 앉았다.

"피자라도 시켜줘?"

"응, 아무거나. 내일 출근해야 되는데……."

루리가 위에 대충 티셔츠를 찾아 걸치면서 구시렁거리는 소리에 재운이 피자집에 전화하려고 핸드폰을 찾다 등을 움찔했다. 어느새 시간이 이렇게 잘도 흐르고 있던 것이다.

"학원 안 가면 안 돼?"

"돈은 뭐로 벌고?"

할 말이 없었다. 나 돈 많아, 내가 줄게 라고 말하고 싶었다. 부모님이 해외에 갈 때마다 주고 가는 돈이 제법 있었다. 그다지 돈 쓰는 데 적극적이지 않은 재운은 그냥 모아둘 뿐이었다.

돈이 얼마가 있는지도 잘 몰랐다. 지난번 겨울에 유럽에 갔을 때도 어머니가 주신 돈이 꽤 남아서 고스란히 통장에 들어 있었다. 하지만 그 말하기 무섭게 방에서 쫓겨날 걸 짐작이라도 한 듯, 그냥 피자와 치킨 스트립을 주문한 재운이 등을 돌렸다.

재운의 등이 순간 움찔하는 게 보였다. 누군가와 같이 있는다는 게 이런 거라는 걸 왜 여태 몰랐던 걸까. 사실 출근하기 싫은 건 루리 역시 마찬가지였다. 하지만 다른 밥벌이 수단을 모르는 이상, 여태 해왔던 대로 계속 나가야 했다.

"우리는 언제 와?"

그새 옷을 꾸물꾸물 다 찾아 입은 재운이 돌아서며 물었다.

"우리…… 아직 한참 있어야 오지 않을까? 대충 일정 잡는 것만 도와주고 나머지는 잊었어."

우리가 안 보이는 건 정욱, 미나랑 여행 간 걸 아니까 당연한 일이었다. 당연히 재운에게도 같이 가자고 했는데 그다지 더운 여름에 돌아다니고 싶지도 않고 게다가 이미 어릴 때 몇 번 가본 곳이라 거절했다.

지겨운 여름방학, 해외로 나가는 것도 사람에 치여 싫었다. 그래서 귀찮아도 부모님이 계시는 파리에 가서 여름을 날까 하다가 프랑스 더위도 만만찮은 생각이 들어 그냥 한국에 있기로 한 것이었다. 게다가 목표물이 한국에서 움직이지 않는데 감시의 눈길을 소홀히 할 수 없어 남아 있는 것이었는데 그동안 연기를 피워댄 보람이 있었다.

"누리 형은?"

"누리, 중국에 있잖아. 어디더라 아무튼 산 깊고, 물 좋은 시골에 처박혀 있다더라."

그러고 보면 루리는 동생들한테 무심할 정도로 관심이 없었다. 어딘가 갔다더라 이 정도지 그 이상 더 알려 하지 않았다.

"웬 중국?"

"중국에서 영화 찍는다고 가더니만 가끔 신문에서 소식 보고 있잖아. 그리고 가끔 전화해서 최근 주식 시장, 자기 펀드 넣어 놓은 거 물어보고 땡이야. 걔 스캔들 나야 우리는 음, 여자랑 사귀는군 알 정도라니까."

누구누구의 동생답게 누리도 식구들한테 무심한 듯싶었다. 무심 삼 남매라고 해야 할까. 분명 뭔가 끈끈한 남매애 같은 건 있는 듯도 싶은데 어느 거리 이상 서로에 대해 무심한 게 이상할 정도였다. 가끔 우리에게서도 그런 걸 느꼈다. 어느 이상 다가오지 못하게끔 하는 자기 방어가 확실하다고나 할까. 재운은 루리의 그런 방어막을 넘어서 그 안으로 들어가고 싶었다.

"집에 당분간은 혼자 있는 거야?"

"응. 일찍도 묻는다. 자기는 부모님 집에 안 계셔?"

부모님이 집에 있었으면 집에 안 들어온다고 벌써 전화가 왔을 법한데 재운에게 오는 전화라곤 학교 선후배 등에게 간간이 오는 연락 외엔 없었다.

"어, 지금 파리에 계셔."

"그렇구나."

그냥 루리는 작게 고개를 까닥거리고 말았다. 그러고 보면 보통 여자를 만나면 부모님 뭐 해, 형제 관계는부터 시작해서 이것저것 코치코치 묻는데 이 여자는 별로 그런 데 관심이 없었다.

"누나야는 나에 대해 관심이 없나 봐."

"그게 갑자기 뜬금없이 무슨 소리야?"

"보통 여자들 만나면 묻잖아. 부모님 뭐 해, 형제 몇이야, 집 어디 살아. 이런 거."

"어디 사는지야 알고 너 하는 짓거리로 봐선 외동아들인 게 틀림없고 부모님 뭐 하시는지 내가 알아서 뭐에 써."

루리가 건조하게 대답했다. 루리는 저런 질문이 정말 싫었다. 부모님 뭐 해, 라고 묻는 순간 뛰쳐나가고 싶었던 수많은 순간들. 부모 없이 여자애를 며느리로 맞고 싶지는 않노라고 말했던 전 남자 친구의 어머니가 생각났다. 그땐 상처였는데 지금은 담담하게 기억할 수 있다. 첫사랑이었다고 말할 수 있다. 만일 그 사람이랑 결혼했다면 어떻게 됐을까? 하지만 그 답은 본인이 알고 있었다. 그때 그의 어머니가 끼어들든 말든 어떻게 됐든지 간에 그와 루리는 절대 결혼했을 리가 없었다. 그와의 미래에 대해서 전혀 자신할 수 없었기 때문이다. 만약 재운과라면? 기억이 뱀이 똬리를 틀며 덮치듯이 덮쳐 오기 직전에, 루리는 고개를 흔들면서 잡생각을 떨쳐 냈다.

그런 루리를 재운이 어두운 표정으로 쳐다보았다. 분명 몸은 근처에 있는데 간혹 가다 짓는 저런 표정을 볼 때마다 가슴이 내려앉는 것 같았다. 그런 루리를 재운이 어두운 표정으로 쳐다보았다. 분명 몸은 옆에 있건만 왜 저런 우울하고 복잡한 표정을 짓는 걸까. 그걸 보는 재운은 묵직하고 뻐근한 감정에 가슴이 내려앉는 듯했다. 저 작은 머릿속에 무엇이 들어 있는 걸까? 왜 늘 벌새처럼 파닥파닥거리면서 어디론가 날아갈 생각을 하는 것처럼 보이는지 잘 모르겠다. 그대로 낚아채서 새장 속에 가둬 버리고 싶었다.

이런 생각을 하는 자신이 웃기단 생각마저 들었다. 재운은 머리를 좀 식힐 겸 잠시 나갔다 오는 게 날 것 같은 생각이 들었다. 아무래도 콘돔도 사 와야 할 것 같았다. 아버지가 했던 것처럼 의도적인 실수를 해서 루리 인생을 잡고 싶진 않았다. 그건 재운의 자존심이나 마찬가지였다.

"나 집에 잠깐 갔다 올게."

"왜?"

루리는 좀 불안해졌다. 얼마나 같이 있었다고 재운이 잠시 자리를 비운다니까 이렇게 불안해지는 걸까. 거기서 왜? 라고 나간 것 자체가 실수같이 느껴졌다. 그런 루리의 불안을 아는지 재운이 큰 손으로 루리의 머리를 고양이 쓰다듬듯이 벅벅 긁어준 뒤에 말했다.

"옷이랑 책 좀 챙겨오게."

눈꼬리에 주름이 잡힐 정도로 활짝 웃었다. 분명 자기보다 머리 하나는 더 큰데 저렇게 소년처럼 웃을 때마다 귀여워서 가슴이 두근거렸다. 저렇게 소년처럼 웃으면서 음흉한 짓은 잘도 하지! 속으로 투덜거렸다.

"피자 오기 전에 갔다 올게요."

그 말을 마친 재운이 후다닥 옷을 입었다. 성격이 워낙 깔끔한지 각 잡아 접어놓았던 티셔츠에 바지를 찾아 입는 재운의 등근육에 루리는 침을 꼴깍 삼켰다. 길고 가느다란 몸에 근육이 잡혀 있다. 아름다운 몸이었다. 홀린 듯이 루리가 쳐다보는 걸 전혀 모르는지 후다닥 옷을 입었다.

아파트 현관을 나서자마자 작열하는 7월의 날카로운 햇살이 덮쳤다. 부리나케 뛰어서 아파트 상가에 있는 약국에 가서 콘돔을 샀다. 사실 집에 갔다 오려는 목적 중 하나가 이것 때문이었다. 루리가 곧 생리 시작할 거라서 가임기가 아니라고 해도 안심이 안 됐다. 콘돔을 산 뒤에 바로 집으로 갔다. 한낮에 뛰어다녔더니 금세 티셔츠가 땀으로 젖어버렸다. 아파트 엘리베이터에 들어서서 시원한 에어컨 바람에 흘러내리는 이마의 땀을 닦았다.

집에 들어서자마자 학교 다닐 때 들고 다니던 커다란 배낭에 옷이랑 책을 챙긴 뒤에, 연습실에서 바이올린 케이스에 바이올린과 악보를 챙겼다. 그리고 후다닥 루리네 집으로 돌아갔다. 여기까지 걸린 시간이 이십 분 남짓. 안 보이면 그새 루리가 도망갈까 안심이 안 됐다. 눈앞에 있어야만 할 것 같았다.

재운은 말 그대로 후다닥 나가더니 이십 분 좀 지나 돌아왔다. 바로 앞동인 집까지 뛰어갔다 왔나 보다. 얼굴에 땀투성이가 돼 백팩과 바이올린 케이스를 들고 들어왔다. 들어오자마자 밖이 덥다고 투덜거리는 걸 잊지 않았다. 곧 얼마 안 돼 피자가 도착했다. 루리가 계산하려고 하는데 현관에 있던 재운이 미리 돈을 내버렸다. 배달원이 가고 식탁 앞에 앉자마자 루리가 잔소리를 늘어놓았다.

"왜 자기가 내?"

"내가 내고 싶으니까."

"반 줄게."

돈 문제에 있어서 루리는 엄격한 편이었다. 이렇게 얻어먹는 건 루리 적성에 잘 맞지 않았다. 재운은 그런 루리를 좀 이상하게 봤다. 생각해 보니 우리 역시 그런 편인 듯했다. 남에게는 후한 편인데 남이 자기에게 후한 건 좀 부담스러워했다.

"됐어. 나중에 술 사."

"그래도 이거 좀 부담스러워."

"나중에."

재운이 슬그머니 넘어가는 걸 보면서 루리는 한숨을 쉬었다. 박스를 열고 피자를 한 조각 뜯었다. 재운은 어느새 피자를 한 조각 해치운 뒤에, 피자를 먹고 있는 루리를 보았다.

"그런데……."

“어.”

“우리는 어떤 사이야?”

갑자기 루리가 마시던 콜라를 뿜을 정도로 품 하고 웃어버렸다. 눈초리에 눈물이 맺힐 정도로 웃어대는 통에 재운이 불쾌했는지 들고 있던 치킨 스트립을 접시에 내려놓았다.

“왜 웃어?”

“아, 갑자기 생각나는 게 있어서.”

“뭐?”

재운이 눈을 부라렸지만 루리는 꿈쩍도 하지 않았다.

“그거 보통 여자애들이 남자들한테 자주 묻는 말이잖아. 남자들 그런 질문에 대답하기 싫어하지.”

“누나야도 대답하기 싫어?”

“아니. 전혀, 아니.”

루리는 분명했다. 하지만 여전히 얼굴에는 웃음을 담고 있었다.

“그럼 우리는 어떤 사이인 거야?”

스스럼없이 물어보는 재운에게 거짓말을 할 수 있을 리가 없었다. 어느새 고양이가 또 슬그머니 머리를 들이밀었다. 괜히 약 올려주고 싶다.

“너는 어떤 사이였음 좋겠는데?”

재운은 루리가 주저하기 전에 낚아채고 싶었다. 소년은 주저하지 않았다. 그 질문을 기다리기라도 한 듯이.

"나는 누나랑 사귄다고 생각하고 있어."

그 말에 어떻게 대답해야 하는지 알 수 없었다. 그냥 지나갔으음 하는 바람과 이대로 사귀고 싶은 바람과 이대로 사귀다가 정이 들면 그땐? 머릿속에 잠깐이나마 온갖 상념이 다 지나갔다. 무슨 말을 해야 할까?

"왜, 사귀면 안 되는 거야?"

재운은 어렸고 그래서 거침없었다. 밀어붙이고 있었다. 이미 처음부터 마음을 먹은 것이었고 여기까지 온 이상 자신에게 솔직해지고 싶은 게 루리의 심정이기도 했지만, 그래도 두려운 마음은 떨칠 수가 없었나 보다. 답을 망설였지만 그 진지한 눈에 사로잡혀 저절로 고개를 끄덕이고 말았다.

"아니, 그럴 리가."

왜 안 되겠는가. 일이 이렇게 된 거 사귀지 않을 이유도 없었다. 눈 딱 감았다. 재운이 바로 입을 겹쳤다. 기름 묻은 입이 역시 기름 묻은 입을 훑고 지나갔다.

"나 방금 피자 먹었거든."

"나는 치킨까지 먹었다."

절대 물러서지 않고 끝까지 뽀뽀를 하는 재운이었다. 정말 온몸으로 좋아한다고 반짝반짝거리는 눈으로 쳐다보는 재운에게 루리가 약할 수밖에 없었다. 커다란 사냥개가 주인을 보고 좋아서 어쩔 줄 모른다는 듯이 자기를 보면서 좋아서 어쩔 줄 모르는 재운을 보면서 루리는 한편으론 가슴이 찡하기도 하고 조금 불편하기도 했다.

　재운은 정말 배가 고팠는지 마지막 한 조각에 피클까지 모조리 먹어치웠다. 한 조각 반을 먹고 콜라를 마시면서 보고 있던 루리가 그게 재미있는지 웃어버렸다.

　"다 먹었어?"

　"어."

　누리는 체중 조절해야 한다고 어지간해선 피자를 잘 먹지도 않고 체구가 작은 편인 우리는 루리보다 좀 많이 먹긴 해도 저 정도로 많이 먹지는 않는다. 그래서 루리는 재운이 좀 신기하기까지 한지 낄낄거리며 웃고 있었다.

　"그게 뱃속으로 다 들어가긴 하니?"

　재운은 그렇게 루리가 활짝 웃는 게 마음에 들었다. 식탁 옆자리에서 웃고 있는 루리를 들어 그대로 자기 몸 위에 앉혀 버렸다. 그러자 루리가 기다렸다는 듯이 그의 목에 팔을 둘렀다.

　"근데 재운아, 난 입가에 닭 기름 묻은 사람하고 키스하고 싶지 않거든."

　그 말에 재운이 너털 웃더니만 루리 목에 슥 하고 문질러 버리는 것이었다. 루리가 꺄악거리면서 버둥거렸지만 계속 루리 목에 키스하는 걸 멈추지 않았다. 혀로 맛이라도 보듯이 천천히 느긋하게. 그의 귀에 루리가 몸을 움찔하며 작게 숨을 들이마시는 소리가 들리자 입가에 웃음까지 띠었다. 그러더니 갑자기 고개를 들더니만.

"다음은 이 닦고 와서 할게."

라고 하면서 루리를 내려놓고 욕실로 향하는 것이었다. 그러자 루리가 뒤늦게 의자의 쿠션을 재운 등 뒤로 던져 버렸다.

"꺅! 못됐어, 정말!"

그 뒤로 재운의 너털웃음이 들릴 뿐이었다.

며칠 동안 음지의 생물처럼 낮에는 집에서 에어컨 틀어놓고 이불에서 몸을 붙이고 밤엔 나가서 산책했다. 출근이 늦은 루리가 나갈 때 재운이 차로 학원에 태워다 주고 퇴근할 무렵에 데리러 왔다. 아스팔트에서 올라오는 더운 열기가 가라앉고 완전히 어두워지는 한밤중에 차를 끌고 서울 시내 공원을 누볐다. 어두운 나무 그늘 아래 손을 잡고 걷다가 재운이 기습 뽀뽀를 하기도 했고, 가로등 아래 벤치에서 예전 처음 만났을 때를 떠올리며 애정 행각을 벌이기도 했다.

그날도 평소처럼 산책을 하고 주차장으로 돌아가는데 차 한 대가 거칠게 빠져나갔다. 차 헤드라이트와 정면으로 바라보게 된 루리는 피하려고 했지만 덫에 걸린 어린 동물처럼 몸이 잘 움직여지지 않았다. 갑작스레 예전의 그 일이 다시 머릿속을 헤집어서 새하얗게 만들었다. 그렇게 잠시 넋이 나간 루리를 다시 지상으로 끌고 온 건 팔에서 갑자기 느껴진 아픔 때문이었다. 루리가 꾸물꾸물거리면서 피하지도 않고 그냥 서 있으니까 재운이 놀라서 확 잡아당겼던 것이다. 순간 잡힌 팔이 아파 인상을 찌푸렸다.

"아파."

그러나 재운이 되레 화를 내는 것이었다.

"주변에 신경 좀 쓰고 다녀. 왜 그렇게 사람이 무신경해요? 그러다 다치면 어쩌려고."

재운이 화를 내는 바람에 다시 지상으로 돌아왔다. 이런 일로 화를 내는 게 마음에 들지 않았다.

"왜 화를 내고 그래?"

"그렇게 부주의해서 사고라도 나면 어쩌려고 그렇게 꾸물거려요."

재운은 계속 화를 낼 뿐이었다. 재운이 왜 화를 내는지 루리도 알고 있었다. 하지만 여기서 그냥 지고 넘어가기는 싫었다.

"다쳐도 내가 다쳐!"

루리가 차갑게 말하자 재운이 상처받은 표정을 지었다. 루리는 그럴 때마다 심장이 내려앉는 것 같았다. 그렇게 상처받은 강아지처럼 나를 보지 마. 루리가 고개를 돌려 버렸다. 그런 루리를 보면서 재운이 한숨을 폭 내쉬더니 먼저 사과했다.

"미안해."

"뭐가?"

앞만 보고 걷는 루리에게 재운이 다가와 어깨에 손을 얹었다. 가만히 걷던 루리가 재운을 돌아보았다.

"네가 보기에 내가 아무 생각 없고 대충 다니는 것 같아도 나도 어른이야. 여태 사고 난 적 없고 사고 낼 일도 안 했어. 그만큼 나도 주의하고 다닌다는 거야. 네가 그렇게 걱정하지 않아도 돼."

"어. 미안."

재운이 멋쩍게 사과하자 그제야 루리의 부루퉁한 표정이 좀 풀렸다. 재운은 가끔 루리가 어른이란 걸 잊었다. 너무 어려 보이고 섬세하고 가냘파 보이는 그녀라서 다치기라도 할까, 상처라도 입을까 걱정됐다. 자기보다 어른이고 여태 잘살아온 사람인데 왜 이렇게 물가에 내놓은 어린애 보듯 루리를 보게 되는지 자기도 알 수 없었다. 품 안의 작은 새처럼, 보물처럼 그냥 끼고 있기만 싶었다. 작게 축소시켜 주머니에 넣어서 같이 다니고 싶을 정도로 항상 함께하고 싶었다.

이번 여름은 모기가 극성인지 모기에 잘 물리는 루리의 팔다리엔 산책만 하고 오면 한두 군데 붉은 자국이 생겼다. 또 루리가 팔을 벅벅 긁는 게 눈에 들어왔다.

"또 물렸어?"

루리가 간지러운지 왼쪽 팔뚝께를 긁는 것을 보고 재운이 혀를 끌끌 찼다. 그러더니 덥석 팔을 잡고는 핥았다.

"얘가 지금 뭐 하는 거야?"

남이 볼세라 두려운 듯이 루리가 설레발을 쳤다.

"사람 침에 항생제가 들어 있어서 발라두면 좋아."

"뭐?"

기가 막히다는 듯이 쳐다보는 루리의 오른손을 척하고 잡아버렸다.

"긁으면 덧나니까 손 잡아줄게."

선심 쓰듯 말하는 재운을 루리가 더욱 황당해했다.

"무슨 인심 써? 왜 손은 잡아?"

"그래야 긁지 못할 거 아니야."

"그냥 잡고 싶음 잡고 싶다고 말하지, 왜 이유는 갖다 붙여."

재운의 얼토당토않은 이유에 루리가 기가 차서 허허 웃을 뿐이었다. 이런 엉뚱한 점 때문에 루리는 재운이 좋았다.

차 앞에서 조수석 문을 열고 루리를 태운 재운이 심각하게 말했다.

"누나, 우리 집 가서 자면 안 돼?"

그 말에 루리가 이맛살을 찌푸렸다.

"왜 너네 집에 가야 하는데? 난 내 집이 더 편해."

"누나 방은 방음 안 돼 있잖아."

"그게 왜?"

"나 바이올린 연습하고 싶어."

전에 그러고 보니 독일에 마스터 클래스 들으러 왔다고 했던 게 기억났다. 게다가 루리의 침대가 너무 좁아서 재운이 불편해하는 게 계속 걸리던 차였다. 원래 쓰는 침대는 싱글 사이즈라 그다지 크지도 않았다. 좁은 침대에 덩치 큰 재운이 누우면 발끝도 닿지 않았다. 재운이 얼마나 불편할지 뻔히 아는지라 안 된다고 말하기도 뭐했다. 그냥 잠은 각자 따로 자면 되는데 왜 오 분 거리도 안 되는데도 헤어지기 싫은 걸까.

"누나 이제 요즘 다시 바빠지고 있잖아. 곧 우리 돌아오면 같이 있고 싶어도 눈치 보이잖아. 나도 학기 시작하면 무지 바빠서 가급적이면 지금이라도 같이 있고 싶어."

재운이 장황하게 이유를 늘어놓기 시작했다. 재운이 좋은 점 중 하나가 솔직하게 말한다는 것이었다. 어른은 언제나 돌려서 말하거나 뭔가 사설이 긴데 재운은 그런 게 없었다. 그렇게 솔직 담백해서 대하기가 대부분 좋았다. 하지만 이런 상황은 난감하기도 하다.

"매일 연습해?"

"어."

강아지처럼 눈을 빛내는 재운에게 그냥 잠은 따로 자자는 그 말마저 루리는 입에서 나오질 않았다. 진심으로 좋아해서 어쩔 줄 몰라 하는 이 몸만 큰 소년 때문에, 루리가 흔들리고 있는 건 당연히 본인도 알고 있었다. 여태까지의 라이프 스타일이니 뭐니는 어디론가 가고, 여름 계획 같은 것도 날아간 지 오래였다. 그저 남은 건 재운과 재운과의 연애질뿐. 결국 루리가 짐을 싸들고 재운의 방에서 지내게 됐다. 그러면서 루리는 자기가 이 소년에게 진심으로 끌리고 있구나, 라는 걸 깨닫곤 했다. 여태 하지 않던 일을 하게 만드니까. 그래서 무섭기도 했다. 언제 그 공포가 극에 달해 또 뛰쳐나갈지 모른다고 생각하면 우울해지곤 했다.

　재운네 집으로 간단하게 짐을 옮긴 뒤에도 루리는 틈틈이 기사 검색하고 학원에서 할 강의 준비하는 걸 잊지 않았고, 재운도 학기 시작하면 할 공부를 예습하기 시작했다. 그동안 멈춰 있던 듯해 보이던 시간이 흘러가듯 각자의 삶을 다시 굴리기 시작했다.

　재운이 그동안 연애 행각 때문에 게을리 했던 바이올린 연습을 좀 열심히 하고 나니 생각보다 꽤 시간이 흘러 있었다. 확실히 독일에서 마스터 클래스를 듣고 온 이후로, 예전보다 훨씬 소리가 좋아진 걸 본인도 느끼고 있었다. 아버지 덕에 귀가 날카로운 엄마도 듣고 나서 전보다 훨 낫다고 칭찬해 줄 정도였다. 오늘은 평소에 잘 안 되던 부분이 이상하게 잘된지라 기분이 좀 좋았다.

　아버지가 한국에 있을 때 연습실로 쓰던 데라 방음이 철저하게 돼 있었다. 그랜드 피아노와 악보를 꽂아놓은 책장과 엄마가 앉아서 뜨개질하면서 아버지 연습을 감시하는 용도의 의자와 작은 책상만 있는 작은 방이었다.

　루리가 뭐 하나 궁금해져 방에 나오니 거실에서 굴러다니던 루리가 보이지 않았다. 재운이 자기가 쓰는 방에 가보니 침대에 이불을 뒤집어쓰고 누워 있는 작은 형체가 눈에 들어왔다. 손을 뻗어서 어깨에 손을 대려 하자 몸을 움츠리며 피했다. 이불을 억지로 걷자 루리가 이마를 찌푸리며 눈을 떴다. 안색도 창백하고 컨디션이 좋지 않은 모양이었다.

"왜? 어디 아파?"

하면서 이마에 손을 대서 열을 재려고 하자 루리가 고개를 돌려 버렸다. 허공에 주춤한 손이 민망해졌다. 누군가에게 거부당하는 것에 익숙하지가 않았다. 불쾌한 기분에 절로 표정에 힘이 들어갔는지 친구들이 대마왕 얼굴이라고 부르는 표정이 나타났다. 그걸 보고서야 루리가 볼을 좀 붉히며 말했다.

"생리 중이니까 건드리지 마."

그 말에 재운이 긴장이 풀렸는지 이마를 풀고는 바짝 다가와 옆에 앉았다.

"아파?"

"어."

머리가 무겁고 아랫배의 둔한 통증에 온몸에서 힘이 빠져서 앉아 있는 것도 힘들었다. 내일 학원에 나가려면 오늘 좀 잘 쉬어야 할 듯했다.

"약 먹었어?"

"먹었어. 그러니까 말 시키지 말고 저리 가."

그러나 재운은 침대 옆에 등을 대고 누워서 떠날 생각을 안 했다. 오히려 침대에 누워서 바짝 안아왔다. 루리가 귀찮다는 듯이 피하려고 해도 절대 움직일 생각조차 안 했다.

"약 뭐 먹었어?"

“타이레놀 두 알 먹었어.”

루리가 짜증이 난 듯한 기색이었지만 지치지도 않고 물었다.

“누나는 하루에 생리대 몇 개나 써?”

말하는 것도 귀찮아 죽겠는데 왜 애는 이상한 거 물어보나 몰라. 결국 루리가 벌컥 짜증을 냈다.

“병원 놀이 해? 왜 물어?”

“아니, 괜찮나 싶어서 확인차…….”

“나 정상이거든. 그리고 지금 한참 힘든데 그런 것에 대답해 줄 힘 없거든.”

직업은 못 속인다고 루리의 생리 주기도 궁금했고 생리량은 정상인지 이런저런 게 궁금했지만 짜증 가득한 얼굴을 보니 더 이상 묻지를 못했다. 그냥 뒤에서 안고서 배를 뜨겁고 커다란 손으로 문질러 주기 시작했다.

“엄마 손은 약손도 아니고 뭐야, 이게?”

“따뜻한 거로 만지면 좀 괜찮잖아.”

기분 좋게 와 닿는 뜨거운 열기에 짜증도 슬슬 가라앉고 아까 먹은 진통제 때문인지 슬슬 잠이 오기 시작했다. 재운의 가슴에 기대서 한참 잠이 들었다. 재운도 루리를 안고 있다 보니 잠이 솔솔 와서 결국 같이 자버렸다.

재운이 일어났을 때는 어느새 하늘이 어둑어둑해져 있었다. 안겨 있는 따뜻한 작은 몸. 어린애처럼 새근새근 자고 있었다. 귀여운 짱구 이마에 살짝 키스를 했다. 그 순간 루리가 졸린 눈을 떴다.

"좀 괜찮아?"

"으응."

아직 잠이 덜 깬 루리에게 재운이 생긋 웃었다. 어둑어둑해진 방에, 재운의 얼굴이 잘 보이는 것도 아닌데 그 미소만은 이상하게 또렷하게 보였다. 가슴이 덜컹 내려앉을 정도로 다정한 눈길에, 심장이 박자를 놓치고 엇나간 것 같은 기분마저 들었다.

자고 일어난 루리는 언제 아팠냐는 듯이 다시 생생해졌지만 재운은 그게 계속 걸리는지 빈혈이라도 생길까 두렵다는 듯이 챙겨 먹이려고 했다. 부모님 돌아가시고 난 뒤에, 계속 동생들을 돌보는 일만 했지, 실제로 남에게 돌봐진 적은 별로 없었다. 전의 남자 친구들은 작고 가냘픈 루리가 걱정이 돼서 어떻게든 돌보려고 나섰지만 자존심 때문에라도 루리가 그걸 용납할 리가 없었다. 그런데 왜 잘 알지도 못하는 재운에게는 자꾸 등을 기대고 싶은지 본인도 잘 알 수가 없었다.

루리 역시 집에서 챙겨온 작은 가방에는 속옷이나 옷, 책 정도와 노트북이 들어 있을 뿐 큰 짐이 아니었다. 루리 방은 여자 방치고 작고 삭막한 편이었다. 붙박이장에, 책상, 침대, 화장대로 쓰는 작은 서랍장 정도가 다였다. 그 방에서 챙겨온 물건들 역시 최소한의 것들이었다.

일어나서 재운이 챙겨준 밥을 먹은 루리는 곧 샤워를 하러 가버렸다. 별 할 일 없이 서성거리던 재운은 그때 루리의 수트 케이스에서 작은 스케치북이 삐죽 나와 있는 걸 보았다. 익숙한 파란색 표지의 저것은 전에 본 그것 같았다. 슬그머니 꺼냈다. 루리가 샤워하러 들어간 지 좀 됐기 때문에 곧 나올 터였다.

욕실 눈치를 보면서 조심스레 펼쳐 보았다. 여행 처음 떠날 때 샀는지 여기저기 거리나 사람, 고양이 등을 그린 간단한 스케치들이었다. 거기엔 크라코프의 공원에서의 풍경도 있었다. 그리고 한참 뒤에 재운을 그린 그림이 있었다. 긴 검은색 코트를 휘날리는 자기 옆모습에 날짜와 자기 이름 이니셜만 적혀 있었다. 날짜를 보니 자기와 만난 지 한참 지난 뒤였다. 굵직하고 거친 필체로 날리듯이 한 번에 그린 그림이었다. 이름 이니셜이 없었어도 자기라는 걸 재운은 알아봤을 정도로 캐릭터의 특징을 잘 잡아냈다. 그 뒤로는 여행 스케치가 몇 장 없었다. 그리고 최근에 그린 귀여운 캐리커처가 하나 있을 뿐이었다.

그때 루리가 욕실에서 나오는 소리가 들리자 후다닥 스케치북을 제자리에 놓고 모르는 척하면서 수선스레 일부러 책장에 책을 뒤지는 척했다. 그 그림은 크라코프에서 헤어지고 한참 뒤에 그린 그림이었다. 마음속으론 왜 한참 뒤에 이런 그림을 그렸냐고 물어보고 싶었다. 아직 루리에게 좋아한다는 그런 얘길 들은 적이 없지만 이 그림 한 장으로 루리의 마음을 조금 엿본 듯싶었다.

훔쳐본 그림을 생각하니 슬그머니 웃음이 나왔다. 루리가 머리를 수건으로 탁탁 털면서 투덜거렸다.

"머리 자를까. 불편하네."

그 말에 잽싸게 재운이 반대했다.

"안 돼."

"네가 길러? 내가 기르지. 내가 불편해서 자르겠다는데 자기
가 왜 반대하고 그래."

"아무튼 안 돼. 내가 머리 말려줄까?"

재운이 드라이어를 찾아와서 루리를 의자에 앉히고는 머리를
말려주기 시작했다. 커다란 손이 솜씨 좋게 머리를 털면서 머리
를 말렸다. 누군가 머리를 만져 주는 것은 기분이 좋다. 조금 졸
음이 오려는데 드라이어를 멈춘 재운이 귓가에 말했다.

"누나, 저 방으로 갈래?"

"왜?"

"일단 와봐."

재운이 루리를 손을 잡고 연습실로 끌고 가 피아노 앞의 긴
의자에 앉힌 뒤에 책장에서 악보를 하나 뽑아와서 루리 옆에 앉
았다. 바이올린 연습하는 건 봤어도 피아노 치는 건 못 본 듯싶
었다.

"쳐주고 싶은 곡이 있어."

"뭘 쳐주고 싶었는데?"

"에릭 사티."

"난 아는 거 짐노페디밖에 없어."

영화에 나와 유명해진 소품 하나 정도가 루리가 기억하는 에

릭 사티의 곡이었다. 생계를 위해 캬바레에서 연주했다는 괴짜 작곡가에 대해 그다지 아는 게 없었다.

"내가 칠 건 〈말라빠진 태아〉라는 곡이야."

"왜 쳐주고 싶었는데? 그리고 왜 안 쳐? 어서 쳐봐. 내가 기쁘게 들어줄 테니. 제목이 좀 이상하긴 해도 즐겁게 들어주지."

루리가 거만하게 고개를 까닥거리며 말했다. 사실 이건 아빠가 엄마한테 했던 작업 방법이었다. 사랑 고백하기 전에 앉혀놓고 피아노부터 쳐줬다는 아버지 얘기를 엄마에게 들은 적이 있었다.

"그전에 먼저 악보 같이 봐야 돼."

어릴 때 엄마가 배우러 다니라고 해서 누리랑 같이 피아노를 배우러 다녔다. 악보는 지금도 좀 보는 정도지만 잘 기억은 나지 않았다. 체르니 몇 번까지 쳤더라. 재운이 펼친 악보에는 재미있는 문구들이 써 있었다.

"악보를 먼저 같이 읽은 뒤에 쳐야 더 재미있어."

기묘한 표시가 돼 있는 악보를 재운이 진지하게 펼쳐 보였다.

"사티가 수잔 발라동의 연인이었던 건 알아?"

뜬금없이 루리가 이상한 말을 했다.

"그건 또 누군데?"

"수잔 발라동이라고 인상파의 유명한 화가가 있었는데 모델로 시작해서 화가가 됐거든. 그녀가 사티랑 사귀었대. 사티가 어느 날 보니까 그녀가 자기 엄마랑 너무 닮아 있더라는 거야.

그래서 헤어졌대. 사티 죽은 뒤에 그녀한테 쓴 편지 같은 게 나왔다더라. 평생 사랑했다나. 이건 악보가 아니라 무슨 그림 같아.”

루리 얘기를 재운이 열심히 듣고 나서 둘은 같이 사티가 악보에 적어놓은 이상한 악상 기호를 들여다보기 시작했다. 재운에게 이런 낭만적인 구석이 있나 싶을 정도로 열심히였다. 진지하게 악보를 들여다보면서 문구를 해석해서 읊어주었다. 그때 루리는 이 친구가 진심이구나 싶었다. 아무도 이렇게 사랑스럽다는 눈길로 자기를 바라봐 준 적이 없었다. 너무 사랑스럽고 소중해서 어쩔 줄 몰라 하는 재운을 보면서 루리는 등 뒤에 스산한 바람이 부는 듯했다.

재운이 악보를 같이 읽고 나서 커다란 손으로 건반을 누르기 시작했다. 같이 악보를 봐서 그런지 느낌이 굉장히 오묘했다. 재운의 손을 따라 펼쳐지는 화음에 루리는 몰두했다. 가끔 피아노에서 눈을 떼고 마주 쳐다보며 기분 좋다는 듯이 기다란 눈이 호를 그리며 다정하게 웃었다. 웃으면 생기는 작은 보조개에 입 맞춰주고 싶을 정도로 너무 사랑스러웠다.

드디어 재운이 피아노에서 손을 떼고 옆에 앉아 있는 루리를 마주 바라보았다. 한참 말없이 여운을 즐기며 앉아 있던 루리가 입을 열었다.

“자기 얼굴에 보조개가 있었네.”

그 말에 재운이 싫다는 듯이 살짝 찌푸렸다. 엄마를 닮아 생기는 이 보조개가 어릴 때부터 마음에 안 들었다.

"자기 얼굴에서 유일하게 귀여운 부분인 것 같아."

하면서 루리가 보조개에 입 맞추는 순간, 보조개를 물려준 엄마한테 조금은 감사한 마음이 들었다.

"내 보조개가 자기 보조개한테 인사하고 싶대."

라고 말하면서 루리가 자기 보조개가 있는 볼을 재운의 볼에 살짝 대고 문지르자, 아래에서 뜨거운 열기가 올라오기 시작했다.

맞대고 있는 볼에서 자연스레 부드러운 입술을 찾아 문지르면서 키스하기 시작했다. 도톰한 입술이 환영하듯 열리고 붉고 작은 혀끝이 살짝 보였다. 덮치듯 작은 얼굴을 잡고 입을 구했다. 이 목마름은 언제나 채워지지 않았다. 저 작은 몸이 만들어 내는 이 갈증.

"재, 재운아."

루리가 당황했는지, 슬쩍 물러나려고 했다.

"나 곧 나가봐야 해."

루리가 새빨개진 얼굴로 강의 핑계를 댔다. 피아노 위의 시계를 보니 약간 시간이 남긴 했지만 루리 말마따나 이제 슬슬 나갈 준비를 시작할 때였다. 섭섭한 손길로 마지못해 놔주자 루리가 후다닥 일어섰다.

방으로 돌아와 옷을 갈아입으면서 루리는 한숨을 쉬었다. 저 애가 좋았다. 가볍게 시작한 연애였다. 술김에, 뭔가 쫓기듯이 그냥 가는 시간이 아쉬워서, 한국에 있는 동안만이라도 즐겁게 지내고 싶었다. 그런데 가면 갈수록 늪에 빠지듯 재운이 점점 자신의 모든 걸 지배하기 시작했다. 그래서 그게 무서웠다. 행복하면 행복할수록 무서웠다. 누구에게도 말할 수 없는 자신의 이 두려움. 재운에겐 더욱 말할 수 없었다. 말하는 순간, 현실이 될까 봐.

그날 밤, 평소처럼 재운이 태우러 와서 조수석에 널브러져 있는 루리를 걱정이 가득 담긴 눈으로 바라보았다. 루리는 그런 재운의 눈길을 일부러 무시했다. 집에 오자마자 안고서 얘기라도 하고 싶어하는 재운을 무시하고 바로 샤워하러 들어가선 나오자마자 할 일이 있다고 컴퓨터 앞에 앉아버렸다. 한참 그런 루리의 눈치를 살피던 재운이 물어왔다.

"언제 끝나?"

컴퓨터 앞에서 뉴스 검색을 하면서 내일 나갈 강의 준비를 하던 루리가 무심하게 답했다.

"컴퓨터 쓸 거야? 오 분만 기다려."

"아니아니, 그거 말고. 생리 말이야."

무심하게 컴퓨터 앞에 앉아 모니터만 들여다보던 루리가 고개를 휙 돌렸다.

"끝날 때 거의 다 된 것 같은데. 왜?"

눈에는 뭔가 의심의 기운이 도사렸다.

“하고 싶어서.”

그 솔직한 말에 루리가 깜짝 놀라 고개를 돌렸다. 그 말을 한 재운의 얼굴 표정은 좀 부끄러워하는 것도 같고 끝날 때 다 됐단 말에 귀가 번쩍 트이는지 좀 묘한 표정이었다. 연어를 앞에 둔 고양이 같은 표정은 짓지 말아줄래, 라는 말이 목구멍에서 나오려다 말았다.

“너 너무 노골적인 거 아니니?”

“원래 이 나이가 그렇지 뭐. 하자. 끝날 때 다 됐다면서.”

재운이 졸라대기 시작했다. 바로 그 자리에서 끌어낼 것 같았다.

“요즘 누나 출근하면서 얼굴도 제대로 못 보고 살았잖아. 그래서 이제 끝날 때 됐으면 오늘 밤에 좀 하면 안 돼? 하자, 하자, 하자! 누나!”

루리가 대답도 하기 전에 번쩍 들어 그대로 덥석 안더니만 침대로 가 내려놓았다. 그러더니 눈을 빛내며 물었다.

“괜찮지? 응?”

입으로는 그렇게 말하면서 이미 루리가 입고 있는 원피스 지퍼를 내리고 있었다. 루리가 그 잽싼 손놀림에 한마디 했다.

“넌 진짜 좋은 의사가 될 거야.”

“엉?”

브래지어를 후크를 푸르던 재운이 무슨 소리냐는 듯이 고개를 들었다.

"아니, 네 잽싼 손놀림 보니까 나중에 좋은 외과의사가 될 거 같아서. 힘 좋지, 손 잽싸지, 성격 나쁘지. 딱 삼 박자네."

그 말에 재운은 흐흐 잠시 웃더니만 다시 하던 일로 돌아갔다. 루리는 속으로 한숨을 잠깐 쉬었다. 어린애랑 사귀는 게 생각보다 쉬운 일은 아니구나 싶어서. 요즘 들어 다시 바빠지고 있는데 밤에 이렇게 시달리고 나면 다음날 피곤할 게 분명했다. 분명 이성은 그렇게 생각하는 듯싶은데 몸은 순순히 재운의 뜻에 따라 움직이고 있는 게 더 신경이 쓰였다. 하지만 눈을 꼭 감고 머릿속에서 생각을 지워 버리고 재운의 뜨거운 손길과 입술만 생각하고 싶었다. 지금은 아무것도 중요하지 않으니까.

· 제 4 장 ·

8월로 들어서자 더욱 바빠지기 시작했다. 게다가 원장이 잡아다 주는 그룹과외도 더 이상 거절 못하고 나가기 시작하자 그다지 시간이 많지 않았다. 물론 재운이야 루리랑 단둘이만 있고 싶어했지만 루리가 생업을 포기할 수는 없는 노릇이었다. 재운은 출근할 때 모셔다 드리고 퇴근할 때 맞춰 데리러 오고 거의 기사나 다름없었다. 거의 하루 이십사 시간 붙어 있어도 모자랄 것 같았지만, 루리는 낮부터 있는 강의에, 밤에는 원장이 물어다 주는 그룹과외를 뛰는지라 얼굴 보는 건 한밤중이나 돼야 했다.

그나마 예전 같으면 이맘때 들어서면 들어오는 족집게 과외

제의를 거절한 덕에 예전보다 시간이 좀 나는 것이었다. 예전에 돈이 궁할 때야 했지만 이젠 하지 않기로 하고 있었다. 나름 말도 재미있게 잘하고, 유머 감각도 좋고, 외모도 제법 귀엽고, 친근감있는 루리를 학원의 간판스타로 키우고 싶어하는 원장의 제안도 있었다. 하지만 루리는 단칼에 거절했다. 루리는 욕심도, 야망도 별로 없었다. 가급적이면 적절한 선까지만 일하고 좀 더 개인적인 시간을 갖고 싶어하는 편이었다. 이젠 우리가 아르바이트 안 하고 용돈 받으면서 학교 다니는 정도와 저축 조금 하고 나중에 여행 갈 돈 정도 모으는 것 외에는 일할 의지도, 의욕도 없었다.

하루살이마냥 하루하루 살고 있구나, 라는 생각을 루리가 안 하는 것은 아니었다. 하지만 어느 순간 삶에서 의지와 의욕을 잃어버렸다. 서른 살, 이루리에게 부족한 것은 무엇일까? 그 뭔가가 채워지는 순간이 오기만 기다리며 겨울잠을 자는 개구리처럼 돌 밑에 납작 엎드려 있는 게 루리의 현실이었다. 하지만 한국에 돌아와 돈 벌 때의 그 회색빛 삶이 재운이 들어서는 순간, 세상이 총천연색으로 바뀌어 버렸다. 말 그대로 재운이 change the world를 해버린 것이었다. 뭔가 같이하거나 같이 있어줄 사람이 있다는 게 이렇게까지 좋았던 적은 없던 것 같았는데…….

그렇다고 둘이 취향이나 취미가 똑같은 것도 아니었다. 둘은 전혀 다른 스타일의 사람이었다. 재운과 루리 둘 다 서로에 대해 알면 알수록 신기했다. 재운이 소리에 민감한 것에 비해 루리는 시각에 민감했다. 그래서 둘의 생활 습성은 이상한 데서 큰 차이가 나서 가끔 서로 신기해할 때가 있었다. 결국 둘은 서로를 위해 양보하는 법을 배웠고, 재운이 평소에 관심없던 그림 보는 법을, 루리가 음악 듣는 법을 배웠다. 그러면서 세상이 조금 더 넓어지는 착각도 느끼고.

골격이 작고 자그마한 루리와 키가 큰 재운은 머리 하나 이상 차이가 났다. 루리가 여섯 살 나이가 많았지만 이상하게 루리는 어려 보이고 재운이 더 나이가 많아 보여서인지 지나다녀도 사람들이 그다지 이상하게 생각하는 눈치는 아니었다. 처음에는 한참 어린 재운과 손을 잡고 다니는 게 조금 창피했지만 어느 순간부터는 남의 시선 같은 건 요만큼도 염두에 두지 않았다.

루리 자신이 생각해도 참 이상했다. 전엔 아무렇지 않게 눈곱만 떼고 남자 친구 만나러 가는 일이 종종 있었다. 그러나 재운과 함께 있을 때는 이상하게 몸에 긴장이 되곤 했다. 거의 동거하다시피 하면서 분명 예쁘지 않은 모습도 다 봤을 텐데도 데이트할 때는 초라하게 보이고 싶지 않았다. 아무래도 재운이 어린게 신경이 쓰여서인지 립글로스를 바른다든지, 예쁜 티셔츠를 입거나 하는 식으로 조금은 신경이 갔다. 그리고 전에 만났던 연상이었던 남자 친구가 자기를 어떻게 보았을지에 대해서도 종종 생각해 보곤 했다. 가끔 보이는 그 나이 또래다운 재운을 보면서 과거를 종종 생각했다. 귀엽다고도 생각했고, 그 젊음이

부럽기도 했다. 무섭게 달려들고 진지하다. 아마도 젊어서 그렇
겠지.

쉬는 날엔 심야 영화도 보고, 전시회도 가고, 음악회도 가고,
분위기 좋은 레스토랑에서 밥도 먹고, 바에도 갔다. 같이하고
싶고 같이할 수 있는 일이 이렇게 많은 줄 몰랐다. 즐기면서도
한편으로 재운과의 이런 관계에 대해서 걱정이 없는 건 아니었
다. 너무 깊이 빠지는 게 아닌가 하는 생각이 들어서였다.

재운과 같이 있는 시간이 길면 길어질수록 궁금한 것도 많아
지고 묻고 싶은 것도 많아졌다. 어떤 색깔을 좋아하는지, 콩 말
고 싫어하는 건 뭔지, 좋아하는 반찬은, 부모님 두 분 중에 누구
를 닮았는지…… 하지만 어떤 것은 물을 수가 없었다. 재운이
되물으면 대답하기 힘들어서.

재운이 바이올린 연습을 하면 그 앞에서 루리가 그림을 그릴
때가 제일 평화로웠다. 주로 토요일 오후나 일요일 오후에 연습
실에서 재운이 연습할 때 루리가 따라 들어와 그림을 그리곤 했
다. 루리는 재운을 그리기도 했고, 때로는 뭔가 생각나는 대로
스케치를 하기도 했다. 어떨 때는 그림을 보여주기도 했고, 어
떨 때는 그림을 보여주지 않았다.

"자기네 부모님은 왜 집에 안 계셔?"

갑자기 재운이 바이올린 연습하는 걸 들으며 파스텔로 색칠
을 하던 루리가 물어왔다. 한쪽 어깨에 바이올린을 괴고 있던

재운이 악보에서 눈을 떼고 루리 쪽으로 고개를 돌렸다. 루리는 한동안 그림을 안 그리더니 최근에 다시 꽤 열심히 그리고 있었다.

"우리 꼰대랑 정 여사?"

"말버릇 하곤. 해외에 오래 나가 계시네."

루리가 무심하게 물어왔다. 이 둔한 여자 이제야 묻는다. 그렇게 뻔질나게 집에 드나들었건만 부모님이 집에 안 계신 걸 이제야 묻는 게 좀 섭섭했다. 루리는 매사에 꽤 날카로운 편이었지만 이상한 데서 둔했다.

"거의 퇴직하다시피 하고 엄마랑 놀러다니기 바빠. 여름엔 주로 파리에 계셔."

몇 년 전에 어머니가 자궁암으로 수술을 받으신 이후에, 갑자기 아버지가 활동을 팍 줄여 버렸다. 일 년에 연주회 일정을 최소한으로 맞춰놓은 채, 세계유람을 했다. 두 분이 안 가본 데가 없을 정도였다. 아버지도 어머니가 가고 싶어하는 나라로 가급적이면 스케줄을 맞춰주는 편이었다. 특히 여름, 겨울에는 날 좋은 휴양지에서 지내는 편이어서 거의 집에 없다시피 했다.

"아, 그러시구나."

그리곤 더 이상 물어볼 생각도 안 하는 듯이 다시 스케치북에 고개를 묻어버렸다. 안 궁금한 게 아니었다. 하지만 재운의 부모님에 대해 물어보면 자기 부모님에 대해서도 얘기해야 할 것 같아 루리는 아직 그 얘기를 꺼낼 엄두가 안 났다. 누가 물어보면 〈교통사고로 돌아가셨어요〉라고만 대답할 뿐이었다. 거기서 〈그 차에 내가 타고 있었고, 그때가 제가 고등학교 2학년 여름 방학 직전 일이에요〉 같은 자세한 얘기는 전혀 꺼낼 수가 없었다. 아마 재운 역시 우리한테 뭔가 들은 얘기가 있을 법도 했지만 전혀 내색하지 않았다.

재운은 우리에게 부모님이 일찍 돌아가셔서 누나가 거의 키우다시피 한 얘기를 이미 예전에 들은 기억이 있어서 별말을 하지 않았다. 대신 루리 옆에 가서 앉아 끌어당겨 무릎에 앉혔다. 루리가 기다리고 있던 듯이 재운의 품에 꼭 안겼다. 재운은 가끔 루리를 이해할 수가 없었다. 일단 사귀게 되면 다른 여자들처럼 스스럼없어질 거라고 생각했다. 옆에 있는 사람처럼 익숙해질 것이라고 믿었다. 그러나 루리와의 사이에는 그가 도달할 수 없는 뭔가가 있었다.

사귀게 되고 육체적으로 친밀해지면 그녀를 완전히 잡을 수 있을 줄 알았는데 그게 아니었다. 그녀는 여전히 자유로웠고 신비로웠고 그가 알지 못하는 혼자만의 세계로 종종 침잠하곤 했다. 그런 그녀를 볼 때마다 견딜 수 없이 외로워지고 가끔은 화도 나고 무서웠다. 또 그날 아침처럼 루리가 없는 아침에 깨어나는 게. 이 품 안의 작은 고양이를 강하게 뒤에서 껴안았다. 자연스레 앞으로 간 손은 가슴을 만지작거리기 시작했다. 그러나 두툼한 천 조각이 가로막고 있는 것에 금세 짜증이 나버렸다.

"그런데 브래지어는 왜 해? 나랑 단둘이 있을 땐 벗고 있지?

아예 벗고 있어도 되는데."

그 말에 어이가 없다는 듯이 루리가 웃었다.

"너 쿵족 알아?"

"아니, 모르는데. 쿵푸 하는 애들이야?"

"무식하긴. 쿵족이라고 소위 부시맨들 있잖아. 내가 예전에 다큐멘터리를 봤거든. 그 부시맨 여자들이 애를 엉덩이에 얹은 뒤에 이동하는 장면이 나왔어. 그런데 애가 젖 달라고 칭얼대니까 여자가 자기 젖가슴을 뒤로 휙 넘겨서 주니까 아기가 그걸 받아서 젖을 빨더라구. 사람은 두 발로 서고, 지구에는 만유인력의 법칙이 있어서 여자의 젖가슴은 언젠가 처지거든? 그런데 난 내 가슴 처지는 거 보고 싶지 않거든. 그러니까 내가 브래지어를 하든 말든 넌 신경 끄라구."

"어차피 내가 보고 만지는 내 건데 모양이 어떻든 뭔 상관이냐."

루리는 재운의 저 막무가내가 어이없었다. 우리가 저 녀석 성미가 장난 아니라고 말은 했지만 이럴 정도인 줄은 몰랐다.

순간 재운의 눈에 뭔가 반짝거렸다. 나쁜 장난 치기 전의 어린애처럼.

"내가 유방암 진단해 줄까?"

"됐네요, 됐어. 정식 의사도 아닌 주제에 까불고 있어."

"곧 학기도 시작할 텐데 다시 진료 나갈 준비해야지. 이번에 산부인과 실습도 있는데."

그러면서 재운의 손이 루리의 등 뒤로 슬금슬금 다가가 브래지어 후크를 풀러 버렸다. 처음에는 손이 좀 잽싸긴 해도 양손을 다 쓰더니 요즘엔 한 손으로도 푸는 걸 보면 장족의 발전이었다.

"야, 네 나이 몇인데 병원 놀이야!"

그러자 재운이 실실 웃으면서 입술을 겹쳐 왔다. 입술만큼 뜨거운 손이 바로 가슴을 덮어버렸다. 이래도 되는 걸까 고민을 하면서도 막상 재운이 옆에 있으면 아무런 생각도 할 수 없었다. 처음 남자를 사귀는 십대 소녀처럼 멀리서 그림자만 보여도 가슴이 두근거렸다. 왜 이렇게 좋은 걸까? 아무리 생각해도 알 수 없었다. 뭐가 그렇게 좋은 걸까? 아무리 생각을 하려고 해도 재운 얼굴만 떠오르면 가슴이 두근거려서 이성적인 판단을 내릴 수가 없었다. 그래서 무서웠다.

누리가 한국에 들어와서 며칠 쉬다 나갔다. 그전에는 말이 사귀는 거고 사실은 동거나 다름없던 루리와 재운의 삶에 약간의 변화였다. 아무래도 누리 눈치가 있다 보니 따로 떨어져 살게 됐다. 재운이 아무리 투덜거려 봤자 소용없는 일이었다.

"누나 바빠서 만나는 시간도 얼마 없는데 집에서라도 얼굴 봐야지. 아 씨, 누리 형은 왜 갑자기 들어와서."

재운의 투덜거림에 루리가 풋 하고 웃어버렸다. 사귄 기간은 짧아도 계속 붙어 있어서 그런지 서로에 대해서 굉장히 많은 걸

속속들이 알고 있었다. 그래서 일찍 서로에게 질릴 것도 같은데 같이 있기만 해도 너무 좋았다. 누리는 며칠 말로는 쉰다고 했지만 잡지 화보 촬영이다 뭐다 해서 바빠서 거의 얼굴 보기도 힘든 상태로 한국에 있다 다시 중국으로 나가 버렸다. 누리가 가자마자 바로 재운이 루리를 다시 자기네 집에 모셔다 놨다.

학원에서 돌아오는 길에 이십사 시간 하는 대형 할인매장에 들렀다. 주차장에서 엘리베이터를 타고 올라가는데 등 뒤에 서 있던 재운이 갑자기 루리의 머리핀을 빼버렸다.

"뭐 하는 거야?"

"에어컨 세게 틀어서 춥겠다 싶어서."

재운의 어이없는 변명에 루리가 코웃음을 쳤다. 여름엔 긴 머리 관리를 잘 못해서 그냥 틀어올리는데 재운은 루리가 머리를 푼 게 더 좋은 모양이었다. 자르지도 못하게 하고 파마를 한다고 하면 난리를 피고, 그냥 그렇게 곱게 기르기만 하란다.

"아, 더워. 핀 내놔."

루리가 짜증을 부려도 재운은 핀은 내놓지 않고 대신 루리의 긴 머리카락에 손가락을 넣고 만지작거리며 좋아했다. 피곤해서 화낼 기운도 없었다.

"대신 수박 사줘야 돼."

루리가 입을 쭉 내밀고 투덜거리자 재운이 고개를 주억거렸다. 검은색 금속 프레임 속의 눈이 기분 좋은지 가늘어져 있었다.

루리는 과일을 좋아하는데 수박은 워낙 덩치가 크다 보니 동생들이 집에 없으면 못 먹고 버리기 일쑤였다. 아무거나 많이 잘 먹는 재운이라면 같이 한 통 먹을 수 있지 않을까 싶어서 큰 수박을 한 통 샀다. 큼직하게 썬 뒤에 냉동실에 삼십 분 정도 넣어놓고 차게 식혔다. 그리고 좋아라 재운과 같이 수박을 먹고 있는데 핸드폰이 울리더니 낯선 번호가 떴다. 새벽 두 시에 누구인가 싶어 조금 긴장하며 받았다.

[누나?]

우리였다. 아마 곧 돌아올 때가 돼서 전화를 한 듯했다. 계속 집으로 전화하다 루리가 안 받자 핸드폰으로 한 모양이었다.

"어디야?"

[파리. 왜 이렇게 집에 없어? 집에 전화하니 아예 받질 않드만. 나, 내일 비행기 타면 모레 도착해.]

"알았어."

[누나, 뭐 사다 줄까?]

아마 이것 때문에 전화했나 보다.

"이 사람아, 됐네. 그냥 너 맛있는 거 먹고 돌아와."

[그래도 누나 뭐 필요한 거 없어? 면세점에서 화장품이라도 사다 줄까?]

"화장품은 됐고 술이나 사 와."

[이제 나이 생각해서 자제 좀 하지? 나 돈 떨어졌어. 모레 봐.]

그 말 하고 나자 전화가 뚝 끊겼다. 옆에서 재운이 유심히 보고 있었다.

"우리 언제 온대?"

"모레."

"벌써 그렇게 됐어?"

"그렇네."

둘은 아무 말 없이 차가운 수박을 먹었다. 아삭아삭하게 씹히는 수박의 붉은 과육에 하얀 이를 박는 루리의 붉은 입을 재운이 홀린 듯 바라보다 입을 열었다.

"우리 들어오면……."

재운이 이상하게 뜸을 들이다 결국 내뱉었다.

"말할 거야?"

"뭘 말해?"

루리가 재운이 무슨 말을 하는지 전혀 모를 리가 없었다. 하지만 시치미를 떼고 싶었다. 아직까진 자기도 잘 확신이 서지 않았다. 여태 동생들한테 사귀는 남자를 소개한 적이 한 번도 없었다. 동생들 주변의 사람이랑 사귄 적도 없었다. 어떻게 해야 하는 걸까. 마음속에서 계속 망설여졌다.

"우리 사귀는 거 말이야. 우리나 누리 형한테 말할 거냐고."

"그, 글쎄."

그 말에 재운이 마지막 한입 깨물어 먹은 수박 껍질을 쟁반에 내려놓았다.

"그게 무슨 말이야? 글쎄라니?"

루리는 직시하는 재운의 눈을 피해 베란다의 화초를 바라보았다. 베란다에는 재운이 며칠에 한 번 투덜거리면서 물을 주는 화초들로 빼곡했다. 재운의 어머니가 키우는 화초라는데 일 년의 반 이상 재운이 물을 주고 있었다. 혹 어디 가게 되더라도 꼭 다른 사람한테 부탁할 정도였다. 그런 점에서 재운이 고지식하고 성실해 보여서 좋았다.

"그럼 우리한테 말 안 할 거야?"

재운이 불쾌한지 표정이 없어졌다. 기분이 나빠지면 표정을 싹 지워 버렸다. 길쭉한 눈이 위로 약간 올라간 듯도 싶었다.

"무슨 말을 해, 그럼?"

루리가 무심하게 수박 한 쪽을 들고서 한입 깨물기 전에 말했다.

"당연히 나와 사귄다는 말을 해야지."

그러나 이미 수박을 먹기 시작한 루리는 한동안 아무 말도 안 하고 수박만 씹을 뿐이었다. 아삭아삭 소리를 내고 오물거리는 붉은 입술에서 무슨 얘기가 나올지 재운은 짐작했다. 머리로 이해하는 것과 마음으로 받아들이는 것은 전혀 달랐다. 재운은 루리와의 관계에서 머리와 가슴이 따로 놀 때 답답했다. 루리가 동생들한테 말하기 꺼려하는 이유는 알겠는데 마음으로는 그것에 상처받고 있었다.

"그러면 우리 처음 만났던 것부터 다 말해야 하는데…… 난 못해."

루리가 입에서 수박 씨를 뱉고서 그 말도 뱉어버렸다.

"왜?"

재운은 성질대로 화를 버럭 내며 따지고 싶었다. 하지만 그랬다간 루리 성격에 죽도, 밥도 안 될 것 같아 최대한 침착하게 굴려고 노력하고 있었다. 속으로는 유재운 성격 다 죽었지 싶어도 루리 앞에서는 끽 소리 안 하고 적당한 때 져주려 하고 있었다.

"그럼 내가 우리한테 너 친구 내가 잡아먹었다고 말해야 해?"

루리가 설명하기도 귀찮은지 짜증을 부렸다.

"갑자기 머리 아파지려고 한다. 이 얘기 그만 하자. 앞으로 어떻게 될지도 모르는데 그냥 무턱대고 말하는 건 좀 대책없는 것 같거든. 그냥 천천히 생각해 보자."

그 말에 재운은 한숨이 나오는 걸 꾹 참고 고개를 끄덕거리는 수밖에 없었다. 마음이 움직이면 몸도 움직인다는데, 왜 루리는 몸은 옆에 있어도 마음은 저쪽 안드로메다에 가 있는지 모르겠다고 투덜거리면서.

"나는 누나랑 사귄다고 세상에 자랑하고 싶어서 입이 간질거려. 너무 행복해서 다 말하고 싶어. 그런데 누나가 싫다고 하니까 조용히 있긴 할게."

루리가 단호하게 못을 박은 이상 재운도 여기서 어찌할 수는 없었다. 하지만 재운 역시 따로 생각하는 바가 있었다. 본인이 말을 안 한다고 세상이 모를 리는 없었다. 꼬리가 길면 밟히는 법. 냄새와 발자국을 여기저기 뿌리면 곧 우리도 알게 될 것이었다.

루리라고 고민이 없는 것은 아니었다. 가끔 세상에 대고 이 남자가 내 남자 친구예요, 라고 자랑하고 싶을 때도 있었다. 하지만 그렇게 공표화되고 나면 두려웠다. 이 행복이 언제 사라질지 모른다는 게 제일 무서웠다. 재운은 어리고 계속 변하는데 자기는 계속 고여 있는 물이었다. 언제 재운이 어떻게 변할지, 또 이루리가 언제 또 패닉 상태가 돼서 그대로 뛰쳐나갈지 모르는 상태에서 어떻게 세상에 사귄다고 공표할 수 있단 말인가.

하지만 그렇다고 재운 성격에 그대로 넘어갈 수는 없었다. 나름 그래서 머릿속을 굴리기 시작했다. 본인이 커밍아웃하기 싫다면 억지로 아우팅을 시키는 것이다. 자연스레, 다른 사람을 통해서. 학기 시작할 때쯤에 두고 보자고 머릿속으로 구상을 짜기 시작했다.

원래 그 사거리의 모퉁이 이층에 있는 허름한 바는 학교에서 약간 떨어져 있기 때문에 사람들 눈 피하는 데는 제격이었다. 그래서 정욱이 몰래 데이트하는 상대를 데리고 가는 곳이기도 했다. 간판은 허름해도 갖추고 있는 술도 상당하고 칵테일도 꽤 괜찮았다.

학기 시작하자마자 최근에 친구들과 여행 다녀오느냐고 못 만났던 여자 친구이자 과 후배인 지원을 데리고 바에 들어갔다. 아무래도 그동안 몰래몰래 데이트를 하느냐고 나름 첩보 작전을 하던 그들이었다. 애정 행각을 위해선 어디에 앉는 게 좋을지 자리 탐색을 위해 주위를 두리번거리는 순간 저쪽에 앉아 있는 커플이 순간 보였다. 등을 돌리고 나란히 앉아 있는데 남자는 꽤 키가 큰지 높은 의자 등받이 위로 나와 있는데 여자는 머리 꼭대기만 보일 뿐이었다. 여자가 남자 어깨에 기대 있는 듯싶었다. 그때 남자가 옆으로 고개를 돌리고 활짝 웃었다.

정욱은 순간 눈을 의심할 뻔했다. 대마왕 유재운이 누군가의 어깨에 팔을 두르고 있다는 것부터가 일단 충격이었다. 매사 무심하고 가는 여자 안 막고 오는 여자 안 막는 그 유재운이 다정하게 옆에 붙어 앉아 여자한테 웃어주고 상냥하게 어깨를 두르고 있다는 것부터 눈을 의심할 상황이었다.

재운은 나름 상냥한 기분 좋은 듯한 표정을 짓고 여자 쪽을 내려다보고 있었다. 그때 옆에 앉아 있는 머리가 길고 자그마한 여자가 고개를 옆으로 돌리는 순간 눈이 튀어나오는 줄 알았다. 자기가 익히 아는 얼굴이었던 것이다. 루리 누나가 재운과 그러고 있다는 것 자체가 잘 믿겨지지 않았다.

하지만 바로 그 다음 순간, 눈이 튀어나오는 정도가 아니라 머릿속에 해일이 덮치는 것 같은 충격에 비틀거렸다. 루리가 칵테일을 한 모금 마시고 잔을 내려놓자마자 재운이 잽싸게 입술을 덮쳤던 것이다. 그냥 유리잔에 입술을 대듯이 하는 그런 뽀뽀가 아니라 말 그대로 어른들의 딥키스였다.

옆에 있던 지원이 종알거렸다. 워낙 괴팍한 유재운이 유명하

기도 했지만 재원과 정욱, 지원은 모두 학교 오케스트라 소속이
기 때문에 지원 역시 재운을 잘 알고 있었다.

"오빠, 저거 재운 오빠 아냐?"

정욱은 여기서 이러고 있다 재운과 루리가 눈치 챌 것 같아
다급하게 말했다.

"나가자."

"어?"

지원이 눈을 동그랗게 떴다. 왜 이 좋은 구경을 두고 가냐는
듯한 눈초리였다.

"나가자고."

그 둘은 다행히 기둥에 가려 정욱을 못 본 듯싶었다. 바를 나
가 계단을 내려가면서 정욱은 한숨을 쉬었다. 재운과 루리 누나
가 눈이 맞았다는 것도 충격이지만 이 일을 우리가 알게 됐을
때나, 또 자기가 미리 알고 있었는데 얘기하지 않았다는 걸 알
게 되는 그 순간엔 끝장이었다. 나가자마자 정욱은 지원에게 입
단속을 단단히 시켰다. 당분간은 조용히 있어주자고.

재운은 정욱과 지원이 나가자 회심의 미소를 슬그머니 지었
다. 재운이 용의주도하게 까뮈를 데이트 장소로 고른 것도, 요
즘 그 카페에 정욱이 뻔질나게 드나들 거라는 걸 짐작했기 때문
이다. 곧 들킬 거였는데 생각보다 좀 빨랐다. 주말 저녁에 당연
히 정욱과 지원이 간단하게 한잔할 걸 예상하고 미리 여기 와
있던 것이었다. 아니나 다를까, 저쪽에 와서 자기네들을 보고

정욱이 사색이 돼 지원을 끌고 나가는 걸 봤던 것이다. 일부러 루리에게 정욱 보란 듯이 키스해 버렸던 것이다. 재운이 실실 웃자 루리가 고개를 갸웃했다.

"왜 실성한 사람처럼 갑자기 웃어?"

"어, 그럴 일이 있어서."

"뭔데?"

루리가 눈을 동그랗게 뜨고 궁금하다는 표정을 지었다. 하지만 재운은 대답 대신 루리 머리만 흐트러뜨렸다.

"안 가르쳐 줄 거야."

"뭐야, 재미없게. 쳇!"

아무것도 모르는 루리만 투덜거릴 뿐이었다. 재운은 무엇 때문인지 계속 히죽거리기만 할 뿐이었다. 어깨를 안은 손에 힘을 줘서 가슴께로 거의 끌어안더니만 귀에 속삭였다.

"집에 가서 아까 못했던 거 마저 하고 싶은데?"

그 말에 루리 얼굴이 홍시처럼 새빨개지면서 재운의 배를 팔꿈치로 쳐버렸다. 하지만 잽싸게 루리 팔꿈치를 잡은 재운이 히죽거리며 일어나 루리를 잡아 일으켰다.

"나랑 얘기 좀 하자."

자판기 앞에서 눈을 비비며 커피를 들이키던 재운에게 정욱이 말을 걸었다. 요즘 들어 한밤중에만 시간이 나는 루리와 늦게 데이트를 하다 보니 잠이 부족했다. 가뜩이나 바쁜 실습에 잠까지 줄이니까 아무리 무적 체력을 자랑하던 재운마저 조금 피곤하다 싶을 정도였다. 하지만 자기 생각보다는 루리가 너무 무리하는 게 아닌가 싶어서 그게 더 신경이 쓰였다. 그래도 날마다 십 분이라도 만나고 싶은 마음에 무리하게 되곤 했다.

"왜?"

모르는 척하긴 했지만 재운은 정욱이 무슨 얘기를 할지 이미 알고 있었다.

"잠깐이면 돼."

정욱의 진지한 표정에 재운이 뭔가 감을 잡았는지 순순히 따라갔다. 앞서 가던 정욱은 몰랐겠지만 따라가는 재운은 회심의 미소를 슬쩍 지었다. 비상계단으로 재운을 끌고 들어간 정욱이 무섭게 으름장을 놓기 시작했다.

"야, 네놈이 어떻게 그럴 수가 있냐!"

다짜고짜 재운에게 정욱이 소리를 질렀다. 그러나 우리의 대마왕 얼굴은 하나도 변함이 없었다. 여기선 당연히 시치미다.

"무슨 얘기 하는 거야?"

"어제 까뮈에 루리 누나랑 같이 있었지?"

"뭐, 어쩌다 보니……."

일부러 말을 흐리면서 정욱의 화를 돋웠다.

"뭐? 어쩌다 보니? 그러는 놈이 왜 누나 어깨에 팔은 두르고 키스는 왜 해?"

일부러 보란 듯이 했으니 정욱이 본 것은 당연했다. 얼굴에 웃음이 떠오르려는 걸 꽉 다잡고 표정 관리를 했다. 일부러 표정을 지웠다. 사실 재운은 세상만방에 자랑하고 싶었다. 이루리가 내 여자 친구예요, 라고. 하지만 루리는 아무래도 나이 차이도 나고 재운이 동생 친구이다 싶어서 그런지 아직까진 주변에 감추고 싶어하는 눈치고 재운이 그 뒤에도 말을 여러 번 꺼냈지만 계속 말을 흐리거나 다른 화제로 돌려 버리거나 하는 통에 제대로 얘기를 할 수가 없었다.

"거기 내 데이트 장소인 거 몰랐냐?"

정욱이 갑자기 진지하게 말했다.

"그랬어?"

그러나 재운은 전혀 얼굴색 변함이 없다. 모르긴 쥐뿔. 이미 알 사람은 다 아는 것.

"뻔뻔한 자식."

그 말에 재운은 피식 웃을 뿐이었다. 정욱이 루리 남매에게 어떤 감정을 갖고 있는지 알고 있었다. 정욱이 루리와 처음 만난 건 과외 때문이었다. 정욱이 중학교 때 날라리로 공부 안 하고 놀러다닐 때, 보다 못한 정욱 어머니가 잘나간다는 학원 선생을 하나 찾아서 정욱에게 붙였는데 그게 루리였다.

키가 작고 엄청난 동안에 웃을 때 보조개가 예뻤다. 그래서 첫눈에 반해서 이 사람에게 눈에 띄는 사람이 되고자 하는 마음에서 손 놓았던 공부를 시작했다. 당연히 옆에서 루리가 잘 봐주기도 했고. 그렇게 루리와의 인연이 시작됐다. 외동아들인 정욱에게 루리는 친누나나 다름없었다.

루리와 친해져서 이런저런 얘기를 하게 되자, 또래의 남동생이 있다고 했다. 이름이 이우리. 그런데 고등학교 1학년이 돼서 같은 반의 이우리를 보는 순간 루리 동생임을 금방 알았다. 눈매가 똑같아서. 말라서 곱상한 서생같이 생겨 잘 웃는 우리에게 루리 이름을 대고 접근했다. 우리와 친해져서 루리와도 좀 더 많은 얘기를 하고자 하는 야심에서 나름대로 짱돌을 굴렸던 것이었다.

그런데 루리가 어느 정도 친해지면 벽이 있듯이 우리 역시 마찬가지였다. 게다가 우리 이놈이 알면 알수록 보통 놈이 아닌 게 외유내강의 표본이었다. 오히려 루리를 적으로 돌려도 아마 어떻게든 루리에겐 용서를 받겠지만 우리는 한 번 적으로 돌리면 그대로 끝인 듯했다. 그래서 정욱이 루리에게 쉽게 다가서지 못한 가장 큰 이유는 이우리가 무서웠기 때문이다. 만일 정욱이 루리에게 접근한 걸 우리가 아는 순간, 정욱은 우리의 친구뿐만 아니라 그 집 문전 근처도 못 오게 될 게 뻔했다.

그런 정욱이 재운과 루리가 사귀는 걸 알게 됐으니 당연히 난리를 안 피울 리가 없었다. 첫사랑의 연인이자 제일 친한 친구의 누나를 캐싸가지의 표본이나 마찬가지인 대마왕 유재운이 채가는 걸 뻔히 눈 뜨고 보고 싶지 않았다.

"얼마나 됐어?"

"7월부터 사귀었어."

그 말에 정욱이 소스라치게 놀랐다.

"뭐야! 이 개월이 넘었잖아."

"어."

이제 각본대로 돼간다 싶었다. 실실 나오려고 하는 웃음을 억지로 눌러 잡고 익숙한 무표정을 유지하려 애썼다.

"내 입 막으려면 입에 뭔가 넣어줘야 하지 않냐?"

정욱이 느물거리자 재운이 나름 기분 좋게 웃으며 받아쳤다.

"지원이랑 같이 갔었지?"

그 말에 정욱이 흠칫 놀랐다.

"네가 어떻게 알아?"

"지원이랑 사귀는 거?"

혹 떼려다 붙인 꼴이었다. 오케스트라 후배인 지원이랑 사귄 지 얼마 되지도 않는데 그걸 재운이 알고 있을 거라곤 꿈에도 생각 못한 일이었다.

"분위기가 그렇더라. 네놈이 카뮈에 데이트하러나 갈 텐데 거기 왔다는 거 보면 그간 작업하던 지원이랑 잘됐다는 거 아냐?"

"귀신 같은 놈."

갑자기 정욱은 루리의 앞날이 걱정되기 시작했다. 저런 능구 렁이 같은 놈이랑 사귀기에 루리 누나는 너무 가녀린 게 아닌가 싶었지만, 무섭게 으름장 놓으며 후려치듯 영어 과외 하던 누나 를 생각하면 저 둘은 생각 외로 호적수가 아닐까도 싶었다. 런 어웨이 브라이드와 대마왕이 만났으니 과연 루리 누나가 도망갈지, 아니면 재운이 성질 죽이고 잡힐지 무척 궁금했다.

"야, 내 친누님 같은 분이니까 알아서 잘 모셔라. 너 전에 유미 사귈 때처럼 하면 가만 안 둬."

"그때랑 같아?"

재운이 유미 얘기가 나오자마자 인상이 확 썼다. 3월 학기 초에 두 학번 아래의 정유미가 대놓고 사귀자고 말했을 때 별생각 없이 그러자고 해버렸다. 그 전달에 폴란드 크라코프에서 루리한테 채인 후유증인지 누군가랑 만나지 않으면 미칠 것 같았다. 그래서 유미가 당돌하게 불러내서 선배랑 사귀고 싶어요, 라고 했을 때 그러자고 했다.

그때는 그게 옳은 일인 듯했다. 여태 그러던 것처럼 오는 여자 안 잡고 가는 여자 안 잡으면 될 줄 알았다. 그런데 아무리 유미를 만나도 마음의 허전한 공간은 줄 기미가 안 보이고 점점 자리가 넓어질 뿐이었다. 가끔 혼자 있을 때 생각나는 그 얼굴 때문에 점점 더 미칠 것 같았다.

그러다 이런 상태로 계속 유미를 만나는 것은 아무래도 예의가 아닌 것 같아서 루리가 한국에 들어오기 직전인 4월 말에 헤어졌다. 한 달 남짓 만난 셈이었다. 유미가 재운의 헤어지자는 문자 메시지에 격분해서 다음날 아침 수업 시간 바로 직전 들어와서 재운의 뺨을 때리고 침까지 뱉고 간 일은 소문이 파다했다. 과에 소문이 쫙 퍼지는 건 당연한 일이었다. 그때 사람들이 동정한 건 재운이 아니라 유미였다. 맘에 없는 여자애 데리고 놀다 재운이 찬 것처럼 소문이 퍼졌다. 그런 공주님의 자존심에 상처를 입혔으니 재운이 맞을 만했다고 우리까지 말할 정도였다. 재운은 의외로 침착하게 자기가 마음에 없는 여자랑 사귀어서 본의 아니게 상처 입힌 것에 대해선 무척 미안하고 맞을 만했다고 인정까지 해서 다들 더욱 당황했다.

재운도 자기가 나빴다는 걸 인정했다. 하필이면 유미였으니까.

유미는 공주님이었다. 대학병원 원장인 아버지에, 역시 의사인 어머니 밑에서 자라서, 자존심 강하고 얼굴 예쁘고 똑똑했다. 재운은 그런 유미가 찍을 만한 남자였다.

유명 피아니스트의 외동아들로 본인도 중학교 때까진 신동 바이올리니스트로 유명했다. 어느 날 무슨 계기에서인지 방향 전환을 해서 의대에 들어왔다. 그런 화려한 프로필의 유재운을 정유미가 처음 본 순간부터 찍었나 보다. 역시 오케스트라에서 재운이 들어가 있는 제1바이올린에 들어와 계속 곁을 노리더니만 잽싸게 차지했다.

하지만 마음이 콩밭에 가 있는 재운과 잘될 리가 없었다. 둘은 계속 삐그덕댔다. 유미는 온전한 관심을 원했고, 재운은 우리나 정욱 등과 어울리는 걸 더 좋아할 정도였다. 게다가 친구들과 술자리에서 유미가 재미없어하거나 미나 심기를 건드리는 일이 잦자, 아예 데리고 나오지 않았다. 그러다 한판 크게 붙었다.

"나야, 친구들이야?"

그 말 한 마디만 하고 유미가 휙 돌아서 가버리자, 닭 쫓던 개가 된 심정으로 재운이 한숨을 쉬었다. 유미와 이렇게 되는 걸 생각해 본 적은 없었다. 그냥 예전처럼 대충 여자 만나 사귀면 될 거라고 생각했다. 크라코프에서 만났던 여자는, 다른 여자로 대신하면 잊을 수 있을 줄 알았다. 그런데 그게 생각보다 쉽지 않았다. 오히려 혹 떼려다 혹 붙인 격이 돼버리자, 머리가 아파서 그날 밤에 문자를 날렸던 것이었다. 직접 만나서 헤어지자고 말했어야 했는데 순간 홧김에 그냥 문자부터 날린 것은 물론 유재운이 잘못한 일이었다. 어쨌든 유미랑 그렇게 헤어지고 난 뒤에 루리가 돌아왔고, 결국 여름에 사귀게 된 것이었다.

재운은 정욱을 통해 자연스레 우리에게 애기가 들어가길 바랐지만 정욱은 예상 밖으로 입을 무겁게 다물어 버렸다. 허탕을 친 재운은 어깨에서 힘이 빠져 버렸다.

여름방학 때, 집중적으로 연습하는 캠프에도 유미는 오지 않고 대신 그대로 미국으로 어학연수를 빙자해서 쇼핑하러 가버렸다. 당연히 한 주에 한 번 모이던 연습 시간에도 나타나지 않았고. 그 덕에 조금 마음이 편했던 재운에게, 하와이 해변가에서 선탠이라도 했는지 예쁘게 그을린 유미가 다가왔다. 새로 산 게 분명한 카르티에 시계에, 티파니의 실버 액세서리를 세트로 한 걸 보면 오늘 간만에 연습하러 나온다고 힘을 좀 준 듯했다.

물론 재운이 그런 걸 알아볼 리가 없었다.

"오빠, 그날 오페라 괜찮았죠?"

재운은 무슨 얘기 하냐는 듯한 시선으로 바라보다 그제야 기억해 냈다. 루리와 투란도트를 보러 갔다 유미와 맞닥뜨려 몹시 당황했다. 다행히 루리가 별 관심을 보이지 않아 다행이다 싶었는데 유미가 그 얘길 꺼내는 건 그다지 기분이 좋지 않았다.

"어? 뭐, 그렇지."

재운이 시큰둥하게 말을 흘려서 유미를 쫓아내려 했지만 유미가 쉽게 물러설 기세가 아니었다. 옆에서 있던 미나가 물었다.

"오페라 뭐 봤어?"

"투란도트요."

잽싸게 유미가 대답했다. 마치 재운과 같이 보고 왔다는 것처럼. 미나는 유미를 좋아하지 않기 때문에 눈살을 좀 찌푸렸다. 예상 밖으로 관심을 보인 건 우리였다.

"그거 꽤 볼만했다면서? 무대도 화려하고, 배역도 좋았다고 하더라."

우리는 순간 누나 루리가 오페라를 보고 온 게 생각이 났다. 그날 화려하게 입고 나갔던 이루리는 과연 누구와 같이 오페라를 본 걸까?

"오빠와 같이 있던 여자 분은 누구예요?"

유미가 조금 말을 주저주저하면서 물었다. 그러자 재운이 약간 당황한 듯해 보였다. 일단 미나는 유미가 재운에게 다가올 때 무슨 얘기를 할지 몹시 궁금했다. 그런데 그게 재운이 오페라에 같이 갔던 여자에 화제가 모아지자 두 눈을 반짝거렸다.

"어떤 여자?"

미나가 잽싸게 말을 꺼냈다. 대마왕에게 또 다른 여자가? 겨울에 유럽에 나갔다 오더니 한동안 뭔가 생각에 잠겨 있던 듯하더니 갑자기 정유미와 사귀다 헤어져 버렸다. 그러더니만 또 다른 여자와 데이트를? 미나는 연예인 가십을 보듯 재운의 가십에 관심이 많았다.

"재운 오빠가 어떤 여자 분이랑 같이 왔었어요."

"오호, 대마왕에게 니나 씨가 나타났나? 좀 더 얘기해 봐."

"넌 왜 남의 여자한테 그렇게 관심이 많냐."

정욱이 우리 눈치를 보면서 어떻게든 막으려고 했지만 이미 유미 입은 열린 뒤였다.

"얼핏 봐서 잘 모르겠는데 작은 키에 무척 말랐던 것 같아요."

"오호! 유재운 누구냐?"

미나가 재운의 팔을 쿡쿡 찔렀다. 정욱만 얼굴이 새하얘졌다. 여기서 우리가 알아채면 뒤집어엎는 건 시간문제였다.

"어, 친구."

재운은 붉어져 오는 얼굴을 필사적으로 막으며 무뚝뚝하게 답했다.

"내가 전혀 모르는 친구던데요?"

미나가 가세하자 유미가 기세등등하게 물어왔다.

"네가 내 친구 다 알 것 같진 않은데?"

그 말에 유미가 안색이 안 좋아졌다. 이쯤에서 관두라는 듯이 재운을 안색을 싹 굳혔다. 이런 걸 보면 그 여자가 현재 재운과 굉장히 가까운 사이라는 증거나 마찬가지였다.

"전 여자 친구는 현 여자 친구에 대해서 알려고 하지 말라 뭐 그런 의미인가 보죠?"

유미가 결국 못 참고 쏘아붙였다.

"네가 알 바 없는 사람이니까 더 묻지도 말고, 알려고도 하지 마."

단호하게 말한 재운이 커피 한 잔 마시겠다고 나가 버렸고 유미는 서먹서먹해진 분위기에서 다른 데로 가버렸다. 하지만 우리 마음속의 의심을 심어놓고.

"언제까지 몰래 만나야 돼?"

그날 루리가 재운의 집에 들어서자마자 기다렸다는 듯이 재운이 화를 버럭 내버렸다. 정욱을 통해 자연스레 우리에게 알려진다는 계획은 생각보다 정욱이 입을 무겁게 다무는 바람에 허사가 된 지 오래였다.

"왜 그래, 갑자기?"

신발을 벗다 말고 루리가 멀뚱히 쳐다봤다. 표정이 없어서 그렇지 성질을 자주 부리거나 화를 자주 내는 편은 아니었다. 그런 재운이 화를 낼 정도면 굉장히 기분이 많이 상했다는 얘기였다. 무슨 때문에 이렇게 기분이 상한 걸까.

"내가 누나 정부야? 기둥서방이야?"

"갑자기 그건 또 무슨 소리니?"

침착하게 마저 신발을 벗고 들어간 루리가 소파에 앉자마자 평소처럼 잽싸게 냉장고에서 차가운 녹차를 가져다주면서 재운이 계속 투덜거렸다.

"아까 후배가 누나가 누구냐고 묻는데 내가 할 말이 없잖아."

"자기랑 나랑 있는 거 봤대?"

"전에 투란도트 보러 가서 만났던 여자애, 걔가 후배인데 오늘 묻잖아. 근데 뭐라고 말해?"

"여자 친구라고 하면 되잖아."

루리가 그제야 이해한 듯이 무심하게 답했다. 속으로는 사실 많은 생각이 스치듯 지나갔다. 혹시 나이 많은 거 알면 어쩌나 하는 생각부터 해서.

"옆에서 우리가 듣고 있는데 여자 친구라고 하면?"

"아."

이제 비로소 상황을 이해했다. 평소에 비밀리에 만나는 걸로 화를 낸 적이 없던 재운이 무섭게 화를 낼 때 짐작했어야 했다. 재운은 지금 커밍아웃하라는 의사 표현을 하고 있었다.

"어서 우리한테 얘기해. 더 이러고 있다가 들키면 그땐 내가 어쩌라고? 누나도 우리 놈 성격 잘 알잖아.”

재운이 얘기를 늘어놓기 시작하자 루리도 더 이상 미뤄둘 일이 아니란 걸 알았다. 언젠가 말을 해야 하긴 할 것 같았는데 자꾸 그 시간을 미루고 싶었다. 이렇게 공식화시켜 버리고 싶지 않은 건, 너무 소중해서 꽁꽁 숨겨두고 싶은 마음도 좀 있기 때문이었다. 세상에 자랑하고도 싶고 남이 알고 훼방 놓을까 무서워 숨겨놓고도 싶었다.

한숨이 푹 나왔다. 최근에 동생들 눈치가 보이고 있었다. 잦은 외박의 원인을 알고 싶어 미치려고 하고 있는데 계속 숨기고 있자니 이것도 힘들었다.

“오늘 집에 들어가서 자야 될 것 같아.”

그 말에 재운이 고개를 끄덕거렸다. 최근에 역시 무리한 재운도 마찬가지로 피곤했다. 그래도 만나면 좋았다. 낮에 피곤하든 졸다가 교수한테 혼나든 간에 좋았다.

나이 서른에 이게 웬 어린애 연애놀음인가 싶기도 했다. 그런데 하루라도 안 보면 본인이 더 괴로웠다. 분명 오늘은 피곤하니까 만나지 말자 해놓고선 문자라도 보내고 있노라면 통화가 하고 싶고, 통화하다 보면 얼굴이 보고 싶어지는 거다. 그래서 또 나가서 오 분만 보기로 하고선 그냥 같이 밤을 지새게 되고. 본인이 조절할 수 있는 게 아니었다. 그건 역시 재운도 마찬가지인지라 둘 다 낮엔 계속 졸려서 커피를 들이키고 루리는 가끔 눈밑에 다크서클이 본인 표현에 따르면 발끝까지 내려와 있었다.

피곤해 죽겠는데도 서로를 생각하면 미친 사람처럼 입가가 헤 벌어지면서 웃음이 새어나오는 건 어쩔 수 없었다. 그래서 루리는 재운이 무서웠다. 언젠가 다가올 끝이 더 두려워서 그런 생각이 들면 온몸에 소름이 돋고 이불을 뒤집어쓰고 싶었다. 고개를 흔들어 생각을 떨구면서도 그럴 때마다 당장 공항으로 달려나가 비행기 티켓을 끊고 어디론가 도주하고 싶은 욕망이 머리를 들곤 했다.

우리는 부엌에 물 마시러 나왔다 누나 방에 불 켜져 있는 걸 보고 노크를 했다.

"들어와."

루리가 컴퓨터 앞에 앉아 열심히 여행서와 비행기 티켓, 정보 등을 체크하고 있는 게 눈에 들어오자 슬그머니 눈살을 찌푸렸다. 요즘 새로운 연애를 시작한 게 틀림없는 누나가 다시 도망갈 준비를 하고 있었다.

"어디 나갈 거야?"

"아니, 그냥 보는 거야."

순간 마음속에서 '매일 그냥 보는 거야라고 해놓고 나갔잖아!' 라고 소리를 버럭 지르고 싶은 충동이 있었지만 꾹 참았다. 대학 올라가자마자, 동생들 버려두고 떠돌기 시작한 누나. 뒤에서 지켜보고만 있을 수밖에 없어서 괴로웠다. 그 마음을 어떻게 잡아줄 수가 없어서 더욱 괴로웠다.

"안 자고 뭐 해?"

"잘 거야. 누나도 어서 자."

"응."

무심하게 말하면서 계속 컴퓨터 화면만 들여다보고 있는 루리 얼굴엔 수심이 가득했다. 그게 우리 마음을 무겁게 했다. 연애가 잘되나 싶었는데 그게 무서운 거겠지. 연애 처음 시작할 때면 언제나 밝은 표정이던 누나가 어느 정도 되면 도망가는 걸 본 적이 한두 번이 아니었다. 누리는 농담처럼 한 해 킬마크가 평균 다섯 개라는 둥 농담을 하곤 했다. 처음에 도망간 게 언제였더라. 누나가 처음 연애를 시작한 건 우리가 고등학교 3학년 올라간 그해였다. 그땐 동생들한테 남자 친구가 생긴 걸 말해주고 볼이 발그레해져 활짝 웃었다. 그다지 그 상대가 마음에 드는 건 아니었지만 누나가 좋아하니까 별말 안 했다. 그러다 자기가 대학 붙고 난 그해 1월, 누나 표정이 갑자기 어두워지기 시작하더니 어느 날 갑자기 비행기 티켓을 알아보더니만 그대로 나가 버렸다. 그리고 이 개월 동안 간간이 이메일만 날아올 뿐 소식이 없었다. 해마다 돈 벌어서 그 돈으로 해외 어딘가로 나간다. 그 기간은 갈수록 길어지고 있었다. 처음엔 이 개월 남짓이더니만 지난번엔 반년 이상 안 들어왔다. 다음엔 아마 팔 개월쯤 되겠고, 그러다 아예 안 돌아오면 어쩌지?

당연히 누나가 행복하길 바랐다. 누나가 해외에서 여행하면서 행복하다면 그걸로 된 거라고 생각했다, 처음엔. 하지만 지금은 안다. 단지 한국에서 도망가는 것뿐이라는걸. 단순하게 도망갔다 돌아오고 하는 걸 반복하면서 기운을 소진하는 걸 보는 우리 심정은 복잡하기만 했다. 그래서 처음 루리를 밖으로 내몰았던 루리의 첫 번째 남자 친구만 생각하면 이가 갈렸다.

지금 사귀는 남자는 어떤 사람일까? 전에 잠깐씩 만났다 도망가는 남자들이랑은 다른 사람인 게 분명하다. 뭐랄까, 첫 번째 연애 이후 남자와는 언제나 일정 거리를 유지하기 때문에 일주일에 두 번 이상 만나지도 않았고, 세 달 이상 간 적도 없었다. 밖에서 자고 들어오는 건 꿈에도 생각 못할 일이었다. 그런 누나가 매일같이 만나는 것 같은 눈치에, 가끔 외박도 한다. 분명 자기가 유럽에 간 사이에 만나기 시작한 것 같은데 이제 삼 개월쯤 된 상태에서 아직도 저렇게 열렬하다면 평소와는 확실히 달랐다.

도대체 어떤 남자를 만나는 걸까? 그 사람이랑 결혼이라도 생각하는 걸까? 물어보고 싶은 게 산더미건만 우리는 차마 묻지도 못하고, 왜 연애 한참 잘하고 있는데 또 왜 비행기 티켓 알아보고 있는 거냐고 소리를 냅다 지르고 싶은 마음만 꾹꾹 누를 뿐이었다.

· 제 5 장 ·

· 제 5 장 ·

오케스트라 연습을 끝내고 나자 자연스레 또 발길이 술집
으로 향했다. 제발 오늘은 일찍 들어가라고 선배가 말했지만 그
런 걸 들을 리가 없었다. 다음날 시험이라고 울부짖는 후배들까
지 싸그리 끌고 학교 앞에 자주 가는 감자탕집에 들어가 앉았
다. 술이 어느 정도 들어가 거나해진 상태에서 진수가 운을 뗄 때
였다. 호시탐탐 기회를 노린 게 분명했다.

"서재운, 너 지난 주 토요일 오전에 선릉역 뒤에서 뭐 하고 있
었냐? 웬 여자랑 가더라. 아, 지금 그 아가씨한테 문자 보내는
중?"

그 말에 루리와 핸드폰으로 열심히 문자질을 하던 재운이 조

금 움찔했다. 루리에게 수업 끝내고 나서 자기네 집에서 만나자고 열심히 설득 중이었던 것이다. 손가락에 온 신경을 집중하고 있던 재운은 그 말에 소스라치게 놀랐다. 선릉역 뒤편에 뭐가 있는지는 다들 대충 알고 있었다. 부모님이 잠깐 귀국하셔서 루리랑 만날 데가 없어진 재운이 대치동에서 수업 마치고 나오던 루리를 그리로 납치했던 것이다.

"오, 대마왕에게도 드디어 봄날이?"

주변의 동기들이 기회를 만난 듯이 떠들기 시작했다.

"그간 여자가 한둘이야? 내가 레퍼토리 읊으랴? 쟤 원래 저 좋다고 하는 여자면 다 만났잖아. 오는 여자 가는 여자 다 안 막자 주의잖아."

"근데 여자 어떻든? 대마왕 여자니까 니나라고 불러야 하나?"

"폴은 어딨고? 찌찌는? 아니, 무엇보다 버섯돌이는?"

"허튼소리 작작해라."

버섯돌이 얘기가 나오자 듣고 있던 정욱이 얼굴을 찌푸렸다. 그 여자가 누구인지 아는 이상, 우리 귀에 여기서 들어갔다간 좀 골치가 아플 것 같으니 이쯤에서 대충 무마시키고 싶었다. 아니, 정확하게는 자기가 알고 있던 걸 우리에게 들켰다간 뼈도 못 추릴 것 같다는 게 더 정답이려나. 그러나 이미 대화의 깔때기 이론대로 뒷담화와 가십으로 흐른 대화는 쉽게 정상으로 회복되지 않았다.

"이른바 니나 씨, 너무 가냘픈 거 아냐. 작작 좀 해라, 무지 피곤해 보이더라."

그 말에 재운의 이마에 빠직했다. 그날 시작은 자기가 먼저 한 것은 맞지만, 새벽까지 덮친 건 자기가 아니었는데 라고 할 수도 없고 허리가 아프다고 칭얼대다가 젊은 나이에 벌써부터 부실해서 어디에 써먹냐고 등짝만 두들겨 맞았다. 게다가 아무래도 저쪽에 앉아서 포커페이스처럼 미나와 웃으며 대작하고 있는 우리 눈치를 안 볼래야 안 볼 수가 없었다. 정욱을 통해 자연스레 우리에게 알게 한다는 계획은 물 건너간 거나 다름없었다.

"근데 니나 씨 몇 살이냐? 아무리 봐도 나이가 좀 어려 뵈던데."

멀리서 봤는지 제대로 못 본 모양이다. 사실 앞에서 제대로 봤어도 키가 작고 가느다랗고 볼살이 통통한 루리는 언제나 어려 보이기 일쑤였다. 이쯤에서 대화의 주제를 돌리고 싶었다.

"알아서 뭐 하게?"

"아, 미성년자면 신고하려고 그러지."

"뭐?"

어이가 이만 리 정도 달아난 재운이 입만 쩍 벌렸다. 그걸 보고 있던 정욱은 이제 우리에게 들키는 건 시간문제다 싶어 무슨 핑계를 대고 도망갈지를 머릿속으로 열심히 짰다.

"아무리 봐도 미성년자 같던데 그거 원조교제 아녀?"

"원조교제 같은 소릴 작작하네. 얼굴에 구멍 뚫려 있다고 쏟아지는 대로 말하면 그게 입이냐? 구멍이지. 쯧쯧, 여자랑 자는데 돈 줄 정도로 능력없는 건 네 애기 아냐? 네 오지랖은 하해와 같이 넓어서 남의 원조교제까지 걱정할 정도면 시험 고민이나 하는 게 더 생산적일 듯싶구나."

대마왕이 독설을 퍼부었다. 아무래도 심기가 많이 불편한지 평소보다 독설의 강도가 높았다. 하지만 이제 그런 재운에게 꿀릴 리가 없었다. 벌써 오 년이나 붙어 있는 만큼 그들의 귀도 나름 가죽이 덮여 있는 것이다.

"오, 나름 자신있는 발언인데."

"뭔가 원조교제가 될 만한 걸 하긴 했나 보네?"

"글쎄, 새벽 댓바람부터 그런 데 손 잡고 다니면 뭐 이미 애기 끝난 거지."

"그러는 너는 왜 거기서 돌아다니고 있었냐?"

재운이 여기서 가만있을 순 없다는 듯이 진수에게 치고 나가는 걸 잊지 않았다. 진수네 집이 선릉역 근처가 아닌 건 대충 다들 알고 있었다. 그 말에 분위기가 싸해진 건 그가 만나고 있는 예진이 의대에서 성격 지랄맞기로 유명한 교수 딸이기 때문이었다.

"이 교수 성질 잘 알면서 그 딸이랑 그러고 싶냐. 간경화야? 간이 붓게. 쯧쯧."

재운의 독설로 분위기가 싸해진 속에 구석에서 조용히 미나

상대를 해주던 우리가 갑자기 끼었다. 원래 미나는 술자리에서
는 별로 말이 없는 편이었다. 〈술 더 시켜〉, 〈안주 더 시켜〉, 〈달
려!〉가 미나가 보통 하는 말의 다라는 농담마저 있었다. 그래서
미나는 대작 상대로 역시 조용한 우리를 선호하는 편이었다. 평
소처럼 우리가 미나와 대작을 하고 있어서 재운은 좀 방심하고
있었다. 그런데 그런 우리가 갑자기 정색을 하고 말했다.

"근데 말이야. 얘기가 좀 엇나갔는데 너 설마 우리 누나랑 사
귀니?"

눈을 동그랗게 뜨고 쳐다보는 우리에게 재운이 아무 말도 못
하고 얼굴을 붉혔다. 그런 대마왕을 보고 다들 기겁을 했다. 저
싸가지 대마왕이 거짓말도 못하고 쩔쩔매고 있었으니!

며칠 전에 외박을 한 누나 목덜미에 커다란 키스 마크가 있었
다. 누나는 동생들 보기 민망한지 목까지 올라오는 옷을 입고
감추려고 했지만 이미 우리가 본 뒤였다. 아마 진수가 말한 그
날이었던 듯했다. 전에 오페라 보러 간다면서 예쁘게 입고 나갔
다 온 뒤부터, 누나가 누군가를 만나는 건 알고 있었다. 유럽에
나가 있을 때 우리가 집으로 전화를 종종 했지만 루리는 거의
받지를 않았다. 학원에서 일 끝나면 바로 퇴근하던 누나가 중간
에 어딘가 들러서 오고, 가끔은 외박까지 했다. 그렇다면 과연
이루리가 사귀는 건 누구일까?

그런데 결정적으로 누나가 혹시 재운과 사귀는 게 아닐까 하
는 의심을 품은 건 며칠 전의 대화 때문이었다. 주말 한밤중에

들어온 루리는 얼굴이 벌게져 있었다.

"한잔했어?"

"어."

"칵테일 몇 잔 마셨어."

아무 생각 없이 지나가면서 물었다.

"어디서 마셨는데?"

"요 앞에 왜 그 뭐냐 Over the Rainbow인가 하는 바 있잖아. 거기."

아무 생각 없이 루리가 대답하곤 조금 당황한 표정을 지었다. 그 바라면 우리도 알고 있었다. 단골인 재운을 따라 몇 번 갔던 것이다. 이 근방에선 거의 논 적이 없는 누나가 거길 어떻게 아는 것일까? 순간 전에 재운이 루리에게 왜 고기 안 먹냐고 물어봤던 게 생각났다. 재운은 그날이 루리와 두 번째 만나는 날이었을 텐데 그걸 어떻게 안 것일까? 아무래도 수상했다. 그래서 그 둘 사이엔 자기가 모르는 뭔가가 있음이 틀림없다고 확신하고 있던 차였다. 확신은 있되 물증이 없는 상태였는데 재운이 스스로 자백한 거나 다름없었다. 이미 재운은 귀까지 잘 익은 토마토처럼 새빨개져 있었으니까.

"어, 어떻게 알았어?"

재운이 빨개진 얼굴을 곧 갈무리해서 표정 관리에 들어가려 했지만 당황했는지 말까지 더듬었다.

"네가 원조교제 같은 거 할 리는 당연히 없잖아. 그런데 미성

녀자 같은 분위기의 여자 하면 생각나는 건 우리 누나밖에 없는데, 우리 누님도 요즘 집에 들어오는 게 좀 뜸했거든. 그래서 남자가 생겼구나 싶었는데 지금 하는 얘기 들어보니까 우리 누나 생각이 나서. 그리고 좀 걸리는 일도 몇 개 있고."

들고 있던 정욱의 얼굴 표정이 좋지 않았다. 우리가 눈치 챈 이상 자기가 미리 알고 있던 걸 걸리면 좀 재미없는데. 그런 정욱을 돌아보고 우리가 무섭게 으름장을 놓았다.

"그리고 이정욱, 넌 뭔가 알고 있던 것 같은데 그럼 지원이도 알고 있었던 거야?"

그 말에 정욱이 또 움찔할 수밖에 없었다. 저쪽에 앉아 있던 지원 역시 마찬가지였다.

"도대체 세상엔 귀신 같은 놈들이 왜 이리 많은 거야."

우리는 정욱이 투덜거리는 걸 무시하고 바로 재운에게 고개를 돌리더니 눈을 똑바로 마주 보고 물었다. 우리의 무서운 점이 이런 것이었다. 이상한 데서 솔직하고 직설적이어서 상대의 허를 찌른다. 그리고 원하는 답을 끌어낸다.

"근데 우리 누나랑 잤어?"

순간 싸해지는 분위기. 아무 말도 못하는 대마왕. 대마왕이 약한 사람이 단 한 사람 있다면 그건 바로 이우리였다. 우리는 성격상 막내답게 순하고 착한데 일 년에 한 번 낼까 말까 한 화를 한 번 내면 대마왕 재운은 저리 가라였던 것이다.

우리는 아무렇지 않게 물었다. 입은 웃고 있는데 눈은 무서울 정도로 형형했다. 보고 있던 정욱이가 몸을 부르르 떨었다. 미나 역시 슬그머니 저쪽으로 물러섰다.

"이 나쁜 새끼! 네가 낯짝이 있으면 어떻게 친구 누나를 덮치냐?"

정욱이가 나서서 재운이 등짝을 후려 팼다. 그 와중에 우리는 한숨만 쉬었다. 그 마녀가 저 순진한 대마왕을 덮쳤으니 저 대마왕 성질머리에 황소처럼 돌진할 텐데 이거 어쩐담. 전에 한국 들어오자마자 다시 취직하면서 이번에 돈 번 걸로 나가면 일 년 정도 안 들어올지도 모른다고 지나가는 말로 했던 게 생각났다. 최근 들어 루리가 다시 비행기 티켓 가격을 보거나 인터넷으로 여행 서적을 주문하는 걸 본지라 또 곧 나가겠구나 싶었다.

순진한 어린애 하나 덮쳐 놓은 뒤에 줄행랑이다. 대마왕 신경질에 우울증은 자기가 다 받아주게 생겼으니 기분이 좋을 리가 없었다. 뒷감당할 거 아니면 사고를 치지 말 것이지. 하지만 누나가 연애질 하는 걸 본 적도 없는 우리로서는 뭐라고 할 말이 없었다. 위의 형이 바람둥이인 걸로 세상은 충분히 귀찮은데 왜 누나까지 나서는지. 오히려 형이면 가벼운 연애일 테니 별로 걱정할 게 없었지만 누나는 얘기가 좀 달랐다. 아무래도 여자고…… 그렇게 생각해 보니 누나랑 저놈이랑 잤다는 얘기인데 아무리 자기가 학교 일찍 들어왔다고 해도 저놈에게 매형이라고 부를 맘은 요만큼도 나지 않았다.

혹시나 저놈이랑 누나랑 결혼하면 대마왕에게 매형이라고 불러야 하는 난감한 사태가…… 여기까지 생각하자, 착하고 순한 우리 이마에도 빠직하고 불꽃이 튀기는 것 같았다.

"내가, 이해는 하는데……."

"으응."

예상 밖의 위로에 다들 놀라고 있었다. 재운이 얼빠지게 우리의 그 말에 얼굴 표정을 환하게 했다가,

"용서는 안 된다."

우리가 잇새로 쥐어짜듯 마지막 말을 내뱉자 재운이 어깨를 축 늘어뜨렸다. 그와 덩달아 분위기가 정말 싸해졌다.

"그런데 힘내라. 세상에 여자가 우리 누나밖에 없는 것도 아니고…… 내가 이해해 줄 테니까 그쯤에서 관두고 찢어져."

조용히 찢어지란 우리 협박에 재운이 이맛살을 찌푸렸다. 재운은 별다른 말도 없이 그저 우리의 얘기를 듣고 있긴 했지만 마이동풍처럼 그다지 먹히는 기색도 없었다.

"내가 먼저 좋아했어. 그렇게 헤어질 거면 시작도 안 했어."

재운이 단호하게 네가 무슨 말을 해도 신경 안 쓸 거란 기색으로 선포를 했다. 재운과 우리를 둘러싸고 모두 침만 꼴깍 삼키고 있었다.

우리는 한숨만 나왔다. 왜 하필 이루리가 유재운과 사귄단 말인가. 그래 누나라고 남자 사귀지 말라는 법은 없다. 지친 얼굴로 살기 싫다는 얼굴로 다니던 누나 얼굴이 피곤해 보이는 건 여전해도 표정이 밝아진 것은 확실했다. 어린 나이에 학원 선생

에 과외 선생으로 돌면서 사회에 지칠 대로 지쳐 있었다. 부모님 살아생전에 아무것도 모르는 사람이었는데 지금 누나를 보면 온몸에 당의정이 입혀질 대로 입혀져 있었다. 동생들 앞에선 호인인 척하지만 가녀리고 여기저기에 머리를 너무 많이 굴려 사는 게 안돼 보이기까지 했다.

남자가 다가오면 도망가는 걸 한두 번 본 게 아니었다. 누리가 런어웨이 브라이드라는 별명을 지어줄 정도였다. 어느 정도 사귀다가, 관계가 좀 깊어질 때쯤 되면 바로 도망가 버린다. 루리의 처음 해외여행도 반쯤 도피로 시작한 거나 마찬가지였다. 당시 만나던 남자와 무슨 일이라도 있었는지 갑자기 항공권을 사들고, 가이드북 하나 들고, 그대로 유럽으로 날아가 버렸다. 준비를 거의 안 한 통에 엄청나게 고생했다고 들었다.

그런데 그렇게 떠도는 게 나름 적성에 잘 맞는지 그 뒤에 머리 아픈 일만 생기면 그대로 도망가는 거였다. 처음엔 아직 우리가 어리고 하니, 그렇게 길게 있진 않았다. 하지만 우리가 대학에 들어간 뒤부터는 반년 일하고, 반년 나가고가 계속 반복됐다. 어디서 뭘 하는지 통 소식도 없고 가끔 엽서나 날아오더니만 뜬금없이 집에 와 있곤 했다. 이젠 동생들도 그냥 그러려니 했다. 그러는 수밖에 없었다. 처음에는 누리가 장남이랍시고 잔소리를 했지만 씨알도 안 먹히니 그냥 내버려 두는 수밖에.

이모나 집안 어른들도 루리가 동생들 뒷바라지를 어떻게 했는지 알고 있었기에 나서기도 뭐했다. 게다가 전에 살던 집 전

세 놓고, 평수 늘려 새 집 사서 이사하고 등등의 일도 루리가 다 한 거나 마찬가지였다.

그런 누나가 자기 친구랑 연애를 한다. 분명 누나가 심각한 게 틀림없었다. 이 사태를 우이할꼬. 저 대마왕이나 연애 문제에 있어서는 책임감 제로인 누나나 둘 다 막 나가는 사람들인 만큼 그 불똥이 어디로 어떻게 자기한테 튈지 전혀 예상할 수 없었다. 그런 고민은 순전히 자기 몫이라는 게 우리의 문제였다. 한숨밖에 더 나오질 않았다.

"나중에 질질 울면서 하소연하지 말고, 내가 좋은 말 할 때 헤어져라."

"그건 누나야랑 내가 해결할 일이지 동생인 네가 끼어들 문제는 아닌 듯싶은데."

재운이 정색을 하고 말했다. 우리도 별로 할 말이 있지는 않았다.

"내가 말렸다는 것 하나만 기억해."

"그러지."

"난 너 말렸고, 우리 누나 어떤 사람인지도 이미 말했으니까 나중에 뒷말하지 말기다."

그 말에 재운이 고개를 끄덕였다. 우리에겐 그 연애의 끝이 보이려 하고 있었다. 하지만 정말 루리가 자기 친구인 재운과 사귈 정도라면 진지한 게 아닐까? 몇 번 누리 주변 사람들이 접근하긴 했는데 그때마다 루리가 무작정 도망가고 피했지 실제로 사귄 적은 한 번도 없었다. 누리야 언제나 런어웨이 브라이드라고 불평하긴 해도. 그런 루리가 한참 아래인 재운과 사귄다는 것은 나름 적색경보임에 분명했다. 하지만 누나가 아무 말도 안 하는 이상, 우리도 눈 감아줘야 하는 게 아닌가 싶어 당분간 조용히 있어주기로 했다.

술자리가 끝나고 집으로 돌아가는 길에 우리가 재운에게 말했다.

"내가 생각 좀 해봤는데."

"무슨 생각?"

재운이 그 무슨 생각하는지 알 수 없는 표정으로 우리를 내려다봤다. 아직도 속에서 치솟는 화가 좀 남아 있었지만 우리는 꾹 참고 말을 이었다.

"하기야, 내가 어떻게 생각하든 너나 우리 누나나 들을 위인들이냐."

"그렇긴 하지."

옆에서 재운이 시큰둥하게 고개를 끄덕거렸다. 그런 재운의 뒤통수를 후려갈기고픈 욕망을 꾹 참고 우리가 말을 이었다.

"그러니까 누나가 나한테 아무 말도 안 한 건 내가 몰랐음 하는 생각에서였던 것 같아. 누나 사생활에 내가 끼어들어서 이래라저래라 할 수도 없잖아? 나는 당분간 입 꼭 다물고 있을 거야."

"응."

재운은 우리 말에 사실 조금 실망했다. 우리가 알고 길길이 날뛰어서 둘이 사귀는 걸 공론화시킬 줄 알았는데 일이 이상하게 꼬여 버렸다. 사실 정욱이 바로 우리에게 조르륵 달려가 바로 고해 바칠 줄 알았는데 거기서부터 잘못된 것 같았다. 정욱은 루리 일에 있어선 생각보다 신중하게 행동했고, 결국 우리도 이런 식으로 알게 됐으니 그다지 기분이 좋을 리가 없었다. 게다가 당분간 조용히 있겠다니 실망할 수밖에 없었다. 재운의 넓은 어깨가 우리 말에 축 처져 버렸다.

"근데 말이야."

"어."

둘이 아무 말 없이 조용히 걷는데 우리가 약간 목소리를 깔고 말했다.

"혹시나, 혹시나 만약 잘되더라도 난 너한테 매형이라고 죽어도 못 부른다."

그 말에 재운이 허탈하게 웃어버렸다. 재운의 웃음소리가 새벽 공기를 타고 아파트 단지에 울려 퍼졌다. 그런 재운을 쳐다보면서 우리가 한숨을 쉬었다.

우리는 신중하게 말을 아꼈고, 재운에게 무슨 얘기를 듣고 온 루리가 머뭇머뭇거리면서 무슨 말을 하려고 했지만 쌀쌀맞게 바쁘다며 자리를 피해 버렸다. 우리는 이게 공론화되는 걸 바라지 않았다. 공식적으로 루리 입에서 말이 나오면 되돌릴 수 없을 것 같은 고집에서였다. 엄마 같은 친누나를 재운에게 빼앗긴 것 같아 분하기까지 했다. 그래서 누리에게도 아무 말도 안 하고 있었다.

하지만 우리가 알게 된 걸 누리가 아는 건 시간문제였다. 누나 루리의 얼굴에 화색이 도는 게 워낙 동안이긴 했지만 얼굴에 빛이 날 정도인 걸 누리가 모르고 지나칠 리가 없었다. 아무리 누리가 바쁘다 해도 누나가 집에 종종 안 들어오는 걸 눈치 못 챌 정도는 아니었다. 귀가 시간 늦어, 주말에는 계속 외출해, 요즘 들어 멋도 부리고 다니는데 누가 모르겠는가.

그날따라 누리 친구들이 집에 들이닥쳤다. 아무래도 밖에서 술 마시기 싫다 싶은 날에, 누리의 연예인 친구들이 부모님 안 계신 누리 집에 모여서 술을 마시는 때가 종종 있었다. 평소에도 어른들 없고, 놀기 좋은 누리네 집이 술 마시고 와서 편하게 애기하는 장소인지라 그날도 사람들이 득시글 모여 있었다.

"누님 요즘 신수 좋나 봐?"

자주 놀러오는 누리 친구인 작곡가인 주원이 놀렸다. 그렇다고 루리가 그냥 지나갈 리가 없었다.

"요즘 음반 시장 불경기라더니만 우리 집 와서 노는 거 보니까 진짜 돈 없나 봐."

루리가 허튼소리 하면 아작 내주겠다는 기세로 대꾸했다. 하지만 산전수전 다 겪은 주원이 그런 거에 신경 쓸 정도로 마음이 약할 리가 없었다.

"그래서 국수는?"

"야야, 국수 같은 소리 하고 있어. 요즘엔 뷔페야, 뷔페."

루리가 농으로 받아쳤다.

"누나 결혼은 할 거야?"

듣고 있던 누리가 놀리듯이 답했다. 최근 들어 누나가 남자를 만나는 건 확실한데 그가 과연 누구인지 누리도 궁금하긴 했다. 과연 이번에도 또 도망갈 것인가, 이것이 누리의 궁금증이었다.

"결혼 같은 소리 작작한다. 그냥 그렇다는 거지 언제 내가 결혼한다고 그랬냐."

"하고 싶음 해."

옆에서 조용히 있던 우리가 말했다. 듣고 있던 누리는 속으로 〈오호, 이것 좀 봐라〉 싶었다. 우리가 뭔가 알고 있는 게 분명했다. 요즘 들어 루리랑 눈도 안 마주치려 하고 있는 게 뭔가 석연찮아서 따로 불러서 얘기를 몇 마디 나눠볼까 하던 참이었다. 루리는 이왕 시치미 뗀 거 끝까지 밀고 나갔다.

"남자가 있어야 하지."

"있잖아."

우리가 단호하게 말했다.

"누구?"

누리가 잽싸게 끼어들었다. 막내가 아는 남자인 모양이니 더 궁금해졌다.

"재운이."

루리가 우리 입을 막으려고 했지만 우리가 잽싸게 대답했다.

순간 누리가 정말 놀란 듯이 루리를 바라봤다.

"누나, 재운이랑 사귀어?"

루리는 몹시 당황한 듯했다. 우리가 알게 된 건 재운에게 이미 애기를 들은 터였다. 다만 누리까지 알게 됐으니 누나 체면은 이미 요단강 건너 간 뒤였다.

"네가 그걸 어떻게 알아?"

누리는 눈이 튀어나오는 줄 알았다. 그걸 우리가 어떻게 아는지도 궁금했다. 설마 우리한테 말할 정도로 둘이 대놓고 사귄다는 건 루리가 나름 진지하다는 증거였다.

"누나랑 재운이가 아침에 선릉역 주변에 있는 걸 진수가 봤대."

선릉역 뒤편의 모텔이 즐비한 거리에 아침에 있었다는 건 이유가 뻔했다.

"근데 진수가 봤든 안 봤든 누나가 누군가를 만나는 건 이미 알고 있던 사실이잖아? 그리고 몇 가지 석연찮은 게 있어서 혹시 하고 있던 차였어."

"아, 누나는 왜 어린애를 꼬시고 그래? 나 절대 재운이 녀석한테 매형이라고 못 불러!"

누리가 발끈해 버렸지만 루리가 인상을 확 쓰면서 기선을 제압해 버렸다.

"닥치고 앉아서 술이나 마셔라. 그 입은 쓰잘데기 없는 데 나불대느니 그냥 술이나 곱게 처무셔."

그렇다고 가만있을 누리도 아니었다.

"누나 진짜 재운이랑 사귀는 거야?"

"왜, 내가 남자 사귀면 안 돼?"

"누나 전적이……."

"내가 뭘?"

"내가 처음부터 읊어야 돼?"

누리는 눈을 동그랗게 뜬 뒤에 〈슈렉 2〉에 나왔던 고양이처럼 속눈썹을 깜박거리면서 순진한 척하는 누나 뒤통수를 후려갈기고픈 충동마저 느꼈다. 아마 우리 역시 자기와 비슷한 기분이리라. 처음 남자를 사귄다고 할 땐 걱정은 했어도, 똑똑하고 자기 앞가림 잘하는 사람이니 그냥 잘하겠거니 싶었다. 그런데 어느 순간 그 남자랑 흐지부지되더니만 그대로 여행 간다면서 해외로 나갔다. 거기까진 좋았다.

그 뒤, 남자가 생겼다 싶으면 석 달을 못 만나고 그대로 줄행랑치는 걸 여러 번 보고 나니 정말 정이 뚝 떨어질 정도였다. 몇 번 보다 못해 얘기를 하려고 했는데 마이동풍처럼 잘 통할 리가 없었다.

누리는 고등학교 1학년 때 길거리에서 픽업됐다. 183cm 정도 되는 키에 하얗고 곱상한 마스크가 꽤 예쁘다면서 댄스 가수를 해보지 않겠냐고 했다. 처음에 루리는 반대했다. 하지만 누리는 자기가 그다지 공부할 체질도 아니고, 어릴 때부터 영화를 좋아하고 음악도 좋아하니 이 길로 가보겠다고 루리를 설득했고, 결국 루리도 마음대로 하라고 했다.

사실 처음부터 댄스가수가 돈을 많이 버는 건 결코 아니었다. 연습생으로 들어간 지 얼마 안 돼 결성된 보이스 그룹에 바로 투입됐다. 다행히 1집에서 히트곡이 나와 뜨는 덕에 누리도 안정적으로 연예계에 적응할 수 있었다. 처음 계약 조건이 영 별로였던지라 실제로 받는 돈은 얼마 없었지만 그나마도 루리가 관리를 해줬다.

결국 루리가 모은 돈에, 누리가 번 돈을 이래저래 금융상품에 넣고 약간의 투자로, 빚을 좀 끼고 결국 강남 비싼 땅덩어리에 있는 이 아파트에 들어올 수 있었다. 전에 살던 아파트도 전세를 줘서 그 돈은 고스란히 셋의 공동 통장에 들어 있었다.

이렇게 무서울 정도로 영악하고 독하게 여기까지 온 누나가 왜 남자 문제에 대해서만은 저렇게 아리바리하게 구는지 보고 있노라면 화딱지가 날 정도였다. 하지만 한편으로는 좀 이해도 갔다. 누나는 사춘기에서 어른이 될 때 급박하게 강제로 끌어올려져서 제대로 된 사춘기 생활을 누려보지 못한 것이었다. 겉은 어른인데 속에는 아직 자라지 못한 소녀가 숨어 있었다. 그 소녀는 자라는 걸 무서워하는 듯했다.

가끔 누나가 멍하니 있을 때 그런 표정이 나왔다. 뭔가 잃어버린, 앞으로 무얼 해야 좋을지 모르는 어린아이의 표정이. 누리는 그걸 보고 있는 게 괴로웠다. 누나의 빼앗긴 청소년기의 대가가 무엇인지 누구보다 잘 알고 있었기 때문이다.

새벽까지 술자리가 계속 이어졌고 우리는 피곤하다면서 먼저 바로 자러 갔다. 친구들 보내고 나서 정리를 하다 말고 누리가 루리를 불렀다.

"누나."

"왜?"

멍하니 치우는 걸 돕던 루리가 고개를 돌렸다. 뭔가 생각하는 듯한 표정이었다.

"재운이랑 결혼하지?"

그 말에 루리가 들고 있던 술병을 놓쳐 버렸다. 당황하면서 엎지른 술을 휴지로 닦으면서 루리가 어이없다는 듯이 누리를 봤다. 누리도 마음 같아선 그냥 몽둥이 들고 앞동으로 뛰쳐 가서 〈우리 누나한테 감히 손을 대다니 괘씸한 놈!〉 하면서 재운이 놈을 때려눕히고 싶었다. 하지만 루리가 어디 보통 아가씨인가. 분명 저 마녀가 마음에 안 들었으면 유재운이 접근할 건덕지도 안 줬을 거다. 누리가 알기에 루리가 이렇게까지 사귄 남자는 재운이 처음이었다. 집에 꼬박꼬박 들어와 자고 나가는 누나가, 계속 외박하는 걸 누리가 모를 리가 없었다. 누나가 나름 열정적인 연애를 한다는데 반대할 수는 없었다. 이참에 괜찮은 놈이면 시집보내야지가 여태 누리의 생각이었다. 그 상대가 유재운이라는 건 좀 많이 뜻밖이었지만.

"너 내가 치워야 하는 짐으로 보이냐? 걔 나이가 몇인데 결혼해? 그냥 잠깐 사귀는 거 갖고 결혼이고 뭐고 말 꺼내는 건 좀 오바다."

"그렇게 떠돌지 말고 결혼해서 동생들 걱정 덜든가. 내가 재운이 정도면 누나 데리고 사는 거 허락해 줄 수 있을 것 같은데."

"내가 언제 너한테 얹혀산다고 하던? 그냥 네 앞날이나 걱정해. 이번에 찍은 영화는 좀 잘될 것 같아? 상영관은 많이 잡았드만. 왜 한국에선 해마다 잘생긴 남자 배우 더벅머리 만드는 전통 같은 게 있잖아. 그거에 우리 이누리가 걸려들 줄은 몰랐네. 요즘 러시아 펀드 하락했는데 그거 메우려면 영화라도 잘돼야지?"

잽싸게 루리가 화제를 턴했지만 그렇다고 넘어갈 누리가 아니었다.

"이제 그만 정착해라, 누나도."

"내 일 내가 알아서 해!"

여기까지 얘기가 나온 이상, 루리가 더 이상 얘기하지 말자는 뜻이었다. 동생들한테까지 재운과의 일이 알려지자 난감하고 당혹스러웠다. 연애 좋지, 하지만 결혼은? 이제 서른 살. 슬슬 정착할 나이인 걸 본인이 모를까. 결혼에 대한 압박감이 본인만 할까. 결혼에 대한 압박 없을까 봐? 여기까지 어떻게 왔는지도 모르게 세월은 잘도 흘러갔다. 남자야 있다가도 없다가도 스쳐 지나가는 게 대부분이었다. 하지만 결혼할 수 없었다.

결혼이 만일 두 사람만의 문제라고 해도, 무서웠다. 그런데 집안과 집안과의 만남이 되는 한국식 결혼에서 이루리가 설 자리는 그다지 많지 않았다. 어찌어찌 결혼한다 치더라도, 그 뒤의 자기 생활은? 자기 생활이 달라지는 거야 당연한 문제지만 만일 사랑하는 남편이나 자식을 또 잃게 될 경우엔? 루리는 이제 또다시 가족이라는 걸 만들기가 무서웠다. 그렇게 누군가를 잃는 아픔을 다시는 겪고 싶지 않았다. 트라우마라는 걸 본인도 잘 알고 있었다. 하지만 루리에겐 그 트라우마를 극복할 여력도 용기도 없었다.

가을이 깊어가자 루리 얼굴 보는 것도 점점 어려워지기 시작했다. 입시철에 수험생과 엄마들만 바쁜 게 아니라 학원강사인 루리 역시 무척 바빴다. 입시철에 쫓기듯 루리는 수험생보다 더 정신없이 바빴고, 재운 역시 실습과 일 년에 한 번 있는 기말고사 준비로 혼이 반쯤 나가 있을 정도였다. 그래도 한동네에 사니까 한밤중에 잠깐잠깐 짬을 내면 얼굴을 맞대고 얘기라도 좀 나눌 여력이 있었다. 처음엔 재운의 집에서 만나곤 했지만 갈수록 점점 루리네 집으로 재운의 왕래가 잦아졌다. 이왕 들킨 거 대놓고 집으로 만나러 왔다.

처음엔 우리나 누리 둘 다 질색을 하는 눈치였지만 루리 눈치를 보다 보니 별말 하지 못했다. 게다가 누나가 간만에 남자를 제대로 만나는 것이다 보니 불만은 많아도 별 소리 못하고 한 발 뒤로 물러날 수밖에 없었다. 누리야 워낙 바빠서 집에 잘 없으니 아무래도 주로 타박을 놓는 것은 우리 몫이었다. 어릴 때부터 워낙 누나와 각별한 사이였던지라 우리 충격이 이만저만이 아니었던 것이다. 하지만 우리가 불퉁거리든 말든 그 둘은 눈에 뵈는 게 없었다. 그저 우리는 한숨만 쉴 뿐이었다.

재운은 금요일 밤이 제일 좋았다. 처음에는 밖에서 데이트를 하는 척도 했지만 워낙 바쁘게 살다 보니 그것도 여의치가 않았다. 한 주 내내 학원과 실습에 시달린 두 사람은 지쳐서 널브러져서 아무것도 할 의욕도 생기지 않았다. 케이블 채널에서 나오는 동물 다큐멘터리나 영화를 보곤 했다. 루리가 동물 다큐를 워낙 좋아하다 보니 재운도 따라서 종종 보게 됐다.

치타 형제 두 마리가 중간에 헤어졌다 동생 치타가 사자에 반쯤 물어뜯겨 죽어가다 겨우 만났다. 죽어가는 동생과 동생의 처참한 몰골을 보고 못 알아본 형이 컹하고 짖었다가 겨우 알아보고 핥아주었다. 결국 형은 근처 사자를 피해 다른 곳으로 가다가 세 번 돌아오고 치명상은 입은 동생은 죽을 곳을 찾아갔다. 그때 재운은 뭔가 축축한 게 바지에 닿는 것 같아 아래를 내려다보니 재운의 허벅지를 베고 누워 있던 루리가 말 그대로 폭포수처럼 눈물을 뚝뚝 떨어뜨리고 있었다.

"울어?"

라고 물었지만 소리도 못 내고 끅끅거리고 우는 루리 볼에선 떨어진 눈물이 바지를 적시고 있었다. 재운이 아무 말 없이 티슈를 뽑아서 주자, 본격적으로 울기 시작했다. 그때 우리가 물을 마시려고 나왔다가 그 둘을 보고서 혀를 끌끌 찼다.

"이번엔 뭐가 죽었어? 아기 돌고래, 아님 기린, 코끼리?"

화면을 보지도 않고 금세 안다. 누나가 동물 다큐를 보고 우는 걸 한두 번 본 게 아닌 우리였다. 처음에는 좀 걱정을 했는데 이젠 그러려니 했다. 〈돌고래 유아 살해〉 관련된 다큐 보고 티슈 한 곽을 다 쓴 적도 있을 정도였다.

정작 신경 쓰이는 건 우리가 당연히 했어야 할, 티슈를 뽑아 누나에게 주는 재운이었다. 누나와 친구가 붙어 앉아 다정하게 있는 건 아무리 봐도 낯간지러워서 가급적 자리를 피해주고 있었다. 둘이 붙어 있다 눈만 마주치면 뽀뽀해 대는 걸 보고 있자니 가끔은 떼어버리고 싶기도 하고 민망해져서 가급적이면 방에 가 있으려고 했다. 도대체 나이는 있는 대로 들어서 동생들 보기 창피하지도 않나. 처음엔 잔소리를 좀 했지만 재운이나 누나나 통 들어먹질 않고 헤헤거리기만 할 뿐이었다. 게다가 누나가 사귀는 남자를 동생들한테 데리고 온 것도 처음 있는 일이고 해서 그냥 꾹 참고 있을 뿐이었지만 내심 속은 좋지 않은지 나오는 말은 그다지 정겨운 게 아니었다.

"우는 거 보니 뻔하네. 참, 재운이 너! 잠은 네 집에 가서 편하게 자라."

우리가 어울리지 않게 비웃고는 재운에게 눈을 부라리곤 방에 들어가 버렸다. 우리는 상냥하고 성격이 꼬여 있지 않지만 마음에 안 들 때 제대로 다른 사람 속 긁는 법을 알고 있었다.

그래서 재운 속을 뒤집어놓는 게 요즘 들어 잦았다. 재운이 종종 루리 방에서 자고 가는 걸 모를 리도 없고 루리가 재운네 집에서 자고 오는 걸 모를 리도 없었다. 그냥 말하기 민망해서 눈 감아주는 거지.

재운이라고 우리에게 감정이 좋은 것도 아니었다. 우습게도 재운은 우리를 질투했다. 자기는 모르는 루리의 모습을 우리나 누리는 많이 안다는 이유에서였다. 루리가 동물 다큐를 보고 운다는 건 어느 누구도 자기에게 얘기해 주지 않은 것이었다. 하지만 자기는 애인으로서의 루리를 알고 있다. 가르릉거리는 루리, 귀여운 내 고양이. 그런 건 누구한테도 말할 수 없는 비밀이었다.

결국 또 티슈 한 곽을 다 쓰고 난 루리가 세수를 하고 나와서 수분 보충이라도 하듯 포도를 먹기 시작했다. 루리가 포도를 먹으면서 말했다.

“치타 너무 불쌍해.”

루리가 좋아하는 과일이 포도란 걸 알자 재운이 집에 포도를 사다 나르기 시작했다. 어디서 사 오는지 다양한 종류의 포도를 사다 냉장고에 꽉꽉 채워뒀다. 루리는 계속 포도를 오물거리면서 얘기했다.

“치타는 고양이랑 개 중간에 있는 동물이래. 고양이는 울잖아. 근데 치타는 컹하고 짖어. 그리고 아주 오래전에 치타가 돌림병으로 많이 죽어서 유전자풀이 무지 좁다. 그래서 유전병 돌면 거의 멸종이라고 하더라구. 그래 봤자 전 세계 치타 합쳐봐야 만 마리도 안 될 거래. 치타는 십 분 뛰고 나면 삼십 분 쉬어야 하고, 그새 잡아놓은 먹이는 하이에나한테 빼앗긴대. 하이에나하고도 못 싸워. 하이에나가 오죽 지저분해야지. 치타는 워낙 염증이 잘 생기니까 하이에나랑 싸우다 다쳐서 염증 생김 안 되잖아. 그래서 하이에나도 슬슬 피하더라구."

"그런 걸 어떻게 알아?"

루리가 치타에 대해서 줄줄 늘어놓자 재운이 나름 신기하게 보았다.

"나 치타 보러 가려고 책 봤잖아. 아프리카에 가려고. 근데 막상 아프리카에 갔을 땐 모로코 정도까지만 가고 더 못 갔어."

"왜?"

"그 아래는 나중에 가려고. 갈 데 남겨놔야지. 그리고 모로코에서 이미 좀 데였거든."

히죽 웃던 루리가 먹던 포도를 다 먹더니만 고개를 저쪽 어딘가를 바라보며 읊조렸다.

"가끔 내가 치타 같은 동물이 아닐까 하는 생각을 해. 치열하게 십 분 뛰고 삼십 분 쉬어야 하는. 십대 말에서 이십대 초중반까지 정말 달렸어. 어떻게 그렇게 열심히 살았나 몰라. 그래서인지 이제는 좀 쉬고 싶다. 더 이상 열심히 달릴 수가 없어. 나는 지금 치타처럼 쉬는 기간이라고 종종 생각하곤 해."

루리가 이런 식으로 자기 인생에게 재운에게 말한 건 처음이었다. 재운은 루리가 아닌 듯하지만 결국 그 사이의 벽을 묘하게 실감했다. 이 여자는 숫자로 나이만 들었지 실제로 정신연령은 십대에 머무르고 있는 듯한 인상을 주었다. 재운은 루리 속의 그 가녀린 소녀에 대해서 가끔 궁금해지곤 했다. 하지만 우리에게 물어볼 수도 없었다. 거기까지만 말하고 루리는 더 이상 아무 말도 하지 않았다.

가을만 되면 괴로웠다. 여름방학 직전에 사고당하고, 그대로 여름방학을 맞았다. 방학 때는 워낙 경황이 없어 실감을 못하다 학기 시작하고 10월쯤 됐을 때야 부모님이 다신 돌아오지 못하는 게 그제야 실감이 났다. 동생들 도시락 싸고, 학교 가서 공부하다 돌아와서 집안일 하고, 숙제하고, 공부하고, 자고. 새벽에 몸을 동그랗게 말고 소리도 못 내고 이불 속에서 흐르는 눈물을 닦아낸 게 수도 없었다. 이루리에게 가을은 그런 계절이었다. 그래서 더 힘들고 바쁘게 살고 싶었다.

재운은 그대로 루리의 동그란 이마에 키스를 했다. 화장실에 가려고 방에 나왔던 우리가 그걸 보고 한숨을 쉬었다. 저 대마왕이 빠져도 단단히 빠졌다. 저렇게 다정하게 안고 세상에서 제일 소중한 것이라는 듯 키스를 날리고 있으니. 세상이 망조도 아니고. 하지만 여태 패턴상 누나는 도망가게 돼 있었다. 만일 유재운이 누나가 도망갈 마음도 안 생기게 한국에 잡아놓는다면 매형이라고 부를 용의가 얼마든지 있었다.

재운은 멍하니 다시 포도를 먹고 있는 루리를 바라보았다. 요즘 들어 루리가 불안했다. 7월에 사귀기 시작한 이후 사 개월 가까이 됐건만 루리에 대해서 재운이 아는 건 생각보다 많지 않았다. 아니, 동생들 역시 루리 본인에 대해 아는 건 누나 이루리 정도가 아닐까. 인간 이루리에 대해서는 도저히 감이 오지 않을 때가 많았다. 가끔 같이 있을 때도 멍하니 어딘가 다른 나라 사진을 들여다보고 있는 루리를 볼 때마다 가슴이 덜컹 내려앉았다. 루리가 뭔가 여행 관련 책만 봐도 인상이 절로 써졌다. 언제나 이 여자는 자기를 떠날 생각만 하는구나 싶어서.

"무슨 생각 해?"

재운이 볼을 살짝 꼬집었다. 그런 작은 행위가 멍하니 있는 루리를 다시 이 세상으로 불러들였다. 너무 익숙했다. 이렇게 안겨서 키스 받고 사랑받는 게. 너무 행복해서 불안했다. 이런 사소한 행복이 얼마나 얇은 얼음판 위에 존재하는지 알기 때문에 무서웠다. 이러다 혹 잘못되면 그땐 어떻게 해야 하는 걸까? 그 고통을 어떻게 감당해야 할지 자신이 생기지 않았다. 그래서 도망가고 싶었다.

"어, 아무것도."

라고 말하지만 루리의 마음은 다른 나라에 가 있고 몸만 있는 듯했다. 몸이라도 붙들어 매놓고 싶었다 자기 옆에. 왜 언제나 이 몸은 다른 나라를 떠돌 생각만 하는 걸까. 옆에 있어도 그리울 정도로 사랑했다. 떼어놓기 싫다면 법으로나마 묶으면 되지 않을까. 그런 생각을 하자마자 머릿속으로 제대로 생각도 해보기 전에 말이 나와 버렸다.

"누나야, 결혼하자."

그러자 진짜 루리가 풋 하고 웃을 뿐이었다. 루리가 풋 하고 웃는 순간 재운은 인상을 팍 써버렸다.

"결혼이 애 이름이야? 뜬금없이. 학교나 졸업하셔."

루리가 너무 가볍게 받아들이는 게 마음에 들지 않았다. 사실 이 생각을 한 건 결코 즉흥적인 게 아니었다. 몇 주 전부터 자꾸 계속 같이 있고 싶으니 결혼을 하면 좋지 않을까 하는 생각이 들고 있었다. 하지만 루리는 그다지 심각하게 받아들이는 것 같지 않았다.

"학교 다니면 결혼하면 안 돼? 우리 학교가 여대냐?"

"그래도 결혼은 천천히 생각하는 거지. 우리 사귄 지 얼마나 됐다고."

"누나야 나이 많잖아."

루리 나이를 빌미로 밀어붙였다.

"내가 나이 많다고 사귄 지 얼마 안 된 너랑 결혼해야 하니?"

나이 얘기가 나오자 루리가 발끈해 버렸다. 은근히 재운보다 나이 많은 걸 신경 쓰고 있었는데 재운이 잘못 건드린 셈이었다.

"난 확신있는데 누나얀 없어?"

"무슨 확신? 내가 무슨 확신을 가져야 하는데? 인생이 그렇게 호락호락한 줄 알아? 그래서 넌 아직 어린 거야."

루리가 비겁하게 말을 돌려 버렸다. 진실은 그게 아니라는 걸 루리 자신이 누구보다 잘 알고 있었다.

"내가 어리든 말든 무슨 상관이야. 난 누나 사랑해!"

"사랑은 찰나의 기억이야, 소년. 일종의 뇌의 사기지. 세르토닌 분비는 이 년밖에 되지 않아. 이 년 후에도 여전히 사랑하고 있다고 착각하고 있으면 그때 가서 생각해 보지."

루리가 나름 과학적으로 설명하려고 했다. 하지만 재운은 그 설득에도 전혀 흔들림이 없었다.

"가끔 어떤 연주를 보거나 들을 때 엄청나게 감동받을 때가 있거든. 그것도 찰나의 홀림이지. 그런데 말이야. 그 기억은 굉장히 오래간다. 우리 사랑이 찰나이든 영원이든 간에 난 계속 기억할 것 같아. 그러니까 나는 누나랑 계속 같이 있고 싶은 거야. 그런 홀림이 뇌의 사기든지 호르몬 분비의 영향이든지 간에 그건 다시 오지 않는 거잖아. 그래서 결혼하고 싶어."

재운이 진지하게 말하자 루리는 반박할 말이 없었다.

"지금 결혼한다고 쳐도 내가 너 벌어먹여 살려야 하는데 넌 학생에 능력도 없잖아."

"과외라도 해서 누나 손에 물 한 방울 안 묻힐게."

"말이 되는 소릴 해. 나, 지금이라도 누리한테 말하면 손에 물 한 방울 안 묻히고 살 수 있어. 왜 내가 너한테 얹혀살아야 하는데!"

"누나!"

그때까지만 해도 루리가 조곤조곤 농담처럼 받아주고 있었는
데 갑자기 격렬하게 화를 내자 재운은 깜짝 놀랐다.

"한국에서 결혼은 양쪽 집안의 만남이야. 나는 너네 부모님
만날 준비 같은 거 요만큼도 돼 있지 않으니까 거기서 그만 해!"

루리의 날카로운 말에 재운 역시 더 이상 말을 꺼낼 수가 없
었다. 이 정도로 과민한 반응일 거라곤 꿈에도 생각 못했다. 루
리는 이제 괴로워하는 표정을 짓고 다시 자기 세계에 침잠하려
고 했다. 아니, 과거의 기억으로 되돌아가 계속 쑤셔대고 있는
저 매저키스트 고양이의 엉덩이를 칠 수도 없고 어쩌면 좋은 걸
까.

루리는 결혼이 두렵고 아직 자기는 준비되지 않았다고 생각
하는데 재운은 가급적 빨리 루리를 눌러앉히고 싶어했다. 하지
만 루리는 책임지기 싫었다.

"넌 아직 너무 어려."

"어린애는 이런 거 못해."

루리의 입술에 쪼듯이 키스를 했다. 뒤에서 부드럽게 가슴을
움켜쥐고 목덜미에 얼굴을 묻는다. 이 몸만 큰 어린 소년. 루리
는 그에게 설명할 수가 없었다. 열여덟 살 여름에, 부모님이 돌
아가시고 이제 겨우 중학생인 누리와 초등학생인 우리만 남았
을 때의 암담함을. 누리와 우리를 위해 자기가 이십대 초반까지
어떻게 살았는지. 루리는 더 이상 책임지기 싫었다. 이제는 자
유로웠고 책임감에서 벗어났다. 누리도 우리도 이제 어른이고

더 이상 자신을 매거나 묶어둘 것이 없다. 이대로 재운에게 묶여진다면…….

상실의 고통과 영원히 어른이 되지 못하는 과거의 소녀가 다시 튀어나온다. 울지도 못하던 어린 소녀는 영원히 자기 안에 갇혀 있을 뿐 전혀 성장하지 못했다.

'나는 누나야를 너무 사랑하는데 누나야는 아닌가 봐.'

재운은 루리를 품에 안고 이런 생각을 했다. 사랑이 뭘까. 루리는 고양이 같았다. 자기가 좋을 때는 와서 찰싹 달라붙어 애교 부리다가 자기가 싫으면 어디론가 사라지는. 가르릉거리는 털을 쓰다듬어 주면 좋다고 발라당거리다가도 어느 순간 코빼기도 안 보이게 도망가 버리는 제멋대로 고양이. 자기 좋을 때 와서 사랑과 먹이만 빼앗은 채 손에 생채기만 내버리고 도망가는 도둑고양이.

재운이 결혼하잔 말을 꺼내는 순간 과거가 피드백됐다. 과거에 처음 연애했던 때.

상대는 고등학교 때 다니던 미술학원강사였다. 자기 말고도 그 선생님을 좋아하는 여고생은 많았다. 학원을 그만두면서 소식이 끊겼던 두 사람은 어느 날 길에서 만나 전화번호를 주고받고 데이트를 시작했다. 하지만 지금은 얼굴도 희미해졌다. 스물다섯 살의 루리를 외국으로 몰 정도로 괴롭게 했던 사람인데 이젠 너무나 덤덤하다.

그때 그가 결혼하잔 얘기를 꺼내고 얼마 뒤에 그의 어머니가 루리를 찾아왔더랬다. 만일 그 곱게 나이 든 중년 부인이 험한 소리를 했더라면 오기가 나서 계속 사귀었을지도 몰랐다. 하지만 그 부인이 우리 아들은 양부모 살아 계시고, 고생 안 한 여자한테 장가보내고 싶다고. 부모 복 없는 여자는 남편 복도 없는 법이라면서……. 그런 소릴 하고 갔을 때, 찬물을 뒤집어쓴 듯싶었다. 그때 그 남자에 대한 사랑이 아니라 자존심 때문에 아팠다. 그래서 그냥 훌쩍 떠난 것이었다. 그런데 재운이 또 과거의 상처를 건드리려 하고 있었다.

"아무튼 결혼 얘기 꺼내지 마. 나 요즘 그런 거 신경 쓸 시간도 없고 제일 바쁠 때야. 너 만나는 것도 시간 쪼개서 겨우 만드는 건데 그런 얘기 할 거면 연락도 하지 마."

쌀쌀맞게 말하는 루리에게 재운은 그냥 눈치만 볼 뿐이었다. 재운이 생각해도 왜 자기가 여태 남의 눈치 한 번 보지 않고 산 자기가 왜 루리 앞에선 이렇게 작아지는지 잘 이해가 안 갔다. 루리가 소중하기 때문에 화도 못 내겠고, 루리가 아파할까 봐 심한 말도 못하겠다. 왜 왜 왜, 자긴 이 여자에게 이렇게 약한 걸까? 아무리 생각해도 사랑하기 때문이었다. 하지만 자기가 더 사랑하기 때문에 손해 보는 기분이 들 때면 풀이 죽곤 했다.

그날 재운이 가고 나서도 루리는 잠을 이루지 못하고 거실 소파에 누워 텔레비전만 봤다. 가을만 되면 상사병을 앓듯 방랑벽이 슬그머니 모습을 드러내곤 했다. 한밤중에도 잠을 못 자고 왔다갔다 거실에 앉아 케이블 TV를 이 채널 저 채널 계속 바꾸는 걸 우리가 보고 있노라니 한숨이 나왔다. 역시나 병이 도졌지. 도대체 서른 살 된 여자가 결혼엔 뜻이 전혀 없고 한밤중에 저러고 있는 건 어떻게 해야 하는 걸까. 요즘 들어 재운이랑 결혼한다고 하면 절대 반대하지 말고 얼씨구나 하고 보내야겠구나란 생각만 들 뿐이었다. 나름 오래가는 게 신기하기도 했지만 시한폭탄 같은 누나가 언제 튈지 몰라 점점 조마조마해졌다.

"누나, 잠 안 와?"

"어."

시큰둥하게 답했다. 심지어 고개조차 돌리지 않았다. 텔레비전을 보는 척하는 거지, 실제로 저 정신세계는 또 안드로메다나 지구 반대편에 가 있는 듯했다.

"내일 수업 없어?"

"아니, 없긴 많지. 근데 잠이 안 오네."

정말 잠이 안 오는 건지 묻고 싶었다.

"뜨거운 유유라도 먹어."

"응."

무뚝뚝하게 말하는 루리를 보면서 우리는 한숨을 가볍게 쉰 뒤에 슬그머니 말을 꺼냈다.

"누나, 재운이 건드리지 마. 걔 무서운 애야."

"야, 무서워 봤자 내가 나이가 몇 개인데…… 어린애한테 내가 호락호락 당하냐?"

루리가 재운의 얘기를 꺼내자 그제야 돌아봤다. 자신만만하게 답은 하고 있지만 막상 가봐야 재운이 얼마나 무서운지 알 터였다.

"그러다 혼나봐야 알지. 누나는 다 남자들이 동생처럼 보여?"

"동생처럼 보이면 도망가겠냐."

아무렇지 않게 케이블 티비를 틀어놓고 다큐멘터리를 멍하니 보고 있는 누나를 보면서 우리는 한숨만 쉴 뿐이었다. 아무것도 생각하기 싫을 때 루리가 보는 게 동물 다큐멘터리였다. 뭔가 생각할 거리가 있는데 생각하고 싶지 않은 모양이다. 가끔 사자 가 영양 잡아먹는 거에 몸을 부스스 떨면서도 계속 틀어놓고 있 는 이유를 잘 모르겠다 싶었다.

한곳에 붙박혀 있기 싫었다. 등에 짊어지는 생활, 여기서 계 속해서 도피했는데 다시 한국에서 터 잡고 산다는 것이 너무나 피곤했다. 학원에서 일하는 것은 스트레스의 연속이었다. 어른 은 자기 힘으로 자립하는 것에서 시작하는 거라고 동생들한테 누누이 얘기해 온 이상 언제까지 놀 순 없었다. 밀려들어 오는 생활, 숨이 막힐 것 같았다. 출구는 다시 여행밖에 없었다. 언제 나 가고 싶은 데는 많았다. 재운과 연애질을 시작한 뒤로 돈이 좀 나가긴 했지만 취미 생활이라고 생각할 정도였다. 워낙 바쁘 다 보니 돈도 제대로 못 써서 저금만 쌓여갔다.

이대로 재운과 같이 연애하다가 헤어지고 독신으로 늙어 죽 는 걸까? 그게 정말 무서웠다. 하지만 그렇다고 재운과 결혼해 서 애를 낳고, 아파트를 사고, 애 대학교 보내고……

　이런 의무적인 코스 역시 무섭긴 매한가지였다. 게다가 지금 루리의 나이는 서른, 재운은 스물네 살. 앞길 창창한 남자의 앞날을 이렇게 막아도 되는 건지에 대해서도 의구심이 드는 건 어쩔 수 없었다. 재운이 결혼하자고 했을 때 심장이 덜컥 내려앉는 듯했다. 하지만 사실 기분이 나빴던 게 아니라 오히려 기분이 좋았다. 나오는 웃음을 막고 일부러 시니컬하게 말해서 자기 자신을 다잡았다. 이런 행운이 자기에게 온 것 자체가 너무나 이상해서 루리는 잘 믿겨지지 않았다. 그래서 재운에 대한 자신의 감정을 알지만 쉽게 손을 내밀 수 없었다. 언제나 한 발 뒤로 물러서게 만드는 것은 과거의 트라우마라는 걸 본인도 알았지만 쉽게 바뀔 수가 없었다.

　루리한테 잔뜩 야단만 맞은 재운은 기분이 영 안 좋았다. 재운이 아무리 나이를 먹어도 루리와의 여섯 살의 나이 차이는 영원히 존재하는 것이었다. 간혹 보여주던 그 기묘한 부유하는 표정은 점점 더 잦아지기 시작했고, 따라서 그는 점점 더 안절부절못하게 됐다. 손에 잡힐 듯하면서도 결국 손끝에 와 닿은 감촉만 남을 뿐 언제나 날아가 버린다. 언제나 품에서 벗어나고만 싶어하는 그의 작은 고양이.
　그 와중에 가을 정기 연주회를 앞두고 실습에, 연습까지 점점 더 바빠졌다. 재운은 성실한 타입이고 한 번 한다고 하면 절대 빼먹거나 대충대충 하는 걸 못 견뎌했다. 그래서 가뜩이나 바쁜 재운의 머릿속은 꼬인 실타래처럼 됐다. 깔끔한 재운 성격에 신경이 곤두서게 된 것은 당연한 일이었다. 최근에 화를 내거나 하진 않았지만 기분이 안 좋아서 가급적이면 말을 아끼고 있었다. 나가는 말이 남들에게 화살이 될까 두려운 탓이었다.

그날도 연습이 있는 날이었다. 원래 취미로 하는 일인 만큼 오가는 시간이 어느 정도 자기 재량에 달려 있는 것은 당연했다. 하지만 유미가 좀 심하게 자기 편한 대로 시간 조정하는 건 다들 좀 신경을 쓰고 있는 찰나에 그날도 또 중간에 들어와 버렸다. 요즘 들어 계속 연습 중간에 들어와 연습 중간에 시계 보고 나가 버리는 일이 잦았지만 재운이 그때마다 인상을 쓰는 정도였다.

일단 유미가 들어오자 제1바이올린 파트장인 재운이 인상을 약간 썼다. 하지만 휴식 시간이 되자 유미가 또 가방 챙기는 걸 보고 표정이 싹 굳었다. 성큼 나가려는 유미에게 다가가 결국 한소리 해버렸다.

"아무리 취미 생활이라지만 남이랑 같이하는 만큼 약속은 잘 지켜야 하지 않겠어?"

물론 유미가 좀 뻔뻔스럽게 늦게 온 것도 있었다. 한때 재운이 유미와 사귄 적이 있기 때문인지 유미가 재운을 좀 쉽게 보는 경향이 없잖아 있던지라 다른 부원들 역시 좀 불만들이 있었다. 재운은 유미에게 죄책감이 있어서 어지간하면 그 애의 어리광을 받아준 편이었는데, 그날따라 무섭게 유미를 다그쳤다.

"어차피 취미로 하는 거 어떻게 하든 네 맘이야. 그런데 남이 하는 것 방해는 하지 말아야지. 앞으로 늦을 거면 아예 오지 마. 중간에 나갈 거면서 오긴 왜 와."

"오빠……."

유미가 약간 울먹거리는 표정을 지었지만 씨알도 먹히지 않았다.

"어릴 때 좀 했다고 유세 떠는 것도 아니고 뭐야? 나는 재능 있는 사람보다는 성실한 사람이 더 좋아. 앞으로도 이럴 거면 여기서 관둬!"

재운이 정말 무섭게 소리를 버럭 지르면서 호통을 치자 연주실 안이 쥐 죽은 듯이 조용해졌다. 아무리 대마왕이라고 불리고 표정이 좀 없어서 그렇지 다른 사람한테 소리를 지르거나 무례하게 구는 일이 전혀 없는 재운이었다. 확실히 그간 유미에게 쌓인 게 많았던 모양이다.

"저 아저씨 왜 저래?"

재운이 유미에게 무섭게 나무라는 걸 보고 있던 미나가 옆의 우리에게 물었다. 짚이는 바가 있었지만 입으로 꺼내고 싶지 않았다. 우리의 답도 저절로 불퉁하게 나갔다.

"내 어찌 아냐?"

"댁이 모름 누가 알아?"

"왜 내가 저놈 심기까지 알아야 하는데?"

"대마왕 처남이 모르면 누가 알아?"

미나가 우리를 도발하면서 슬슬 약 올렸다. 그 와중에 결국 유미는 바이올린을 들고 나가 버렸고, 재운 역시 연습 끝나자마자 무서운 표정으로 사라졌다. 그러자 남은 사람들 모두 한숨을 돌렸다.

재운 역시 가볍게 하는 거라서 이렇게까지 몰아친 적이 없었다. 요즘 들어 정말 열심히 연습해서 다들 놀라고 있었다. 워낙 어릴 때부터 하던 거고 어지간한 음대생보다 좋은 실력인 재운이지만 그래도 성실한 편이었다. 다만 즐기는 거란 인상이 강했던지라 재운에게 독주를 하라고 권해도 계속 거절만 했다. 그런 재운이 이번엔 자청하고 나서는 순간, 다들 놀랐다. 재운이 연애질 하고 있는 걸 뒤늦게 알고 다들 여자한테 폼 잡으려는 모양이라고 우스개로 넘겼는데 연주회 날이 다가오면 다가올수록 재운의 심기가 좋아지지 않자, 다들 앞으로 쟤 독주시키지 말자는 농담이 나오곤 했다. 결국 오늘 이렇게 터져 버렸다. 재운이 파트장으로 있는 제1바이올린부터 시작해서 전체적으로 분위기가 가라앉았다.

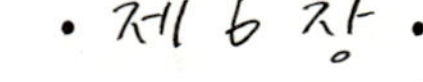
제 6 장

• 제 6 장 •

가을 정기 연주회가 다가오자 재운이 투덜거리면서 더 바쁘게 연습하러 다니는 듯했다. 재운이 나름 그 딱딱한 얼굴로 눈을 빛내며 보러 와줄 거지라고 했을 때 루리는 안 간다고 말할 수가 없었다.

요즘 들어 토요일에 무척 바빠졌기 때문에 아침부터 저녁까지 짬을 내기가 여간 힘든 게 아니었다. 그래도 어떻게 시간을 내면 가능하지 않을까. 재운이 그동안 불평 한 번, 투정 한 번 안 부렸다는 걸 떠올리고 루리는 결국 힘들게 시간을 내기로 했다. 재운과 몇 번 콘서트를 보러 간 적도 있고 재운이 연습하는 걸 지켜본 적은 많았지만 재운이 다른 사람들 앞에서 연주하는 것을 보는 것은 처음이었다. 그래서 루리는 조금 떨리기까지 했다. 그러고 보니 루리는 자신이랑 있을 때의 재운과 다른 사람들과 있을 때의 재운이 어떻게 다른지도 잘 모르고 있었다.

이런 생각을 하면서 무대를 바라보았다.

막이 열리고 지휘자가 걸어나왔다. 그리고 오케스트라 단원이 나오고 제1바이올린에 재운이 앉아 있는 게 보였다. 저쪽에 첼로에 우리와 미나가 앉아 있다. 우리가 초대할 때는 단 한 번도 온 적도 없는 주제에 남자 친구인 재운이 말하자 시간 쪼개서 온 게 우리에게 좀 미안한 마음마저 들었다. 정욱은 어릴 때부터 관악기류를 했다더니 플루트를 한다. 저 녀석 알고 보면 은근히 섬세한 구석이 있었더랬지. 재운이 일어나 악기를 조율하자 단원 전체가 따라서 악기를 조율하기 시작했다.

재운은 검은색 양복에 하얀 셔츠까지 받쳐 입고 평소에 절대 하지 않을 넥타이까지 하고 있었다. 루리로서는 넥타이 한 재운의 모습은 처음 보는 거다. 실습 나갈 때 하고 있던 넥타이도 루리를 만나고 올 때쯤이면 어디론가 없어져 있곤 했다. 마치 양복 모델이라도 되는 것처럼 검은색 양복을 입은 재운은 무척 멋있어 보였다. 워낙 가늘고 긴 데다 날카로운 눈매가 지적으로 보이기까지 했다. 그래서 티셔츠에 반바지 차림으로 왔다 갔다 하는 평소의 재운과는 전혀 달라 보였다. 그래서일까 거리감마저 느껴지고 있었다.

재운이 앞으로 나왔다. 연주하는 것은 차이코프스키의 바이올린 협주곡. 가느다란 바이올린 음이 울려 퍼진다. 저렇게 진지한 표정은 처음이었다. 재운이 취미로 바이올린 하는 것은 알고 있었고 연습할 때 옆에 있던 적도 많았지만 이렇게 잘할 거라곤 생각하지 않았다.

언제나 자기 손을 잡고 있던 저 커다란 손이 저렇게 현을 짚고 활을 잡는구나. 모양 좋은 손이라고만 생각했지 저렇게 아름다운 소리를 낼 거라곤 생각하지 않았다.

멍하니 재운이 하는 걸 지켜보면서 많은 생각이 머리를 스쳤다. 저렇게 재능있고 아름다운 남자를 자기가 붙잡아둬도 되는 걸까. 이렇게 떠나고 싶어하면서 붙잡고 싶어하는 이율배반적인 자기의 마음을 루리는 잘 이해할 수가 없었다.

무엇보다 저 무대와 자기와의 거리가, 마치 자기와 재운과의 거리처럼 느껴졌다. 그게 더 눈물이 핑 돌 정도로 가슴 아프게 느껴졌다. 역시 저기에 앉아 있는 우리와는 거리감이 전혀 없지만 재운과는 달랐다. 재운이 자기가 싫다고 하면 어떻게 해야 하는 걸까, 재운의 부모가 반대하면, 혹시 재운이 사고라도 당하게 되면?

이렇게 생각이 꼬리를 물자 머릿속이 새하얘지는 듯한 기분이었다. 난 여전히 여기 이렇게 서 있는데 저만치 가 있는 재운이 오라고 손짓해도 자기는 갈 수 없었다. 발이 땅에 달라붙어 있었다. 그 거리가 점점 멀어지고 어느 순간 서로 아무 관계도 아니게 되면, 그때는 어떻게 살아야 할까.

이런 생각을 하자 괴로웠다. 숨 쉬는 것처럼 당연히 너를 사
랑하는 것 같아. 사랑하는 것 같아가 아니라 사랑해였다. 힘들
었다. 사랑이 이런 아픔이고 고통이란 걸 처음으로 알았다. 사
랑하면서 아프고 힘들어서 도망가고 싶었다. 이 자리에서 벌떡
일어나 뛰쳐나가고 싶은 걸 이성으로 억눌렀다. 도망가지 않기
로 했잖아. 재운과 약속했잖아. 그날 재운과 다시 키스하던 날
이미 주사위는 던져졌다. 다시는 과거를 돌아보지 않기로 했는
데 왜 다시 약해지는 걸까.

재운이 마지막으로 크게 활을 당기고 소리가 홀에 여운을 남
기고 사라졌다. 눈을 감은 재운의 긴 속눈썹. 루리가 재운의 얼
굴에서 제일 좋아하는 부분이었다. 모양 좋은 입술, 그늘이 생
길 것처럼 긴 속눈썹, 길게 찢어진 눈, 짙은 눈썹, 높은 콧
대…… 눈 감고도 그릴 수 있는 얼굴이었다. 저 멀리 서 있는 재
운이 자기와는 다른 공간에 있는 것 같은 느낌에 루리는 매우
괴로워하며 그냥 가만히 앉아 있을 수밖에 없었다.

연주회가 끝나고 홀에서 나와 재운과 만나기로 한 약속 장소
에서 기다리는데 누군가 옆에 와 섰다. 키가 크고 늘씬한 예쁘
게 생긴 아가씨였다. 그러고 보니 인상이 낯익은 게 전에 재운
과 같이 갔던 오페라에서 와서 재운에게 아는 척했던 그 아가씨
였다. 그때 재운에게 다정하게 말을 걸었는데 재운이 잽싸게 말
을 자르고 가버렸던.

"재운 오빠 여자 친구시죠? 우리 오빠 누나라고 하는?"

다짜고짜 묻는 게 좀 불쾌했다. 루리가 누구인지 아는 걸 보면 재운이나 우리의 대학 후배쯤 되는 모양이었다. 사실 적당히 무시할 수도 있었지만 우리 이름을 언급하는 순간 좀 신경이 쓰일 수밖에 없었다. 워낙 버릇이 없는 사람인가 보다 라고 생각하면서 그냥 고개를 끄덕거려 주었다. 루리를 위에서 아래까지 쫙 훑는 그 시선에 기분이 더 나빠졌다. 하지만 누군지도 잘 모르는 사람에게 화를 낼 수도 없고 해서 그냥 지켜보았다. 뭐랄까 그 시선에서 악의 같은 게 느껴져서 의아하기도 하고 불쾌하기도 했다.

아가씨는 키가 크고 늘씬했다. 전체적으로 예쁘고 도회적인 얼굴이지만 약간 치켜 올라간 눈이 좀 얄미운 인상이었다. 다리에 자신이 있는지 최근 유행인 짧은 미니스커트를 입고 있었다. 향수 냄새도 살짝 풍기고 작고 귀여운 버버리 토트백을 들고 있는, 이십대 초반의 여대생이었다. 이렇게 예쁘고 가질 것 다 가진 여자 아이가 왜 자기한테 이런 증오를 내보이는지 루리로선 전혀 이해할 수 없었다.

별로 할 말이 없었다. 상대는 자기를 아는데 자긴 상대를 전혀 모른다. 도전적인 여자 아이를 보면서 어떻게 해야 할지 알 수 없었다. 이럴 때는 어른인 척 굴면서 재운이나 우리 학교 후배신가 봐요, 라고 형식적인 말이라도 꺼내야 하는 걸까, 이런 생각을 하는데 여자애가 다시 입을 열었다.

"정말 생각보다 어려 보이시네요. 서른 살이라고 들었는데 재운 오빠랑 비슷한 또래로 보여요."

그 한 마디로 루리는 알아버렸다. 비아냥이었다. 루리는 피식 웃고 말았다. 그러나 앞에 있는 여자 아이의 그 젊음이 샘났다. 그 찬란하게 빛나던 이십대 초반에 자기의 인생은 덫에 갇혀 있었는데 이 여자 아이는 젊음을 오롯이 즐기고 있었다. 이십대 초반의 이루리는 연애 고민 같은 건 배부른 자의 여가 선용일 뿐이었다. 서른 살이 된 이루리는 이제야 겨우 연애질 고민을 하고 있다. 이 어린 여자 아이에게 뭐라고 해줄 말이 없었다. 루리의 침묵이 부담스러웠는지 여자애가 은근스레 화제를 돌렸다.

"재운 오빠, 바이올린 정말 잘하지 않아요?"

"네, 잘하더라고요."

루리가 별로 할 말이 없어 맞장구를 치자마자 잽싸게 유미가 아는 척을 해줬다.

"오빠네 아버지가 유상욱 씨인데 그 정도는 해야죠. 오빠도 중학교 때까진 바이올린 했어요. 나름 천재 소리 들어가면서. 이것저것 콩쿨에도 나가서 상도 타고 그랬는데 전혀 모르셨어요?"

여자애는 루리가 당연히 알 리 없다는 듯이 시시콜콜 재운에 대해 늘어놨다. 재운의 아버지가 그 유명한 피아니스트 유상욱이었다는 것은 생전 처음 듣는 얘기였다. 왜 그렇게 집에 자주 없었는지 그제야 이해가 갔다. 그런 얘긴 물어본 적도 없고 관심도 없었다. 이 여자애에게 재운에 대해서 어떤 걸 아냐고 물어봐야 하는 걸까? 이런 신상 정보는 루리에게 전혀 중요한 게 아니었다.

내가 아는 유재운은 뜨거운 걸 잘 못 먹고, 기분 좋을 때는 눈가가 풀어지고, 양말 한 짝도 꼭 빨래 바구니에 넣어야 하고, 어머니 화초가 죽을까 노심초사하면서 이삼 일에 한 번씩 분무기로 물을 주는 섬세한 남자라고 말해주고 싶었다.

"학원강사시라면서요. 바쁘실 텐데 용케 시간 내서 보러 오셨네요."

여자애는 루리에 대해 잘 알고 있는 모양이었다.

"이제 서른이면 슬슬 결혼 걱정도 하셔야겠어요?"

여자애의 노골적인 조롱은 극에 달했을 때 루리는 여기서 물러나면 안 될 것 같은 생각이 들었다.

"재운이가 어리니 제가 기다려야지 별수있겠어요."

그 말에 여자애 얼굴이 확 일그러졌다.

"오빠네 어머니 절대 만만하신 분 아니세요."

이 한마디에 루리 표정이 좀 묘해졌다. 그런 루리를 보면서 유미는 의기양양해했다. 전에 재운의 부모님이 잠깐 들어왔을 때 유미가 졸라대서 인사한 적이 있었더랬다. 그때 유미가 자기랑 이름 한 글자 빼고 비슷하다면서 정 여사에게 엄청나게 아양을 부렸다. 하지만 정 여사는 의외로 꿈쩍하지 않았고 자기에게 별 관심 없는 기색이라 실망했다. 그런 정 여사가 이루리같이 별 볼일 없는 학원강사를 보고 반길 리 없다고 자신했다.

그때 재운이 멀리서 다가오는 걸 여자애가 봤나 보다. 갑자기 표정이 확 바뀌었다. 방금까지 쌍심지를 켜는 대신 새침한 표정이 됐다. 재운이 루리를 부르며 다가왔다.

"누나."

루리가 고개를 돌리자 언제 와 있었는지 재운이 있었다. 재운은 아무렇지 않게 루리 어깨에 팔을 둘렀다.

"선배, 오늘 정말 멋졌어요."

여자애가 호들갑스럽게 약간 수줍은 듯이 말했지만 재운의 싸늘한 표정은 별로 변함이 없다. 별말없이 루리 어깨에 힘주어 살짝 끌어당길 뿐이었다. 졸지에 재운 품에 안긴 루리가 고개를 돌리자 눈을 맞추더니 아무렇지 않게 뺨에 뽀뽀를 했다. 은근히 재운의 여자 친구라고 하는 우리의 누나를 지켜보던 사람들이 모두 경악했다. 재운이 아무렇지 않게 뺨에 뽀뽀하고 좋아서 어쩔 줄 모른다는 듯이 꼭 안고서 뭐라고 속닥속닥하는 것이 여간 놀라운 게 아니었다.

"나 하는 거 봤어?"

뭔가 칭찬이라도 바란다는 듯이 물어왔다.

"어."

그에 반해 루리는 너무나 덤덤했다. 재운은 시종일관 뭐가 좋은지 루리를 향해 싱글벙글이었다.

“우리 먼저 간다.”

여자애한테 가볍게 인사만 하더니만 루리를 끌고 사라지는 것이었다. 재운이 루리를 끌고 사라지는 모습을 유미는 멍하니 지켜보았다. 자기랑 사귈 때 저랬던가. 절대 저러지 않았던 듯싶었다. 분해서 이를 악무는 순간, 옆에서 목소리가 들렸다.

“재운이 건드리지 마라.”

고개를 휙 옆으로 돌렸다. 옆에 정욱이 서 있었다.

“그게 무슨 소리예요?”

“말 그대로야, 재운이 건드리지 말라고. 그리고 루리 누나 절대로 호락호락한 사람 아니야.”

옆에서 정욱이 보고 있던 터였다. 유미가 무슨 말을 한 순간 루리 표정을 보았다. 가끔 나타나는 정말 슬플 때 어쩔 줄 몰라하는 어린애 같았던 루리 누나. 가끔 피곤해서 눈가에 다크서클을 달고 한밤중에 과외를 왔다. 자그마한 어린 여대생이 말도 안 듣는 날라리 중딩을 가르쳤다. 그런 연민이 아마 첫사랑이었던 듯했다.

“오빠가 상관할 일 아닌 것 같은데요.”

유미가 도드라지게 쏘아붙였지만 정욱 역시 눈 하나 깜짝하지 않고 말했다.

“내가 상관할 일인지 아닌지는 내가 판단하지, 정유미 양이 판단할 일은 아닌 듯싶네요.”

정욱이 평소엔 까불까불한 성격이지만 지금은 꽤 진지한 표

정이었다. 은근히 우습게보던 정욱에게 이런 충고를 듣자 유미는 발끈한 표정으로 입을 열려는 찰나,

"오빠!"

하고 갑자기 정욱의 여자 친구인 지원이 끼어들었다.

"뭐 해?"

"어, 잠깐 유미랑 얘기했어. 갈까?"

순간 지원이 끼어들어 정욱에게 쏘아줄 기회를 놓친 유미만 열이 받았다. 정욱마저 지원의 팔짱을 끼고 사라지자 뒤에 남은 유미는 이를 악물었다. 재운은 겉보기엔 무척 멋있는 남자였다. 같이 있으면 뽀대 나고, 뒷배경만으로도 충분히 자랑거리가 될 만한 남자 친구였다. 그래서 재운에게 접근해서 사귀게 됐을 때만 해도 좋았다. 천재 피아니스트의 외아들에, 신동 바이올리니스트로 이름 높았던 유재운. 하지만 재운은 자신의 생각과는 전혀 다른 남자였다. 깔끔한 성격에 깔끔한 외모. 말 없고 무뚝뚝하고 기본 매너는 좋지만 자신의 생각대로 그를 컨트롤하기는 불가능했다.

자기보다는 친구들이랑 있는 걸 더 좋아했고, 생각보다 좀 더 보수적으로 굴었다. 집에 거의 혼자 있으니까 집에 자기를 들여보내도 괜찮을 것 같은데 절대 집에 못 오게 했다. 왜 친구는 되고 여자 친구는 안 되냐고 화를 낸 적도 있었다. 점점 싸우는 날이 많아지고 재운이 피곤해하는 기색이 역력하더니만 문자로 헤어지자고 했을 땐 진짜 화가 났다.

비겁한 남자의 전형이라고 생각했다. 그래서 찾아가 뺨을 날리자 재운이 화내는 대신 자기가 잘못했다고 순순히 사과했다. 그리고 끝이었다. 재운은 여전히 덤덤하게 후배로서 자기를 대한다. 자신은 아직 정리 못했는데. 때문에 쉽게 자신을 정리한 재운이 원망스러웠고, 그 여자가 미웠다.

처음 예술의 전당에서 만났을 때는 얼핏 본 거라서 그 여자가 재운보다 연상일 줄은 전혀 몰랐다. 나이 많은 여자가 어린 남자랑 사귀면 애기 끝난 거지라고 쉽게 생각했다. 그러나 생각보다 여자는 자신의 불쾌한 말에 별 반응이 없었다. 별것도 아닌 나이 많은 여자한테 전 남친을 빼앗겼다고 생각하면 분했다. 하지만 그 여자가 자신의 도발에 응하지 않은 게, 어린애 취급당한 것 같아 더 불쾌한 마음이 들었다. 그렇게 유미는 분한 마음으로 큰 눈을 부릅뜨고 이를 악물고 서 있었다.

"학원으로 가야 돼?"

재운이 주차시켜 놨던 차 뒷좌석에 들고 있던 바이올린을 싣더니 물었다.

"어. 열 시에 보충해 주기로 한 게 있어."

그 말에 재운은 좀 화가 난 듯했지만 어쩔 수 없었다. 언제나 바쁜 이 작은 사람은 언제쯤 자기를 돌아봐 주려지. 차가 신호에 걸려 섰다. 그 틈을 이용해 키스했다. 잘생긴 입술이 잽싸게 와서 훑고 간다. 검은색 양복에 하얀 와이셔츠에, 좁은 검은색 넥타이를 매고 있었다. 언제나 애구나 싶었는데 이렇게 차려입으니 다 큰 성인 남자 같아 가슴이 두근거렸다.

"사랑해."

그 말에 루리는 별말 안 한 채 얼굴을 정면으로 향하더니만 가방에서 립글로스를 꺼내 화장을 고치는 척했다.

"신호 바뀌었어."

이 말만 할 뿐이었다. 언제나 이 사람에게 좋아한다고 고백해 봤자 돌아오는 대답은 없었다. 재운은 이런 여자가 뭐가 좋다고 이렇게 목을 메는 걸까 하는 생각을 할 때도 있었다. 그러나 말로 사랑을 표현한 적은 없지만 때때로 그를 바라보는 눈을 보면 자기를 좋아하고 있구나 느껴지곤 했다. 그때마다 우리가 정말 사랑하는구나 싶어서 재운은 조금 안심을 했다. 하지만 그녀의 방어벽은 생각보다 훨씬 높아서 그가 다가선 만큼 뒤로 물러나는 걸 지켜보는 재운의 속마음은 씁쓸하기 짝이 없었다.

운전하는 재운의 옆모습을 바라보며 루리는 두근거리는 마음을 눌러 가라앉히려고 했다.

'심장에 좋지 않아.'

계속 머릿속에서 후배라는 아가씨가 했던 얘기들이 휘몰아치고 있었다. 재운네 아버지가 그렇게 대단한 사람인 줄은 전혀 몰랐다. 사실 루리가 알고 있는 재운은 유재운이란 사람은 일부분에 불과하지 않을까 하는 생각이 들었다. 그런 화려한 배경의 재운이 여섯 살 연상의 별 볼일 없는 학원강사와 사귀어도 되는 걸까? 재운에게 조금 미안해질 정도였다.

　재운은 학원 앞까지 조용히 앉아만 있는 루리를 곁눈질로 계속 봤지만 루리는 우울하게 앞만 바라보며 뭔가 생각에 잠겨 있었다. 차를 세우고 조수석 문을 열어주자 루리가 내리며 말했다.

　"끝나는 대로 전화할게. 집에 가서 쉬어."

　그 말에 재운이 못 마땅한지 부루퉁한 표정을 지었다.

　"요 앞에 카페에 있을 테니까 거기로 와."

　"집에 가서 쉬어, 피곤하잖아."

　재운이 고집을 부리자 루리도 절대 지지 않았다. 가끔 루리가 어른이고 독립적인 사람이란 걸 깨달을 때가 이런 때였다. 그래서 더 불만스러웠다. 왜 이런 호의를 그냥 받아주지 못하는가. 저 작은 머릿속에선 생각하는 게 너무 많았다.

　"안 피곤하니까 그리 와."

　재운으로선 심통이 날 수밖에 없었다. 일부러 안 하던 짓까지 했다. 뒤풀이도 안 가고 루리와 같이 있으려고 그랬는데 루리는 또 강의하러 간다니까 삐친 거다. 그런데 그걸 말로 할 수가 없었다. 오늘 하루는 일 안 해도 되잖아 라는 어린애 심정이었다. 이성은 이해하는데 감성은 이해 못하겠다 싶었다. 그래도 루리에게 표현 안 하려고 나름 노력 중이었다.

　카페에서 잘되지 않는 공부를 붙잡고 연필만 돌리다가 문득 루리가 일할 땐 어떤 얼굴을 할지 조금 궁금해졌다. 슬그머니

카페에서 공부하던 책을 정리하고 나와서 학원으로 올라갔다. 학원 강의실 창문을 들여다보다 루리를 찾았다. 루리는 그가 들여다보는지 전혀 모른 채 뭔가 열심히 말을 하고 있었다.

저런 표정을 짓는구나. 적절한 타이밍에 농담을 해서 졸린 듯한 애들을 깨우고, 칠판에 요점 정리한 걸 써놓는다. 어딘가 기계적이면서도 정확했다. 눈은 진지했고 자그마한 덩치에 비해 애들에게 내뿜는 카리스마는 생각보다 대단한 것이었다. 환한 얼굴에 열정적인 표정으로 강단 앞에 서 있는 이루리는 그가 아는 이루리와는 달라 보였다. 아마 그래서 이 학원원장이 해마다 계속 떠도는데도 이루리를 잡고 안 놔주는 거겠지. 본인이 원했으면 더 크고 좋은 학원에서, 교육방송에도 나가는 큰 강사가 될 수 있었다던데.

저 작은 머릿속에는 무엇이 들어 있을까. 당신이 안고 있는 과거와 그 아픈 기억 모두 내려놓고 나에게 와주면 안 되는 거야? 아니, 내가 다가가게 그냥 두면 안 되는 거야? 무엇이 우리 사이를 가로막고 있는 걸까. 다가가도 그 만져지지 않는 장벽 때문에 재운은 진심으로 괴로웠고 간절히 바랐다.

나이, 학생과 직장인이라는 신분 차이, 우리 주변의 모든 걸 다 잊을 수는 없는 걸까. 왜 남자와 여자, 이렇게 단순하게 만나서 사랑하면 안 되는 걸까. 당신을 내 옆에 머무르지 못하게 하는 것은 무엇일까. 자꾸만 손에 닿을 듯 말듯하면서 점점 멀어져 가는 당신의 마음을 왜 나는 붙잡을 수 없는 걸까. 단순히 당신의 인생에 나 하나만으로는 행복할 수 없는 거야.

이런 생각을 하면서 재운은 학원에서 나와 이제 문을 닫는 카
페 근처에 주차해 놓은 차에 들어가 앉았다. 머리가 너무 복잡
해서 차의 CD 플레이어에 좋아하는 CD를 찾아 끼웠다. 기돈 크
레머가 연주하는 바흐 파르티타. 바흐는 언제나 머릿속을 정화
하는 데 도움을 준다. 그리고 일부러 음악 속에 침잠하면서 시
트를 뒤로 젖히면서 눈을 감았다.

루리가 강의를 끝내고 나왔을 때 재운은 있던 카페가 문을 닫
았는지 근처에 세워놓은 차에서 자고 있었다.

〈카페 문 닫는다. 그 앞에 차 세워놓고 자고 있을게.〉

문자 하나 남겨놓고. 재킷은 뒷좌석에 벗어 넥타이와 함께 풀
어 던져 놓고 하얀 셔츠의 목 단추 두 개를 풀러놓았다. 답답했
나 보다. 자고 있는 단정한 얼굴이 좀 피곤해 보였다. 이제 올라
오기 시작한 수염. 나이는 훨씬 어려도 자기보다 더 성인의 얼
굴을 하고 있었다.

기척을 느꼈는지는 눈을 뜬 재운이 졸린 표정으로도 웃으면
서 대쉬보드에 올려놨던 안경을 찾아 썼다. 가느다란 금속 프레
임의 안경을 찾아 쓴 그는 이제 완전히 청년의 얼굴을 하고 있
었다. 표정이 없을 때는 지적이고 까다로운 느낌이 나서 대부분

의 사람들이 말을 잘 걸지 못했다. 심지어 도를 아십니까조차 재운에게는 말도 건네지 못하는 걸 본 적이 있었다. 사실 어떤 아가씨가 기가 참 맑다 라는 얘기를 하는 순간, 〈당신, 내 취향 아니야〉라는 말로 그 아가씨를 쫓아버린 적이 있었다. 그런 재운이 문을 열고 나와 루리가 타게 조수석 문을 열어주었다.

"언제 왔어?"

차에 시동을 걸면서 재운이 물었다.

"어, 방금."

"깨우지."

"너무 잘 자길래."

"춥지 않아?"

"응, 조금."

왠지 대화가 짧고 어색했다. 이제 밤공기가 꽤 차가웠다. 재운이 그런 루리가 걱정됐는지 히터를 약하게 틀어줬다. 혼자일 때는 재운은 겨울에도 절대 히터를 틀지 않았다. 루리는 지쳤는 지 의자를 뒤로 젖히고 누워서 미동도 안 하고 있었다. 차가 멈 추는 움직임에 이제 다 왔나 싶어 일어나려는 찰나, 갑작스레 재운이 덮쳤다. 재운이 조수석에 앉아 있던 루리의 양 어깨를 누르고 숨도 쉬지 못할 정도로 강하게 키스해 왔다. 입을 집어 삼킬 정도로 강하게 빨아들이면서 혀를 얽혔다. 도망도 못 가고 숨만 헐떡거릴 뿐이었다. 가로등 불빛에 비춘 재운의 얼굴이 평 소보다 더 심술궂어 보였다. 겨우 얼굴을 떼나 싶을 찰나에 문을 열고 나가자마자 루리를 거의 끌어내다시피 하더니만 자기 집으로 끌고 갔다. 정신이 멍해진 루리는 그냥 이끄는 대로 따를 뿐이었다.

재운의 집은 비어 있었고 재운은 당연하다는 듯이 루리를 끌고 들어왔다. 문을 열자마자 강하게 덮쳐 오는 열기에 루리는 정신을 차릴 수가 없었다. 이 젊은 몸은 참 순수하고 열정적이고 솔직했다. 순수하지 않고 열정을 숨기고 있는 자기와는 전혀 다르다. 그래서 루리는 더욱 슬펐다.

폭풍처럼 다가오는 욕망에 몸을 맡긴 것은 머릿속에서 골치 아픈 생각을 지우고 싶어서였다. 지금은 재운이 주는 뜨거운 열기를 온몸으로 느끼고 싶을 뿐이었다. 평소보다 더 민감한 루리의 반응에 이미 아드레날린이 치솟고 있던 재운 역시 이성을 유지할 수 없었다.

거칠게 입술을 덮쳐 붉은 입술을 짓이기듯 눌렀다. 가지런한 앞니를 훑고 목구멍 깊이 혀를 집어넣어 작은 혀를 유린한다. 헐떡거리는 한숨까지도 내 안에서 쉬어, 라는 듯이 절대 놔주지 않았다. 숨도 쉴 수 없는 격랑에 현기증까지 날 정도였다. 루리가 재운의 재킷을 꽉 붙잡았다. 순간 머릿속에 어디선가 읽은 문구가 기억났다. 들숨과 날숨 사이에도 나는 당신을 사랑한다. 그냥 책에서만 보던 그런 문구가 어떤 거였는지 이제야 알 것 같았다.

재운의 손은 어느새 루리가 입고 있던 스웨터를 밀어 올리고

브래지어 후크를 풀고 있었다. 차가운 공기에 유두가 바짝 긴장
하며 서기 무섭게 재운이 살짝 이로 물었다. 루리가 신음을 흘
리며 목을 뒤로 젖히며 벽에 기댔다. 재운의 손길이 오늘따라
더욱 거칠고 집요했다. 바람 불면 날아갈 것 같아서 이 세상에
묶어두고 싶어서, 진짜 내 옆에 있는지 확인하고 싶었다.

그런 루리를 재운이 번쩍 안아 들자, 루리는 그의 목을 꼭 안
고 턱 선에 얼굴을 문질렀다. 이제 수염이 올라오기 시작한 그
곳을 아이스크림 핥듯이 핥자 재운이 이마를 찡그리더니 자기
방 쪽으로 움직였다. 이미 흥분할 대로 흥분해서 걷기 불편한
모양이었지만 지금은 다른 게 더 급했다. 방에 들어가자마자 더
블베드 위에 루리를 내려놓더니 불을 켰다. 침대에 옷이 반쯤
해체된 상태에서 누워 있던 루리가 눈을 깜박거리며 이마를 찌
푸렸지만 재운이 옷을 하나씩 벗으며 다가오자 그대로 눈을 감
았다.

평소보다 저돌적인 태세로 다가와 그대로 루리의 옷을 마저
해체시키는 재운의 손짓에 그냥 루리는 따랐다. 스웨터를 들어
벗길 때도 얌전히 팔을 올려주고, 브래지어를 풀기 좋게 등도
움직여 주고, 바지를 팬티째 내리는데도 얌전히 힙을 들어주었
다. 그냥 옷만 벗기는 것도 아니고, 어느새 입술이 내려와서 또
숨도 들이킬 수 없게 입을 구하고 있었다.

아까까지 바이올린 활을 잡고 있던 손은 어느새 가슴께에서
가슴을 움켜쥐고 있었다. 그러다 점점 손이 내려가 허벅지 안쪽

에 닿았다. 아까부터 아랫배를 간질이던 갈증은 더 심해져 있기만 했다. 루리의 잦은 신음에도 재운은 약 올리듯 주변만 맴돌 뿐이었다.

루리도 가만히 누워만 있는 게 아니라 재운의 남성을 가볍게 쥐고 어루만졌다. 루리의 손길에 맞춰 점점 단단해지고 액을 흘리는 그것을 쥐고 끝을 가볍게 훑었다. 결국 루리의 도발에 재운의 손이 허겁지겁 루리의 여성 안쪽을 헤집고 들어갔다. 그 움직임에 루리가 신음을 흘리자 재운은 손가락 수를 늘리면서 안쪽을 어루만졌다. 손가락이 들어갔다 나올 때마다 몸에 퍼지는 흥분의 잔물결에 다른 생각이 점점 없어지는 것 같았다.

결국 재운이 침대 머리맡의 콘솔에서 콘돔을 꺼내서 잽싸게 착용하고선 루리의 힙을 강하게 움켜쥐었다. 별다른 말도 없이 그대로 안쪽으로 강하게 남성이 밀고 들어오기 시작했다. 루리가 살짝 아픈지 이마를 찡그렸지만 밀어내는 대신 그의 허리를 강하게 안아왔다.

끝까지 다 들이밀고 나자 아무 말 없이 그대로 허리를 움직이기 시작했다. 언제나 이 순간이 제일 좋았다. 아무 생각도 없고 단둘만 할 수 있는 일을 하니까. 키스하고 달콤한 한숨을 나누고, 루리의 따뜻한 몸속에 들어가 있고. 아무도 루리가 내는 이 달콤한 신음을 모를 것이다. 자기만 아는 루리의 달뜬 모습.

평소에는 섹스할 때 이런저런 얘기를 많이 하는데 오늘따라 재운은 말이 없었다. 그저 움직이기만 할 뿐이었다. 루리 역시 마찬가지였다. 오로지 몸에만 신경을 쓸 뿐이었다. 둘은 그렇게 절정을 맞이하고 재운이 거친 신음을 내뱉더니 완전히 루리의 몸에 체중을 실어버렸다.

가뜩이나 덩치가 큰 재운의 몸이 고스란히 내려앉자 루리가 헐떡거렸다. 그제야 재운이 몸을 비켜 옆으로 돌려 누웠다.

원래 루리는 어딘가 보수적인 데가 있어서 낮에 잘 때도 커튼을 쳐놓지 않으면 불안해했다. 이렇게 환한 불빛 아래에서 안긴 적이 없었다. 오늘은 그것도 잊을 만큼 적극적이었다. 평소보다 훨씬 더 거칠게 몰아붙였던 재운이 뒤늦게 좀 걱정이 됐는지 물어왔다.

"누나, 괜찮아?"

재운의 이마에는 머리카락이 달라붙을 정도로 땀으로 흠뻑 젖어 있었다. 길쭉한 눈초리가 완만한 선을 그리며 자신을 내려다보았다. 재운이 약간 잠긴 목소리로 묻자 루리가 볼을 살짝 붉히며 고개를 돌려 버렸다.

재운은 체격이 무척 크고 아직 젊어서인지 혈기 왕성했다. 뼈대가 작고 가냘픈 루리가 상대하기 가끔 힘에 부칠 정도였다. 재운도 그 사실을 잘 알고 있어서 평소에는 잘 컨트롤했지만 가끔은 고삐 풀린 야생마처럼 거칠게 덮칠 때가 있었다. 평소엔 루리도 그런 열정을 즐겼지만 가끔 과하다 싶을 때도 있었다. 오늘은 그런 재운이 반가웠다. 머리 아픈 얘기는 하지 말아줘,

제발이라고 마음속으로 읊조린 게 효과라도 있던 듯.

폭풍이 지나간 뒤에 널브러진 나무처럼 재운 품에 기대 누워 있는 시간이 루리에겐 최고로 행복했다. 재운의 말랐지만 근육이 잘 잡힌 가슴 선을 루리가 가만히 어루만졌다. 그리고 속삭이듯 말했다.

"잘하더라."

"내가 언젠 못했나. 원래 내가 좀 정력이 좋잖아."

재운이 엉뚱한 소리를 하자 루리가 그대로 옆구리를 꼬집어 버렸다.

"아얏! 아프잖아."

"이 짐승. 생각하는 게 어째 다 그리로 가냐."

재운이 좀 많이 아팠는지 옆구리를 문지르면서 말했다.

"자꾸 그럼 한 번 더 한다."

그 말에 지쳐서 나가떨어져 있던 루리가 흠칫하면서 잽싸게 화제를 전환했다.

"아니, 아까 바이올린."

"아, 난 또 잠자리 얘긴 줄 알았지. 잘해야지, 어릴 때부터 했는데."

재운은 실망했다는 듯이 시큰둥했다.

"몇 살 때부터 배웠어?"

"네 살."

"일찍 시작했네."

"우리 꼰대가 시켜서 강제로 한 거야. 재미없어. 그만둘 때 속
이 시원했더라니까. 걸음마도 제대로 못 걷고, 말도 잘 못하는
애한테 왜 그런 걸 시켰나 몰라."

아마도 부친은 엄마 품을 차지하고 있는 자신이 미웠을 게다.
그런 핑계로 바이올린을 이용한 게 틀림없다고 재운은 굳게 믿
고 있었다.

"아버지가 음악을 좋아하시나 봐?"

루리가 아까 재운의 후배에게 들은 얘기를 슬쩍 운을 꺼냈다.

"우리 꼰대 얘기 안 했어? 피아니스트야."

재운이 무뚝뚝하게 대답했다. 사실 꼰대 얘기 꺼내는 것도 마
음에 들지 않았다. 좋아하는 친구나 누군가를 데리고 집에 갔다
가 아버지와 맞닥뜨리면 이 영감탱이가 은근스레 친한 척해오
곤 했다. 그러면 재운 주변 사람들 모두 재운의 아버지가 누구
라는 걸 알게 되고 이것저것 물어오게 되는 것이었다. 재운은
그게 싫었다. 그래서 루리가 아무것도 묻지 않는 게 한편으로
기뻤다.

"그렇구나."

루리는 역시 별 반응 없었다. 아까 그 여자애한테 대충 들은
터였다. 뭔가 내색을 할 수가 없었다.

"자기도 피아노 잘 치잖아."

"나야 그냥 흉내 내는 정도지."

여름에 사티의 곡을 쳐준 뒤에 가끔 피아노 앞에 앉히고 쳐주

곤 했다. 작은 연주곡은 아직 연습 조금 하면 힘들이지 않고 칠
수 있었다.

"바이올린도 잘하잖아."

"그건 그나마 좀 낫지."

재운은 덤덤하게 말했다. 사실 이 얘기는 안 하고 싶었다. 재
운의 자존심상 별로 루리에게 하고 싶은 얘기가 아니었다. 듣고
서 실망하는 것도 두렵고.

"근데 왜 자기는 연주자가 안 됐어?"

그 말에 재운이 잠시 흠칫했다. 루리를 안고 있던 어깨가 잠
깐 경직되는 게 느껴졌다.

"아버지만큼 못할 거 아니까. 내 재능은 한계가 있었거든."

그런 말을 하는 재운은 굉장히 씁쓸한 표정을 짓고 있었다.

"그래서 의사가 된 거야?"

"아니. 아버지가 피만 보면 거의 기절 직전까지 가거든. 그래
서 의대에 간 거야. 나도 아버지가 못하는 거 하나는 해야 하지
않겠어?"

참 이상한 부자 관계였다. 원래 평범한 집안이 아닌 줄은 알
고 있었지만 그렇게 대단한 사람의 아들인 줄은 몰랐다. 피아니
스트 출신 지휘자였다. 엄청난 카리스마로 유명한 그가 만일 외
동아들인 재운과 자신의 관계를 알게 된다면? 내세울 게 아무것
도 없는 고아. 학원 선생도 직업인 걸까? 이것도 몇 년이나 할
까. 물론 대충 잘나가는 선생의 한 달 수입은 꽤 괜찮은 편이지

만 사생활이 없다는 점에서 오래할 게 못 됐다. 가정 생활을 제대로 꾸릴 수 있을 턱이 없었다. 재운과는 어떻게 해야 되는 걸까? 재운은 내후년에 졸업하고 인턴 생활을 시작할 텐데 그러면 더욱 바빠지겠지.

내년에 이루리는 뭐 하게 될까? 여전히 학원에 강사로 나가게 될까? 아니면 또 어느 하늘 아래를 떠돌고 있을까? 그때 재운과의 관계는? 이런 생각을 하자 다시 암울해졌다. 과부하가 걸린 뇌가 그런 복잡한 일은 더 이상 생각하고 싶지 않은지 두통이 몰려왔다. 그대로 재운의 품속으로 침잠해 버렸다. 지금은 이 따뜻한 몸이 주는 온기만을 생각하고 싶었다.

'미래 같은 거 난 몰라.'

재운은 갑작스레 품속으로 들어와 몸을 감추듯이 재운의 가슴에 얼굴을 묻는 루리를 망연자실하게 바라보았다.

루리와 이렇게 맨살을 맞대고 누워 있을 때, 이때처럼 행복한 때는 없었다. 그는 루리의 모든 걸 원했다. 루리의 몸뿐만 아니라 마음까지. 그 깊숙한 곳에 숨겨져 있는 그 가녀린 부분까지 모두 알고 싶고 송두리째 맛보고 싶었다. 그래서 가슴 아팠다. 그래서 아무 말 없이 자신의 품속을 파고든 루리를 꼭 안아주었다.

연주회 이후에 삶은 점점 더 각박해졌다. 이젠 거의 밤에 만나는 것도 힘들어지고 있었다. 그러다 겨우 시간을 내서 간만에 저녁을 같이 먹기로 했다.

재운은 자기 건너편에 앉아 샐러드 조각을 포크로 휘휘 젓고 있는 루리를 바라보았다. 수능이 다가오면 학원 일이 좀 덜 바빠질 줄 알았는데 그것도 아니었다. 재운 자신도 실습과 시험에 치여서 이렇게 시간 만든 것 자체가 기적이나 다름없었다.

요즘 들어 루리는 계속 힘이 없이 정신이 나간 사람처럼 굴고 있었다. 전화해도 힘없이 받거나 어딘가 다른 세계에 가 있는 듯한 무심한 말투로 받기 일쑤였다. 전엔 학원에서 일어나는 일을 조곤조곤 재운의 맨가슴에 누워서 잘도 얘기하더니만 요즘 들어선 말수도 적어졌고, 얘기도 잘 하지 않았다. 보름달처럼 환하던 얼굴이 그믐달처럼 이지러지듯 볼살도 빠졌다. 한국 돌아오면서부터 빠지기 시작한 살은 갈수록 심해졌다. 이제 앙상하다 싶을 정도였다. 몸무게가 45kg에 걸칠 정도로 살이 빠지자, 루리 자신도 조금 걱정이 될 정도였다.

루리는 포크로 샐러드 접시를 휘저으며 속으로 한숨을 쉬었다. 먹어야 하는 건 본인이 누구보다 잘 알았다. 하지만 식욕이 돌질 않았다. 계속 마음속의 풍랑은 점점 거세어져만 간다. 이제 얼굴에 마음속 가득한 그 풍랑이 보이는지 원장이 걱정해 줄 정도였다.

그 원인은 루리 본인이 누구보다 잘 알고 있었다. 재운 때문이었다. 유재운, 이름 석 자만 생각해도 첫사랑에 빠진 소녀처럼 콩닥콩닥 뛰는 가슴, 얼굴만 봐도 바로 쫓아가서 안기고 싶었다. 그게 무서웠던 거다. 그렇게 깊숙하게 빠져서 사랑하다가 잃어버리면 어떻게 해야 할지 몰라서. 그렇게 지레 겁이 났다. 어떻게 해야 이 가슴속의 풍랑을 잠재울 수가 있을까. 전처럼 그냥 도망가면 되는 걸까. 어디론가 다른 하늘 아래로 무작정 튀어서 그대로 떠돌면 잠재울 수가 있을까, 잊을 수 있는 걸까.

그런 루리의 상념을 되돌아오게 한 건 재운이었다. 걱정스런 눈길로 이맛살을 찌푸리며 무뚝뚝하게 한소리 했다. 재운도 요즘 들어 많이 힘들었는지 볼살이 좀 빠져 있었다. 어지간해선 루리 앞에선 잘 안 먹는 스테이크를 먹고 있을 정도였다.

"누나야, 좀 잘 먹어라."

"뭐?"

루리가 무심하게 대꾸했다.

"왜 이렇게 살이 많이 빠졌어?"

"피곤하니까 그렇지. 다시 나가면 찔 거야."

아무렇지 않게 말하면서 샐러드를 먹고 있는 루리를 보면서 재운은 한숨만 나왔다. 샐러드를 조금 끼적거릴 뿐이지, 루리는 고기는 일절 입에도 못 대고 있었다.

다시 나가면 찔 거야, 라고 아무렇지 않게 툭 던진 소리에 흠칫했다. 포크를 들고 입맛이 없어 마저 먹지도 못하고 어쩔 줄 몰라 하는 루리를 내려다보고 있을 때, 다른 테이블에 앉아 있던 남자가 다가왔다.

"이루리!"

루리가 무표정하게 고개를 돌렸다. 정말 표정 없이. 그러더니 별것 아닌 걸 본 사람처럼 시큰둥해졌다.

"안녕하세요."

"잘 지내?"

"네, 대충요."

훤칠하게 잘생긴 남자였다. 그는 상냥한 표정을 하고 애틋하게 루리를 바라보았지만 루리는 정말 별것 아닌 양 무심한 표정이었다. 하지만 정면을 바라보지 않고 시선을 피하는 걸 봤을 때 마음속은 표정을 가장하는 것처럼 무심한 건 아닌 모양이다.

"한국엔 언제 들어온 거야?"

루리가 계속 여행을 다니는 걸 아는 모양이었다. 재운은 과연 이 남자는 루리와 어떤 관계인지 매우 궁금해졌다.

"계속 왔다 갔다 하죠 뭐."

"그래……."

그 남자가 말꼬리를 흐리는 순간, 루리가 아무렇지 않게 말을 툭 던졌다.

"어머님도 안녕하시죠?"

루리는 마치 잘 아는 사람인 양 그의 어머니의 안부를 물었다. 그러자 남자 얼굴에 움찔하더니 한숨을 쉬었다.

"어머니는 안녕하셔. 남자 친구야?"

"네."

"선생님은 결혼하셨어요?"

루리가 도전적으로 작은 턱을 치켜들고 물었다. 루리의 '선생님'이라는 말에 재운은 그제야 이상한 분위기라는 걸 파악했다.

"양가 부모 잘 계신 양가집 규수랑?"

남자의 대답도 기다리지 않고 비아냥거렸다. 재운의 눈썹이 뭔가 이상한 분위기에 위로 치켜 올라갔다. 그 말에 남자는 곤란한 듯 웃으면서 아무 말도 못했다. 루리가 이렇게 호전적으로 말하는 건 본 적이 없었다. 입꼬리를 올리고 웃는 것 같지만 눈은 웃고 있지 않았다. 저 사람 자체를 불쾌해하는 것 같기도 하고, 상처받은 듯한 표정 같기도 하고, 뭔가 알 수 없는 오묘한 표정이었다.

"요즘 어디 계세요?"

그가 제법 큰 광고회사 이름을 대었다. 훤칠한 키에, 약간 기른 머리에 파마를 해서 정리했다. 요즘 유행하는 뿔테 안경에 남자라면 잘 안 입는 파스텔·색조의 스웨터를 맵시있게 차려입었다. 그리고 악센트라도 주듯 화려한 폴 스미스의 크로스백을 메고 있었다. 척 봐도 디자인 계통에 종사하지 않을까 싶은 그런 남자였다.

"아, 그러시구나."

루리는 그냥 맞장구를 치더니 다시 별 관심 없다는 듯이 고개를 내리고 시큰둥하게 포크로 샐러드 접시를 뒤적거리기 시작했다.

"요즘도 토끼처럼 풀때기만 먹고 사는 거야?"

남자는 계속 관심을 보였다. 루리의 노골적으로 별로 말하고 싶지 않다는 신호를 보면서도 뭔가 주저주저하며 자리를 못 떠나고 있었다.

"뭐, 그렇죠."

그 남자는 루리에게 뭔가 아련한 눈빛을 보내고 그녀가 잘 있는 게 안심된다는 듯한 표정을 지었다. 하지만 루리는 여전히 별 관심을 보이지 않았다.

"어머님한테 제 안부나 좀 전해주세요. 여전히 떠돌면서 잘 지낸다고요."

그 말에 남자가 정말 흠칫해 버렸다. 결국 남자가 머쓱해져 인사를 웅얼거리고 자리를 비켰다. 남자가 가자마자 재운이 물었다.

"누구야?"

루리는 여전히 포크로 접시를 뒤적거릴 뿐이었다. 몸만 여기 있지 마음은 또 어딘가 안드로메다를 헤매는 듯싶었다. 그 정신 잡아다 육신에 넣어주고 싶을 정도로 재운은 간절했다.

"전 남자 친구."

"언제 사귄?"

"기억 안 나."

루리는 모르는 척하고 싶어했다. 하지만 재운은 그가 누구인지 대충 감을 잡고 있었다. 다만 루리 입으로 직접 듣고 싶었다.

"근데 왜 선생님이라고 불러?"

"예전에 미술학원 다닐 때 강사 선생님이었거든."

미술학원 그만두고 대학에 가서 우연히 길에서 마주쳤다. 재능이 있던 루리가 미술을 그만둔 걸 자기 일처럼 안타까워했다. 다시 시작하라고 부추겼지만 다시 시작할 엄두도 안 난 건 우리 때문이었다. 이제 겨우 고등학생 3학년인 우리의 대학 학비를 생각해서라도 루리는 자기 꿈은 고이 접어둬야 했다.

"우리 대학 가면요."

라고 입에 달고 말했지. 그렇게 시작된 데이트가 계속됐고 그가 청혼을 했다. 처음 사귄 남자 친구였다. 처음으로 손잡고 처음으로 키스하고. 하지만 어느 날 학원으로 전화가 왔다. 그의 어머니였다.

[우리 아들, 내가 늦게 낳아서 고이고이 키웠어요. 가능하면 고생 안 하고 부모 사랑 받고 자란 집 딸이랑 결혼해서 오순도순 사는 거 보고 싶어요.]

라고 말하는데 할 말이 없었다. 눈물조차 나오지 않았다. 몇 년 전만 해도 자기도 고생 안 하고 부모 사랑 받고 자란 '딸'이 었는데. 만일 그 중년 부인이 강하게 나왔더라면 루리도 고집을 부렸을지도 몰랐다. 하지만 헤어져 달라고 눈물을 보이는 그의 어머니 앞에서 식은 커피 잔만 만지작거릴 뿐이었다. 그때부터 였던가. 이상하게 그 또래의 중년 부인만 보면 작아졌다. 그전 까지만 혼자 열심히 살면 될 거라고 생각했다. 하지만 이젠 그게 아니란 걸 알아버렸다. 루리는 세상이란 벽 앞에서 그때 처음 좌절을 맛봤다. 그전까지 있던 꿈은 산산조각이 나버렸다. 더 이상 아무것도 할 의지나 의욕도 없이 그냥 하루하루 사는 회색빛 나날들이었다. 그럴 때 재운이 나타났다. 그 회색빛 나날이 점점 총천연색으로 변하고 다시 작은 의지와 의욕이 생기려 하고 있을 때 과거의 망령이 새어 들어오기 시작한 것이었다.

무섭다. 이 복잡한 미로 같은 마음에 숨겨져 있는 욕심과 독점욕과 희망이. 잡고 싶고, 계속 같이 있고만 싶은데 재운이 자기가 싫어져서 떠난다면? 아니, 재운이 사고로 세상에서 없어져 버린다면? 또 부모님을 잃었듯이 그렇게 된다면?

더 이상 살 수 없을 듯했다. 그래서 루리는 무서웠다. 전에는 몰랐던 그것을 이제 아니까. 상실의 고통은 더 이상 겪고 싶지 않았다. 마음속의 십팔 세 소녀 루리, 더 이상 자라지도 못한 그 어린 소녀가 어두운 방에서 혼자 흐느끼는 그 악몽이 또다시 튀어나올 것 같았다.

그런 루리를 바라보는 재운은 복잡했다. 어떻게 해야 할까? 심리 상담이라도 받으라고 할까? 비행기 티켓 끊어주고 한 달만 놀다 오라고 할까? 내가, 이 내가 무얼 해줘야 하는 거야? 아무리 마음속으로 물어도 저 두꺼운 벽 속의 소녀는 머리카락을 내려주지 않을 터였다. 그게 못내 안타까웠다.

“재운아.”

그날 아무것도 하지 않은 채 멍하니 재운의 어깨에 기대 누워 있을 때 루리가 얘기를 꺼냈다. 아까 저녁 먹을 때부터 다른 세상에 가 있는 사람처럼 굴던 루리가 드디어 입을 열었다.

"왜?"

재운이 고개를 옆으로 돌려 답했다. 재운도 최근에 계속되는 실습과 시험 압박 때문에 상당히 스트레스를 받고 있었다. 지친 정도가 아니라 제대로 잠이라도 한 번 자보면 소원이 없을 정도였다. 졸려서 몽롱해져 있을 때 루리의 한마디에 찬물을 뒤집어쓴 것처럼 돼버렸다.

"있잖아. 나, 요즘 답답해."

그냥 하소연이었다. 그동안 힘들다고 투덜거린 적은 종종 있지만 이런 약한 소리는 한 적 없었다. 뭔가 바라고 한 얘기는 아니었다. 그냥 그 한마디가 하고 싶었다.

"나갔다 온 지 얼마나 됐다고 벌써."

재운은 그 말에 심장이 벌렁거렸다. 잠이 확 달아난 재운이 무뚝뚝하게 대답했다.

"벌써 육 개월이야."

"나랑 얼마나 사귀었는데?"

재운은 속마음을 감추고 투덜거리는 척했다.

"진짜 답답해, 요즘."

어딘가 머나먼 곳을 동경하듯 얘기할 때마다 깊은 곳에서 두려움이 솟아났다. 돌아가서 안 돌아오면, 누군가를 만나 버리면…… 그곳에 그냥 주저앉아 버리면…… 자기는 여기서 떠날 수가 없는데. 엄마한테 맞아가면서 그만두고 택한 길이었다. 루리를 아무리 사랑해도 외과의사가 되기로 한 걸 포기할 순 없었다. 한국에 묶인 유재운에게, 자유로운 영혼인 이루리는 벅찬 존재였나 보다.

“가지 마.”

재운의 말은 의외로 강하게 나갔나 보다. 루리가 발끈해 버렸다.

“누구 맘대로 가지 마냐.”

“내가 가지 말라고 하잖아.”

마음속으로 덧붙였나 〈내가, 내가 가지 말라는 거잖아. 제발〉 격랑이 일기 시작하는 마음처럼, 손아귀에 힘이 저절로 실렸다. 가슴을 거칠게 애무한다. 그다지 융기가 있지 않은 작은 가슴에 왜 이렇게 집착하는지 루리는 잘 모른다. 마치 루리를 송두리째 잡으려는 기세였다.

“아파.”

얼굴을 찡그렸지만 재운이 두 손을 강하게 잡고 다시 몸을 실었다. 이런 기분으로는 더 이상 재운에게 안기고 싶지 않아 온몸을 들썩였다. 하지만 재운은 전혀 봐주지 않았다. 입술이 저릿할 정도의 압력으로 가녀린 살을 짓이겼다. 그 힘에 저절로 입술이 벌어졌고 목 안쪽까지 강하게 훑는 그 기세에 루리는 잦은 신음을 흘렸다. 결국 재운이 뿜어내는 분노가 섞인 열기에 루리가 한풀 꺾여 버렸다. 더 이상 재운에게 저항할 수가 없었다. 재운이 거칠게 헐떡거리는 루리와 시선을 마주했다.

"처음 잘 때 했던 말 기억 안 나? 또다시 도망가 봐! 그때 어떻게 할지 두고 보자고."

이렇게까지 재운이 화를 내는 건 처음이었다. 루리는 마치 익사하는 것같이 숨조차 쉴 수가 없었다. 이렇게 거친 재운은 무섭기까지 했다. 우리가 재운을 건드리지 말라고 했던 의미를 이제야 알 것 같았다. 다시 재운이 고개를 숙이고 마지막 한숨까지 빼앗아가겠다는 기세로 다시 입을 겹쳤다.

어깨를 움켜쥔 손가락이 살을 파고들 것처럼 죄어왔다. 목구멍 깊이 들어오는 혀에 토할 것 같았지만 재운은 봐주지 않았다. 숨도 쉴 수 없는 상황이 되자 재운의 가슴을 밀려고 발버둥을 쳤지만 오히려 양 손목을 잡혀서 머리맡에 고정될 뿐이었다. 잠시 입을 뗀 재운이 냉정한 표정을 지으면서 루리를 내려다봤다.

"넌 너무 어려."

순간 그의 분노가 안타까워 루리가 달래려고 해보았다.

"내가 나이가 어리니까 만만해 보여?"

그제야 루리는 재운의 눈에서 분노와 치욕을 읽을 수 있었다. 재운의 영혼이 깊이 상처받았음을 알았다. 사실 전에 크라코프에서 도망친 것 자체가 재운의 자존심에 큰 타격이 아니었을까. 하지만 재운 역시 루리를 이해 못하는 건 마찬가지였다. 거친

숨을 가다듬기 위해서 천천히 호흡을 가다듬었다. 재운과 싸우고 싶지 않았다. 자신의 상황에 대해 차분히 설명할 수 있다면 얼마나 좋을까. 하지만 루리 자신도 모르는 마음을 어떻게 남에게 설명할 수 있을까.

갑자기 재운이 루리를 와락 끌어안았다. 강하게 끌어안고 목덜미에 얼굴을 묻고 귀에 속삭였다.

"누나, 화내서 미안해. 근데 진짜, 진짜 어디 가면 안 돼. 응? 약속해 줘."

재운의 행동에 사실 화를 내야 했지만 재운의 애절한 호소에 그만 마음이 흔들려 버렸다. 그리고 재운이 이 정도로 자기를 좋아한다는 게 기쁘기까지 느껴졌다. 한편으로는 재운의 애절한 호소가 더 무서웠다. 지금 이렇게 사랑하는데, 나도 이렇게 너를 사랑하는데 이게 내가 일방적으로 너를 좋아하게 되는 거면 어떻게 하지? 이제 학교 졸업한 후에, 어떻게 너는 변하는 걸까? 이렇게 아무런 변화 없이 정체돼 있는 루리는 재운이 어떻게 변할지 무서웠다.

요즘 들어 쌓인 피로 때문인지 다음날은 물에 젖은 솜뭉치처럼 흐느적거렸다. 아침에 학교에 가려고 먼저 일어난 재운은 비몽사몽간에 누워 있는 루리에게 좀 더 쉬라고 하고 가버렸다. 느지막이 일어난 루리는, 집으로 돌아가 학원에 갈 준비를 겨우 한 뒤 젖은 솜처럼 늘어지는 몸을 이끌고 겨우 출근했다. 느지

막히 일어나 아무도 없는 집으로 돌아왔다. 무겁고 적막한 공기. 요즘에 바쁜 두 동생들마저 집에 와서 잠만 자니 집도 전 같지 않았다. 샤워하고 나와서 삐그덕거리는 몸을 스트레칭을 하는데 전화벨이 울렸다. 이 시간에 전화 올 데가 많지 않았다. 보통 잘못 걸린 전화였다.

　─『안녕, 루리.』

라고 하는 인사에 수화기를 떨어뜨릴 뻔했다. 재운에게서 도망가서 그대로 주욱 터키까지 내려가서 아르메니아를 갔었다. 아르메니아에 있는 오래된 초기 기독교 교회 등을 보려고. 그때 만났던 친구였다. 아르메니아는 여행하기 그다지 좋은 나라가 아니었다. 동양인이 적어서 더욱 루리가 밖에 나가면 쳐다보는 사람이 너무 많았다. 혼자 식사하기도 좋지 않았고, 가고 싶었던 산 속에 있는 수도원도 못 가보고 떠나게 생겼구나 싶을 때 필립을 만났다.

같은 게스트하우스에 묵고 있던 그는 프렌치였다. 필립은 가뜩이나 어리게 생긴 루리가 혼자 돌아다니는 게 위험해 보였는지 같이 다니자고 먼저 말을 꺼내주었다. 그래서 같이 산으로 하이킹도 가서 수도원 구경도 하고 좋은 시간을 보냈다.

오래된 정교회의 마법 같은 수도원은 아름다웠고 그날 밤 필립이 사 온 그루지아 와인을 마시고 키스를 했다. 부드럽고 따뜻했다. 그 정도였다. 잠깐 만났던 재운과의 마법 같던 그 며칠을 잊고 싶은 심정에서였다. 이 사람하고 시시덕거리면 좀 잊을 수 있지 않을까. 하지만 재운은 머릿속에서 떠나질 않았다. 그 커다란 손으로 머리를 쓰다듬어 주던 장면이 계속 떠오를 뿐이었다. 오래된 좋아하는 영화의 키스신처럼. 그 커다란 손이 자기 손을 쥐었을 때의 온기가 아직 남아 있는 듯해서 더욱 가슴 아팠다.

아르메니아에서 아제르바이젠으로 건너가려고 하는 루리에게 필립이 자기와 함께 가자고 내내 설득했고 루리는 그게 마음에 들지 않았다.

『난 너랑 헤어지고 싶지 않아. 차에 네 자리 만드는 건 어렵지 않아.』

필립은 차를 갖고 여행 중이었다. 루리는 그렇게 적극적으로 다가오는 필립이 무서웠다. 혹 떼러 왔다 부치는 꼴이 된 듯싶었다. 그렇게 적극으로 다가오는 사람은 무서웠다, 언제나. 그래서 잽싸게 코스를 바꿔서 다른 도시로 가버렸다. 떠나기 전에 집 주소, 전화번호, 이메일을 묻길래 알려주긴 했지만 이렇게 연락해 올 줄은 몰랐다. 그냥 몇 번 이메일 주고받고 끝나나 싶었건만.

『어디야?』

반가웠다. 적당히 예절 바르고 루리가 부담스러워하는 기색이 보이자 잽싸게 거리를 두어준 고마운 친구였다.

─『인천 공항.』

『한국엔 왜?』

—『여행.』

『아하.』

그러나 알았다. 자기를 보러 온 듯했다.

—『숙소는?』

『구해놨지. 언제 시간 나?』

—『글쎄.』

사실 요즘 바빠서 재운과도 만나기 힘든데 필립과 만날 시간이 언제 어떻게 날지 루리 자신도 잘 알지 못했다.

『나 요즘 제일 바쁠 때인데 시기 잘못 맞췄다구.』

루리가 투덜거리자 필립이 부드럽게 웃었다. 외신기자였다고 하는 그는 굉장히 부드러운 인상이었다. 그래서 루리는 그가 접근했을 때 좀 덜 부담스러웠던 것 같았다. 그는 루리가 깨지기 쉬운 부드러운 유리잔이라도 되는 양 다루었다.

아르메니아에서 도움받은 게 있다 보니 필립에게 잘해주고 싶었다. 바쁜 와중에도 시간을 내서 만나러 가려고 약속을 잡았다. 필립은 일부러 한국에 있는 레지던스 몇 군데 지도를 뽑아 왔다면 루리네 집 근처에 머물고 싶다고 어디 가면 좋냐고 물어볼 정도였다. 그러더니 거기서 바로 전화해서 예약해서 그리로 가버렸다.

결국 다음날 오전에 좀 한가한 루리가 그를 만나러 갔다. 예전에 봤을 땐 수염도 기르고 해서 좀 남루한 인상이었는데 깔끔하고 면도하고 청바지에 하얀 셔츠를 입은 그는 잘생기고 분위기있는 삼십대 남자였다.

그냥 서로 안부를 대충 물어보며 날씨 얘기 등을 하고 있는데 그가 갑자기 물었다.

『왜 도망간 거야?』

『그게 궁금해서 여기까지 온 거야?』

루리가 포크를 놓고 살짝 웃었다.

『나한테서 도망간 여자는 너밖에 없었거든.』

씩 웃는 얼굴이 악동 같다. 분명 매력적이었다. 다정하고 매력도 있다. 다 큰 성인남자의 매력이다. 하지만 이 남자와 키스할 때 설레진 않았다. 단지 좋았다. 재운과 키스했을 때의 그 설렘이나 짜릿함은 처음이었다. 분명 이 남자와는 그 이상 관계를 발전시킬 수 없었을 거란 확신이 있었다. 설마 싶어 알려줬는데 진짜 찾아올 거라곤 꿈에도 생각 못했다.

『말도 없이 오고 비겁해.』

『말했음 도망갔을 거 아냐.』

필립은 루리를 너무 잘 알았다.

『내가 너랑 열흘이나 붙어 있었는데 그걸 모를까 봐.』

그 말에 웃지 않을 수 없었다.

『얼마나 머물 거야?』

『너 하는 거 봐서.』

그 말에 정말 웃어버렸다. 재미있다는 듯이 웃고 난 루리가 결국 사실대로 털어놨다.

『나 사귀는 사람 있어.』

그 얘기를 꺼내자 예상 밖이라는 듯이 눈을 휘둥그레 떴다.

『이런, 한발 늦었네.』

무척 아쉬워하는 필립 얼굴을 보면서 루리가 싱긋 웃었다.

『어떤 남자야? 혹시 전에 스케치북에 그렸던 그 남자?』

아르메니아에서 밤에 할 일이 없었던 루리는 꽤 많은 그림을
그렸다. 그때 재운을 그리는 걸 보았나 보다.

『어떻게 알았어?』

『그런 얼굴로 남자 그리고 있으면 뻔하지.』

그 정도로 자기가 재운을 그리워했나 하는 생각에 쓴웃음을
지었다. 아무래도 멀리서 온 친구에게 저녁이라도 대접해 주고
싶어서 주말에 날을 잡았다. 간만에 이런저런 준비를 해서 필립
을 동생들에게 소개도 할 겸해서 저녁에 불렀다. 그 일이 재운
귀에 들어가는 건 시간문제였다.

[손님 왔다면서?]

재운이 전화로 다짜고짜 물어봤다. 우리에게 들은 모양이었
다. 전에 투닥거린 이후로는 시간도 잘 안 맞고 해서 보는 게 뜸
해져 있었다.

"응."

[어디서 굴러온 개뼉다귀야?]

"아르메니아에서 만났던 친구야."

뭐, 아르메니아라고 하면 지난 여행에서 갔던 데가 아닌가.

자기랑 헤어지고 난 뒤에 다른 남자를 만났다고? 순간 이마에
힘줄이 솟는 것 같았지만 전화 목소리는 최대한 부드럽게 했다.

[왜 왔대?]

"나 보려고 왔지."

그 말에 결국 재운의 본심이 나가고야 말았다.

[뭔 일 있었냐?]

"뭐 남자와 여자가 만났는데 섬씽 하나 없었겠어."

루리는 일부러 재운을 놀리려는 생각에 가볍게 말했다. 듣고
있던 재운 이마에 빠직하는 불꽃이 튀겼다.

[자랑해?]

"어린 주제에 넌 나 전에 여자 많았잖아. 내가 그거 갖고 뭐라
고 하는 거 봤어?"

루리가 결국 한소리 하자 잠시 정적이 흐르더니 대뜸 재운이
물었다.

[어디야 지금?]

"나 아파트 입구에 거의 다 왔어."

[알았어.]

그 말 끝나기 무섭게 전화가 끊겼다. 잠시 후 재운이 긴 그림
자를 뒤에 흘리며 나타났다. 표정을 보니 골이 난 재운은 무작
정 루리를 집으로 끌고 들어와 버렸다. 집에 들어와서 현관에서
신발도 벗지 않은 상태에서 입고 있던 티셔츠 채로 가슴을 덮썩
물어버렸다.

"꺅! 아프잖아."

라고 루리가 버둥거리는데 움직이지도 못하게 더욱 세게 안고는 목덜미를 강하게 빨아들였다. 영역 표시하는 짐승처럼. 자국에서 보라색 멍이 올라오기 시작하자 흡족해졌다. 루리가 어쩔 줄 몰라 하는 거나 등을 팡팡 소리 나게 때리는 것도 전혀 신경 쓰이지 않았다.

"이게 뭐야! 어쩌라고!"

루리의 불평불만은 전혀 들은 척도 안 하고 그대로 덮쳐 버렸다. 그대로 등 뒤에 손을 넣어 브래지어를 풀러 버렸다. 루리가 버둥거리는 걸 그대로 몸무게로 찍어 눌렀다. 그리곤 루리의 약점인 귓불을 강하게 빨아버렸다. 몸에 잔뜩 들어가 있던 힘이 빠지고 부드럽고 유연해지는 몸이 느껴졌다. 평소보다 루리가 더 민감하게 반응했다. 찰싹 재운에게 몸을 붙여왔다. 날짜를 따져 보니 배란기인 듯했다. 평소보다 조심해야겠구나 싶었다. 아직 준비가 안 된 루리에게 아버지가 엄마에게 했듯이 그런 짐을 만들고 싶지 않았다.

금세 촉촉하게 젖어들었다. 부드럽게 들이밀었다. 루리가 허리를 한껏 젖혔다. 깊숙이 자신을 묻을 때 이때가 제일 좋았다. 이때만은 루리가 옆에 있는 듯한 느낌이었다. 온 세상이 그 둘만 있는 이 느낌. 이건 다른 누구와도 나눌 수 없는 것이어서 자신이 루리에게 특별한 존재라고 느껴지곤 했다. 재운이 루리의 얼굴 여기저기에 자잘한 키스를 했다. 루리가 간지럽다는 듯이 깔깔거렸다.

몸이 이어진 채 재운이 말을 했다. 말을 할 때마다 연결된 곳으로 말이 울리는 듯한 느낌이 들곤 했다.

"사랑해."

그 말에 루리가 웃는 것으로 답을 대신했다. 그리곤 재운의 얼굴을 끌어내려서 눈에다 키스를 해주었다. 속눈썹을 살짝 핥으면서 말했다.

"네 눈 너무 좋아. 예뻐."

그래서 재운도 조금 안심하고 있었을지도 몰랐다. 루리가 재운의 목을 그대로 안으며 행동을 재촉했다. 그래서 더욱 안심하고 싶어했을런지도 몰랐다.

드디어 수능이 끝났다. 조금 한숨 돌리니 그동안 일부러 생각하지 않으려 했던 루리의 방황병은 더 심해지는 듯했다. 아무리 생각해도 재운과의 관계가 자꾸 중압감으로 자신을 눌러왔다. 생각만으로 짜부가 될 것 같았다. 만일 재운이 조금만 더 나이가 많고 조금만 더 평범했다면 얼마나 좋았을까. 그러면 이렇게 지내도 괜찮을 것 같은데. 좋아해서 괴로웠다. 놓아줄 수도 없고 그대로 간직할 수도 없었다.

계속 생각만 많아지고 결국 또 여행 책자를 잔뜩 사들이고 시간 날 때마다 지도 들여다보고 여행 사이트 들락거리기를 시작했다. 보다 못한 누리가 결국 한소리 하고 말았다.

"누나 다시 공부할래?"

"무슨 공부? 나 대학 6학년 다닌 거 몰라. 지겨워서 또 어떻게 사 년 다녀."

"하고 싶었던 미술 다시 해보지 않을래? 내가 돈 댈게."

누리가 나름 장고해서 하는 말인 걸 루리가 모를 리 없었다. 하지만 지금은 아무것도 할 기운이 없었다.

"야야, 동생 등쳐 먹는 누나는 되고 싶지 않다. 하고 싶음 내가 할 거야."

루리가 시큰둥하게 답하자 누리가 정색을 했다.

"누나 학원 선생 언제까지 하려고?"

"나도 모르지."

"그 일 안 좋아하잖아."

누리가 자기 미래에 대해 이렇게 고민하고 있을 줄은 몰랐다.

"그래도 할 줄 아는 게 어린애랑 학부형 사기 치는 기술밖에 없는데 어쩌냐."

그냥 대충 떨어내려고 했지만 누리가 집요하게 물고 늘어졌다.

"미술 다시 시작해. 그림 계속 그렸잖아."

"그거야 취미지."

시큰둥하게 말하면서 관심을 떨어내려고 했다.

"그럼 본격적으로 해봐."

"됐다."

그러자 여태 조곤조곤하게 말을 하던 누리가 버럭 화를 냈다.

"언제까지 인생 그렇게 살 거야? 베짱이처럼 돈 모아서 나가고 돈 모아서 나가고. 사람이 인생에 계획이 있어야지! 그리고 누나 밖에서 떠돌 때마다 우리가 어떤 기분인 줄 알아? 고생한 거 뻔히 아는데 우리가 어떻게 누나를 봐야 해? 어? 명목상 동생인데 하나밖에 없는 누나 계속해서 떠돌게 둬야 해? 또 나갈 궁리하고 있잖아. 무슨 일만 생기면 사람이 타조도 아니고 왜 모래에 대가리 처박듯 나갈 생각만 해."

동생의 날카로운 말에 루리는 할 말을 잃었다. 나름 꽤 오래 참은 듯싶었다. 잠시 마음속 깊은 곳에 감춰둔 생각을 급작스레 찔린지라 잠시 넋을 잃었지만 잽싸게 전의를 가다듬고 방어에 나섰다.

"너 많이 컸다."

"누나만 어른인 줄 알아? 나도 어른이야. 나가려면 재운이랑 제대로 끝내고 나가던가 해. 이번에도 또 도망가려는 거잖아."

"그거 내가 알아서 할 일이야."

루리가 발끈해 버렸지만 그걸 기다리고 있었다는 듯이 누리가 말을 이었다.

"그래서 누나가 어디 제대로 연애 끝내고 나갔어? 계속 도망만 갔잖아. 내가 몇 명이나 들먹거려야 돼? 누나 때문에 상처받은 그 사람들은 무슨 죄냐? 뭔가 좀 될 듯 말듯해서 기대 좀 가질까 하면 그대로 날라 버리고. 무슨 누나가 런어웨이 브라이드라도 돼?”

할 말이 없게 확실하게 끝까지 몰아붙여 버렸다. 누리도 그간 쌓인 게 많았던가 보다.

“이번엔 확실하게 끝내놓고 나가든지 말든지 해!”

결국 누리가 문을 쾅 닫고 들어가 버리는 걸로 싸움은 허무하게 끝이 났다. 닭 쫓던 개처럼 루리는 멍하니 닫힌 문만 바라볼 뿐이었다. 관계도 저렇게 일방적으로 문이 닫히면 참 허탈하겠지. 루리는 언제나 일방적으로 문만 닫아버리고 도망만 친 자기를 인정 안 할래야 안 할 수가 없었다. 어디서부터 잘못 꿰인 단추인 걸까. 본인도 어떻게 설명할 수가 없었다.

• 제 7 장 •

· 제 7 장 ·

「나 곧 팔레스타인 가자 지역으로 갈 예정이야. 서울에서 파리로 돌아가서 나갈 거야.」

「아랍에?」

듣고 있던 루리가 눈을 빛냈다. 아랍은 아직 제대로 못 돌아본 곳이었다. 예전에 이집트랑 터키 정도까지만 돌았다. 근처의 아제르바이젠, 아르메니아, 그루지아까지가 루리의 한계였다.

「나도 따라갈래.」

「진짜?」

「응. 언제 파리로 돌아갈 거야? 비행기 편 알려주면 나도 그거 타고 같이 갈까 봐.」

그날 당장 파리로 가는 비행기 티켓을 사버렸다. 필립과는 이스라엘까지만 같이 가기로 했다. 어차피 필립은 내전이 있는 곳으로 갈 예정이고 루리는 아프리카까지 내려갈 예정이라 전혀 목적지가 달랐다. 이제 재운에게 말하는 일만 남았다. 워낙 자주 나가다 보니 그다지 챙길 것도 많지 않았다. 재운에게 어떻게 말해야 할지 몰랐다. 일은 일단 저지르기로 했는데 뭐라고 얘기해야 할지 몰랐다. 그래 지금 좀 답답하니 잠시 나갔다 올게, 라고 말하고 떠나는 게 옳은 수순이라는 것은 알았다. 그러나 재운이 말리면 다시 주저앉거나 혹은 재운이 헤어지자고 하면 어떻게 되는 것일까. 재운과 어떻게 될지 몰랐기 때문에 두려웠다. 계속 고민만 할 뿐, 행동으로 옮기지를 못했다. 이루리답지 않게 우유부단한 행동이란 걸 본인도 알고 있었다. 하지만 무서운 게 너무 많았다.

결국 루리는 재운에게 끝까지 얘길 못했다. 한참 기말고사로 바쁜 재운과 전화 통화를 하거나 나가서 잠시 차에서 만나는 정도이지 그렇게 오랜 시간을 함께 보내지 못했다. 그때마다 말문이 잘 열리지 않았다. 학생들 상대로는 이 얘기 저 얘기 잘도 하면서 왜 재운을 상대로는 입이 안 떨어지는지. 그냥 차에서 만나 잠시 재운의 어깨를 베고 누워 있기만 해도 좋았다. 손끝 하나 스치기만 해도 이렇게 좋은데. 그래서 더 무서웠다. 이 따뜻한 온기를 영영 잃어버린다면 어떻게 살아야 하는 걸까.

재운 역시 답답했다. 일단 시험공부는 해야 하는데, 루리는 무슨 이유인지 방황하기 시작하지, 그 느끼한 프렌치 놈은 계속 맴돌고 있지, 시간은 없지, 마음만 조급해질 뿐이었다. 어떻게 든 손에 완전히 쥐고 싶은데 쥘 듯 말듯 안타깝게 빠져나갈 뿐 이었다. 옷자락이라도 부여잡고 다리에라도 매달리고 싶었다. 이렇게 같이 있을 때만 존재감이 확실하게 느껴지는데 그나마 이럴 때도 마음은 어디 가 있는지 알 수 없었다.

"재운아."

"왜?"

재운이 루리의 긴 머리카락을 빙빙 돌리며 장난질을 하다가 이름을 부르자 고개를 들었다. 다정하게 쳐다보는 재운의 눈길 에 할말을 잃었다. 너무나 다정하게 바라보니 눈물이 핑 돌 것 만 같았다. 그대로 재운의 품에 고개를 묻어버렸다. 재운이 자 기 품에 쏙 안기는 작은 몸을 강하게 포옹했다. 무슨 할 말이 있 는 게 분명한데 머뭇머뭇거리며 잘 못하는 루리를 재운은 안타 깝게 바라보았다.

작은 턱을 들어서 부드럽게 입맞춤을 했다. 도톰한 입술을 가 르고 들어가 도망가는 작은 혀를 휘감았다. 긴 키스를 끝내고 눈을 떴을 때 루리 눈에서 눈물이 핑그르르 돌 것 같았다. 나한 테 이렇게 다정하게 하지 마. 네가 상처 입을까 봐, 그리고 내가 너한테 너무 깊이 빠질까 봐 무서워. 온몸에서 세포 하나하나까 지 깨어나 외칠 것만 같았다. 더 이상 견딜 수 없는 긴장감에 너 무 지쳤다. 그래서 결국 재운에게 얘기도 못 꺼내고 재운을 보내야 했다.

"나 들어가 볼게."

"응, 전화해."

"먼저 가봐."

재운이 차를 몰고 가다 멈춰서 돌아보고는 루리에게 손짓을 했다. 어서 들어가 보라는 것 같았다. 그게 그들의 마지막이었다.

학원에 가서 원장을 만나 다시 나가겠다고 말하는 것도 이번엔 수월하지 않았다.

"이 선생, 이번엔 대학 합격자 발표 날 때까지는 붙어 있기로 했잖아."

처음으로 얼굴을 붉히며 화를 내는 원장을 보면서 루리는 정말 숨고 싶었다.

"이 선생 이러는 거 정말 마음에 안 들어. 왜 그렇게 한자리에 못 붙어 있는 거야. 일할 땐 그렇게 성실한 사람이 왜 이러나 몰라. 이제 걱정돼. 알아? 내가 이 선생 한두 해 봤어? 그래서 이번엔 진짜 걱정돼. 자꾸 짧아지잖아!"

그 말에 루리 역시 화들짝 놀라긴 마찬가지였다. 고개를 숙인 채 눈도 못 마주치고 말했다.

"이미 비행기 티켓 샀어요."

그 말에 원장은 한숨만 푹푹 쉬었다.

"자긴 어째 자라질 않니. 어째 처음 왔던 여대생 그대로야."

그 말을 하면서 원장은 진심 어린 걱정의 눈길로 루리를 바라봤다.

"내가 이 선생이 이제 그냥 내가 고용한 직원 같지 않아서 하는 소리인데, 이번에 나갔다 오면 진짜 정착해. 그대로 계속 떠돌지 말고. 이 선생 계속 도망가듯 나가는 거 내가 모를 줄 알아? 도망도 한두 번이지 매번 그렇게 도망치면 어떻게 해!"

원장은 화는 그렇게 냈지만 결국 마지막 날엔 루리 손을 꼭 잡고 말했다.

"왜 이렇게 갑자기 또 나가는 건진 모르겠지만 건강하게 돌아와서 또 저예요, 하면서 전화해 알았지."

이모같이 다정하기만 한 원장은 루리를 꼭 안아주었다.

누리는 전에 싸운 이후에 일절 말도 붙이지 않았다. 무척 화가 많이 났다는 증거였다. 떠나기 전날 그날따라 일찍 들어온 누리에게 루리가 보고하듯 말했다. 비행기 티켓 사놓은 지는 좀 됐지만 말 꺼내기가 이번엔 힘들었다.

"나 내일 가."

그러나 누리는 그럴 줄 알았다는 듯이 냉정했다. 어디로 가냐 일정은 며칠이냐 이런 건 일절 묻지도 않았다.

"말했어?"

"아니, 아직. 말해야지."

"어디서? 공항에서 아님 가서? 그게 무슨 말하는 거야. 일방적인 통고지. 그건 말이야. 위에서 거의 해고당하는 거나 똑같아. 그래도 이번엔 좀 본격적으로 사귀나 싶어서 내가 재운이 나이 어려도 아무 말 안 했는데 앞으로 그럴 거면 연애도 하지 말고, 나나 우리 주변에 있는 사람 어느 누구하고도 어울리지 마. 누나가 그렇게 사고 치면 뒷수습은 누가 해? 사람이 돈을 벌어서 경제적인 자립만 한다고 어른인 줄 알아? 누나 그렇게 가고 나면 재운이랑 친구였던 우리는 어쩌라고? 우리가 재운이 얼굴 어떻게 보고 살아?"

"형, 그만 해. 누나도 다 알아."

보다 못한 우리가 나서서 말렸다. 그러나 이미 머리끝까지 화가 난 누리는 할 말을 마저 해버렸다.

"아는 사람이 그러고 다녀? 사람이 머리로는 이해해도 가슴으론 못 받아들이는 게 있는 거야!"

이제 루리는 더 이상 할 말이 없었다. 역시 누리가 길길이 뛰고 난리가 났지만 루리는 방문을 닫아버리고 완전 무시해 버렸다. 우리는 그저 한숨만 쉴 뿐이었다.

결국 누리는 아침에 화가 나서 일찌감치 나가 버렸다. 잘 다녀오란 인사도 없이. 이렇게 동생들 기분 헤쳐가면서 굳이 떠나야 하는 이유가 무엇일까. 그날따라 우리가 학교도 가지 않고 주위를 맴돌더니만 같이 공항으로 가겠다고 따라나섰다.

"왜 그래? 평소엔 안 따라오더니만."

“보통은 누나가 돌아올 거 믿으니까.”

배낭을 대신 메고 걷는 동생을 루리가 바라보았다. 그렇게 자그마했던 꼬마가 이제 좀 마르긴 했어도 청년이 됐다. 어깨에도 안 닿았던 그 꼬마가. 주먹으로 눈물을 닦아내던 그 꼬마가 계속 루리를 움직이게 한 원동력이란 걸 알까? 동생의 저런 말에 가슴이 뭉클해졌다. 일부러 가볍게 말했다.

“이번엔 안 믿어?”

“응. 안 돌아올 것 같아서 걱정돼. 누나 기다리는 나라도 있으니까 돌아오라고 눈도장이라도 박게. 아니면 십 리도 못 가서 발병 나라고.”

“비행기 돌아오길 바라는 거야 지금?”

막내가 귀여워서 루리가 샐쭉 웃었다. 누리는 강한 애니까 어떻게든 잘살겠지만 다정다감하고 착한 우리가 눈에 계속 밟혔다. 그간의 그 회색빛 삶의 보상은 동생들이었다. 누리가 영화계에 발 붙이고 있는 것도 대견했고, 과외도 제대로 못 받은 우리가 의대에 척 붙은 것도 자랑스러웠다. 그런데 왜 이렇게 허한 걸까. 누리가 그렇게 화내는 것도 이해했다. 이렇게 떠도는 것에 대해 자신도 걱정이 없는 것은 아니었다. 하지만 이번에 끝까지 가보고 나면 뭔가 답을 찾아낼지도 몰랐다. 그래서 떠나야 했다. 이렇게 도망가 버리면 이 아픈 가슴도 어떻게 되지 않을까 하는 기대감 역시 있었다.

“아니, 누나가 안 떠나길 바라는 거지.”

아이처럼 웃는 막내를 보면서 루리는 가슴속에 뭔가 탁하니 짐이 쌓이는 듯했다. 우리는 이런 전술에 강했다. 아닌 척하면서 은근스레 부담 주는.

"누나, 꼭 돌아올 거지?"

"너 의사 되면 그 뒤에서 접수대 보면서 평생 얹혀살 거니까 걱정 마셔."

말은 이렇게 해도 우리는 누나가 어디로 가는지도 모르고 있었다.

"어디로 가는지 안 물어봐?"

"모르는 게 나아. 알면 걱정만 되는 데 간 게 한두 번이어야지. 전에 네팔에서 있던 게스트하우스 사이에 두고 총격전 벌인 얘기 같은 건 메일로 보내지 마. 정말 걱정돼 죽겠어."

"그래도 산적 만나서 통행세 낸 건 얘기 안 했잖아."

그 말에 우리가 한숨을 푹 내쉴 뿐이다.

"누나, 조심해."

"응, 당연하지. 나 겁 많잖아."

별말이 없었다.

"내가 연락 없어도 너무 걱정하지 마."

"그런데 필립이랑 같이 가는 거야?"

"파리 도착해서 생각해 볼래. 아마 같이 가진 않을 듯해. 거기서 어딘가로 가겠지? 그 어딘지가 모르지만."

말을 흐린다. 아직 뭔가 정해진 것은 하나도 없는 모양이었다.

"누나."

우리가 힘들게 말을 꺼냈다.

"아직도 그 일 생각하는 거야?"

"무슨 일."

루리가 모른 척 딴전을 피웠다.

"그때 그 일."

그러나 루리는 아무 말이 없었다.

"그날 엄마랑 아빠랑 약속있어서 어디 들렀다 오는 길에 누나 픽업한 거였잖아. 누나 잘못 아니야. 그 운전자가 음주 운전한 게 잘못이지. 난 이제 누나가 그만 잊었음 좋겠어. 누나 행복하면 나도 행복할 것 같아."

눈이 싸아한 게 울 것 같아서 고개를 돌려 버렸다. 아직 머릿속에선 중학생인 누리랑 볼이 통통한 우리가 주먹으로 눈물을 훔치던 장면이 지워지질 않았다.

"추워, 어서 들어가 봐. 나 들어갈게."

생글 웃는 것 같은 얼굴이지만 눈은 슬퍼 보였다. 여권을 들고 들어가는 누나가 살짝 뒤를 돌아봤을 때 눈가에 눈물이 맺힌 것도 같았다. 언제나 작아도 다부져서 커 보이기만 하던 누나가 그때는 왜 그렇게 작아 보였는지, 못 가게 잡았어야 한다고 우리는 그 뒤로 오래오래 생각했다.

보딩하기 전 게이트 앞 벤치에서 필립과 함께 별다른 얘기 없이 한참 앉아 있었다. 면세점 구경도 시들시들하고, 머릿속은 뒤죽박죽이고, 비행기 타기 전의 두근거리는 마음 같은 것은 전혀 없었다. 불현듯 루리가 지갑에서 돈을 꺼내 잔돈을 세었다.

『잠시만. 나 전화 좀 하고.』

『그 친구?』

대번에 필립이 감 잡았다는 듯이 답했다. 루리는 잠시 움찔할 뿐 대답하지 않고 공중전화 부스로 갔다. 이래저래 천 원 정도 되는 동전을 공중전화에 넣고 익숙한 번호를 눌렀다. 머리로 생각한다기보다 손가락이 저절로 가서 누르게 되는 그 번호. 핸드폰에 입력돼 있어 단축 번호만 기억할 것 같은데 어느새 머리로 번호를 외우고 있었나 보다.

[여보세요?]

낯익은 목소리. 듣기만 해도 가슴이 콩닥거릴 것만 같았다. 아무 말도 못하고 수화기만 잡고 있었는데 재운이 알았나 보다. 뭔가 이상한 기색이라도 느낀 듯이 대뜸 물어왔다.

[어디야?]

차라리 재운이 받지 말기를 바랐는지도 몰랐다. 떠난다고 말할 용기가 나질 않았다. 하지만 말도 없이 나갈 수는 없었다.

"공항."

[뭐?]

재운이 굉장히 놀란 기색이었다. 잠시 정적이 흘렀다. 재운은 뭔가 할 말을 잃은 기색이었고, 부연 설명을 해주길 기다리는 듯했다.

"비행기 곧 출발할 거야."

[좋은 말할 때 나와라. 좀 화를 내더라도 짐 실은 거 빼줄 거야.]

그제야 상황을 안 재운이 화를 내는 대신 침착하게 설득하려고 했다. 그러나 루리는 아무 말도 없다.

"미안해. 나 가야 해. 돌아와서 연락할게."

[……나 안 볼 거면 그대로 가고. 뭐 돌아와서 또 연락하면 그땐 내 맘대로 하란 뜻으로 알고 있을게.]

재운이 무서운 어조로 침착하게 말했다. 정말 화가 난 듯했다. 루리는 재운이 정말 무서웠고 그들 앞의 미래도 무서웠고 또 다녀오면 재운이 더 이상 자길 안 만나주면 어떨까도 무서웠다. 사랑하는 것도 무섭고, 네가 떠나는 것도 무서워. 너와 관련된 모든 게 무서워. 하지만 너무 무서워서 아무것도 할 수 없는 자신이 정말 싫었다. 이렇게 무기력한 자신이야말로 제일 싫었다.

"미안."

[미안한 걸 왜 하니?]

재운이 전화에 대고 소리를 지르는 대신 안타깝게 말했다. 루리는 전화에 대고 흐느낄 것 같았다. 당장 이 비행기 안 타겠다고 말하고 싶었다. 그런데 떠나야 했다.

[어디로 가는 거야?]

루리는 아무 말도 하지 않았다. 말을 하지 못했다. 가슴에 쌓아둔 눈물이 터져 나올까 봐. 그대로 재운에게 달려가 버릴 것 같아서.

[언제 돌아올 건데?]

역시 대답이 없었다. 울고 싶은데 울 수가 없다. 가슴을 꽉 막은 뭔가가 움직이지 못한다.

[그놈이랑 같이 가는 거야?]

그 소리에 허탈한 웃음만 나올 뿐이었다.

'나는 그 사람 때문에 너 떠나는 거 아니야. 내가 무서워서 도망가는 거지. 그래 내가 무서워서. 언제나 내가 무서워서. 나의 불행이 너한테 갈까 그게 무서워서. 내가 겁쟁이라서 너 없이 못 살까 봐 그게 무서워서 도망가는 거야. 나 용서하지 마, 재운아.'

하지만 돌아갈 수도 없었다. 무서웠다. 오도 가도 못하고 수화기를 들고 있던 루리 귀에 삐.삐삑거리는 소리가 들렸다. 당황한 재운이 소리쳤다.

[누나야! 누나야! 야, 이루리! 가지……!]

그대로 전화가 끊겼다. 힘없이 돌아서서 필립이 앉아 있는 의자에 가서 철썩 주저앉았다. 그런 루리를 필립이 어깨를 토닥여 주었다. 고개를 푹 숙이고 있는 작은 얼굴이 새파랗게 질려 있었다.

『넌 뭐가 그렇게 복잡해?』

작은 어깨가 울지도 못하고 간헐적으로 떨렸다.

『좋음 좋은 거고, 싫음 싫은 거지. 왜 그렇게 슬퍼하면서 굳이 떠나? 지금이라도 안 늦었어. 돌아가.』

그 말에 루리가 고개를 내저었다.

『안 돼..』

루리는 보딩하기 시작한 비행기에 그냥 타버렸다. 삼십 분 정도 지나서 비행기는 움직이기 시작했다. 옆에서 필립이 뭐라고 말을 걸었다. 그러나 루리가 별로 대꾸도 않은 채 물을 받아서 입에 멜라토닌 두 알을 털어 넣은 뒤에 승무원에게 절대 깨우지 말라고 부탁하는 걸 보더니만 입을 다물어 버렸다. 누워서 눈을 꼭 감았다. 눈가에 눈물이 맺히려고 했다. 방금 먹은 멜라토닌 효과인지 며칠 밤을 잠도 제대로 못 자고 서성거려 누적된 피로로 인해 눈가에 수마가 몰려왔다. 루리는 그대로 기절하듯 자버렸다. 이대로 깨어나면 다른 도시에서 다르게 인생을 시작할 수 있을 거라고 믿고서.

전화를 끊고 난 재운은 망연자실했다. 낯선 번호에 고개를 갸웃하고 전화를 받았는데 루리였다. 핸드폰이라도 두고 왔나 싶었는데……. 루리가 이렇게 기습적으로 떠날 거라곤 생각 못했다. 언제나 불안불안하긴 했지만 루리를 믿었기 때문에 더욱 상처가 컸다. 처음 버림받았을 때와는 비교할 수 없었다. 돌아올 거라는 말조차 하지 않았다.

"빌어먹을!"

입에서 욕설이 나올 거 같은데 꾹 눌러 참았다. 몸속 깊은 데서 분노와 상처가 또 올라왔다. 크라코프에서의 그때와는 비교도 되지 않을 것 같았다. 지금 당장이라도 공항에 쫓아가서 잡아끌고 오고 싶은데 이미 비행기는 떴겠지. 그 여자가 아마 보딩 시간 앞두고 전화했을 게 뻔했다. 그리고 보니 우리도 도서관에 보이지 않았다. 기말고사가 다가오는데 모범생인 우리가 보이지 않는 건 이상한 일인데도 여태 눈치 못 챈 자기가 바보였다.

다 때려치우고 싶지만 기말고사가 코앞이라서 포기할 수 없었다. 참 냉정도 하지 유재운. 여자 친구가 도망갔다는데 태연하게 앉아 시험 공부라니. 얼마나 됐을까, 누군가 자기 앞에 섰다. 우리였다. 잠시 얘기하자는 듯한 사인을 해서 도서관 밖으로 불러냈다.

"누나 갔다."

이 말을 하고 나서 재운은 한동안 아무 말도 없었다. 왠지 어깨가 축 처진 것도 같다. 가기 전에 전화라도 했을까?

"어디로 갔는데?"

"일단 파리로 가서 거기서부터 고민해 보겠대."

"그놈이랑 같이 갔어?"

"일단 그런 모양이더라."

재운의 주먹이 저절로 움찔하면서 쥐는 걸 보았다. 성격상 많이 참고 있는 거 알고 있다. 어떻게 해야 하는 걸까. 시험이고 나발이고 다 때려치우고 파리로 쫓아가야 하는 걸까? 쫓아가서 도망간 여자 어떻게 잡아와야 하는 걸까. 도대체 루리는 왜 또 떠난 걸까. 잡아다 놓아도 또 떠날 여자 왜 잡으러 가야 하는 걸까? 빌어먹을…… 사랑해서였다.

"크크큭. 큭큭."

저절로 낄낄거리는 웃음소리가 터져 나왔다. 결국 처음부터 그렇게 도망가더니만 또 이렇게 도망가 버렸다. 개 버릇 남 못 준다고. 당장이라도 쫓아가고 싶은 마음을 꾹 눌러 참았다. 다시는 다치고 싶지도, 괴롭고 싶지도, 그리워하고 싶지도, 사랑하고 싶지도 않았다.

재운의 자조적인 메마른 웃음에서 우리는 촉촉한 기운을 느꼈다. 미친놈처럼 웃고 있는 재운이 놈이나, 공항에서 게이트로 들어가던 누나의 작은 어깨와 눈가에 보이던 눈물까지 모든 게 다 걱정이었다. 누리 형은 누나가 얼마나 독한 줄 모르냐고 잘 이겨낼 거라고 말은 하지만 그게 쉬운 게 아님을 누구보다 잘 알았다.

결국 재운은 학교에 와도 데면데면하게 있다가 시험 끝나면 사라졌다. 수업에도 들어오고 시험도 보지만 친구들도 말 걸기 힘들 정도로 싸늘한 모습이었다. 그런 재운을 보면서 우리는 걱정만 늘어갔다. 대마왕이라고 놀릴 정도로 차갑고 냉정한 유재운은, 물론 싸가지없다고 욕 들을 정도로 직설적인 성격에 말이 곱게 나가는 놈은 물론 아니었다. 하지만 절대 친구들에게 나쁜 짓 한 번 한 적 없고 술값 한 번 바가지 씌운 적도 없는 그런 놈이었다. 한 번 정 준 사람한테는 끝까지 성실했다. 너무 성실한 것도 문제라니까.

재운은 아무래도 우리가 조금 어려운지 우리에게는 험한 말 한 번 한 적이 없었다. 그럼에도 우리를 볼 때마다 재운의 표정이 험악해지곤 했다. 살기마저 감돌 정도여서 말도 붙이기 어려워지고 있었다. 게다가 우리는 누나가 연락이 전혀 없다는 점도 슬슬 걱정이 되고 있었다. 누나는 평소라면 가끔 전화나 엽서가 올 법한데 아무 소식이 없었다. 걱정할 일이 없을 거라고 믿고는 있지만 어디 있는지도 모르겠고 살아 있는 건지 확인도 힘들었다. 심지어 우리나 누리 둘 다 루리가 어디 있는지조차 몰랐다. 그렇게 학기가 끝났고 방학을 맞았다. 방학 내내 루리는 전혀 연락이 없었다. 재운이 놈도 역시 마찬가지였다.

3월 개강까지 우리는 재운을 볼 수 없었다. 아마 겨울방학 때 어디론가 튀쳐나간 듯했는데 어디인지 통 알 수가 없었다. 정욱이나 미나 역시 재운과 연락 안 되긴 매한가지였다. 말도 안 했기에 어디로 갔는지 아무도 몰랐다.

왠지 이상하게 지루하던 겨울방학이 지나서 개학날에 비로소 재운을 만날 수 있었다. 개강 첫날 수업에 나타난 재운은 그간 좀 남아 있던 볼살마저 빠질 정도로 홀쭉해져서 나타났다. 원체 하얀 편이었던 피부는 어딜 갔다 왔는지 새카맣게 그을었고, 원래 말랐던 몸에 살이 더 빠져서인지 날카로운 턱 선이 드러나고 길쭉한 눈매가 더 매서워져 있었다. 외로운 떠돌이 수컷 늑대 같은 음산한 기운을 있는 대로 강의실에 뿌려대며 긴 다리를 뻗고 앉아 있는 재운 근처에 아무도 다가가질 않았다.

재운이 고개를 돌리고 우리를 발견하더니 벌떡 일어나 긴 다리로 성큼성큼 다가왔다. 위압적일 정도로 긴 그림자를 흘리며. 오자마자 인사도 없이 다짜고짜 물었다.

"잘 있대냐?"

"누구?"

모른 척했다. 앞뒤 말 다 자르고 묻지만 누구인지 뻔했다. 우리는 시큰둥하게 대답했다. 우리 누나가 왜 떠났는데! 이 망할 나쁜 놈아! 욕이라고 한바탕 갈겨주고 싶지만 시큰할 정도로 매섭고 날카로워진 눈매를 보니 욕도 쏙 들어갔다.

"너네 누나."

"몰라."

저 냉혈한이 저런 표정을 짓고 있는데 루리 누나는 어디서 어떤 표정을 하고 있을까. 그냥 좋으면 좋은 거고 싫음 싫은 거지 둘이 무슨 영화라도 찍어! 우리는 그냥 마음 같아선 누나랑 재운을 앉혀놓고 잔소리라도 퍼붓고 싶은 심정이었다.

"왜?"

"소식 두절. 한두 번도 아니고 이번엔 좀 오래가네."

우리 역시 이제 걱정이 안 되는 게 아니었다. 동생들조차 잊은 듯이 연락없는 누나가 여간 원망스러운 게 아니었다. 그래서 이번에 루리를 떠나게 한 재운에게 은근스레 질투와 원망이 절로 갔다. 재운이 잘못한 게 아니란 걸 알면서도 원망하게 됐다.

"케냐에 있을 거야."

재운이 단정하듯 말했다.

"그걸 네가 어떻게 알아?"

"전에 치타 보러 간다고 얘기한 적 있거든."

누나는 한 번도 그런 얘길 한 적이 없었다. 언제나 스트레스가 쌓이면 동물 다큐를 보면서 종종 훌쩍거리던 누나 모습이 생각났다. 단순하게 스트레스 푸는 것만으로 생각했는데 정말 동물을 보러 갈 마음이 있었나 보다.

"치타에 대해서 굉장히 자세히 길게 얘기해 준 적이 있어."

"엄마 치타가 다른 암 치타가 사냥한 걸 가로챘는데 그 치타가 가만있었다. 왜 그랬게? 바로 그 치타의 엄마 치타였거든. 엄마 치타가 새끼들이 세 마리나 있으니까 봐준 거지. 너무 감동적이지 않아? 보통 자기 새끼 다 잊는다는데 치타는 안 잊나 봐. 그래서 멸종 위기인 건지도 몰라."

자기 무릎을 베고 누운 루리가 자그마한 목소리로 조곤조곤 얘기해 준 적이 있었다. 치타 형제 두 마리의 가슴 아픈 해후를 보면서.

그러는 그녀도 멸종 위기였을지도 모른다. 아무도 그녀가 어떻게 얼마나 자기 생명을 깎아내리고 있었는지 잘 모르고 있었으니까. 지난 십 년의 세월 동안 혼자 아등바등한 나머지 앞으로 삼십 년 동안 쓸 기운을 한 번에 낭비해 버리고 허덕거리고 있었다. 그 아픔을 보듬지 못한 게 너무나 미안할 따름이었다. 핏덩이가 된 부모님을 본 여고생이 어린 동생들을 다독거리며 한 번도 속에 쌓인 걸 풀지도 못한 채 여기까지 왔다면 그 속은 어떨까? 사랑하고 미안했다. 한 번도 그 속을 보듬지 못한 게 정말정말 미안했다. 그렇게 떠돌 수밖에 없게 둔 게 너무나 가슴 아팠다.

그때 같이 가잔 얘기도 했었는데 혼자 가버렸다. 그래서 찾으러 갔다. 하지만 찾을 수 없었다. 아프리카에 묵을 데가 어디 있다고. 어디를 갔을까 머리를 굴리다 하나를 찍었다. 아프리카다, 치타를 보러 갔겠지. 그래서 방학이라 학교도 안 나가니 부랴부랴 아프리카행 비행기 티켓을 사고 숙소 예약해서 급하게 떴다. 케냐에 도착하자마자 나미비아 국립공원 투어팀에 참가해서 가이드를 붙잡고 이런 여자 아냐고 물어봤더니만 모른다고 했다. 이미 뜬 지 오래거나, 아니면 아직 도착하지 않았거나. 어쩌면 다른 데로 갔을지도 몰랐다. 그래서 재운 혼자 치타를 보았다.

저쪽에서 세 마리 치타 형제가 졸고 있었다. 꼬리로 느긋하게 파리를 쫓으면서. 그러다 한 마리가 일어나 관광객을 경계하기 시작했다. 그러나 한낮의 뜨거운 햇빛 아래 졸음을 참지 못하고 꾸벅꾸벅 조는 것이었다. 눈을 게슴츠레하게 뜨고 나 졸리니 어서 꺼져 라고 하는 듯한 치타를 보면서 재운은 계속 루리만 생각했다. 끝없이 샘솟는 듯한 그리움과 시큰거리는 눈덩이를 누르면서. 그때 자신을 다잡듯이 작은 목소리로 이루리라고 속삭여 보기까지 했다. 남들이 어떻게 보든 말든. 그리움은 시간이 지나도 희박해지는 게 아니라 점점 강해질 뿐이었다. 다시 돌아올지도 모른다는, 혹시 만날지도 모른다는 어리석은 희망을 안고 여기까지 왔건만 루리의 흔적은 씻은 듯 찾을 수 없었다.

그날 개강하자마자 으레 열리는 술자리에서 재운은 침울하게 앉아 계속 술만 마셨다. 안주고 뭐고 없이 계속 깡 소주만 마시던 재운이 주춤주춤 일어나더니만 저쪽에서 역시 우울하게 소주잔을 찔끔거리던 우리 바로 앞에 가서 미나와 정욱 사이에 비집고 들어가 앉았다. 그러더니 미나 잔과 정욱 잔을 연달아 마셔 버렸다. 술 냄새 풀풀 풍기면서 재운이 올 때부터 인상이 안 좋던 우리는 재운이 앞에 앉자 인상을 팍 썼다.

"너네 누나 말이야."

"그래, 우리 누나 왜?"

이미 우리도 기분이 좋지 않은지라 나가는 말이 결코 평소답지 않게 거칠었다.

"사람이 어쩌면 그렇게 독하고 모질어?"

재운은 결국 루리가 안됐다고 생각하면서도 원망하는 말을 우리에게 토해내고 말았다. 역시 침울한 우리도 순순히 수긍하진 않았다.

"대마왕 입에서 나올 말은 아닌 듯싶다. 네놈이 잘했으면 그 아줌마가 왜 도망가."

"내가 너네 누나한테 차였잖아. 나보다 더 독해, 그 여자. 진짜 독해. 어떻게 나같이 연하의 잘생기고 착하고 능력있는 남자를 찰 수가 있냐?"

재운의 횡설수설은 계속됐다. 이미 꽤 많이 상태였다. 말을 하는 내내 자작하는 것도 잊지 않았다.

"우리 누나니까 너 같은 놈을 만나 사귄 거야. 얌전한 고양이가 부뚜막에 먼저 올라간다더니만 딱 그 꼴이네. 그 사람 태어나서 남자 제대로 사귄 거 네가 처음일 거야. 얼마나 앙큼하게 너 만났는데, 기가 막혀서 정말. 내가 친구로서 충고하는데 그냥 그만 잊어라, 그 사람은."

우리가 나름 선심 쓰듯 말했지만 재운은 엉뚱한 소리만 늘어놓을 뿐이었다.

"어떻게 나보다 치타를 더 사랑할 수가 있냐."

"그건 또 무슨 소리냐?"

"나보다 치타가 더 좋다고 아프리카로 가버렸잖아. 지겨워, 아프리카. 그냥 폭우나 쏟아져서 치타 못 보고 한국으로 돌아와

버려라!"

고래고래 소리를 지르며 악담을 퍼부었다. 그런 대마왕 등짝을 후려갈기며 미나가 소리를 빽 질렀다. 이미 술잔 빼앗길 때부터 화가 나 있었는데 재운이 본격적으로 떼를 쓰기 시작하자 못 참고 폭발해 버린 것이었다.

"네 나이가 몇 살인데 아직도 생떼야!"

미나가 소리를 버럭 지르면서 등짝을 몇 대 더 후려 패자 풀이 죽은 대마왕. 재미없었다. 고개를 푹 수그린 재운이 작은 목소리로 말했다.

"보고 싶다고 천 번 말했는데도 계속 보고 싶어."

넋 놓은 듯이 소주잔을 들여다보며 재운이 작게 속삭였다. 우리도 어떻게 달랠 수가 없었다. 출입국장으로 들어가던 누나의 작은 등이 왜 그렇게 애처로워 보였나 모르겠단 생각만 들었다. 수그린 재운이 왜 그렇게 외로워 보이는 걸까. 둘이 사귀는 걸 대놓고 반대하진 않았는데 내심 못마땅하긴 했다. 과연 저 둘이 얼마나 오래갈까 싶기도 했다. 하지만 둘이 같이 있을 때 뭐가 그렇게 좋은지 매일 속닥속닥거리면서 자기네들끼리 깔깔거리던 장면이 생각났다.

"누나, 살려고 도망간 거니까 너무 원망은 하지 마."

이 말에 미나에게 등을 두들겨 맞고 고개를 숙이고 있던 재운이 고개를 번쩍 들었다.

"내가 잡아먹기라도 한대? 살려고 도망가게. 내가 사자야, 호랑이야?"

"너, 대마왕이잖아."

옆에서 정욱이 농담하듯 한마디 했다. 그 말에 재운이 피식 웃어버렸다. 자기가 진짜 그렇게 무서운 걸까? 무서워서 도망갔다고? 재운은 루리를 이해할 수 없었다. 나간다고 기다려 달라고 말 한마디라도 했으면 좀 말리긴 했어도 순순히 보내주고 돌아올 날만 방학 기다리는 초등학생처럼 기다리고 있었을 텐데, 왜 그 말조차 그 여자는 하기 어려워하면서 갔던 것일까? 도대체 뭐가 그렇게 무서운 게 많길래.

결국 그대로 뻗어버린 재운을 바로 앞동에 사는 우리가 데리고 가는 수밖에 없었다. 재운은 계속 '우리야, 루리 누나야 동생 우리야!'를 시처럼 읊조릴 뿐이었다. 재운의 가방에서 열쇠를 찾아 문을 열려는데 문이 벌컥 열렸다.

"지금 몇 신데 조용히 못 들어……."

곱게 생긴 중년 여자가 재운에게 잔소리를 퍼붓다 우리를 보고 깜짝 놀랐다. 재운네 집에 수시로 들락거렸지만 재운의 어머니를 본 건 처음이었다. 길쭉하고 서늘한 눈매가 이상하게 재운과 닮아 보였다.

"안녕하세요?"

우리가 꾸벅 인사했다. 그사이에 우리가 꽉 잡고 있던 재운이 우리 어깨에서 흘러내리려 하자 잽싸게 우리가 다잡았다.

"아니, 얘가!"

옆의 재운은 여전히 인사불성으로 비틀거리고 있었다. 우리는 몹시 당황했지만 일단 침착하게 재운의 신발을 벗겨서 집 안으로 들였다.

"죄송합니다. 재운이가 좀 많이 마셨어요."

"이놈 자식이……."

재운 어머니가 혀를 끌끌 차면서 지켜보는 와중에 우리가 재운을 끌고 방으로 들어가 침대에 눕혔다. 말 안 해도 재운 방이 어딘지 아는 거 보면 꽤 친한 친구인 듯했다. 우리가 재운이 입고 있는 셔츠도 벗겨주고, 바지도 벗겨주고, 양말도 벗겨주는 걸 방 밖에서 재운의 어머니 정 여사는 바라보기만 했다.

착한 우리가 재운이 편하게 자라고 나름 신경 써준 것이었다. 재운이 어릴 때부터 몸에 열이 많아서 홀딱 벗고 자는 버릇이 있는 거야 정 여사도 알고 있었는데 저 친구가 그걸 알 정도면 꽤 친한 친구임에 확실했다. 사실 너무 친한 게 아닌가 싶어서 조금 의심의 눈으로 지켜볼 정도였다.

재운의 방을 나오자 정 여사가 차가운 물을 들고 기다리고 있었다.

"수고했어요. 이거라도 마셔요."

우리는 난감해졌다. 아무래도 집에 아무도 없을 줄 알았는데 부모님이 계신 거나 이렇게 맞닥뜨린 건 좀 당황스러웠다.

"아닙니다."

"학생 집이 어디예요?"

재운 어머니의 호구 조사가 바로 시작됐다. 생각해 보면 아들 친구를 제대로 본 적도 없었다. 대학 들어가자마자 혼자 두고 그냥 세계를 떠돌았으니 알 턱이 없었다.

"아, 바로 앞동이에요."

"다행이네요. 이름이 어떻게 되나요?"

"이우리라고 합니다. 재운이랑 같은 학교 친구고요."

처진 눈에 아직도 보송보송해 보이는 동안의 젊은 청년이었다. 이제 남자 티를 풀풀 내는 아들에 비하면 아직 소년 같은 인상이었다. 길고 가느다란 몸에, 아직 수염도 제대로 안 자랐다. 어릴 때 꽤나 곱상했을 것 같은 서생 같은 인상이었다. 하지만 밝게 인사하는 거나 예의 차리는 걸 보면 집안에서 가정교육 잘 받고, 곱게 큰 느낌이 난다고나 할까. 재운의 어머니는 우리가 한눈에 마음에 들었다.

우리가 가고 난 뒤에 재운 아버지가 혀를 끌끌 찼다.

"재운이 놈 다 늙어서 웬 망녕이래. 내 술 다 비워놓은 것도 모자라서……."

"글쎄 말이에요. 무슨 고민이라도 있나."

고등학교 입학 이후에 어머니가 왔다 갔다 하긴 했지만 거의 버려두다시피 해도 알아서 잘 큰 게 재운이었다. 그런 재운이 무슨 일인지 흔들리고 있었다. 원체 깔끔한 성격이라 양말 한 짝 굴러다니는 걸 본 적이 없었다. 그런데 아무리 가사 도우미 가 일주일에 한 번 온다고 해도 거실에 재운의 양말이 굴러다니고 바이올린 케이스에 먼지가 낀 걸 보면 재운의 상태는 눈에 뻔히 보였다.

게다가 아버지의 술 창고까지 습격해서 양주까지 홀라당 비워놓고 친구 등에 업혀 들어온 거 보면 뭔가 복잡한 문제가 있는 게 틀림없었다.

하지만 이제 와서 엄마 노릇 한답시고 아들에게 가 묻기도 뭐했다. 옷이라도 좀 정리해 주려고 방에 들어가니 이불을 돌돌 말고 벽 쪽으로 얼굴을 돌린 아들이 보였다. 재운이 얼굴을 있는 대로 찡그리고 도롱이처럼 이불을 돌돌 만 채로 뭔가 웅얼거리면서 울고 있었다.

"……리야, 가지 마."

라고 힘없이 손짓까지 하는데 뭐라는지 잘 들리진 않았다. 어릴 때 정 여사한테 맞아가면서도 끝까지 바이올린 그만두겠다고 말할 때도 눈물 하나 흘리지 않던 놈이, 울고 있었다. 저 독한 놈이 울 정도면 그 속은 어떨가 싶어 정 여사는 눈물이 핑 돌았다. 아들이 이제 어른이 됐는지 사랑을 하고 있는 것 같았다. 거실로 나와 멍하니 영화를 보고 있는 남편 상욱에게 말을 걸었다.

"여보야."

"왜?"

고개도 돌리지 않고 대답하는 남편이 얄미웠다. 예전에는 꼭 눈을 마주치며 대화하더니만 늙으니까 그냥 다른 집 남편이랑 똑같아졌다. 왠지 원망스럽기까지 했다.

"자기 아들 연애하나 봐."

"재운이 놈이?"

그 말에 그제야 상욱이 정 여사를 돌아봤다. 그에게 아들은 정 여사를 두고 경쟁하는 존재였다. 어릴 때부터 냉정한 부자간이었는데 그런 상욱도 좀 놀란 눈치였다. 냉정하고 싸가지없는 아들놈이 연애 같은 걸 할 리가 없었다.

"별일일세."

"글쎄 말이야. 근데 자기 아들 일에 신경 좀 쓰지? 쟤 없었으면 나랑 어디 결혼이라도 했겠어?"

그 말에 상욱이 뜨끔한 기색이었지만 모른 척해 버렸다. 하지만 정 여사는 절대로 그냥 있을 사람이 아니었다.

"여보야가 아빠면 이제 좀 아빠 노릇 좀 해. 쟤, 거의 혼자 크다시피 했잖아. 사우나라도 같이 가서 무슨 일 있냐고 물어라도 보든지, 아님 술이라도 사주든지."

"흠흠."

"자기 술 비웠다고 야단 칠 생각이나 하지 말고 아들이랑 얘기 좀 해봐요."

정 여사가 정말 걱정이 됐는지 상욱을 몰기 시작했다. 하지만 워낙 아들과 별 얘기 안 한지라 정 여사의 말처럼 갑자기 꺼낼 수도 없었다. 재운의 부모 둘 다 걱정만 될 뿐 우울한 표정으로 얼굴을 들이미는 아들에게 아침까지 어떤 얘기도 꺼낼 수 없었다.

예전에 바이올린 그만둔다고 선언했을 때, 왜 그만두냐고 정 여사가 소리를 고래고래 질러 버렸다. 분명 재능이 있었다. 좋은 연주자가 될 수 있다고 생각해서 지금 그만두면 후회할 거라고 어르고 달래다가 소리를 버럭 질러 버렸다. 그러자 이제 겨우 중학교에 올라가던 키가 훌쭉하게 크고 내성적인 아들은 씁쓸하게 말했다. 아버지처럼 훌륭한 연주자는 될 수 없을 테니까요, 라고 냉정하게 말하는 순간 정 여사는 더 이상 아들과 싸울 수가 없었다. 이놈이 아는구나 싶었다. 정말 속이 쓰렸다. 내 속 아파 낳은 아들이 아버지와 자신의 재능을 비교해서 그걸 넘을 수가 없어서 포기한다는데 뭐라고 할 말이 없었다. 그리곤 피 보는 것도 싫어하는 상욱이라면 절대 가지 않을 의대를 지원한 걸 보면 마지막에 복수라도 한 것 같아서 조금 꼬시다 싶기도 했다.

뱃속에 있을 때도 얌전했고, 자랄 때도 큰 손 안 들이고 커 제 아빠 돌보기에도 바쁜 엄마에겐 언제나 착한 아들이었다. 그래서 정 여사는 재운에게 언제나 미안한 감정을 품고 있었다.

"오셨어요?"

재운은 아침 식탁을 차려놓은 어머니를 보고 좀 놀란 듯했지만 그냥 시큰둥한 눈치였다. 나름 신경 써준다고 북엇국을 끓여놨다. 재운은 전날 꽤 마셨는데도 정확하게 일어나 식탁에 앉았다.

"언제 오셨어요?"

"어제 오후. 며칠 있다가 또 나가봐야 해. 너 어떻게 사나 궁금해서 잠시 들렀어."

"나야 뭐 그렇지."

덤덤하게 말하는 재운은 그새 얼굴이 홀쭉해져 있었다. 겨울 방학 때 케냐에 가서 동물 보고 싶다고 해서 그러라고 했더니만 그때 이후로 얼굴 구경도 제대로 못했다. 간간이 살아 있다는 안부 전화가 오는 게 다였다. 그래서 잘 지내겠거니 했는데. 새카맣게 그을은 데다 완전히 살이 빠져서 날카롭던 얼굴 선이 베일 것처럼 도드라져 보였다.

"얼굴이 그게 뭐니? 무슨 일 있어?"

정 여사가 아들 얼굴을 쓰다듬으면서 혀를 끌끌 차자 재운이 쌀쌀 맞게 고개를 돌려 버렸다.

"애가! 엄마가 아들 얼굴 좀 만진다는데…… 너 피가 다 술로 바뀌었을 거 같다. 어제 일은 기억나?"

재운은 별말없이 앞에 놓인 북엇국만 떠먹을 뿐이었다. 그런 아들을 보면서 속으로 혀를 끌끌 찼다.

"네 친구 우리인가 하는 애가 들쳐 업고 들어왔어."

"그래요?"

재운은 좀 의외였다는 듯이 잠시 엄마 얼굴 한 번 쳐다보곤 북엇국을 그릇 채 들더니만 그대로 마셔 버리고선 그냥 일어났다.

"더 먹어."

"됐어요. 학교 가야 돼요."

그리곤 점퍼를 대충 입고는 나가 버렸다. 그런 재운을 보면서 정 여사는 한숨만 푹 쉬었다. 그때 옆에 앉아서 간만에 부인이 차려준 아침상을 받고 헤벌쭉해 있던 상욱이 눈치없이 말했다.

"자기, 난 더 먹을래."

철딱서니 없는 남편을 바라보며 정 여사는 화를 버럭 냈다.

"자기가 떠먹어. 자기는 손이 없어 발이 없어!"

그날 저녁은 부모님도 계시고 해서 집에 일찍 들어왔다. 어머니가 나름 신경 써서 저녁상도 차려줬는데 그다지 입맛이 없었다. 대충 먹고 나서 방에 들어와 인터넷으로 신문을 보기 시작했다. 루리가 떠난 이후 외신에 관심이 가기 시작했다. 어디선가 내전이라도 나면 혹시 거기 있을까, 혹시 신문에서 보는 게 아닌가 하는 걱정 때문이었다. 루리가 안전한 서유럽 도시 어딘가를 떠돌 거란 생각은 요만큼도 하지 않았다. 필립인가 뭔가하는 놈팽이랑 붙어먹든지 말든지 간에 살아서 건강하게 돌아오면 언젠간 다시 승산이 있을 거란 오기와 집념이 있었다.

평소처럼 외신을 주루룩 내리는데 뭔가 이상한 제목이 떴다. 〈프랑스 사진기자, 가자에서 피랍〉 익숙한 재수없는 얼굴이 보였다. 필립 끌레르몽(36), 가자에서 이스라엘 가자 지구에서 취재 중 피랍됐다는 내용이었다. 이슬람 무장 단체가 성명을 발표

하고 현재 이스라엘 정부가 잡아서 가둔 죄수와 교환하자고 제의한 게 떠 있었다. 며칠 전 〈르몽드〉에 실린 필립의 특별 기사로 전 세계가 놀랐던지라 보복이 아닐까 싶다는 추측이 곁들여 있었다.

심장이 덜컹했다. 물론 그를 좋아한 적은 없었다. 루리 곁에 맴도는 그가 싫었다. 루리를 다정하게 바라보고, 자기와 만날 시간을 빼앗고, 루리를 차지하고 있는 게 싫었다. 하지만 그가 죽었다니, 그럼 그와 함께 떠난 루리는? 다행히 옆에 루리 이름은 보이지 않았지만 혹시나 포로로 잡혀 있는 건 아닐지, 루리는 어디 있는지 걱정이 태산 같았다. 안절부절 못하다 결국 우리에게 바로 전화를 했다.

"루리도 이스라엘에 있니?"

[몰라. 왜? 그리고 남의 누나 이름 함부로 부르지 마라.]

우리가 무뚝뚝하게 답했다.

"신문 봤어?"

[뭔 신문?]

우리가 신문이라는 말에 흠칫 놀랐다.

"왜 그 빠다."

[아, 필립?]

"어. 그 사람 납치당했다."

[그게 무슨 소리야?]

"가자에서 납치됐다더라. 포탈 가봐, 뉴스 있어."

우리는 전혀 모르고 있었다. 우리와 통화를 한 뒤에 더 기분이 묘해졌다. 루리가 어디에 있을까가 아니라 이제, 살아 있을까를 걱정해야 한다는 게 더 믿겨지지 않았다.

다음날 학교에서 만난 우리는 한숨만 쉴 뿐이었다. 이제 누리와 우리조차 누나를 걱정했지만 루리의 소식은 여전히 들려오지 않았다. 잠수함처럼 숨어버린 루리를 어디서 찾아야 하는 걸까. 한국에 들어와도 루리가 나타나지 않는 이상 그들은 루리를 찾을 수가 없었다. 그제야 재운은 자기가 그동안 루리에 대해 오만했음을 시인했다.

돌아올 거라고 믿었다. 하지만 돌아오지 못할 수도, 심지어 죽을 수도 있는 것이었다. 그렇게 생각하니 울고 싶었다. 너무 보고 싶어서, 온몸이 그리움으로 가득 차서 하늘로 날아갈 수 있을 거란 생각마저 들었다. 이런 소녀적 감수성이라니 유재운에겐 정말 창피한 일이었지만.

계속 도망가도 어디를 가도 무엇을 보고 뭘 먹어도 늘 머릿속에 맴도는 건 오직 어떤 이의 얼굴 하나였다. 지우고 싶어서 안달을 해도 어떻게든 그 반년치의 기억은 참 오래도 간다. 곱씹으면 곱씹을수록 그리워지고 채색되고 마음속 깊이 또렷하게 청사진처럼 기억된다.

계속 도망을 가봤자, 마음이 늘 같은 곳에서 맴도니 여행이 재미있을 리가 없었다. 그냥 몸은 자연스레 움직이고 일어나서 밥 때 되면 밥 먹고, 구경하고, 티켓 사서 다른 도시로 떠나고, 국경도 넘고 온갖 것은 다 하지만 재미가 없었다.

처음에 필립을 따라 이스라엘로 갔을 때 필립이 계속 권했다. 그냥 돌아가라고. 그때마다 고집을 피우곤 했다. 괜찮다고. 그러다 결국 이스라엘을 벗어나 혼자 여행하게 되는 그 순간 외로움이 물밀듯 밀려왔다.

보고 싶어서 너무나 보고 싶어서, 전화 카드를 사서 전화를 걸려고 해도 용기가 나질 않아서 수화기를 들었다 놓았다를 반복했다. 바보 같은 줄 알면서도 그놈의 미련이 뭔지. 마음의 병 때문인지 몸도 계속 좋지 않았다. 생전 처음 물갈이도 했다. 알레르기 약을 사서 먹어야 할 정도로 온몸에 물집이 잡혔다. 신경성 위염이 계속됐다. 좋아하는 술도 끊을 정도로. 잠은 오지 않고 잠이 오지 않으니 낮에는 머리가 깨질 것처럼 아팠다.

그뿐만 아니라 소매치기도 당하고, 가는 데마다 계속 문제가 생겼다. 이런 온갖 트러블이 마치 한국으로 빨리 돌아가라고 압력이라도 주듯이. 그래도 목적지인 아프리카까지 꾸역꾸역 내려갔다. 갈 데가 없어서 가는 수밖에 없었다. 돌아갈 데가 없는 사람 같은 기분이 들었다.

메일을 쓰고 지웠다를 몇 번이나 반복했는지도 모르겠고, 술을 미친 듯이 마셔도 머릿속에서 지워지지도 않고 떠나지도 않는 그 얼굴 때문에 노이로제라도 걸린 것 같았다. 몇 달을 그렇게 헤매고 다녀도 여행조차 재미가 없었다. 이제 그냥 관성처럼 움직일 뿐.

그러다 죽을 정도로 온몸이 두들겨 맞은 것처럼 아프기 시작했을 때 겁이 덜컥 났다. 처음엔 감기 몸살인가 싶었다. 열이 났다 내렸다 반복하는 와중에 말라리아가 아닌가 의심이 되기 시작했다. 덜컥 겁이 나니 제일 보고 싶은 건 두 동생이 아니었다. 이럴 때 믿고 의지할 만한 사람의 얼굴. 단 하나였다. 이럴 때 생각나는 게 친혈육도 아닌 그의 얼굴이었다는 게 잘 믿겨지지 않았다. 나는 너를 그렇게 믿고 의지했던 것일까? 그게 무서워서 한국을 뜬 거였는데 이미 그런 상태라니. 겨우 반년 함께 보낸 그 사람한테 자기가 이렇게 의지했다니 그런 중독이 무서워서 도망간 건데. 이미 중독된 후였던 거다.

그때 잠시 몸이 괜찮아졌을 때 묶고 있던 작은 호텔 프론트 앞에 있는 책장에서 누군가 놓고 간 표지조차 떨어진 낡은 책을 펼쳐 들었다. 에밀리 디킨슨의 시집이었다. 어릴 때 읽은 기억이 있었다. 몇 십 년을 집에서 나오지 않았다는 그녀는 어떤 가슴 아픈 일이 있었길래 집안에 자신을 유배시켜야 했던 걸까. 이런 생각을 하면서 힘없이 페이지를 넘기다 손이 멈추었다. 〈추억으로부터 우리 달아날 날개가 있다면〉이라는 시에서 손이 부들부들 떨리고 가슴을 조이던 족쇄가 풀리고 뜨거운 것이 터져 나왔다.

추억으로부터 우리

달아날 날개가 있다면
무수히 날게 되리라.

이미 무수히 날았고 여기까지 왔건만, 계속 헛된 날갯짓만 했을 뿐, 기억에선 조금도 거리를 두지 못했다. 이제는 작은 추억조차 너무 감미로워서 잊고 싶지 않았다. 달아나고 싶지 않았다. 아니, 처음부터 물리적인 거리만 벌려놨을 뿐 정신적으로는 한 발자국도 나간 적도 없었다.

그때서야 알았다. 분명 유재운 없는 이루리는 살아갈 수 있는 존재였다. 과거에 그렇게 살았고 앞으로도 그렇게 살 수 있겠거니 싶었다. 하지만 이게 진짜 사는 걸까? 너무 사랑하면 나중에 잃는 게 두려워질까 무서워서 먼저 도망 온 건데, 이렇게 괴롭고 힘들 바에야 그냥 재운 옆에 있지 왜 굳이 이렇게 멀리 와서 아파서 몸부림치면서 그리워하고 외로워야 하는 걸까.

죽기 전에 마지막으로 한 번만 더 보고 싶단 생각을 진지하게 했다. 그래서 비행기를 탔다. 이집트까지 가서 항공권을 사서 한국으로 되돌아가기로 했다. 죽을 만큼 아프고 힘들어도, 정말 죽을 거라면 한국에 가서 그의 얼굴이라도 한 번 더 보고 죽자. 죽는 마당에 뭐가 창피하겠어. 응? 죽는다는데 재운도 화를 좀 덜 내지 않을까, 죽어가는 사람 앞에 두고는 용서해 주지 않을까.

도망가는 열정 대신에 열심히 사는 것도 괜찮을 것 같았다.

한 번 살지 두 번 사는 것도 아니고 이제 이 정도 쉬었음 됐다 싶었다. 누리가 말한 대로 동생한테 돈이 넘치게 많다는데 신세 한 번 지는 게 뭐가 어렵겠어? 이런 생각을 하면서 루리는 이집트로 날아갔다.

작년 이맘때, 루리를 다시 만났지. 그때 자다가 날벼락처럼 덤벼들었던 작은 몸을 떠올리면 눈시울이 시큰해질 것 같았다. 그런 상념을 깨운 것은 핸드폰 진동이었다.

낯선 번호였다. 아마도 공중전화에서 거는 듯한. 누군가 돈 떨어졌다고 술값 내러 나오라는 전화만 아님 될 것 같았다. 그러다 문득 생각이 났다. 전에 마지막으로 루리가 걸었던 인천공항의 번호. 이 번호와 비슷했던 것도 같은데.

"여보세요?"

아무 말도 없다. 장난전화인가 싶어 끊으려는 찰라 작은 소리가 들렸다.

[나야.]

근 오 개월 만이었다. 원망의 말이 숨을 쉬듯 쏟아질 것 같은데 가슴 수위를 찰랑거리던 그리움이 넘쳐서 눈시울이 시큰해질 뿐이었다. 겨우 한마디 내뱉었다.

"어디야?!"

[공항.]

가냘팠다. 너무 가냘프고 작아서 그대로 보듬어 안아주고 싶을 정도로.

"사흘은 피죽도 못 얻어먹은 목소리다."

반가워서 코가 시큰했지만 창피해서 일부러 버럭 소리를 질러 버렸다. 전화기에 작게 낄낄거리는 소리가 들렸다. 루리 역시 퉁명스런 재운의 목소리에 여태 참아왔던 눈물이 쏟아질 것 같았다.

"공항 어디인데?"

[공항버스 티켓 끊는 매표소 근처야.]

"이제 막 내린 거야?"

[아니, 좀 됐어.]

오래오래 전화할까 이대로 병원으로 갈까 고민했다. 그러다 이대로 가서 죽는다고 하면 어쩌지? 그래도 죽기 전에 뭐라고 말은 하고 싶었다. 재운은 당장 뛰쳐나가려다가 전화를 끊으려는 여자를 다급하게 잡고 물었다. 넓은 공항 어디에서 찾아야 할지 모른다.

[A게이트 앞에 있어.]

"응."

그 말만 하고 전화가 끊겼다. 루리는 수화기를 든 채 가만히 있었다. 아직 수화기에선 재운의 목소리가 맴도는 듯했다. 온다고 했으니까 올 것이다. 그제야 온몸에서 긴장이 빠지면서 서 있는 것조차 힘들어졌다. 겨우 A게이트 앞까지 가서 벤치에 히마리없이 주저앉았다.

　재운은 그대로 지갑과 핸드폰, 점퍼를 들고 뛰쳐나왔다. 카메라에 찍히든 말든 새벽 도로를 질주했다. 영종도 공항으로 가는 길은 한산했다. 카메라가 찍는 게 대수인가. 어차피 정 여사 차 몰고 나왔다. 정 여사가 나중에 게거품을 물든 말든.

　차를 세우고 입국장 안으로 달려 들어갔다. A게이트 앞 벤치에 커다란 배낭을 옆에 둔 여자가 멍하니 있는 게 보였다. 그새 머리가 많이 자라서 거의 허리까지 내려올 정도였다. 통통했던 볼도 홀쭉해져 있고, 긴 머리가 산발로 온몸을 감싸고 있을 정도였다. 여자는 말 그대로 멍하니 앉아 있었다. 너무 반갑고 그리워서 환영이 아닌가도 싶었다. 환영이든 신기루든 간에 그대로 달려가 머리카락에 손끝이라도 한 번 대보고 싶었다. 그대로 달려가 앞에 섰다.

　커다란 그림자가 자기 앞에 드리운다. 빛을 막을 정도로 바짝.

　고개를 들 수가 없었다.

　그러자 자기 앞에 무릎을 꿇고 앉아 무릎에 얼굴을 묻었다. 얼굴을 차마 바라볼 수가 없었다. 그런 재운의 머리 위로 뜨거운 뭔가가 떨어진다. 재운은 긴 팔을 뻗어 루리의 허리를 꽉 안고 속삭였다.

　"또 말 안 하고 떠나면 끝까지 쫓아가서 죽여 버릴 거야."

　벌떡 일어난 재운은 뜨거운 눈물만 쏟는 루리의 손을 잡고 배낭을 한 팔에 짊어지더니만 그대로 끌고 나갔다. 바로 주차장으로 끌고 내려가더니만 차 문을 열고 루리를 안에 처넣고 배낭을 뒤트렁크에 던져 넣었다. 그리고 바로 앉아서 아무 말 없이 운전하기 시작했다.

계속 루리 얼굴과 앞을 번갈아 보던 재운이 갑자기 놀라서 차를 갓길에 세웠다.

"얼굴이 왜 그래?"

창백한 정도가 아니라 입술까지 새파랗게 질린 루리가 벌벌 떨고 있었다. 식은땀이 죽은 사람 피부처럼 시퍼렇게 된 얼굴에서 흘러내렸다. 루리가 가냘픈 목소리로 그제야 입을 열었다.

"말라리아야."

"뭐? 왜 그걸 지금 말하는 건데?"

루리는 별말없이 희미한 미소만 뿌릴 뿐이었다. 재운은 그대로 미친 듯이 대학병원으로 달려가기 시작했다.

"재운아, 재운아."

"왜? 말하지 말고 가만히 있어. 히터 틀어줄게."

재운이 히터를 최대한 끌어올리더니만 미친 듯이 속도를 내기 시작했다.

"살살 몰아."

루리가 힘없는 목소리로 잔소리를 했다.

"지금 살살 몰게 생겼니?"

화를 버럭 내더니만 핸드폰을 꺼내서 전화를 걸기 시작했다.

"선배, 저 재운인데요. 네, 네. 저 지금 병원에 가는 중인데 응급실 앞에 사람 좀 대기시켜 주세요."

전화 받는 사람이 놀랐는지 무슨 일이냐고 묻고 있었다.

"말라리아 환자요. 네, 네. 약 있나 좀 알아봐 주세요. 부탁할
게요."

재운의 입에서 부탁한다는 말까지 나왔다. 재운이 루리의 차
가운 손을 꼭 잡았다. 힘없이 늘어져 있던 루리가 재운의 손을
들어 입을 맞췄다. 그 커다란 손이 그리웠다. 처음 크라코프에
서 머리를 쓰다듬어 주었을 때, 그때부터 사랑했다. 왜 그때 난
도망친 걸까. 난 너에게서 두 번이나 도망쳤는데 넌 계속 기다
려 줬구나. 너무나 미안하고 사랑해서 눈물이 쏟아져 내렸다.
아파서 울 기운도 없을 듯한데 어디서 이 눈물은 만들어져서 솟
는 걸까. 몸에서 체액이 다 나올 정도로 울었다. 루리가 울기 시
작하니 재운이 어쩔 줄 몰라했다.

"누나야, 많이 아파?"

"아니, 아니……."

루리는 흐느끼면서도 고개를 저었다. 몸이 아픈 게 아니라 마
음이 더 아파. 난 왜 네 마음을 이렇게 아프게 하는 걸까? 응?

루리는 이상하게 계속 흐느꼈다. 그런 루리가 걱정돼서 재운
은 운전을 하면서 계속 쳐다봤다. 마음은 조급한데 왜 이렇게
차는 안 나가는지. 얼마나 울었는지 루리는 지쳤는지 더 이상
울지도 못하고 그대로 누워서 헐떡거리기만 했다.

더 이상 울 수 없을 정도로 울고 났을 때 병원 주차장으로 차

가 들어갔다. 재운이 뛰쳐 내려서 루리가 앉아 있는 쪽 문을 열었지만 루리는 힘이 하나도 없어서 손 하나 내밀 수가 없었다. 그대로 안겨서 응급실까지 갔다.

응급실 침대에 눕자마자, 의사와 간호사가 달라붙어 바이탈 체크니 뭐니 귀찮게 하기 시작했다. 옆에서 재운이 뭐라고 설명하는 게 들렸다. 새파랗게 질린 입술이 잘 떨어지지도 않고 이가 맞부딪치며 딱딱거렸다. 여행으로 피곤한 데다 한참 울었으니 몸이 훨씬 안 좋아지는 게 당연했다. 혈압이나 체온이 너무 낮아서 의사가 놀랄 정도였다.

"근데 어느 지역 말라리아야?"

아무래도 재운이 보호자라고 생각했는지 응급실 의사가 재운에게 물었다.

"그게 잘……."

그때 누워서 덜덜 떨던 루리가 답했다.

"아프리카요. 약 먹었는데 별 소용없었어요."

루리가 바보도 아닌 이상 나름 약도 먹었고 당연히 모기를 쫓는 스프레이도 갖고 갔다. 아프리카는 이루리를 반기지 않았다. 크고 작은 사건들 속에서 계속되는 위장병으로 식욕도 잃었다. 그러다 마지막 정점이라도 찍듯 말라리아에 걸려 버린 것이다. 결국 케냐에서 부랴부랴 비행기 티켓을 사서 이집트까지 갔다. 그런 다음에 다짜고짜 공항에 가서 서울 가는 비행기 티켓을 사겠다고 하니, 자리가 있는지 없는지 잘 모르겠다고 항공사 승무원이 애매하게 굴었다. 하지만 루리의 창백한 얼굴을 보더니만 한숨을 쉬더니 바로 티켓을 끊어주었다.

나중에 날아올 카드 고지서는 누리나 재운한테 갚으라고 해야지. 거기까지 하고 나니 그동안 좀 내렸던 열이 도로 오르기 시작했다. 돌아오는 비행기 안에서도 계속되는 고열과 두통으로 기내용 이불을 몇 장을 뒤집어쓰고 갖고 간 옷을 다 껴입어도 계속 몸이 덜덜 떨려왔다. 승무원도 놀라서 계속 괜찮냐고 물어보면서 자리까지 편한 데로 바꿔줄 정도였다. 이렇게 힘들게 와서 재운을 다시 보는 순간 긴장이 그대로 풀려 버리면서 몸의 힘이 좌악 빠져 버렸다. 머리끝부터 발끝까지 저려오는 와중에 정신은 혼미해지고 있었다. 루리가 정신을 놓을 것 같자, 온몸을 주무르고 있던 재운이 루리를 불렀다.

"누나야!"

루리가 희미하게 대답했다.

"나 아직 안 죽었어. 미안한데 우리한테 전화 좀 해줄래?"

그제야 재운이 전화를 들고 잠시 복도로 나갔다. 옆에 의사와 간호사가 붙어서 루리 상태를 지켜보고 있었다.

"아프리카 말라리아는 한국에 치료약이 많지 않아요."

정신이 혼미해진 상태라 그냥 누워서 듣고 있었다.

"일단 당장 죽지는 않으니까 수혈이라도 좀 하시는 게 좋을 듯싶네요."

"수혈이요? 그거 꼭 해야 하나요?"

루리가 힘없는 목소리로 반문했다.

"네. 몸 안에 적혈구가 다 파괴돼서 지금 온몸이 다 아프실 텐데 이거라도 좀 해야 괜찮을 거예요."

그 말에 루리가 얼굴을 찡그렸다. 시뻘건 그 액체를 보고 싶진 않았다. 가뜩이나 창백한 안색이 더욱 안 좋아졌다. 그때 재운이 들어왔다.

"우리 곧 올 거래."

"재운아, 나 수혈 안 하고 싶어. 그런 거 싫어."

어린애처럼 루리가 칭얼거렸다. 피 생각만 해도 어지러웠다. 왠지 모르게 재운을 상대로 어리광을 부리고 싶어졌다. 아직 재운이 내치진 않았지만 어떤 용서의 말을 한 것도 아니었다.

"그거 해야 안 아파요."

보다 못한 의사가 달래려고 했지만 루리는 계속 거부하다 한마디 해버렸다.

"이렇게 아플 바엔 죽는 게 나을 것 같아요."

이미 피라는 단어에 이성이 날아가 버린 루리가 못 참고 머릿속에 있던 말을 내뱉었다. 그러자 곁에 조용히 서서 달래던 재운이 버럭 화를 냈다.

"그렇게 죽을 거면 왜 한국에 힘들게 돌아왔어?"

그제야 정신이 좀 난 루리가 눈물이 가득 고인 눈으로 재운을 쳐다보는데 재운은 아예 루리 쪽은 보지도 않고 의사한테 말했다.

"형, 수혈해 주세요! 지금 고열로 제정신이 아니니까 저 환자 말 전혀 신경 쓰지 마세요."

"혈액형 알아?"

"RH+ AB형이에요."

재운이 루리에 대해 모르는 게 뭐가 있을까. 결국 의사가 루리 의사는 무시하고 수혈 준비를 하기 시작했다. 재운의 기세에 눌린 루리는 그냥 사색이 된 채 누워 있었다. 재운은 곁을 떠나지 않고 계속 팔다리를 주물러 주었다.

잠시 후 우리가 누리까지 끌고 달려왔다. 둘 다 안색이 좋지 않았다. 재운이 루리 팔다리 주무르는 걸 보고 누리가 험상궂은 표정을 지었다.

"야, 네가 왜 여기 있어?"

"내가 불렀어."

힘없는 목소리로 루리가 대답하자 누리 표정이 더 일그러졌다.

"누나는 죽어가는 마당에 우리보다 이놈이 더 보고 싶었냐?"

누리가 버럭 화를 내자 누워 있던 루리가 힘없는 소리로 말했다.

"너네 걱정할까 봐 만만한 사람 부른 거야. 나 무사해."

누리는 누나가 자기가 아니라 재운을 부른 게 아무래도 섭섭했던 모양이었다. 아무 말 없이 우리가 루리의 발을 주무르기 시작했다. 보통 여행 가면 살이 쪄서 돌아오는데 이번엔 고생이

심했는지 떠날 때와 별다른 게 없어 보였다.

　이 사람이 이렇게 연약했던가. 이렇게 가느다란 팔다리로 어떻게 자기 학비 벌고, 동생들 키워가면서 대학 다니고, 직장 다녔을까. 이 작은 어깨에 놓여 있던 그 큰 짐은 얼마나 덜었을려나. 이제 삼십대가 됐지만 여전히 아기처럼 보이는 누나의 이마의 솜털을 보면서 누리는 한숨만 나올 뿐이었다. 왜 다 큰 동생은 의지 못하고 떠돌기만 하는지. 그게 못내 안타깝고 가슴이 저렸다.

　아프리카 말라리아는 동남아시아 말라리아와 워낙 다르다 보니 한국에서 약 구하기가 쉽지 않았다. 다행히 실험용으로 들여온 치료약을 구할 수 있었지만 큰 병을 앓은 몸은 쉽게 회복되지 않았다. 워낙 큰 병치레를 해서 그런지 사라진 체력은 돌아올 기미가 보이지 않았다. 결국 계속 병원에 누워 있어야만 했다. 빈혈이 너무 심해서 임산부용 빈혈약을 먹어가면서. 누리가 보다 못했는지 보약까지 지어다 먹일 정도였다.

　재운은 학교 가는 거 외에는 루리 옆에 꼭 붙어 있었다. 밥도 옆에서 먹고, 공부도 옆에서 하고, 심지어 잠도 옆에서 자는 날이 많았다. 별다른 말 없이 꼭 붙어 앉아 있는 재운. 아무런 것도 묻지 않았고 와서 무뚝뚝하게 불편한 데는 없나 체크만 하고 바로 책을 펴고 공부를 하다 잘 때 되면 자고, 밥 먹을 때 되면 병원 밥 맛없다고 죽을 사다 주거나 보약을 챙겨 먹이거나 했다.

그래서 루리는 좌불안석이었다. 집행을 바로 앞에 둔 사형수 같은 심정이었다. 예전에도 그랬다. 도망갔다 우리 방에서 딱 마주치고 나서 한 달이나 소식이 없었다. 소리도 냄새도 기척도 없이 나타나서, 한순간에 바로 목을 물어버린다. 재운은 표범처럼 때를 노리고 있는 것 같았다.

하지만 잘못한 사람이 입이 열 개여도 할 말이 없는 이루리가 어떻게 말을 꺼낸단 말인가. 그냥 어떻게 될 것인지 기다리는 것만 할 수 있을 뿐. 죽일 때 죽이더라도 단칼에 베었음 좋겠다 이런 생각만 했다. 이렇게 사람 희망을 가지게 하는 게 얼마나 더 힘든 일인지 모르겠다 싶었다. 그러면서 자기 자신을 돌아보며 반성하기도 했다.

처음에는 재운의 얼굴을 마지막으로 보고 죽자라는 심정으로 돌아왔다. 막상 보니 놓기 싫었다. 결국 떠난 것도 재운을 좋아하는 게 두려워서가 아니었던가. 그 복잡한 마음 때문에 당장이라도 뛰쳐나갈 것 같다가도 그 먼 타국에서 헤매면서 계속 죽을 것같이 아픈 마음으로 그리워하던 걸 생각하면 그냥 눌러앉아야 했다. 그렇다면 도망간 이유 중 하나가, 재운의 화려한 배경에 루리 자신이 너무 보잘것없다면 자신의 위치를 끌어올리면 될 것이 아닌가 싶었다.

어차피 이제 더 이상 학원강사를 할 마음이 없었다. 처음부터 돈을 벌려고 들어왔던 것이고 어쩌다 보니 눌러앉은 것이었다.

누리가 전에 제안했던 대로 그만뒀던 미술을 다시 시작하고 싶었다. 어릴 때부터 유명한 그림책 삽화가가 되고 싶었다. 잃어버렸던 꿈이 무엇인지 기억해 냈다. 다시 꿈을 이루기 위해 전진할 준비도 됐다.

결국 퇴원하는 날도 재운이 보호자로 왔다. 누리는 워낙 바빴고, 우리는 면허가 없다고 재운에게 양보한 모양이었다. 차 안에서 내내 말이 없었다. 결국 입을 연 것은 루리였다.

"안 물어봐?"

"뭘?"

"왜 떠났냐고."

"그런 거 궁금하지 않아. 다시 돌아온 이상."

재운이 운전에만 집중할 뿐 돌아보지도 않았다. 재운이 더 이상 얘기하지 않겠다고 한 이상 아무 말도 할 수가 없었다. 재운은 아파트 주차장에 차를 세우자 트렁크에서 가방을 꺼내고 루리를 거의 끌어안은 채 아파트로 끌고 갔다. 제 집 드나들 듯 드나들던 루리네 집 도어락 비밀번호를 누르고 제 집 들어가듯 당당하게 문을 열었다. 집에는 우리조차 보이지 않았다. 일부러 자리를 피해준 모양이었다.

거의 반년 만의 방에서 루리가 작은 한숨을 폭 내쉬자, 재운이 뒤에서 강하게 안아왔다. 귓가에 속삭이는 말에 루리는 등에 전율이 느껴질 정도였다. 역시 이 육식동물이 절대 그냥 있을 리가 없었다.

“떠날 때 내가 말했지. 다시 전화하면 그때부터 내 맘대로 할 거라고.”

말은 거칠게 했어도 고열로 말라비틀어진 입술에 부드러운 게 와 닿았다. 어깨에 겨우 닿는 작은 앙상한 몸을 안으면서 재운은 한숨을 쉬었다. 루리는 미동도 없이 가만히 있었다. 말은 거칠게 했지만 입술에 와 닿는 건 아주 부드러운 입술이 맞닿는 기분이라고 생각했는데, 어느 틈엔가 거칠게 혀가 침범해 들어온다.

메말라 있던 루리 입을 촉촉하게 적시듯 재운이 입을 구했다. 밀려들어 오는 뜨거운 숨결에 루리가 저절로 입을 벌였다. 여태 수십 번 수백 번 입맞춤을 했을 텐데 처음인 양 심장이 마구 두근거리며 온몸에 뜨거운 기운을 전달하기 시작했다. 그냥 키스만이었는데 이것만으로도 천상에 올라간 양 두근거리며 감미로웠다. 달콤하면서도 격렬했다. 비터 초콜렛처럼.

몽롱하게 안겨 있는 루리에게 재운이 한 발자국 뒤로 물러서며 몸을 떼었다.

“더 하면 여기서 끝날 것 같지가 않아.”

허스키한 목소리로 속삭일 때야 비로소 루리는 정신을 차렸다.

“아.”

그제야 깨달았다. 아직 자신은 병중이었다.

“피곤하지?”

그러고 보니 좀 피곤한 듯도 싶었다. 그래도 이 방에 나 혼자가 아니라 너와 둘이어서 좋아라고 말하고 싶었다. 그러나 처형을 앞에 둔 사형수처럼 루리는 재운이 무슨 얘기를 할지 몰라서 긴장이 됐다. 그때 재운이 쓱 손을 내밀어 루리의 흘러내려 온 머리카락을 뒤로 단정하게 넘겨주며 머리를 한번 쓱 쓰다듬어 주었다.

정신이 번쩍 나는 듯했다. 처음 사랑에 빠졌을 때가 바로 저런 손길 때문이었다. 저렇게 손 내밀어준 사람은 재운이 처음이었다. 돌아올 때 다짐한 건 재운에게 모든 걸 말하고 용서받기 위해서였다. 이제 모든 걸 사실대로 털어놓을 때였다. 잠시 재운의 눈을 바라보던 루리가 입을 열었다.

"부모님이 돌아가신 날 비가 왔어. 그날 저녁에 모임이 있어서 돌아오시다가 미술학원에 들러서 나를 픽업했어. 아빠랑 엄마는 앞에 타고, 나는 뒤에 누워서 자고 있었다. 그때 음주 운전을 하던 차가 차선을 넘어서 와서 들이받은 거야. 나는 기억도 안 나. 깨어났을 때 이마에서 뜨뜻한 뭔가가 흘러내리더라. 손으로 닦아서 눈앞에 들이댈 때야 그게 시뻘건 피라는 걸 알았어. 근데 그때 내 눈에 피가 들어간 건지 세상이 핏빛이었던 건지 다 시뻘겋더라. 앞좌석의 부모님 시체는 사람 형상도 아니었어. 푸줏간에 들어선 것처럼 시뻘건 피투성이 고깃덩어리였어. 그거 보고 난 뒤에 내가 어떻게 피를 보고, 고기를 먹을 수 있겠어?"

　그렇게 부모님 돌아가시고 나서, 루리는 삼 남매한테 남겨진 재산을 정리해 보았다. 보험금 약간, 보상금 약간에 은행에 대출받아 산 아파트 한 채밖에 없었다. 그나마 큰이모가 아파트가 있는 구가 학군이 좋아서 이대로 두면 아파트 오를 거니까 팔지 말라고 하는데다 부모님이 처음 마련하신 집을 팔 마음도 없었다.

　"내가 대학에 가려면 고작 일 년 반 남아 있었고, 고등학교 들어가자마자 미술 시작했거든. 미술은 돈이 많이 들잖아. 그래서 그날로 때려치우고 공부 시작했어. 겨우 중학교 2학년이랑 초등학교 5학년인 누리, 우리 불러다 앉히고 무섭게 으름장 놓았지. 앞으로 우린 가난하니까 서로 투정하지 말고 일 년 반만 힘들게 살아보자. 누나가 대학 가면, 반드시 너네 대학까지 가르치고 장가갈 돈이라도 마련해 주마라고 약속했어. 대학 가면 인생이 좀 달라질까 했는데 그것도 아니더라."

　대학에 간 후 이모의 도움으로 과외 자리를 몇 개 구했다. 그룹부터 해서 1:1까지 할 수 있는 과외란 과외는 다 했다. 중학생, 고등학생, 이과, 문과, 국영수부터 시작해서, 심지어 돈 많이 주는 집의 애한테는 기술도 가르친 적도 있었다. 정욱이도 그때 만나서 친해진 터였다. 입소문이 나면서 대치동 학원가에서 제안이 들어와서 전에 다니던 그 학원에 취직했다. 대학교도 2학년까지만 다니고 일 년 쉬고, 학원에서 강의를 해서 돈 벌어서 다시 복학하고. 누리가 고2 때 가수로 데뷔하면서 집안 경제가 좀 좋아지기도 했지만 그래도 누리한테 손 벌릴 수는 없었다. 아직 어린 남동생이 번 돈에 어떻게 손을 댄단 말인가. 막내 학비랑 학자금은 당연히 누나인 루리가 벌어야 하는 게 당연했다. 그래서 대학교 3학년을 끝내고 우리 학자금을 벌려고 다시 휴학을 하고 학원으로 돌아가 또 일 년 꼬박 일했다. 돈 쓸 시간도 없이 아침부터 한밤중까지, 과외와 학원 수업을 병행하니 꽤 큰 돈이 모였다. 이제 경제가 안정됐으니 좀 편한 마음으로 공부에 전념할 수 있겠다 싶어 그제야 다시 대학으로 돌아가 졸업을 했다. 하지만 남들이 다들 교육학 책을 보면서 임용고시를 준비하는 동안 이루리는 학원에서 돈을 벌었으니 준비된 게 있을 턱이 없었다. 그때부터라도 남들처럼 시험 준비를 하면 괜찮았을지도 몰랐다. 하지만 거기까지 가자 별다른 꿈도 희망도 없이 그냥 학원에 취직해 버렸다.

"인생 별거있나, 더러운 일 다 당하고 가끔 어린 여자애를 만만하게 보는 사람들이 성희롱 비스무레한 짓거리도 벌이고, 나이 어리다고 얕잡아 보는 사람도 많고 그래. 그렇게 몇 년 살고 나니 정말 지쳤다. 머릿속에 'Battery out' 이란 두 글자가 번쩍거리는 와중에 당시 만나던 남자, 너도 전에 본 그 사람이 '결혼하자' 고 했어. 그 순간 머릿속이 새하얘지더라. 어떻게 할까 고민하는 와중에 그 사람 어머니가 나를 만나러 와서 그러더라고 나같이 부모 없이 막 자란 애한테는 귀한 아들 줄 수 없다고. 부모 복 없는 애가 남편 복도 없다고, 자기 귀한 아들 어떻게 될까 무서워서 절대 결혼 못 시키겠대. 마침 몸이 안 좋아서 학원도 그만두고 잠시 쉬던 때라 별 미련 없이 비행기 티켓 사고, 가이드북 사고, 간단하게 가방 꾸려서 그대로 유럽으로 도망을 간 거였어. 그게 시작이야. 그 뒤로는 너도 알 거야.”

여기까지 열에 들뜬 것처럼 쉬지도 않게 얘기를 하던 루리가 처음으로 잠시 입을 닫고 뭔가 생각을 하는 듯한 표정을 지었다. 재운은 그런 루리를 지켜볼 따름이었다. 여기서 끝까지 루리가 자기 얘기를 하고 마음의 벽을 부숴야 그들의 관계는 정상이 될 수 있고, 재운도 루리가 다시는 도망가지 않으리란 믿음을 얻을 수 있을 터였다.

“처음부터 우리는 핑계였어. 계속 우리 친구여서 안 돼 라고 핑계 대고 도망갔잖아. 그것도 마음에 좀 걸렸겠지만 진짜 더 큰 이유는 따로 있었어. 갑자기 이렇게 친해지는 게 무서웠어. 너무 무서웠어. 그러다 갑자기 사라지면 마음의 빈자리는 어떻게 해야 돼? 엄마, 아빠처럼 되면? 난 평생 이게 무서웠어. 사람들하고 잘 지내는 건 어려운 일이 아닌데 적절한 거리 유지가 진짜 힘들어. 너무 친해지면 안 되거든. 그 거리 유지랑 벽 쌓기에 능숙한 이루리의 보호벽을 너는 가볍게 젖히고 침입한 단 하나의 남자였어. 사랑한다거나 좋아한다거나 하는 말 같은 것도, 앞으로 어떻게 될지도 전혀 몰라. 하지만 말라리아에 걸려서 열에 들떠서 생각한 건, 이대로 죽더라도 네 얼굴 보고 죽으면 여한이 없을 것 같다였어. 그래서 꾸역꾸역 돌아왔어. 그런데 네 얼굴만 보면 될 것 같았는데 막상 보니까 또 욕심이 생기더라. 내가 너한테 못할 짓 한 것 알고 있는데도 네 얼굴 볼 자격 없는 거 알고 있는데도 욕심이 생겨. 나 어떻게 하면 좋아?"

루리의 열에 들뜬 듯한 긴 얘기를 듣던 재운이 한숨을 푹 쉬고는 루리를 당겨서 안았다.

"처음엔 누나만 원망했는데, 어느 순간 돌아보고 생각해 보니 내가 원망만 하면 내가 그냥 뒤에 남겨진 사람이 되더라고. 그래서 누나 찾으러 아프리카에 갔었어. 누나, 어디든 원하는 데는 다 가. 난 기다리거나 따라갈 수 있음 따라갈게. 그냥 무사히만 돌아와 주면 돼. 누나는 계속 나가고 싶어하는데 내가 같이 갈 수는 없잖아. 그럼 기다리면 되는 것이더라고. 누나가 기다려, 라고 말만 하면 돼."

이렇게 비굴하게 사정하게 될 거라곤 생각해 본 적이 없었다. 하지만 돌아와 준 것만도 너무 고맙고 돌아와서 전화해 준 것도 고마웠다. 그런 재운의 고백에 루리 눈에서 말간 물기가 고였다. 갈라진 목소리로 루리가 말했다.

"어딜 가도 네가 머릿속에서 떠나질 않았다. 어딜 가도 뭔가 두고 온 것 같았어. 그래서 더더 떠도는데 계속 네 생각만 났어. 어딜 가도 뒤에 남겨놓고 온 것 때문에 계속 괴롭기만 했어."

재운이 아무 말 없이 루리를 꼭 안았다. 원래 사랑은 어떻게 해도 비굴하고 나만 손해 보는 것 같고 힘들었다. 힘들게 힘들게 돌아서 온 것이고 서로의 진심을 확인한 것만으로도 충분히 기쁜 일이었다. 루리는 재운에게 이렇게 기대있는 게 기뻤다. 더 이상 혼자가 아니라는 것, 믿고 기다려 준다는 말이 기뻤다.

"피곤하잖아. 누워서 한숨 자."

등을 돌린 채 벽을 바라보고 있자 뒤에서 안고 있던 재운이 칭얼거렸다. 아프고 난 뒤라 그런지 금세 피곤해져서 누운 루리를 따라 재운도 누웠다. 처음 사귀던 무렵, 이렇게 좁은 침대에서 꼭 안겨 있을 때만 해도 무섭기만 했다. 익숙해질까 봐, 나중 일이 두렵기만 했는데. 이젠 더 이상 두렵지 않았다. 너무 행복해서 무서워서 도망갔는데 결국 이 품으로 돌아왔다.

"누나야, 고개 돌려."

"왜?"

"그렇게 등 돌리고 있는 거 싫어."

재운이 성화에 등을 돌려서 얼굴을 마주 보자, 재운이 커다란 손을 들어 루리 머리를 쓰다듬었다. 그새 꽤 많이 자라서 이제 거의 허리까지 오는 듯싶었다. 몸은 빼빼 말라 숱 많은 머리가 몸을 다 뒤덮고 있는 게 무척 안돼 보였다.

"키는 안 자라고 머리만 자라나 보네. 아니, 야한 생각 너무 많이 하는 거 아냐?"

"어. 너 생각해서 그런 거 같아. 네가 좀 야하잖아."

루리가 농으로 받아쳤다. 재운이 열심히 얘기하는 것 같지만 온몸에 상처라도 있나 찾듯이 계속 만지작거리고 있었다. 귀찮을 정도로 꼼꼼하게 온몸을 훑었다. 뼈에 살이 한 겹 입혀진 듯 마른 몸이 너무 안타깝기만 했다. 그러다 문득 생각난 듯이 발끈해 버렸다.

"그놈이랑은 어땠어?"

"누구?"

잠이 오는지 루리가 몽롱한 목소리로 답했다.

"전에 왔던 빠다 바른 놈팽이."

그 말을 내뱉는 재운은 분한 듯한 기색이 어려 있었다. 그동안 루리가 아프고 하는 통에 잊고 있다 이제야 생각난 모양이었다.

"필립?"

그제야 필립 생각이 났다. 그러고 보니 이메일 주고받은 지도 오래된 것 같은데 잘 지내고 있나. 위험한 데로 떠난지라 좀 걱정도 됐다.

"그놈이랑 같이 떠났잖아!"

필립 생각을 하자 재운이 좀 분한 듯해 보였다.

"필립이랑은 프랑스에서 이스라엘까지만 같이 갔어. 거기서 필립은 며칠 있다가 가자 지구로 갔어. 그쪽에서 앞으로 일할 거라고."

"필립 소식은 들었어?"

"아니, 필립이 왜?"

전혀 모르는 모양이었다. 알려줘야 하나 고민이 좀 됐다. 지

금 여기서 더 큰 정신적 충격을 안겨주고 싶진 않았다. 전이라
면 다른 남자 얘기를 꺼내는 것만으로도 충분히 불쾌할 수 있을
터였다. 그땐 루리의 마음을 믿지 못했으니까. 그러나 이젠 확
신했기 때문에 전혀 망설임이 없었다.

"무, 무슨 일 있어?"

"필립 지금 납치됐대."

재운이 담담하게 알려주었다.

"납치돼?"

"어, 이슬람 무장 단체에 납치당했대. 좀 됐어."

"그렇구나."

루리는 별 반응도 없고 무표정한데 왠지 슬퍼 보였다. 너무나
덤덤한 반응이었다. 재운이 책상 위에서 뭔가 하나 집어서 갖다
주었다. 필립이 보낸 편지였다.

〈루리, 넌 지금 어디쯤 있을까? 나는 네가 그에게 돌아갔을 거라고
생각해. 나를 무섭게 노려보던 그 어린 친구 말이야. 너에게 같이 떠
나자고 했던 건 일종의 고집 같은 거였어. 너는 너의 길을 꿋꿋하게
잘 갈 거야. 본인을 좀 더 믿었음 좋겠어.

아르메니아에서 처음 봤을 때 너를 그저 가녀리고 지켜줘야 하는
그런 화초 같은 여자라고 생각했어. 하지만 한국에서 너의 생활을 보
고 네가 내 생각보다 훨씬 강한 사람이란 걸 알았어.

나는 이제 돌아올 수 없는 길을 가. 내가 앞으로 가는 데에서 무슨

일이 생길지 잘 모르겠어. 하지만 나는 역사의 한순간을 같이할 거야. 십 년 전의 보스니아 내전에서의 그때처럼. 전에도 총알이 날아오는 한가운데에서 살아 있음을 강렬하게 느꼈다고 얘기한 적 있지. 너도 그런 치열함 속에서 더 생기있는 것 같아. 열심히 사는 너를 보면서 나 자신에 대해서 다잡을 수 있었어.

언제나 지금 같은 모습이길 바라.

안녕.

—필립.〉

"아직 죽은 건 아니니까 너무 걱정하지 마."

루리가 너무 말이 없는 게 걱정되는지 재운이 달랬다.

"응, 아직 죽은 건 아니니까."

루리는 많은 상념이 스쳐 갔다. 마지막에 헤어질 때 필립이 걱정된다는 듯이 한국으로 돌아가는 건 어떠냐고 지나가듯 눈치를 보며 말했다. 남들은 다 알았는데 나만 몰랐구나. 내가 바보였구나. 루리의 머리카락을 쓰다듬어 주고 있던 재운이 생각났다는 듯이 말했다.

"나도 치타 보고 왔다."

"나미비아 갔었어?"

"응, 누나가 거기 있을 줄 알았어. 그래서 잡으러 갔는데 거기 없더라."

"바보. 언제 갔는데? 내가 거기만 있을 줄 알아."

"치타는 봤어?"

"응, 혼자 봤어."

멀리서 졸고 있는 치타 삼 형제를 봤더랬다. 집 안에서 사람이 지켜보고 있는 걸 보고 치타 하나가 앉아서 경계를 하려고 했는데 정말 졸렸는지 꿈뻑꿈뻑 졸았다. 그 순간에 폴라로이드를 꺼내 한 장 찍었다. 반쯤 눈을 감고 있는 날렵하고 아름다운 동물을 한참 들여다봤다. 조는 치타들이 한가롭게 꼬리를 흔들어 파리를 쫓는 장면은 너무나 한가해 보였다. 재운의 무릎에 머리를 대고 누워서 텔레비전 보던 게 생각났다. 그때 자기가 저 조는 치타처럼 얼마나 평화로웠던가. 실제로 얼마나 본인이 재운에게 기대고 있었던지 실감을 했다.

"나도 치타 봤다. 치타 삼 형제가 졸고 있더라."

"어, 내가 본 애들도 삼 형제였어."

"설마 같은 놈들인가?"

"잠시만. 나 걔들 사진 있다. 폴라로이드로 찍었어. 치타 무지 멋지더라. 굉장히 아름다웠어. 사냥하는 것도 봤는데 눈에 보이지도 않을 정도로 빠르더라. 나는 치타가 무지 약한 동물이라고만 생각했는데 걔들도 실제로 보니까 육식동물이더라고. 고양이와 개의 중간이든 병목현상 때문에 멸종 위기든 간에 걔들도 치열하게 사는 육식동물이었어."

십 분 뛰고 나면 삼십 분 쉬어야 한다고, 하이에나가 기껏 잡아놓은 먹이를 갖고 가도 지쳐서 쫓아가지도 못하던, 그런 약한

동물이라고만 생각했던 치타. 막상 보니 육식동물의 위엄이 있었다. 그래서 저 약해 보이는 생물조차도 저렇게 치열하게 사는데 자기는 무얼 하는 걸까 진지하게 고민했다. 아마 그때부터 루리가 조금 달라진 걸지도 몰랐다. 원하는 게 뭔지 몰라서, 아니, 무시하고 싶어서 타조처럼 모래 구덩이에 머리를 파묻었다. 하지만 이젠 그러고 싶지 않았다. 열심히 치열하게 살고 사랑하고 싶었다.

아들이 들어오는 걸 보자마자 달려가서 정 여사는 등짝을 후려 팼다.

"너 왜 말도 안 하고 엄마 차 갖고 나가! 도대체 찍힌 게 얼마나 많은지. 이번에 아주 대박이더만. 이게 얼마야, 얼마? 그리고 차 어딨어?"

"근처에 주차해 놨어."

재운이 부루퉁하게 답하면서 입을 삐죽거렸다.

"그걸 내가 어떻게 찾니? 한밤중에 여자가 불렀냐?"

"응."

뻔뻔하게 응이라고 대답하는 아들을 보니, 정말 아들은 키워

봐 봤자 쓸모없다는 말만 떠오를 뿐이었다.

"이놈이 어디다 대고 연애질 자랑이야. 넌 새벽에 부른다고 또 냉큼 가. 남자가 지조가 있어야지."

듣고 있던 정 여사 짜증이 나는지 등짝을 한 대 더 패려고 손을 들었지만 재운이 소리를 버럭 질렀다.

"아, 그만 좀 때려. 아파 죽겠구먼. 왜 이 여자고 저 여자고 내 등짝이 동네북이야!"

"얘가, 얘가! 너 여자한테 맞고 다니냐?"

"그럼 때리고 다님 좋아!"

"어디 여자를 때려."

"엄마, 나 내일모레면 장가갈 나이인데 이제 고만 좀 때리쇼엉."

"아이고, 아들 새끼는 역시 키워도 보람없어. 힘들게 낳아서 키워놨더니만 말하는 것 좀 보세."

말은 이렇게 해도 정 여사는 속으로 좀 다행이다 싶었다. 지난번에 들어왔다 나갔을 때랑 얼굴 표정이 달라져 있었다. 그새 살도 좀 붙은 듯했고, 일단 그 날카롭던 표정이 좀 풀려 있었다.

재운은 슬그머니 곁눈질로 아버지 쪽을 보았다. 한쪽에서 딴 나라에 가신 듯, 아버지는 멍하니 책을 보고 계셨다. 저 양반은 언제나 저렇게 꿈나라를 헤매는 것 같은데 절대 엄마가 하는 얘길 놓치는 법이 없었다. 아버지 들으라는 듯이 큰 소리로 말했다.

"나 결혼하게."

그때 절대 평정을 잃지 않는 아버지가 책을 떨어뜨렸다.

"누구 맘대로?"

그리고 시비 걸듯이 말했다. 아들과 말싸움을 할 기회는 조금도 놓치지 않는 양반이었다.

"내 맘대로!"

"여잔 있어?"

엄마도 궁금한지 물어왔다.

"어."

"너 우리랑 사귀는 거 아니었니?"

엄마의 뜬금없는 물음에 재운이 눈을 휘둥그레 떴다. 생각지도 못한 반응이었다.

"엥? 그건 또 뭔 소리야?"

"아니, 우리는 너가 앞동 사는 우리랑 붙어다니고 툭하면 우리네 집에서 자고 오고 해서 우리랑 좀 친밀하고 비밀스런 관계인가 보다 했지. 그리고 전에 술 취해서 우리 이름 부르면서 운 적도 있잖아."

재운은 엄마의 말에 한동안 입도 못 열고 벙긋거리며 답답해했다.

"멀쩡한 아들 호모 만들면 기분 좋아!"

결국 소리를 버럭 질러 버렸다.

"아니, 얘가 어디다 대고 소리야! 너 생각해서 우리가 이해해

준다는데 왜 소리는 질러!"

"아무튼 나 결혼할 거니까 그런 줄 알라고."

"통보냐?"

아버지가 또 끼어서 한소리 했다.

"누구랑 결혼할 건데?"

엄마의 그 물음을 기다리고 있었다는 듯이 재운이 답했다.

"우리 누나 루리."

"오호라, 그래서 그 집에서 그렇게 죽치고 있었구먼. 술 마시고 취해서 우리인지 루리인지 이름을 웅얼웅얼하니까 아빠랑 난 네가 우리 좋아하는 줄 알았지. 여보, 우리 왜 며느리 면도하는 거 아침에 봐야 하는 거야, 진지하게 얘기했던 거 기억나죠? 다행히 그 일은 피하게 돼서 너무 잘됐네요."

아버지는 이마만 찌푸릴 뿐이었다. 단순한 상욱은 아들이 부인 정 여사의 관심을 독차지하고 있는 이 상황이 불만스러울 뿐이었다.

"그래 아가씨 나이가 어떻게 돼?"

부인의 관심이라도 끌어볼까 해서 나이 얘기를 일부러 꺼냈다. 일곱 살 연상인 정 여사와 결혼할 때 워낙 집안이 들썩거렸던지라 지금도 〈나이〉 얘기가 나오면 정 여사는 좀 신경이 쓰였다.

"나보다 여섯 살 위."

"좀 많구나."

일부러 아들을 약 올리려고 그런 대답을 해줬다. 아들이 저 좋다는 여자랑 결혼하든 말든 상욱은 조금도 관심없었다. 오히려 아들을 장가보내면 정 여사의 관심은 자기 게 되니까 더 좋지 않을까 머릿속을 굴릴 뿐이었다.

"그러는 아버지는?"

재운이 눈을 부라리며 반항하자 아버지는 흠흠 하고 헛기침만 할 뿐이었다.

"일단 집에 데리고 와. 얼굴이라도 봐야지."

결국 정 여사가 화제를 전환했다. 이대로 두면 이 부자가 또 말싸움을 할 게 뻔한데 아무래도 고단수인 상욱에게 고지식한 재운이 말려들 게 뻔했다.

"네?"

"그래 어떤 아가씨인지 우리도 봐야 일단 뭐라고 할 거 아니야. 그래 그 아가씨는 직업이 뭐야?"

"백수요."

"뭐? 그 나이에?"

정 여사가 불만인지 얼굴을 찡그렸다. 정 여사의 지론은 사람이 나이가 되면 밥 벌어먹고 살아야 어른이다라는 아주 단순한 것이었다. 그래서 하나밖에 없는 아들이라고 해도 독립심이 강한 사람으로 키우려고 나름 신경을 많이 썼다.

"아, 여행 갔다 돌아온 지 얼마 안 됐어요."

"그래? 그전엔 뭐 했고?"

"학원강사요. 대치동에 있는 입시학원에서 사탐 가르쳤어요."

"흐음, 그래."

어머니는 뭔가 마땅찮은 기색이었다. 아무래도 학원강사였던 사람이라고 하니 뭔가 좀 떨떠름했다.

"부모님은 무슨 일 하시고?"

"부모님 두 분 다 돌아가셨대요. 교통사고로 우리 어릴 때."

"그럼 누나가 키운 거야?"

"어. 그렇다네."

"나이도 어렸을 텐데 안됐네. 그래서 재운이 너도 우리처럼 잘 키워주면 좋겠다."

"엄마, 내가 애야?"

"아직도 엄마라고 부르는 거나 하는 짓 보면 여섯 살배기 애랑 똑같지. 너 잘 삐치는 거 아가씨도 알고 있니?"

"엄마!"

"애, 우리야 너처럼 성격 나쁘고, 잘 삐치고, 돈도 많이 드는 아들 데려가 준다니까 무척 반갑긴 한데 아가씨 인생도 있잖니. 그래서 다시 한 번 잘 생각해 보라고 해. 내가 연하 남편 데리고 살아봐서 아는데 남자는 평생 애니까 나이 많은 남자 데리고 살든 나이 적은 남자 데리고 살든 같은 것 같더라, 이 말은 해줄 수 있겠구나."

옆에서 책을 보던 척하던 아버지마저 하도 기가 막혀서 엄마를 무섭게 쳐다봤지만 전혀 굴할 정 여사가 아니었다.

"왜 그런 눈길로 쳐다봐? 말이야 바른 말이지. 당신 연습 안 하고 도망가면 그거 잡아다 연습시키고, 인터뷰 안 한다고 떼쓰면 대신 나가서 말하고. 그렇다고 내가 월급을 받았어?"

엄마가 무섭게 으름장을 놓자 아버지가 할 말을 잃고 수그러드는 게 보였다.

"너 결혼해도 우린 해줄 거 아무것도 없고, 우리야 일 년에 집에 있는 날도 짧으니까 여기 들어와 살면 되겠다. 그리고 앞으로 네 학비니 뭐니는 네 와이프가 책임지고."

의외로 어머니는 단호하지만 호기있게 결혼 후의 생활까지 얘기했다. 그러나 눈 하나 깜짝할 재운이 아니었다.

"잠시만요."

하더니만 방에 나가서 통장을 갖고 와 보여줬다.

"이거면 결혼할 수 있을까?"

거기엔 재운이 혼자 살 때부터 차곡차곡 모은이 아니라 쌓인 돈이 찍혀 있었다. 통장을 펼쳐 본 정 여사 뒤로 넘어갈 수밖에 없었다.

"너!"

"왜, 너무 적어?"

한숨만 나왔다. 아들이 그다지 물욕도 없고, 돈을 많이 쓰는 것 같진 않았지만 모은 돈이라고 하기엔 나름 꽤 큰 돈이었다.

"이게 도대체 얼마야? 너 이거 언제부터 모은 거니?"

"잘 기억 안 나는데, 돼지 저금통에 있는 돈부터 모은 거니까 꽤 됐죠."

"세상에, 자기 아들한테 이런 재주가 있었네. 너 그냥 이 돈으로 장가가라. 우리가 돈 보탤 필요도 없이 그냥 충분하겠네 뭐. 뭐 그냥 이 집에서 살아도 되지 뭐. 안 쓰는 방 하나 치워줄 테니까 방 두 개 써. 우리야 일 년에 서울에 며칠이나 있니."

그날 저녁 루리네 집으로 건너온 재운은 루리의 눈치를 살폈다. 루리는 아직 안색이 누렇게 떠서 소파에 누워서 그동안 못 봤던 영화들을 보고 있었다.

"무슨 일 있어? 왜 내 눈치는 보고 그러냐? 안 어울리게."

"그렇게 티 나?"

"이 사람아, 티가 나는 정도가 아니라 너무나 노골적일세. 무슨 일인데?"

루리가 누워 있다가 슬그머니 일어났다. 재운의 행동이 너무 이상했다.

"누나야, 집에서 누나야 데리고 오래. 저녁 먹자고."

그 얘기에 루리 얼굴이 새하얗게 질렸다. 그런 루리 얼굴을 보자마자 갑자기 재운이 루리 손을 확 움켜쥐었다. 또 도망갈까 무서웠다. 도망가기 전에 어떻게든 잡고 싶었다.

"누나야, 우리 부모님이 혹시 말린다던가 하는 일에 대비해서, 앞에 선례도 있고 한데 우리도 혼수를 만들면 어떨까?"

처음엔 무슨 소리인지 갸웃거리던 루리는 뒤늦게 재운의 말을 이해했다. 순간 얼굴이 시뻘게진 루리가 벌떡 일어나자 재운도 따라서 벌떡 일어났다. 루리가 주위를 두리번거리면서 뭔가를 찾기 시작했다.

"왜?"

"뭐로 때려야 가장 힘 덜 들이고 효과적일까 싶어서!"

"왜! 내가 동네북이야, 만날 때리고 그래. 하나밖에 없는 남자 친구 좀 예뻐해 주면 안 되냐?"

"자기 나이가 몇 살인데 예뻐해 달라고 칭얼거리고 있어. 봐 주니까 자기야가 아주 기어오르네."

"누나가 뭐라든 간에 난 결혼할 거야."

"결혼이 네 맘대로 되는 줄 알아. 부모님 입장이란 것도 있는 거야."

루리가 한숨을 폭 쉬면서 대답했다. 일단 재운이 인사 가겠다고 말한 이상 안 갈 수는 없었다. 더 이상 도망가지 않기로 결심하고 돌아온 이상 끝까지 밀어붙여야 했다. 슬그머니 어두워진 안색을 살피던 재운이 루리를 꼭 껴안았다. 재운의 품에서 루리가 작게 속삭였다.

"재운아, 혹시 말야. 너네 부모님이 나 싫다고 하면 어쩌지?"

그 말에 재운이 고개를 저었다.

"그럴 일은 없어. 우리 부모님도 힘들게 결혼하셔서 내 결혼엔 절대 반대 안 한다고 예전부터 말씀하셨어. 우리 꼰대랑 정 여사 말이야. 정 여사가 일곱 살 위인 거 알아?"

루리가 눈을 동그랗게 뜨고 올려다보자 재운이 히죽거리면서 말했다.

"양가에서 다 반대하고, 정 여사가 싫다고 도망가는 거 꼰대가 덮쳐서 나 가져서 결혼한 거야. 엄마가 우리 꼰대 영어 선생이었대."

"집안 내력이구만."

"뭐 나름 전통이지."

히죽거리는 재운의 등짝을 루리가 힘껏 후려쳤다.

"자꾸 보자보자 하니까 계속 때리네. 내가 언제까지 맞아줄 줄 알고. 한 대 때릴 때마다 뽀뽀 어때?"

"자기, 까부는구나?"

그 말이 끝나기 무섭게 재운의 입술이 말 그대로 매가 병아리를 덮치듯 덮쳤다. 숨도 쉴 수 없고, 온몸으로 눌러 제압하고는 얼굴이 시뻘게져서 캑캑거릴 때쯤이야 비로소 풀어줬다. 심지어는 코까지 꼭 쥐고 있어서 숨을 쉴 수가 없었다. 숨을 고른 루리가 허리에 손을 대고 재운에게 다다다다거리기 시작했다.

"원래 가정의 평화는 여자 손에 달린 거야. 엉? 그러니까 예뻐해 줄 때 그냥 몇 대 맞아. 까불지 말고."

"가정의 평화라고 하는 거 보니까 나랑 가정 꾸릴 생각은 있나 보네."

히죽히죽 웃고 있는 재운의 등짝을 또 때려줄까 하다가 루리는 지쳐서 그냥 가만히 있었다. 아직 회복되지 않은 몸은 예전처럼 잘 움직여지지 않았다. 그런 루리를 바라보면서 재운은 안타까워했다. 빨리 예전처럼 루리가 팔팔해져서 매운 손맛을 보여줬음 좋겠단 생각을 잠시 하면서 자기도 속으로 황당했다.

"왜 그런 표정이야?"

"아, 빨리 누나가 건강해져서 예전처럼 나 잘 팼음 좋겠다란 생각을 잠깐 했는데 내가 변태도 아니고, 나라고 맞는 거 좋아하는 것도 아닌데 좀 이상한 생각이잖아."

루리가 기가 막히다는 듯이 바라봤다.

"자기 변태야?"

"그럴 리 없잖아!"

재운이 눈을 부라리며 투덜거렸다.

"빨리 건강해져라. 그래야 내가 마음 놓고 도망 다니게. 지금은 때려도 맞은 것 같지 않아. 그새 손이 솜방망이가 됐나."

그 말에 루리가 웃고 말았다. 그러면서 재운 품에 꼭 안겼다. 그런 루리의 머리를 재운이 쓰다듬어 줬다.

또 외박을 하고 들어온 아들이 아침상에서 아무렇지 않게 말을 꺼냈다. 얼굴 표정이 환해진 걸 보면 고민하던 연애가 잘 풀리고 있는 징조임에 틀림없었다. 도대체 뭐가 잘 안 풀려서 고민이었던 걸까. 정 여사가 상욱과 연애할 때는 나이가 가장 큰 제약이었다. 당시의 엄격한 사회에서 둘이 연애를 한 것도 파격적인 일이었다. 그렇다면 과연 저 거침없는 아들에겐 무엇이 장벽이 됐을지 매우 궁금했다.

그런데 아들놈이 별다른 말도 없이 척하고 꺼낸 말이 가관이었다.

"저녁에 데리고 올게요."

"통보냐?"

상욱이 인상을 팍 쓰자 재운이 같이 인상을 쓰며 대적했다.

"데리고 오라면서요?"

"만나려면 상대 간에 조율이란 게 있어야지 그렇게 통보하면 어떻게 해?"

부자간에 또 큰 소리가 오가기 전에 잽싸게 정 여사가 끼어들었다.

"볼 거예요, 말 거예요?"

"성질머리 하곤. 알았어. 우리가 시간 내줄게."

상욱이 재운을 약 올리기 전에 정 여사가 선심 쓴다는 듯이 대답했다.

"그 사람 지금 몸이 좀 안 좋아서 오래 못 있어요."

"벌써부터 챙기긴."

상욱이 비아냥거리자 정 여사가 팔꿈치로 쳤다.

"여보야도 좀 닮아봐. 어떻게 아들만도 못하니."

그 말에 상욱이 인상을 팍 쓰고 재운이 비실비실 웃었다. 그래도 얼굴 표정 좋은 걸 보니 정 여사도 걱정을 좀 덜었다 싶어

잘됐다 싶었다.

"밥 먹는 건 아가씨도 부담스러워할 테니까 여덟 시쯤에 차나 한 잔 하는 게 좋겠지?"

"네."

재운도 아무래도 루리가 부담스러울까 걱정하던 차여서 엄마 말에 동의했다. 아들놈을 붙잡고 이 얘기 저 얘기 물어보고 싶은데 절대 얘기 안 할 것 같았다. 집에 전화할 때마다 '응, 잘 지내'라고 무뚝뚝하게 대답하던 놈이 실제로 와서 보니 얼굴은 반쪽이 돼 있고, 집에 있던 와인이고 위스키고 간에 반 정도가 사라진 걸 정 여사가 확인했을 땐 뭔가 고민이 있구나 싶었다.

친구 등에 업혀 들어왔을 땐 연애 고민인가 싶어 조금 호기심이 들고 있었다. 그때 앞동 산다는 친구 우리를 처음 보았다. 약간 처진 눈매에 선한 인상이었다. 아들을 고를 수 있다면 저런 애가 더 좋은데 누굴 닮아 이렇게 음침하고 고집 센 아들이 나온 건지. 남편에게 투덜거리자 실실 웃기만 했다. 그러다 예전에 연애하던 시절의 남편하고 아들이 꼭 닮았다는 걸 깨닫고 정 여사는 잠시 등골이 오싹해졌다. 처음에 선생님, 선생님 하고 부르면서 접근하더니만 어느 순간 누나, 누나, 그런 다음엔 유진 씨가 되더니만 순식간에 덮쳐 버렸다. 저놈의 유씨 집안 유전자!

더 웃긴 건 어릴 때는 그렇게 점잖고, 예의 바르고, 어른스럽더니만 결혼한 뒤로는 완전히 애가 됐다. 재운이 태어난 뒤로도 정 여사의 관심을 독차지하려고 온갖 수를 다 썼다. 결국 재운은 아버지에게 치여 외롭게 자랐으니.

"재운 아빠."

이렇게 부르면 상욱이 싫어하는 거 당연히 정 여사도 알았다.

"왜?"

부루퉁하게 대답했다.

"자긴 왜 철도 안 드니? 어릴 땐 참 어른스럽더니만."

그 말에 상욱이 무슨 소릴 하냐는 듯이 빤히 쳐다보았다. 그런 남편을 보며 정 여사는 작은 한숨만 쉴 뿐이었다.

저녁에 재운이 루리를 데리고 등장했다. 생각보다 키가 작고, 가냘픈 아가씨였다. 비쩍 마른 데다가 최근에 아팠다더니 혈색도 안 좋았다. 재운 취향이 저런 아가씨였다는 게 정 여사는 나름 충격이었다.

"우리 애가 고집이 좀 세고 어리광이 심해서 좀 제멋대로예요. 누굴 닮아 저런가 몰라. 기왕 가지는 애라면 딸이 더 좋을 뻔했는데 도대체 왜 필요없는 아들은 태어나서."

"그러게 둘째 낳으라니까."

아무렇지 않게 재운이 받아쳤다. 원래 첫째도 얼떨결에 가진 데다가 재운이 이상하게 커서 정 여사가 낳는 데 고생을 많이 한지라 그걸 보고 재운 아버지는 둘째 생각을 싹 접은 것이었다. 그런데 태어난 게 아들이라 여간 실망한 게 아니었다. 그래서 어릴 때 재운이 좀 곱상할 때는 머리도 좀 기르고, 〈이건 남자용 꽃핀이야〉라고 속여서 핀도 꽂고, 예쁜 옷도 입히고 했는데 애가 갈수록 반항이 심해져서 유치원 들어가고부터는 엄두도 못 냈다.

"우리 아들 사진 보여줄까요?"

그 말에 재운의 얼굴이 험상궂게 변했다.

"우리 애가 어릴 땐 참 예뻤어요. 그런데 누굴 닮아 저렇게 음침해졌나 몰라."

갑자기 루리는 재운의 저 고집 센 성격에 이유가 있구나란 생각이 들었다.

루리는 어쩔 줄 몰라 했다. 과외할 때 어머님들 상대로 그렇게 얘길 잘하면서 막상 이런 자리에선 어떤 얘기를 해야 할까. 부모 없이 막 자랐다는 얘기 듣고 싶지 않아 나름 예의범절은 잘 차리는 편인데.

굉장히 가냘프게 생긴 아가씨였다. 중키 정도에 하얗고 작은 얼굴에 말라서 그런지 덩치 좋은 재운보다 어려 보일 정도였다. 나이에 비해 너무 어려 보여 정 여사도 좀 놀랐다. 게다가 어른 대하는 게 어려운지 쩔쩔매고 있는 걸 보니 안됐다는 생각마저 들었다. 아들이 옆에서 긴장을 풀게 해주려고 농담도 하고 그러는데 본인은 진짜 어려운 모양이었다.

"그래, 지금 몇 살이라고요?"

재운의 아버지가 알고 있으면서 시치미를 뚝 떼고 물었다. 분명 재운을 놀려주려는 속셈일 것이다. 어쩌면 저렇게 자기 아들 놈을 장난감처럼 여기는지. 나중에 불러서 뭐라고 하던가 해야겠다고 생각했다.

"네, 서른한 살요."

"재운이 네가 몇 살이더라?"

"아시면서 왜 물으세요?"

재운이 나이 얘기를 꺼내니 퉁명스럽게 받았다. 정 여사는 속으로 혀를 끌끌 찼다. 지 아빠가 도발하는 것에 매번 걸리는 아들놈의 저 미련스러움에.

"이런, 뭐 마실 거 줄 생각도 못했네. 뭐 마실래요?"

잽싸게 정 여사가 끼어들어 두 남자한테 따가운 시선을 날렸다.

"예, 그냥 아무거나……."

"난 커피."

잽싸게 상욱이 주문을 했다. 평소에 정 여사가 커피 정도는 자기 손으로 타 마시라고 절대 안 해주기 때문에 이 기회를 놓치고 싶진 않았다. 재운 역시.

"저도요."

"예, 그럼 저도……."

정 여사가 일어나자마자 상욱과 재운의 피 튀기는 혈투는 시작됐다.

"주민등록증 잉크도 아직 제대로 안 마른 놈이 결혼이라니 말이 되나."

"그러는 아버지는 내가 태어났을 때 몇 살이었더라."

재운은 여기서 밀리면 끝장이라는 기색으로 진지하게 아버지 말에 대답했다. 옆에서 보고 있던 루리만 어안이 벙벙해서 멍하니 보고 있었다.

"그거야, 네 어머니 나이가……."

"우리 루리도 나이가……."

으르렁거리던 두 남자는 정 여사가 다가오자마자 꼬리를 만 사자가 됐다. 멀리서 봐도 두 부자가 어떤 대화를 하고 있을지 뻔했다.

"이름이 이루리라고요?"

"네."

"부모님은 돌아가셨다고 얘기 들었어요. 전에 동생 본 적이 있는데 우리 군인가…… 아주 참한 총각이던데."

루리가 우리 얘기가 나오자 배시시 웃었다.

"밑에 우리 군 하나밖에 없어요?"

"아뇨. 저보다 세 살 아래에 누리라고 동생 하나 더 있어요."

"그럼 여태 동생들 혼자 키운 거예요?"

"동생들이 알아서 컸죠."

"재운이 쟤 좀 데려가서 우리 군처럼 만들어줘요. 애가 누굴 닮아 저렇게 무뚝뚝하고 삭막한지…… 우리 군은 보니까 사근 사근하고 참해서 말벗도 잘해줄 거 같은데."

아니나 다를까, 정 여사가 재운의 뒷담화를 늘어놓기 시작했다.

"쟤 아빠도 재미없는 건 똑같아서, 어디 해외에 나가도 쇼핑 하나 제대로 못해요. 좀 나가기만 하면 어찌나 떼를 쓰는지. 그렇다고 쇼핑몰에 가도 따라다닐 생각도 없으면서."

"재운이…… 씨도 쇼핑 싫어하더라구요."

"남자들은 쇼핑의 재미를 몰라. 아, 여행 많이 다닌다면서요."

어머니 정 여사와 루리가 어찌나 죽이 척척 맞는지 두 남자를 따돌리다시피 하고 갑자기 이 얘기 저 얘기 주고받기 시작하자 재운과 상욱은 그다지 할 말도 없게 됐다.

"나랑 재운이 아빠, 우리도 그렇게 평탄하게 결혼한 것도 아니고 반대한다고 해서 재운이 저놈이 떨어져 나갈 놈도 아니고, 재운이가 반대할 정도로 이상한 사람을 데려올 거라고 생각할 정도로 재운이를 못 믿는 것도 아니에요. 재가 저렇게 밀어붙이는 데는 재도 무슨 생각이 있겠거니 난 이렇게 생각해요. 내가 궁금한 건 루리 씨 생각이에요. 보니까 전에 재운이가 한동안 엄청 망가져 있었던 것 같은데 그 이유는 루리 씨가 잘 알고 있을 것 같거든요."

그 말에 루리 얼굴 표정이 하얗게 변했다. 물론 이유야 잘 알고 있었다. 하지만 이걸 어떻게 말해야 하는 걸까. 두 번이나 도망갔다고 사실대로 말해야 하는데 입이 잘 떨어지지 않았다. 뭐가 그렇게 무서웠던 걸까. 하지만 돌아온 이상, 다시는 도망가지 않기로 한 이상 정면승부를 보는 수밖에 없었다.

"그러니까 제가요, 겁이 좀 났어요. 재운 씨가 싫어서가 아니라 너무 좋아서 무서웠어요. 그래서 도망갔다가 왔어요."

"돌아와서 재운이 다시 만나서 결혼 결심한 거 보면 뭔가 이제 마음 단단히 먹었나 봐요?"

루리가 정 여사의 눈을 바로 직시했다. 루리의 눈은 한 점 흔들림 없이 맑았다.

"네. 돌아와서 다시 재운 씨 만나서 빌거나 어쨌거나 해보는 데까지 해보려고 돌아왔어요."

"나나 재운 아버지나 반대하는 결혼 억지로 밀어붙여서 재운이 생긴 거 핑계로 결혼했어요. 그래서 재운이한테는 그렇게 해서 생채기 같은 거 만들지 말아야겠구나 싶었어요. 그래서 어지간한 사람이면 그냥 아무 말 안 하고 결혼시킬 생각이에요. 대신, 무책임하게 살 사람한테는 내 아들 주기 싫어요. 아무리 우리가 아들 두고 해외로 떠돌았다고 해도 우리 자식이고, 사랑하지 않는 것도 아니거든요. 아들이 마음의 상처 입는 것도 싫고, 행복하게 살아줬음 하는 게 당연히 부모 마음이잖아요. 그래서 루리 씨 마음도 알고 싶었어요. 루리 씨가 다시 재운이한테 그런다는 보장도 난 잘 모르겠거든요."

정 여사의 말에 루리가 잠시 재운의 얼굴을 좀 쳐다보다가 말을 이었다.

"제가 또 안 떠난다는 보장은 해드릴 수가 없는데 지난번처럼 무책임하게 재운 씨 두고 가는 일은 없을 거예요. 이제 두고 갈래도 갈 수 없을 거 같아요. 눈에 밟혀서. 처음 만났을 때, 재운 씨가 제 머리를 쓰다듬어 준 적이 있어요. 엄마랑 아빠 가신 뒤에 아무도 저한테 그렇게 다정한 손길을 내밀어준 사람은 없었어요. 그래서 무서워서 도망갔어요. 그 뒤에 우연히 다시 만나서 사귀게 됐을 땐 이번엔 그러지 말아야지 했는데, 갈수록 더 무서워지고 이번에 이 손을 놓치면 어떻게 살 수 있을지 자신이 없어서 또 도망갔어요. 그런데 도망가도 살 수 없는 건 마찬가지였어요. 그래서 알았어요. 도망가도 도망가는 게 아니라 지옥으로 걸어 들어가는 거라면 왜 도망을 가서 이 지옥 속으로 걸어 들어왔을까 싶더라고요. 그래서 용서를 받든지 내쳐지든지 간에 얼굴이라도 다시 보고 싶어서 돌아왔어요."

듣고 있던 재운도 깜짝 놀랐다. 루리가 이런 얘기까지 할 거라곤 전혀 생각지도 못했다.

"재운이 저를 내쳐도 할 말 없는 상황이었는데 뻔뻔하게 연락해서 용서 받았어요. 이제 도망갈 수도 없고, 앞으로 나갈 수밖에 없다는 것도 깨달았고요. 그래서 제가 많이 부족한 사람이지만 어떻게든 재운 씨랑 행복한 가정 꾸리고 싶어요."

그 말에 재운의 어머니가 흡족한 미소를 지었다.

"그런 마음이라면 우리도 환영이에요. 우리야 아들 치우고 이제 좀 홀가분하게 돌아다닐 수도 있고. 쟤가 좀 손이 오죽 많이 가야지 말이에요. 호호호호.”

정 여사의 말에 루리가 좀 망설이는 듯싶었다.

“제가 취직한 뒤에 생각해 보는 게 어떨까요?”

“왜요?”

“앞으로 재운 씨 학비도 대야 하고, 생활비도…….”

루리가 말을 흐렸다. 아무래도 재운이 아직 학생인 게 걸리는 모양이었다.

“그건 걱정하지 말아요. 그런데 앞으로 어떤 일 할 거예요?”

“아직 잘 모르겠는데 공부 다시 시작하려고요. 부모님 돌아가시면서 미술 하던 거 관뒀는데 제 손으로 다시 공부하고 싶어요.”

“대학 다시 들어가게요?”

“네.”

루리가 자기와의 결혼 이외에도 인생 계획이 있었다는 게 재운에겐 신선한 충격이었다. 그러자 재운의 어머니가 활짝 웃었다.

“어머, 그럼 공부는 한국보다는 다른 데서 하지 그래요? 재운이 아버지가 파리랑 뉴욕에 집이 있어요. 그쪽으로 가서 공부하는 건 어때요?”

“엄마!”

그 말에 재운이 소리를 빽 질러 버렸다. 이제야 좀 붙어 있게 되나 싶어서 한참 기분이 좋아지려는 찰나 생각지도 못한 복병이 이렇게 나타날 줄은 몰랐다.

"애, 나 귀 안 먹었어. 왜 소리는 질러? 좋잖아. 이왕 공부할
거 나가서 하면."

"아들 홀아비 만들 일 있어요?"

재운이 투덜거렸지만 재운의 어머니는 루리가 공부한다니까
왠지 기뻐하는 듯했다.

"나도 미술 하고 싶어했는데 너네 외할아버지가 오죽 까다롭
게 굴었어야지. 그래서 영어교육학과 갔잖아. 그런데 네 여자
친구가 미술하고 싶다니까 무척 반갑구나."

"그럼 나는?"

재운이 투덜거려 봤자 정 여사에겐 마이동풍이었다.

"애, 늦게 시작한 공부 이왕이면 다른 나라에서 하는 것도 괜
찮지 뭐. 결혼은 빨리 시켜줄 테니까 그냥 가만히 계셔, 아드
님."

그러고 나서 정 여사가 속전속결로 날을 잡고 식장 결정하자
마자 그대로 몰아치는 바람에 재운의 불평은 소리 없이 사라지
고 말았다.

· 에필로그 ·

"애를 보라고 했더니만 왜 울려?"

루리가 자기 작업실로 쓰는 방에서 뛰쳐나와 소리를 빽 질러 버렸다. 소파에 누워 뒹굴거리는 재운은 그럴 줄 알았다는 듯이 별 반응 없이 그냥 있을 뿐이었다. 루리는 짜증을 내면서 넘어져 우는 세율에게 다가갔다.

"난 아무 짓도 안 했어."

그 말만 한 재운은 여전히 소파에 누워서 신경질적으로 텔레비전 리모콘으로 채널을 마구 바꿨다.

"간만에 집에 와서 잘한다, 잘해! 애나 울리고 말이야."

그런 재운을 보면서 루리가 발끈했다. 당직이다 뭐다 바빠서 간만에 집에 있는 거 애를 맡겼더니만 저 모양이었다. 저러고 있는 재운을 보면 가끔 때려주고 싶을 정도로 얄미웠다.

"난 손끝 하나 안 댔다니까."

"뭐! 애 보라는 말이 손끝 하나 안 대라는 거랑 같아?"

루리가 넘어져서 이마를 찧고 울고 있는 아들을 달래면서 재운에게 소리를 버럭 질렀다. 재운은 루리가 자기한테만 뭐라고 하자 좀 억울한 모양이었다. 애가 누구를 닮았는지 머리가 커서 제 머리를 못 가누고 가끔 넘어져서 이마를 찧곤 했다.

"나 당직 서고 들어온 지 얼마 안 됐거든?"

재운이 고개를 돌리고는 피곤함을 호소해 봤다. 그것도 하루 이틀이지, 결코 루리가 봐줄 리가 없었다.

"그럼 과제해야 하는 난 어쩌고? 애는 혼자 만들었니?"

그 말에 갑자기 재운이 무슨 말을 더 하려다가 입을 다물어 버렸다. 엄마가 외국에서 공부하라고 꼬드기는 걸 간신히 잡아서 한국에 앉혔다. 결혼하고 나서 루리가 본격적으로 입시 준비에 들어간 해에 재운은 바쁘기 짝이 없는 인턴이 됐다. 하필이면 중간에 삼 개월은 제주도에 파견 나가 있는 바람에 루리랑 떨어져 있어야 했다. 다시 서울로 올라와 인턴 끝나고 루리가 대학에 들어가서 안심했다. 하지만 곧 루리가 임신을 했고, 아기를 낳는 순간 인생은 더 꼬이기 시작했다.

"걸음마 하고 혼자 잘 노는 애 보는 게 뭐가 힘들다고 애 넘어지는 거 달래주지도 않고 그러고 앉아 있어."

"아니, 심하게 부딪친 것도 아니고, 피도 안 나길래 그냥 뒀지. 원래 남자애는 다치면서 크는 거야. 세율이가 여자애라면 모를까……."

그 말에 루리가 재운을 한심하다는 듯이 쳐다봤다.

"자기 점점 자기 아버지 닮아가는 거 알아?"

그 말에 재운이 흠칫했다. 아직도 아버지가 한국에 올 때마다 부자간의 논쟁이 끊이지 않는 날이 없었다. 고부간 갈등은 없는데 부자간 갈등이 유씨 집안에선 끊이질 않았다.

"어쩜 자기랑 자기 아버지랑 그렇게 같아? 자기 아버지 올 때마다 세율이 울면 짜증내면서 언제 손녀 낳아줄 거냐고 묻잖아."

"그래서 언제 딸 낳아줄 거야?"

철딱서니없는 소리에 루리가 정말 화가 나버렸는지 씩씩거리며 말도 못 이었다.

"자긴 진짜 언제 클 거니?"

그 말 한 마디만 하고 한숨을 폭 쉬었다. 여섯 살 아래 연하 남편 데리고 산다고 멋모르는 사람들이야 부러워하지만 실상을 알고 보면 저 철딱서니없는 남편 놈 때문에 머리가 아픈 게 한두 번이 아니었다. 연애 시절엔 그렇게 어른스럽더니만 왜 결혼하고 나니 저런 어리광쟁이가 돼버린 건지.

"나 이미 어른인데."

재운이 천연덕스럽게 대답했다.

"호적상만 어른이겠지. 또 세율이 울리면 그땐 알아서 해!"

루리가 비웃어 버리더니 애를 안고 달래면서 으름장을 놓았다. 세율이 엄마 목을 꼭 안았다. 그걸 보던 재운은 또 짜증이 치밀어 올랐다. 그때 왠지 안겨 있는 세율이 자기를 보고 웃는 것 같은 기분에 재운은 눈가에 불길이 확 일었다.

루리가 애를 가진 것은 좋았다. 태어난 아기가 남자애인 거야 어쩔 수 없다 치더라도, 이놈이 태어나는 그 순간부터 재운은 찬밥 신세였다. 재운은 아들과 루리를 놓고 매번 다퉈야 했다. 언제나 패자는 자기. 당연히 재운은 아들이 예뻐 보일 리가 없었다. 심지어 침대에서도 쫓겨나 아래에서 자야 하고, 분위기 좀 내려고 하면 아들이 울어 젖히고, 애 봐줄 사람 구하기가 힘들어서 같이 콘서트 한 번을 못 간다.

그런 생활이 벌써 이 년째. 저놈은 언제 커서 제 방에서 잘까, 이게 최근 재운의 가장 큰 고민거리였다. 그러다 묘수가 생각났다는 듯이 회심의 미소를 지었다. 바로 아들에게 호적수를 붙여 주는 거다. 오랑캐는 오랑캐로 막으라고 했다고 아기에겐 친구가 될 또 다른 아기를……

오늘 밤부터 노력해 봐야겠단 생각을 하면서 음흉한 미소를 슬그머니 지었다. 그러고 보니 마지막으로 잠자리를 같이한 게 언제인지 까마득했다. 오늘은 무조건 침대 옆 자리를 사수하겠단 결심을 단호하게 했다. 머리를 열심히 굴리다 묘수를 찾아냈다. 애가 초저녁부터 잠을 자도록 지치게 만드는 거다.

"세율이 데리고 놀이터 다녀올게."

"피곤하다면서?"

"아, 나도 간만에 아빠 노릇 좀 하게."

"웬일이야?"

세율은 엄마 품에서 떨어지기 싫다는데 재운이 거의 억지로 코알라처럼 달라붙어 있는 애를 떼어냈다. 과제 마감이 곧인 루리는 일단 재운이 세율이를 봐준다는데 기회를 놓칠 순 없었다. 잽싸게 점퍼를 입히고, 신발을 신겨주고, 아빠 손을 잡고 내보냈다.

세율이 손을 잡고 나온 재운은 애를 끌고 놀이터로 데리고 갔다. 세율이는 희희낙락해서 혼자 미끄럼도 타고 아빠가 밀어주는 그네도 타면서 놀기 시작했다. 한참 잘 노는데 핸드폰이 부르르 울렸다.

[어디야?]

"놀이터."

[몇 시간이나 애 놀리는 거야. 세율이 낮잠 잘 시간 지났어. 어서 데리고 와.]

루리가 걱정이 되는지 다다다 쏘아붙였다. 과제하다 거의 끝나가서 시계를 보니 꽤 시간이 많이 지나 있었다.

"어."

재운은 미소를 띠고 세율이를 부른 뒤에 다시 집으로 돌아갔다.

"목욕도 내가 시킬게."

"그래 주면 나야 좋지."

재운이 세율이를 데리고 욕실로 들어가 욕조에 뜨거운 물을 받은 뒤에 오리까지 띄우고 또 놀기 시작했다. 그걸 지켜보면서 루리는 내심 흐뭇했지만 속으로는 약간 불안했다. 원래 사람이 안 하던 짓을 하면 의심해야 한다.

세율은 한참 욕조에서 놀고 나온 뒤에 지쳐서 밥도 먹기 싫다는 애를 루리가 겨우 이유식을 몇 숟가락 먹인 뒤에 초저녁부터 바로 재워야 했다. 세율이 새근새근 자는 걸 재운이 흐뭇하게 내려다봤다.

"자기, 과제 다 했어?"

"어, 이제 마무리만 하면 돼. 모레까지여서 내일 좀만 정리해서 내게."

"그럼 지금 시간 많겠네?"

루리가 바로 수상하다는 듯이 뒤로 슬금슬금 물러섰지만 재운이 전광석화처럼 덤벼드는 바람에 허사가 됐다.

"꺅!"

소리와 함께 재운이 루리를 번쩍 들어 안아 침대에 가 던지더니만 바로 깔아뭉갰다. 그때 순간 재운은 순간 허리를 삐끗한 듯싶었지만 지금은 그게 문제가 아니었다.

"뭐 하는 거야, 지금?"

"간만에 분위기 좀 내자고."

루리도 싫지 않은지 목에 팔을 둘렀다. 예전 같은 열정은 없었지만 대신 다른 것이 그 자리를 채워주었다. 예전에 재운과 결혼한다면 애 낳고, 아파트 사고, 대학 보내고와 같은 회색빛 일상을 걱정했던 게 지금 생각함 우스울 정도였다. 남들처럼 사는 게 딱히 나쁜 것도 아니고 남들과 달리 사는 게 역시 나쁜 것도 아니었다. 너무 행복해서 가끔 무서울 때도 있지만 만화에 나오듯 인생은 예측불허, 거기서 의미가 생겨나는 것이다. 한 번 사는 거 잘, 열심히 살아보고 싶었다.

시간이 얼마나 빠른지 이제 재운도 예전에 만났던 대학생이 아니었다. 예전에 조금은 남아 있던 소년 같은 풋풋함은 사라지고 대신 성인 남자의 얼굴이 자리 잡고 있었다. 아마 루리 자신도 이제 예전처럼 어려 보이진 않을 것이다. 철이 없어서 늙지 않는다는 농담처럼, 마냥 어려 보이던 얼굴이 세율을 낳고 어느새 삼십대 여성의 얼굴로 변해 있었다. 그런 원숙해짐이 그다지 싫지 않았다. 재운과 서 있을 때는 좀 신경이 쓰이긴 했지만 이런 소중한 작은 삶의 일상이 얼마나 갖고 싶었던 것인가.

"무슨 생각해?"

재운은 자기가 옆에 있을 땐 고개를 돌려서 다른 것을 바라보는 것조차 싫어했다. 여전히 고집 세고 강한 독점욕을 보였다.

"그냥 좋아서."

루리가 고개를 들어서 재운 이마에 쪽하고 뽀뽀를 해주자 금세 희희낙락했다. 기다란 눈이 기분 좋은 듯한 표정을 짓더니만 바로 고개를 내렸다. 바로 입술을 덮쳐 오는 강한 열기에 다른 생각할 틈도 없이 사라져 버렸다.

다음날 재운은 허리가 아프다고 징징거리다가 루리한테 등짝만 두들겨 맞았지만 목적 달성은 한지라 슬그머니 히죽 웃었다. 그리고 아홉 달 반 뒤에 둘째 혜율이가 태어났다.

• 작가후기 •

　한 번 혼자 떠나본 사람은 계속 혼자 떠나게 된다는데, 인생이 어차피 혼자 하는 여행이라면 여정 중에 마음 잘 맞는 사람 만나 같이 가는 것도 좋지 않을까 하는 생각을 요즘 자주 합니다.

　언제나처럼 이 글 쓰는 내내 신세진 분들이 너무 많아서 일일이 다 적을 수가 없네요.

　현실적인 비평을 해준 성희 언니, 재미있는 여행 에피소드를 들려준, 나영, 정화, 의대 생활에 대해서 많은 얘기를 해줬던 S아저씨와 음악에 대해 많은 얘기를 나눴던 E에게(네 불쾌한 경험에 웃어서 미안해). 현, 치타 보고 온 얘기와 사진, 고마워. 작년 가을 40여 일을 함께 지냈던 보람, 덕분에 여행 무척 즐거웠다오.

　YJ야, 멀리서 계속 네가 그립고, 한국 돌아가면 제일 먼저 만나고 싶고, 하고 싶은 얘기도 많고 그래(네 남편님께도 안부 전해줘!). 구호물자 보내준 T언니, 정말 눈물 나게 고마웠어요. S님 언제나처럼 좋은 조언 고맙습니다.

　계약하자마자 바로 해외로 튄 이 불성실한 사람을 챙겨준 청어람의 지윤 씨, 규진 씨, 고마워요.

　〈삼천 세계의 까마귀를 죽이고〉 10권을 보다 대릴 한나 같은 언니가 하는 멘트에 반해 홀라당 빌려온 걸 자수합니다.

채현 드림.

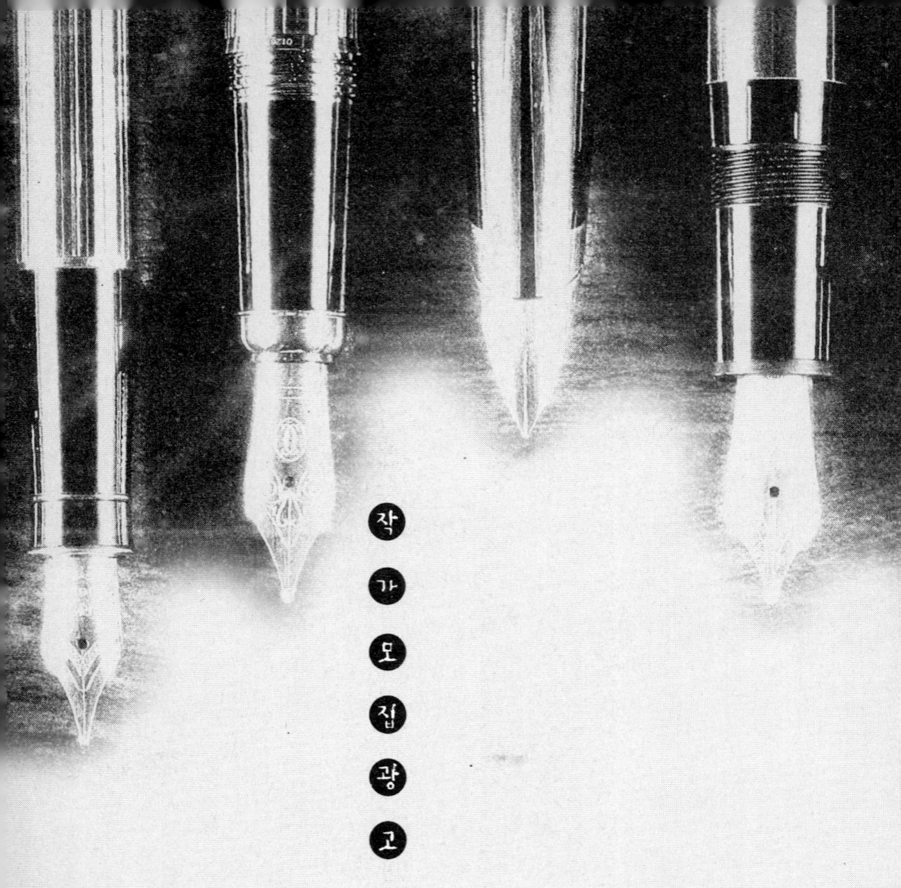

작
가
모
집
광
고